U0886430

改革风劲百花馨

中国文联离退休干部局 编

中国文联出版社
http://www.clapnet.cn

图书在版编目（CIP）数据

改革风劲百花馨 / 中国文联离退休干部局编. -- 北京 : 中国文联出版社, 2022.2
ISBN 978-7-5190-4840-2

Ⅰ. ①改… Ⅱ. ①中… Ⅲ. ①回忆录－作品集－中国－当代 Ⅳ. ①I251

中国版本图书馆 CIP 数据核字(2022)第 028452 号

作　　者　中国文联离退休干部局编
责任编辑　周劲松　李小欧
责任校对　潘传兵
装帧设计　春天. 书装工作室

出版发行　中国文联出版社有限公司
社　　址　北京市朝阳区农展馆南里 10 号　　邮编　100125
电　　话　010-85923025（发行部）　010-85923091（总编室）
经　　销　全国新华书店等
印　　刷　中煤（北京）印务有限公司

开　　本　710 毫米 x 1000 毫米　1/16
印　　张　24. 75
字　　数　289 千字
版　　次　2022 年 2 月第 1 版第 1 次印刷
定　　价　52. 00 元

版权所有 . 侵权必究
如有印装质量问题，请与本社发行部联系调换

题　字　孙家正

顾　问　李　屹

策　划　李前光

编委会

主　编　庞井君

副主编　孙德华

编　务　李文中　何洪波　黄　伟

组　稿　周　敏　李　静　尹飞飞　孙雯莲
　　　　邓晓琼　宋燕华　李建平　佟力群
　　　　李肇霖　董秀荣　张艺维　李兰芝

目　录

改革开放四十年与民众精神力的解放

高占祥

改革开放四十年，是中华巨龙腾飞、中华民族逐步走向复兴的四十年，是中国人民在党的领导下，自强不息、顽强奋进，谱写出新的壮丽史诗的四十年。回顾往昔，我们会难忘这段光辉的岁月；瞻望未来，我们要反思这段辉煌而又艰难的历程。

“改革是中国的第二次革命。”它不仅是我国社会生产力的经济革命，也是政治、文化、社会、环境等各个领域的全面变革，其变革之剧烈，收获了巨大的成就。我们这样一个人口众多、底子薄的发展中大国，以人类历史上罕见的持续发展的速度快速发展起来。中国成为世界第二大经济体、第一大工业国、第一大货物贸易国、第一大外汇储备国……我国的人民生活质量显著改善，综合国力大大增强，国际地位不断提升，各项事业蓬勃发展起来。

显而易见，我国社会生产力得到迅速发展已是不争的事实。更为重要的是，改革开放的伟大实践，开辟了中国特色社会主义道路，步入新时代，形成了最新理论成果——习近平新时代中国特色社会主义思想。改革开放的实践中不断发展起来的邓小平理论、“三个代表”重要思想、科学发展观、习近平新时代中国特色社会主义思想，是党和人民最可宝贵的政治和精神财富，具有强大的精神力、创造力、感召力和生命力。

改革开放四十年，既是解放和发展社会生产力的历史，也是不断解放思想的历史。社会生产力的极大发展和思想观念的不断革新，为中华民族民众精神力的解放奠定了强大的物质基础和强有力的精神支撑。我们从民众精神力的解放这个角度，理解改革开放的伟大意义，洞察当今改革开放实践的发展规律，把握改革开放的未来方向。可以说，民众精神力的解放，开启了一个检验改革开放的新维度。

一、民众精神力的解放是习近平新时代中国特色社会主义思想的本质要求

民众精神力的解放，与习近平新时代中国特色社会主义思想的本质要求是统一的。

以人民为中心的发展思想，不断促进人的全面发展，全体人民共同富裕，是新时代坚持和发展中国特色社会主义的根本立场，是习近平新时代中国特色社会主义思想的重要内涵。习近平总书记指出："必须牢记我们的共和国是中华人民共和国，始终要把人民放在心中最高的位置，始终全心全意为人民服务，始终为人民利益和幸福而努力工作。"尊重人民主体地位，发挥人民首创精神，保障人民各项权益，全面满足人民对美好生活需要，促进人的全面发展，这就避免了单纯以经济目标、以物质生产力来片面判断社会进步的偏狭，避免了重视物质、忽略人民主体性和精神需要的缺失。改革开放的实践有力地证明，我们不仅要追求社会生产力的极大发展，进行经济发展建设，而且要同时全面

推进政治建设、文化建设、社会建设、环境建设，促进现代化建设各个环节、各个方面相协调，促进生产关系与生产力、上层建筑与经济基础相协调。这就要在坚持党领导一切的基础上，完全依赖人民的主体性建设，依赖全社会共同、积极、热情地参与和每个人的自觉行动，依赖对人性规律和人的精神领域规律的全面把握，依赖人的道德、法律、文化、审美等涉及整体生命要素的精神力量。

人民的精神力量是不能忽视的，民众精神力也绝不是可以置于物质生产力之后第二位考虑的事情，民众精神力与物质生产力同样重要。它从人的主体性方面以更高的标准衡量着社会进步的程度，衡量着一个民族文明的进化程度，也由于民众精神力内含着文化的本质力量，因而它是作为引导社会生产力向前发展的先导力量。物质生产力是以物为本，民众精神力是以人为本。应当是在党的坚强政治领导下，以物质生产力与民众精神力的和谐统一为标准，而不是仅仅依靠物质生产力来确定社会发展的方向。

民众精神力的解放，既是改革开放伟大实践的结果，又是改革开放进一步发展的内在自我要求。对民众精神力的解放这一重要课题加以科学的认识和应有的重视，与深入贯彻落实习近平新时代中国特色社会主义思想，是协调一致的。

二、民众精神力是国力之王

长期以来，人们在谈到“力量”的时候，常常讲到“社会生产力”“综合国力”“政治力”“科技力”“军事力”。即使谈及人的主观精神力量，也是盲人摸象，有的重视信仰，有的重视道德，或者理性，或者意志，或者知识等等。这些都是人性的部分要素。而人是完整的人，人性各种要素全面整体和谐地发挥作用，才能成为真正具有精神力的健全的人，才能真正促进人的全面发展。

精神力是精神的力量，它不仅是政治的力量，也不仅仅是文化的力量，更是道德的力量、情感的力量、人格的力量，它是凝结道德、情感、人格、生命力、意志、智慧等整体生命要素的力量。

精神力，是一种把人自身与天地自然、个人与社会、小我与人类世界合为一体的精神态；是一种把富有主动性、创造性、建设性的生命力，与世界相融共生的精神气质；是一种超越物质功利性目的的精神活动能量；是一种超越物质和自身有限性需求的精神性情感。

精神力的价值意义不仅在于它的主动性和创造性，更在于它对物质力量的控制和引导，让人的完整生命在生活世界找到根基和归宿。

精神力，是无形的力量。无形来自有形，物质世界是精神力的基础，但精神力却能摆脱物质的束缚，自由地掌握、利用物质力量。

离开了民众精神力，物质力量将变成控制人的敌人和凶手，使人沦为物质和欲望的奴隶和工具。

没有精神力的个人，不会取得人生真正的成功。没有强健民众精神力的民族和国家，不会保持社会长足的进步。没有精神力的人类，将会导致灾难甚至走向毁灭。

精神力比精神更侧重于实际行动和实践。如果说“精神”是属于国家和民族的，那么精神力则必须落实到每个民众个体的生命和行动之中。精神力是精神的实现、具体化。只有通过精神力，民族精神才能得到真正发扬，才会成为真正推动社会发展的积极力量。

精神力，意在唤醒人们都行动起来，不要再只做一个旁观者，一个被动的接受者，一个只停留在欲望满足层次的人，而是要作为一个创造者，一个行动者，共同参与到精神力时代的创造发展活动中来。

精神力，是生命的向心力。是人性的各种要素和生命的多样性，凝聚成一个完整整体的力量；是人的各种生命力汇交而成的无形力量；精神力，它引导协调着人性与生命的各种力量全面发展。

民众精神力是国力之王。民众精神力，能在党的正确领导下，促使社会更健全和谐地发展。民众精神力，是改革开放向前发展、贯彻落实习近平新时代中国特色社会主义思想不可缺少的重要力量。

三、在未来的社会进步和发展中，民众精神力将作为主体性因素起着重要作用

迄今为止，以前的人类历史，可称之为人类生产力时代，也可称为人类物质主义时代。

但是，人面对的是双重自然。一个是外在的自然，一个是内在的自然。人类只是用生产力战胜了外在自然界，却还没有控制战胜内在的自然。人的感官、经验、情感、知觉、想象、理性、意志等，虽然在物质生产力作为人类发展第一推动力的历史活动中，深深地打上了“人”的烙印，取得了相当丰富的精神文明成果，创造了灿烂的人类文明，可这并不意味着是真正的“人化”。

因为人面对内在自然的时候，并不像面对外在自然时那样强大有力，步步凯歌。人类掌握利用了许多深刻的自然规律，却对人性规律的了解贫乏得可怜。人类只有同时取得战胜双重自然这两种不同性质的胜利时，才算真正得到了自由解放，才能真正称为全面发展的“人”。

战胜外在自然界，人类依靠的主要是物质生产力；战胜内在自然界，人类依靠的则主要是精神力。

精神力的获得，除去依赖强大的物质生产力成果及其不断进步的同时，除去扬弃利用已取得的丰富灿烂的人类文明成果外，还需要大力发掘人性的规律，加强对人本身的研究，加强对人的内在自然的发现探索，需要掌握利用人的主观精神世界的发展规律。精神力将把人类探寻的目光的重心，从外在自然界扩展到内在自然里来。

人类不仅仅需要物质生产力作为前进发展的动力和工具，而且更需要找到前进的方向、道路和归宿。物质生产力只能让人类走得快，而精神力能让人类知道走向何处。从某种意义上来说，这对于人类是更为重要的。在未来的人类历史进步和自由解放的进程中，精神力起着不可忽视的引导、规范作用。

重视物质生产力，并不等于唯物主义。重视民众精神力，也并不等同于唯心主义、主观主义、唯意志主义。过度重视发展物质生产力，看到的只是片面的、残缺不全的人，会阻塞通往人性内在世界的道路。而健全的精神力，就是以人民为主体，以人的外在自然和内在自然为统一、和谐、健全的整体，它把物质力和精神力和谐统一，看作是人类生命完整的不可分割的基础。

四、民众精神力解放生产力，引导生产力

物质生产力是社会发展最重要的推动力，精神力则是社会发展进步重要的先导力。生产力在人后面推动，精神力在人前面引导。这就是生产力、精神力与社会发展的辩证关系。

任何事物的发展都要遵循一定的规律。强大的似乎主宰人类命运的生产力，也不例外。生产力不能脱离人性的规律和内在需要而盲目地任意发展，不能脱离精神力的引导孤立前行。正如斯坦普在评价科学技术生产力的利弊时所说："所有这些（科学技术）好处'在长期看来'确实是存在的，但是人必须生活在'短期'，而且在任何既定的时刻，都可能存在这样一种对'短期'失调的夸大，以至造成真正的社会困难。"

马克思认为，生产力是人类为了在对自身有用的形式上占有自然物质，而对自然界进行改造的过程中所能支配、控制的自然力。这种自然力必须受人类控制并为人类服务。在生产力中，不仅仅只有物的决定作用，也始终有人的因素参与其中。"文明的一切进步"都意味着社会生产力的增长。即使在"直接的生产力"中，物的决定作用也只是表现在对生产力性质和状况的制约意义上，而人的决定作用则表现在生产力变化和发展的能动意义上。他反复强调，"人本身"是主要生产力。

在人类社会发展的矛盾运动中，侧重于主体精神生产的精神力，与侧重于物质的生产力，是不可分离的一个整体。人的决定作用对生产力变化和发展的能动关系，表明民众精神力对生产力的发展具有解放的性质。

当发展着的生产力忽略、脱离开民众的精神力时，就会丧失它受人控制并为人服务的真正本质，而变成与人对立的力量。

这种违背规律的状况发展到一定程度时，就会出现危机和停滞变异的倾向，就会由推动社会和民族进步的生产力而变成一种“毁灭力”。

没有精神力引导的生产力，目中无“人”。它只会看到物，而看不见“人”，看不见人作为主体生命对生产力所具有的主动控制利用的地位。而精神力却能既看到物又看到“人”，看到自然与人类社会完整统一的整体。

社会生产力的困境，只有通过人的精神生产，通过民众精神力的参与，才能得到解放并从中摆脱出来，走向健康、积极、有益于社会全面、持续、良性发展的正轨。

我们是需要大力发展社会生产力，但不是盲目发展任何一种生产力，而是要发展那种由党领导着的强大民众精神力所掌握引导的生产力。

五、民众精神力在综合国力中占有重要地位

综合国力是反映一个国家在国际社会中自由行动和影响国际事务的综合能力，也标志着一个国家发展的程度。随着社会知识化、科技信息化和经济全球化的推进，人类进步已进入可持续发展综合国力激烈竞争的时代。对综合国力的研究和认识，不断发生着动态的变化。从近代的国势学派、政治算术学派、重商财政学派、地缘政治学派，到当代的“四元一体”国力论（“四元一体”是指经济、科技、军事和文化价值观的有机统一），综合国力研究的价值取向不断得到调整，综合国力构成中的精神要素，作为综合国力协调性因素的重要作用，逐渐凸显出来。

全球化趋势和科技发展，深刻地改变了生产方式和生活方

式，改变了人们的心理——意识结构，发展竞争手段已远远超越了单纯的物质力量的占有。从主要着重经济和军事力量的物质主义立场，渐渐移至注重包括政治、文化和国民素质在内的精神——文化要素上来。如日本的综合国力研究专家在《日本的综合国力》中，主要从三个方面分析了国家生存和竞争能力：一是国际贡献力，二是生存力，三是强制力。其“生存力”中既有地理、人口、资源、经济实力等“硬资源”，也包括了国民精神这种“软资源”。日本的综合国力概念大大强调了“文化——精神”的作用。它从20世纪的历史分析得出这样的结论：没有强盛的国民精神，就无法应对一切可能发生的国际性危机。

1995年哥本哈根社会发展世界首脑会议通过了《宣言》和《行动纲领》，特别在第四条中规定了“社会发展与其发生的文化、生态、经济、政治和精神环境不可分割”。只有精神性力量参与的社会发展，才能赋予人民群众以生活意义和价值。

这还使得我们想起鲁迅说过的一段话：“此后，最要紧的是改革国民性，否则无论是专制，是共和，是什么什么，招牌虽换，货色照旧，全不行的。”

从鲁迅的国民性，到日本综合国力中的国民精神，实际上都是一个民众精神力的问题，国民素质及其文化精神在现实生活中以民众精神力的形式表现出来。邓小平同志在1987年会见南斯拉夫代表团时，赞扬农村改革步伐非常快，农民的热情非常高，他说：“我们完全没有预料到的最大收获，就是乡镇企业发展起来了，突然冒出搞多种行业，搞商品经济，搞各种小型企业，异军突起。这不是我们中央的功绩……这是我个人没有预料到的……是突然冒出这样一个效果。”这种让改革开放总设计师都出乎意料的发展，就是民众精神力在改革进程中所迸发出的强大力量。

一个国家如果没有凝聚着和合力量的民众精神力，没有整体科学理性、积极刚健、蓬勃有序的民众精神力，来对社会生产力及其外部生存环境进行和谐协调与主动性把握，就会让社会与生产力的有机联系发生断裂、脱节、错位，迷失在自我紊乱的发展途中。

六、民众精神力的解放要与坚持社会主义核心价值观统一起来

社会主义核心价值观是当代中国精神的集中体现，凝结着全体人民共同的价值追求。

民众精神力的高度发展和解放，能净化社会的精神文化气氛，平衡社会心理情绪的动荡状态。为建设一个与全球化发展和经济发展相适应的健全的有中国特色的社会主义社会，为培育和践行社会主义核心价值观，孕育健康的气候和肥沃的文化土壤。

陈寅恪说:“专谋以功利机械之事输入，而不图精神之救药，势必至人欲横流，道义沦丧，即求其输诚爱国且不能得。”我们在大力发展经济的同时，加强对民众精神的培养和民众精神力的大力解放，一定要与社会主义核心价值观统一起来，不能盲目任意发展。

马克思所提出的共产主义理想，就包含着人的全面发展和全面解放的科学思想内涵。既然是人的全面解放，中国特色社会主义建设就不能只是人民群众在生产力上的解放，也是在政治、文化和思想上的解放，是精神力的解放。结合改革开放 40 年的巨大发展所带来的经验和教训看，民众精神力的解放，日

益显得刻不容缓。我们要在习近平新时代中国特色社会主义思想的指引下，在精神文化领域进行完善的科学的制度建设，全面加强社会主义意识形态建设，让广大民众拥有丰富、丰满、真实、积极、健全的精神生活，让民众精神力成为改革开放伟大事业的重要力量。

作者简介

高占祥，北京通州人。曾任团中央书记处书记、河北省委副书记、文化部常务副部长、中国文联党组书记。离任后，曾任中华文化促进会主席。系中国作家协会、中国书法家协会、中国摄影家协会会员，北京大学、中国人民大学、上海交通大学客座教授。

高占祥在文艺创作、文化管理与文化理论研究诸领域均有重大成就和影响。出版《人生宝典》《文化力》《新三字经》等百余部著作。先后获得中宣部“五个一工程”奖、中国图书奖、20 世纪世界华人百年摄影经典、世界诗人大会金奖、中国国际标准舞金星勋章等重要奖项。在第十九届世界诗大会上被评为“世界桂冠诗人”。书法长卷《和平颂》《航大颂》先后搭载神舟六号、神舟七号载人飞船遨游太空。

这四十年

高运甲

四十年前，1978年党中央召开十一届三中全会，决定工作重心转移到经济建设上，开启了改革开放的历史新时期，从此中国的航船驶向了新的航程。改革开放成为国家的中心任务，一时间经济发展突飞猛进，大开国门，走出去请进来，我国各项事业都有了破天荒的变化。

文化事业也随着发生了根本的变化，改革开放迎来了文化艺术事业新的春天。这期间，我在文化部和文联担任领导工作，目睹了改革开放以来我国文艺事业经历的发展和变化，亲身参与了文化艺术政策的制定和管理，深深感受到这四十年来改革开放给文化艺术事业创造了十分有利的环境。

一、改革和管理并重，充分调动文艺工作者的积极性

20世纪70年代以来，出现了文艺工作者走穴的现象，许多艺术家到处私下走穴演出挣钱，社会反映强烈，当时我在文化部对此种现象进行了认真的调研，我们既肯定文艺工作者从事艺术表演的积极性，又应加强管理，不能让乱象丛生。于是我们规定，文艺工作者在完成了本单位的演出任务后，可以到社会上演

出，但要经过批准，其收入应按规定交税。这既制止了乱演，又发挥了文艺工作者的余热，使他们的艺术才华得到充分的发挥。

二、关心文艺工作者的生活，使他们专心从事艺术，无后顾之忧

改革开放之初，百废待兴。文艺工作者住房十分困难，著名京剧表演艺术家李维康和别人同住一个单元房，晚上演出结束后，常常要等同一单元的另一家人入睡，才能洗漱卸妆，十分不便。我亲自去看望她的住所，并从文化部的住房中调剂一套住房分配给她。还有的演员要结婚，没有婚房，住在单身宿舍，根据这种情况我们专门向国家计委申请了一些住房，分给缺房的文艺工作者。

三、扩大开放，走出去，请进来，加强国际文化交流

过去长期以来对外文化交流十分禁锢，很少派艺术团出国演出，尤其很少去资本主义国家。改革开放以来，中央芭蕾舞团到美国 7 个州 11 个城市演出 37 场。不仅轰动了美洲，也获得了很好的经济收益，得到中央领导同志的充分肯定。

上海经济发达，文化资源丰富，但海派的文化近年没有很好地发挥自己的优势。万里同志说：对上海就是要给点特殊政策，允许上海办国际电影节、音乐节，把上海的精神产品打入国际市场。根据中央的指示，我率外联局长专程到上海与上海市委、市政府商谈，达成一致的意见，每年上海对外文化交流只报总计划由文化部审批，除涉及百人以上的大团和敏感地区、敏感问题

外，上海可自行安排对外文化交流项目。中国文联也扩大了对外文化交流，举办国际民间艺术节，与许多国家的民间文艺组织加强了联系。

四、抓表彰促进艺术繁荣

我到文联后，文联党组十分重视各艺术门类的繁荣，经中宣部批准给各协会确定了艺术评奖项目，大大促进优秀艺术和优秀人才，如剧协的梅花奖，音协的金钟奖，舞协的荷花奖，影协的百花奖，书协的兰亭奖，民协的百花奖……涌现了一大批各艺术门类的领军项目、领军人才，大大繁荣了文艺百花园。

作者简介

高运甲，男，1936 年 11 月出生，江苏泰州人。曾任文化部部长助理，中国文联党组副书记、副主席，第九、十届全国人大代表，教科文卫委员会委员，中国书法家协会会员。

高运甲在从政之余，潜心文学艺术创作。出版了《高运甲书法集》《高运甲小楷集》《岁月情怀》《五洲行》等著作和《域外风情》《镜头中的乐趣》摄影作品集，曾多次参加全国性书法展览和国内外重大书法交流活动，先后在中国美术馆和江苏、江西、广东等地举办个人书法作品展。

四十年，文艺政策引领文艺繁荣

仲呈祥

改革开放以来，党从波澜壮阔的变革实践出发，与时俱进、实事求是地对文艺政策进行必要调整，使文艺导向更科学、更精准，从而保障中国特色社会主义文艺持续健康繁荣发展。

提出“文艺为人民服务，为社会主义服务”，从文艺与政治的关系上对党的文艺政策进行重要调整，由此极大地解放了思想，激活了文艺生产力，拓宽了创作题材，深化了创作主题，丰富了创作风格，开创了现实主义文艺复苏的百花齐放的崭新局面。

中国共产党对文艺工作的领导，重要的途径之一是政策导向。毛泽东同志有句名言，“政策和策略是党的生命。”其实，政策也关乎党领导的文艺的生命。历史经验雄辩证明：政策正确，文艺繁荣；政策失误，文艺受挫。改革开放以来，党从波澜壮阔的变革实践出发，与时俱进、实事求是地对文艺政策进行必要调整，使文艺导向更科学、更精准，从而保障中国特色社会主义文艺持续健康繁荣发展。回顾总结四十年来党制定执行文艺政策的丰富实践和经验教训，尤其是党的十八大以来贯彻执行《中共中央关于繁荣发展社会主义文艺的意见》《关于实施中华优秀传统文化传承发展工程的意见》等重要文件的成果，对于我们面对新时代坚定文化自信，增强执行党的文艺政策的坚定性和自觉性，做到要在守正、贵在创新、重在实践，极有裨益。

改革开放新时期 “为人民服务，为社会主义服务”

20世纪70年代末，历史进入新时期，党在十一届三中全会上做出全党工作以经济建设为中心取代以阶级斗争为纲的决策。面对这一全局性的重要历史转折，文艺要根本改变百花凋零、万马齐喑的局面，必须对文艺政策进行重要调整。

正如鲁迅先生所言，欲提升国民素质、振奋民族精神，“首推文艺”。为适应全党工作重心由过去以阶级斗争为纲变为以经济建设为中心的重要历史转折的需要，从政策导向上解放作家艺术家的创作思想和文艺生产力，在1979年召开的全国第四次文代会上，中国社会主义改革开放和现代化建设的总设计师邓小平同志在《祝词》中极具胆识、石破天惊地指出：“党对文艺工作的领导，不是发号施令，不是要求文学艺术从属于临时的、具体的、直接的政治任务。”随即，《人民日报》社论提出“为人民服务，为社会主义服务”的“二为”方向，取代过去在抗日战争环境中“文艺为政治服务”“一切文化或文学艺术都是属于一定的阶级、属于一定的政治路线”的提法（必须指出，当时这样提是有历史缘由的）。因为新中国成立以来的和平建设实践已经证明：要求文学艺术从属临时的、具体的、直接的政治任务，既在理论上欠科学，又在实践中见弊端。马克思主义认为，人类愈文明，社会愈发展，把握世界的方式就愈多样化。经济的、政治的、历史的、哲学的、宗教的、艺术的多种方式都需要，都各司其职，或作用于物质世界，或作用于精神世界，互相联系，互为补充。战争环境强调政治，确有必要。和平建设环境，则应力戒简单地以政治思维取代艺术审美思维把握世界。提出“文艺为人民服务，为社会主义服务”的“二为”方向，就从文艺与政治的关系上对党的文艺政策进行了重要调整，由此极大地解放了思想，激活了文艺生产力，拓宽了创作题材，深化了创作主题，丰富了创作风格，开创了现实主义文艺复苏的百花齐放的崭新局面。

伴随思想解放 “弘扬主旋律，提倡多样化”

20 世纪 80 年代中国现实主义文艺令人瞩目的创作实绩是在党的“二为”方向、“双百”方针政策导向下取得的。为了促进中国特色社会主义文艺持续健康繁荣，党又及时提出“弘扬主旋律，提倡多样化”。

一个时代有一个时代的文艺，一个时代有一个时代的主旋律。伴随思想解放，创作题材和创作风格日益丰富多样，曾一度出现人民题材选择失衡、时代主旋律欠响的倾向。在反对“题材决定论”之后，又出现“题材无差别论”。题材是重要的，但不是决定一切的。即便是重大题材，在平庸的创作者那里，可能也会写得公式化、概念化，缺乏艺术感染力，诚如茅盾先生当年批评某些作家艺术家“糟蹋了题材”；相反，即便很小的题材，在高明的创作者那里，也可能开掘出深刻的时代主题，如鲁迅先生的著名短篇《一件小事》，就是通过人力车夫撞倒一位老妇人后车夫与“我”的不同态度这一小题材，开掘出“榨出皮袍下藏着的‘小’来”——这一“知识分子应当向工农大众学习”的时代主题。可见，主旋律只是指题材，更重要的是指创作主体灌注在创作全过程中的对时代、对人民的使命意识和担当精神。这就是江泽民同志代表党中央深刻阐明的政策性导向的“四个一切”——“倡导一切有利于发扬爱国主义、集体主义、社会主义的思想和精神，倡导一切有利于改革开放和现代化建设的思想和精神，倡导一切有利于民族团结、社会进步、人民幸福的思想和精神，倡导一切用诚实劳动争取美好生活的思想和精神”。这就导引文艺家全面辩证地认识和处理好“弘扬主旋律”与“提倡多样化”的关系，在创作中既努力做到旗帜鲜明地弘扬时代主旋律，又充分施展审美才华，实现题材、风格、样式的多样化，促进文艺讴歌时代，礼赞英雄，百花齐放，争奇斗艳，持续繁荣。

关于社会主义文艺 “以人民为中心的创作导向”

社会主义文艺，从本质上讲，就是人民的文艺。中国特色社会主义文艺，尤须强调文艺的人民性。改革开放以来，党在政策导向上不断强调要认识和处理好文艺与人民的关系，坚持为人民服务、为社会主义服务这个根本方向，要反映好民生、民情、民意，敢为人民鼓与呼。这既是党对文艺战线提出的一项基本要求，也是决定中国特色社会主义文艺前途命运的关键。邓小平同志指出，“我们的文艺属于人民”，“人民是文艺工作者的母亲”。江泽民同志寄望文艺家“在人民的历史创造中进行艺术的创造，在人民的进步中造就艺术的进步”。胡锦涛同志强调：“只有把人民放在心中最高位置，永远同人民在一起，坚持以人民为中心的创作导向，艺术之树才能常青。”党的十八大以来，习近平同志更是在文艺工作座谈会上和中国文联十大、中国作协九大开幕式上反复强调：“文艺创作方法有一百条、一千条，但最根本、最关键、最牢靠的方法是扎根人民、扎根生活。”“离开人民，文艺就会变成无根的浮萍、无病的呻吟、无魂的躯壳。一切有抱负、有追求的文艺工作者都应该追随人民脚步，走出方寸天地，阅尽大千世界，让自己的心永远随着人民的心而跳动。”

正是在党的“二为”方向和中央主要领导同志关于加强中国特色社会主义文艺人民性的精辟论述指引下，广大文艺工作者深入生活，扎根人民，去真正解决好“为了谁、依靠谁、我是谁”的问题，不仅“身入”，而且“心入”“情入”，创作出一大批不负时代召唤、无愧人民期望的写人民、为人民、服务于人民的精品力作，谱写新时期、新时代人民文艺的新篇章，迎来共和国文艺史上绚烂多彩的春天。

面对市场经济大潮 “坚持把社会效益放在首位”

面对社会主义市场经济取代计划经济的新形势，党领导文艺的政策势必要做出新的调整，其中聚焦于文艺与经济的关系并明确文艺批评的标准，显得极为重要。

首先，文艺必须面对市场、面对受众，经得起人民和历史的检验。一部受众很少或者没有经济效益的文艺作品，是很难发挥其社会效益的。但一味追求经济效益，甚至唯票房、唯码洋、唯收视率、唯点击率即唯经济效益、忽视社会效益甚至牺牲社会效益，那就完全背离了中国特色社会主义文艺的宗旨。因此，党从文艺政策导向上，一再强调务必认识和处理好社会效益与经济效益的关系。针对在建立和逐步健全社会主义市场经济的历史进程中文艺战线反复出现的重经济效益轻社会效益的思潮和做法，从邓小平同志谆谆告诫一切有责任有担当的文艺工作者都应当把自己作品的社会效益放在首位开始，江泽民同志、胡锦涛同志都多次强调文艺作品要努力实现社会效益与经济效益相统一，当两个效益发生矛盾时，要坚持社会效益是最高标准。党的十八大以来，习近平同志更是精准分析、反复强调：文化是一个国家、一个民族的灵魂，文艺是时代前进的号角，因此“文艺不能在市场经济大潮中迷失方向，不能在为什么人的问题上发生偏差”，“同社会效益相比，经济效益是第二位的，当两个效益、两种价值发生矛盾时，经济效益要服从社会效益，市场价值要服从社会价值。文艺不能当市场的奴隶，不要沾满了铜臭气”。他在党的十九大报告中又明确提出要“加快构建把社会效益放在首位、社会效益和经济效益相统一的体制机制”，在今年全国宣传思想工作会议上重申“要坚持把社会效益放在首位”。言之谆谆，其意切切。

与坚持把社会效益放在首位这一文艺政策密切相关的，是坚持马克思主义科学的文艺批评标准的问题。毋庸置疑，忽视社会效益，盲目追求经济效益并导致低俗、庸俗、媚俗流行以致败坏国民精神素质、审美修养的那股文艺思潮，与背离马克思主义“美学的历史的文艺批评标准”，片面夸大观赏性，盲目追求观赏性有关。从恩格斯在《致斐·拉萨尔》中提出的文艺批评的“最高标准”是“美学的历史的文艺批评标准”，到毛泽东同志《在延安文艺座谈会上的讲话》中提出的“革命的政治内容和尽可能完美的艺术形式的统一”即思想标准与艺术标准相统一，都是坚持在创作美学范畴里就内容与形式的辩证法来科学确立标准。观赏性并不属于创作美学范畴而属于接受美学范畴，它不像思想性、艺术性是存在于作品中的恒量——其内容表现的历史深度与广度决定思想性，其形式达到的审美水平决定艺术性，它是作品之外的观众的接受效应变量——同一作品因人而异，不同人生阅历、文化素养、鉴赏情趣的人自有不同的观赏需求；同一作品因时因地而变，不同的历史环境、文化语境下自有不同的观赏效应。相当长一段时间，一些创作者为赢得市场份额强调观赏性，愈演愈烈，发展到盲目追求观赏性，以致失之毫厘、谬以千里。此种教训，需要汲取。2015 年 10 月 3 日，为深入贯彻党的十八大精神和认真落实习近平同志在文艺工作座谈会上的重要讲话精神出台的《中共中央关于繁荣发展社会主义文艺的意见》明确重申“坚持思想性、艺术性相统一”的文艺批评标准。2017 年 10 月 18 日，习近平同志又在党的十九大报告中强调要“坚持思想精深、艺术精湛、制作精良相统一”。所有这些，都从文艺政策和文艺批评标准的理论思维上廓清认识，为创作实践指明方向。广大文艺工作者在学习、领会、践行党的文艺政信仰、有情怀、有担当，把坚持社会效益放在首位，坚持思想精深、艺术精湛、制作精良相统一，把提高质量当作文艺作品的生命线，讲品位、讲格调、讲责任，抵制低俗、庸俗、媚俗，用心、用情、用功抒写伟人时代，努力创作讴歌党、讴歌祖国、讴歌人民、讴歌英雄的精品力作，谱写中华民族新史诗。

面向伟大复兴中国梦 “坚定文化自信”

在中国文联十大、中国作协九大开幕式上，习近平同志对广大文艺工作者提出的第一条希望便是“坚定文化自信，用文艺振奋民族精神”，强调“文化自信，是更基础、更广泛、更深厚的自信，是更基本、更深沉、更持久的力量。坚定文化自信，是事关国运兴衰、事关文化安全、事关民族精神独立性的大问题。没有文化自信，不可能写出有骨气、有个性、有神采的作品”。文化自信，是对中华民族优秀传统文化的自信，对党领导人民创造的革命文化和红色文化的自信，对改革开放以来创造的社会主义先进文化的自信。对后两种文化的自信，已有关于重大革命历史题材和现实题材文艺创作的若干政策规定。《关于实施中华优秀传统文化传承发展工程的意见》则专门对传承发展中华优秀传统文化的重要意义和总体要求、主要内容、重点任务、组织实施和保障措施，从政策上做出精辟阐释和全面部署。习近平同志关于传承发展中华优秀传统文化的重要论述，更是打开广大文艺工作者的文化眼界，匡正过去对优秀传统文化的模糊认识，清醒认识优秀传统文化的永恒魅力和强大生命力，认识其对于激励中华民族团结起来实现伟大复兴中国梦的积极作用和对于形成中华民族凝聚力、向心力的重要作用，从而坚持历史唯物论和辩证唯物论，秉持客观、科学、礼敬的态度，取其精华、弃其糟粕，扬弃继承、转化创新，努力使讲仁爱、重民本、守诚信、崇正义、尚和合、求大同的优秀传统思想理念与当代文化相适应、与现代社会相协调，实现创造性转化与创新性发展，既丰富提升自身的文化素质、思想修养和人生境界，又大大拓展自身的创作题材视野、深化作品的精神意蕴和文化内涵。坚定文化自信，无疑给新时代中国特色社会主义文艺创作持续繁荣注入了一股新鲜的强劲活力。

作者简介

仲呈祥，1946年生于沪，长于蜀，求学就业于北京。曾任中国电影艺术研究中心中国电影研究室主任、中国电视艺术委员会秘书长、《中国电视》总编、国家广播电影电视部副总编辑、中国文联副主席、全国政协委员、研究员，现任中央文史研究馆馆员、全国哲学社会科学专家咨询委员会委员、国家教材委员会专家委员、国务院学位委员会艺术理论学科召集人、教育部艺术教育委员会副主任、中国文艺评论家协会主席等职。

改革开放促进戏剧发展和繁荣

颜振奋

党的十一届三中全会提出以经济建设为中心的党的基本路线，做出改革开放的重大决策。改革开放已经走过了四十年的历程。四十年来中国发生了多少波澜壮阔的事件，无论政治、经济、文化各个领域都取得举世瞩目的成绩。在戏剧领域方面，改革开放促进戏剧的发展和繁荣。1949 年至 1956 年戏剧创作有许多优秀的剧本，如老剧作家郭沫若、田汉、老舍、曹禺写出优秀剧本如《蔡文姬》《武则天》《关汉卿》《茶馆》《明朗的天》等；中年剧作家陈其通、胡可、阎肃等写出《万水千山》《槐树庄》《江姐》等。一批青年剧作家应运而生，创作大批优秀剧本。“文化大革命”期间，“四人帮”对戏剧实行专制与垄断政策，全国只剩下几个样板团和样板戏，万马齐喑。改革开放以后，执行毛泽东“百家争鸣、百花齐放”推陈出新的方针，我国戏剧创作生产力得到解放，又创作出大量优秀剧本。各种形式的戏剧，创作总量几倍于新中国成立后十七年的总和，而且逐年有递增的态势。

以话剧为例，话剧几乎停止一切活动。粉碎“四人帮”以后，剧作家创作热情像火山一样喷发出来，创作了大量歌颂老一

第 15 届中国戏剧节（摄影谢天一）

辈革命家的作品。一出《枫叶红了的时候》演遍全国。以后又出现了《丹心谱》《于无声处》《杨开慧》剧本。反映社会的问题的《谁是强者》《权与法》等都得到群众的欢迎。

为了鼓励优秀的戏剧创作，促进戏剧的发展和繁荣，中央文化部、中国文联、中国戏剧家协会从 1980 年起举办多次评奖活动，有不少优秀的剧本获奖。这种评奖活动一直坚持到现在，有几百部优秀剧本获奖。

作为中国戏剧文学的最高奖，从 1980 年起，最初由文化部和中国剧协合办，1982 年由中国剧协主办，1996 年由中国文联和中国剧协主办。名称有几次变化，最初是优秀剧本创作奖，最后统称中国戏剧奖·曹禺剧本奖。

评奖活动是改革开放后促进戏剧发展和繁荣的重要举措。除戏剧文学奖外，中国剧协还举办梅花奖。获得梅花奖、二度梅的各地演员也有几百个。真是梨园绽放花百朵。

第 28 届中国戏剧梅花奖第 22 届曹禺剧本奖颁奖晚会（谢天一 摄）

除了专家评奖外，文化部还举办文华奖，中宣部举办“五个一工程奖”，中央电视台举办小品大赛。社会民间团体，如中国戏剧文学学会，中国话剧研究会，还举办学会性质的评奖，如金狮奖、田汉奖、中国戏剧文学奖等。这些评奖都起到促进戏剧发展和繁荣的作用。

各种评奖评出的剧目都能保留下来，并产生广泛的影响。如《陈毅市长》《秦王李世民》《松赞干布》《双人浪漫曲》《高山下的花环》《红白喜事》《狗儿爷涅槃》《天下第一楼》《李白》《李大钊》《同船过渡》《地质师》《商鞅》《虎踞钟山》《“厄尔尼诺”报告》《寒号鸟》《老兵骆驼》《我在天堂等你》《黄土谣》《马蹄声碎》等。

改革开放是一场思想革命。戏剧在内容上注意表现人生、人性和生命的深刻性、丰富性和复杂性。戏剧开始向丰富和多元发展。20 世纪 70 年代和 80 年代期间，中国戏剧界思想活跃，《中

《狗儿爷涅槃》剧照（谢天一 摄）

国戏剧》刊物特设专栏，对戏剧观进行讨论，气氛热烈。西方现代的各种演剧理论和演剧流派被介绍了进来，尤其是布莱希特戏剧革新家的观念和创作实践，引起中国戏剧界的极大兴趣，并在戏剧创作中对“假定性”处理手法做了大量的探索，产生了一批探索性的剧目。如川剧《潘金莲》，淮剧《金龙与蜉蝣》，话剧《绝对信号》《狗儿爷涅槃》《桑树坪纪事》《屋外有热流》《一个死者对生者的访问》《WM（我们）》等。这些剧目的演出利用舞台假定性手段，对演出时空进行了灵活的处理。同时中国的戏剧家借用西方戏剧家的视角对中国传统戏曲的审美情趣体现和时间空间处理原则产生新的认识，并运用到探索性戏剧中来。

改革开放的大潮中戏剧向多元化发展，除了出现大批探索性戏剧，各种不同样式的戏剧也得到了发展。戏剧小品原来是艺术院校训练演员的一个形式，在改革创新的浪潮中，戏剧小品发展独立的戏剧样式。戏剧小品短小精悍，生动活泼，喜闻乐见。戏剧小品的崛起，方兴未艾，势头不减，富有生命力。特别是经过中央电视台举办几次小品比赛，历届春节晚会都有戏剧小品上演，使这种戏剧样式产生越来越广泛的影响。

与戏剧小品崛起的同时，学校演剧活动也有发展。出现一种课本剧的样式。学生和老师把语文课本的内容编成小戏，成为课本剧，如把蒲松龄《聊斋志异》中的《范进中举》改编成戏。这种把课本中的内容改编成戏的做法是一种新的尝试，帮助学生理解课文，也把戏剧引进校园。学校演剧必然会培养一批戏剧的后备军。

当前全国进入习近平中国特色社会主义新时代，更进一步推进各领域改革开放。新时代有新作为、新篇章，发展戏剧也有新办法新举措。中央决定，针对编剧原创力不足，戏剧创作骨干人才匮乏，由文化旅游部主持全国文化干部素质能力提升工程，如“千人计划”高级戏曲编剧班、导演班、舞台美术班，小品编剧班，音乐剧编剧班等。每年都先后在北京举办。

中央还决定，设立国家艺术基金资助项目，文化旅游部主持剧本扶持工程。每年都从全国挑选有较好质量的剧本，拨一定经费，重点加以扶持。以2018年为例，戏曲有《生死契约》《山那边》《春暖花开》《一号机密》《将军归田记》《大河开凌》《向警予》《风气南粤》《赠梅记》《圆梦》。话剧有《涮羊肉》《人间烟火》《天算》《生命驿站》《飞向云端》。在国家艺术基金的资助下，各地也不惜重金，鼓励创作贴近时代、贴近生活的现实题材作品；挖掘本地历史素材、神话传说、改革风貌、时代风情，全力打造精品巨作。

为了调动社会力量发展戏剧的积极性，支持民间力量组建剧团，国家也在办团方向给予指导，经营管理上给予帮助。以北京为例，除了职业剧团在国家大剧院、首都剧场、长安剧场、天津剧场、实验剧场等大剧场演出外，还有几十个小剧团演出，如繁星剧场、南锣鼓巷剧场、先锋剧场演出。这些小剧团如开心麻花剧团就发展很好，演出很活跃。一时间小剧场戏剧很繁荣。观众愿意到小剧场观看小剧场戏剧，别有一番美好的戏剧享受。

民间的社会团体在改革开放的浪潮中诞生，它们对戏剧的发展做出很大贡献。以中国戏剧文学学会为例，这个学会在中国戏剧家协会第四次剧代会期间，由剧作家发起成立。成立以来几十年间组织了大量促进戏剧发展和繁荣的活动。

中国戏剧文学学会曾多次组织剧作家深入生活，并多次组织剧作家到美国及欧洲几个国家参观访问，扩大眼界。中国戏剧文学学会还和中国话剧研究会分别组织几届全国戏剧文学奖，评出几十部优秀剧本。多次邀请各地剧团到北京演出优秀剧目，请北京专家开座谈会讨论。为了培养剧作家的思想和艺术水平，举办各种短期培训班，请专家讲课。近年来，学会多次申请到国家艺术基金艺术人才培养资助项目，举办音乐剧培训班、喜剧创作编剧培训班、小品编剧培训班。这些活动除了得到国家艺术基金的资助，还得到文化部文化干部管理学院的支持。

全国音乐剧编剧人才培养班，有全国各地30位优秀剧作家参加，结业后每人写出一个音乐剧剧本，这些剧本经过加工审定，最后结集出版，书名《音乐剧中国》。其中上海音乐学院陆驾云的作品《贺绿汀》，黑龙江省演艺集团甄勇刚的作品《女神湖》获得国家艺术基金大型剧目的扶植；湖南省艺术研究院李薇薇的作品《风华正茂》和新疆伊犁歌舞剧团拜合提尔·肖克来提的作品《两棵树》相继搬上了舞台；上海戏剧学院陆保程的作品《再唱二小放牛郎》再次恢复排演。我们相信会有越来越多音乐剧编剧班学员的作品将呈现在舞台上，大放异彩！音乐剧作为一门国际艺术将不再属于西方，中国原创音乐剧作品开始走向成熟。中国音乐剧必会走出国门，影响世界。

中国戏剧文学学会还得到国家艺术基金艺术人才培养资助项目，在四川成都举办西南青年编剧培养班，请专家讲课。还举办动漫编剧培训班，解决动漫编剧人才奇缺的问题。

改革开放以来，全国各地戏剧活动非常活跃，为了展示全国各地优秀的剧目，中国戏剧家协会举办中国戏剧节。首次戏剧节在北京举行，以后分别在广州、福州、深圳、苏州、成都等地举行。每次戏剧节都有几十个优秀剧目演出。文化部在重大节日期间举行调动，抽调各地优秀剧目到北京做献礼演出。除中央机关举办戏剧节外，各地也举办各种戏剧节，如江西省举办汤显祖戏剧节。有些剧种也举办戏剧节，大学院校也举办校园戏剧节。今年文化旅游部还要举办全国基层院团戏曲会演。届时将有丰富多彩的戏曲来北京演出，形成百花齐放的繁荣景象。

我们今天所处的时代是一个大发展大变革大调整的时代，文艺工作的作用和地位日益明显。党中央十分重视文艺工作。习近平总书记召开文艺工作座谈会，指出文艺要以人民为中心的创作导向，要求文艺工作者要深入生活，提高水平，要从高原走上高峰。指出文艺要重视创新，创作思想深刻、艺术精湛、创作精良的传世的经典作品。针对当前琐碎庸俗的文艺作品日趋增加，赚钱捞钱的功利欲望严重，指出“广大文艺工作者要做真善美的追求者和传播者，把崇高的价值、美好的情感融入自己的作品，引导人们向高尚的道德聚拢，不让廉价的笑声，无底线的娱乐、无节操的垃圾淹没我们的生活”。经过改革开放四十年，应该说，现在是最好的时候。有正确的创作导向和丰富的资金资助与扶持，有艺术人才培养的“千人计划”，应当培养出多少大师级的剧作家戏剧家，创作出几部真正具有史诗性质和时代纪念碑式的传世经典作品来。

作者简介

颜振奋，福建省永春县人。1949 年在广州岭南大学参加地下学联。1950 年参加北京郊区土改后，在中央戏剧学院创作室任秘书。1951 年在文化部艺术局任《人民戏剧》编辑。1952 年参加《剧本》月刊创刊。历任《剧本》月刊编辑部主任、主编，中国戏剧家协会书记处书记。先后担任过“五个一工程奖”“曹禺戏剧奖”“全国戏剧文学奖”评委。现离休。

值得回忆的岁月

——改革开放四十年中的中国戏剧出版社

杨景辉

我和中国戏剧出版社，颇有“缘分”。在我的人生中，持续时间最长、最重要的历程是在这里度过的。我对它有深厚的感情。在这里，着重谈谈就我所了解的戏剧出版社在改革开放四十年中的业绩。

一

首先，就我手头的资料对它的历史做一个简短的回顾。

中国戏剧出版社，是中国唯一的一家戏剧专业出版机构。（在全世界有没有第二家，尚待考证）它创建于1957年1月1日，隶属于中国戏剧家协会，是中国文联领导的出版社。中国剧协主席田汉兼任社长，葛一虹任副社长兼总编辑、孟超任副总编辑、李之华任副社长。

中国戏剧出版社的主要业务范围：积累中外戏剧文化遗产，整理与注释古典戏剧文献，促进与反映戏剧创作，推荐戏剧理论研究成果，介绍古今中外剧作家、导表演艺术家的创作生涯和艺术经验等。定期出版《戏剧报》《剧本》《外国戏剧》和《戏剧年鉴》，此外，还出版不定期的丛书、丛刊。

1958年，宝文堂书店与中国戏剧出版社合并，仍保留宝文堂书店的名义，是中国戏剧出版社的副牌。

宝文堂书店创立于1862年（清同治元年）……是目前我国历史最悠久的书店之一。它从经营账簿、文房四宝发展到具有编辑、排字、印刷等完整机构的出版企业。

宝文堂书店过去主要出版戏曲剧本、历书、字典等工具书及农村应用文等读物。1980年后，扩大了业务范围，为农村、工矿、城镇的广大读者提供通俗性、知识性、应用性读物，出版传统与现代的戏曲剧本、小型话剧、曲艺、说部和中外通俗小说、戏剧故事以及连环画、年画、四条屏、挂历、台历等。

宝文堂立足于大众文化，读者面非常宽广，在文艺界也产生了深远的影响。据媒体记载："赵树理、孙犁和刘绍棠等作家，都在（有关）文章中谈到过宝文堂的农村普及读物，对他们走上文学之路的影响。"①

1960年，并入人民文学出版社，成为该社的戏剧编辑室，继续以"中国戏剧出版社"名义出版戏剧图书。

1966年至1979年，"中国戏剧出版社"的社名被取消了，但戏剧出版业务，仍在延续，其戏剧书籍，只是社名署"人民文学出版社"而已。因此，中国戏剧出版社的命脉并没有中断。

1980年中国戏剧家协会决定：恢复中国戏剧出版社建制。经人民文学出版社同意，剧协将该社戏剧编辑室"一锅端"，同时，调入、招聘了一大批人员，规模空前。先后由葛一虹、陈

① 参见张宝申:《赵树理与宝文堂》(2006年6月2日《北京晚报》)。

默、刘厚生、王正任社长，杜高、王正（兼）任总编辑，季定洲任副社长，李宝云任经理，曲六乙、鲁煤、杨知、杨景辉、周明、李海泉任副总编辑。下设话剧、戏曲、外国戏剧、宝文堂、美术五个编辑室。此外，还有办公室、总编室、出版发行部、校对科等部门。社址在北京东四八条 52 号（原中国戏曲研究院旧址）四楼小礼堂。台上、台下都用木板隔开（无门、无窗），分成几个编辑室、几间办公室，非常简陋。

中国戏剧出版社，从这里重新起步，经过几任领导与全体工作人员同心协力、艰苦奋斗，终于走向辉煌。

经过几年的积累，为出版社打下了较为坚实的经济基础。为改善办公条件，于 1987 年在东城灯市口同福夹道空政文工团院内租下一座小楼，使出版社的面貌焕然一新。这也激励了全社同仁尽心尽力，奔向新的前程。至 1989 年，购买了 2700 平方米的办公用房。出版社终于有了自己的家园——北京北三环西路大钟寺南村甲 81 号新址。在王正社长（兼总编辑）的率领下，全社上下同心同德，为戏剧文化的积累和发展，做出了具有历史意义的贡献。

1990 年后，出版社又走过了二十多年的曲折、艰难的道路。但它依然顽强地活着。它虽然离开了剧协，可它还在延续着中国戏剧出版社的生命。据说，近年来，又有新的起色，出版了诸如《梅兰芳全集》《中国现代戏剧总目提要》《中国当代戏剧总目提要》、“中国戏曲艺术大系”、“世界戏剧新经典译丛”等一批优秀图书。我相信，在它六十大寿之后，新一代戏剧出版人，一定能够再创新的辉煌！我们期待着。

二

我和戏剧出版社的关系，可以说是相依为命。在这里度过的三十年，是我人生中最有价值、最值得怀念的时期。

我毕业于武汉大学中文系，学文学的，对戏剧知之甚少，尤其对舞台艺术更是一窍不通。1961 年，被分配到中国戏剧家协会工作。由于工作的需要，我如饥似渴地学习戏剧知识。恰好这时戏剧出版社有一位姓郑的大姐，经常到剧协来联系工作。她是个热心人，经常向我提供新书出版信息。于是，她帮我买了许多戏剧出版社出版的图书。从此，我就成了它的一个忠实的读者。

而真正成为它的一员，还得从 1972 年谈起：

1972 年，上面对“五七干校”的干部，开始重新分配工作。“裴多菲俱乐部”被彻底“砸烂”了，回不去了。我被分配到人民文学出版社工作。记得，我去报到时，该社人事处负责人张宗禹（是从中国文联调去的）接待我，并正式通知我，社里决定要我到现代文学部诗歌散文组当编辑。我犹豫了一下，说:“我是搞戏剧的，对诗歌散文不熟悉，希望当戏剧编辑。”他一愣，很为难。但没有回绝我。他表示:“我一定将你的要求向社领导汇报，等他们研究后再告诉你。”没有想到，过了两天，他向我传达社里领导的决定：可以满足你的要求，专门成立戏剧编辑组。我高兴极了！没想到，我人生的走向就这样决定了。后来，季定洲、李宝云等也分到这个组了。

当时，戏剧编辑组唯一的任务是出版“样板戏”的图书。其形式主要有两种：一是“普及本”（包括剧照、剧本、主要唱段）；一是“综合本”（包括剧本，剧照，主旋律乐谱，武打舞蹈动作，舞台美术：化装造型照、人物造型图、场景设计图、舞台平面图、布景制作图、舞台道具、舞台灯光、舞台效果、司幕时间等）。已经出版的，“普及本”有《智取威虎山》《红灯记》《沙家浜》，舞剧《红色娘子军》（以上为人民出版社出版）、《海港》、《龙江颂》，京剧《红色娘子军》、《奇袭白虎团》、《平原作战》、《杜鹃山》（以上由人民文学出版社出版）、《磐石湾》（上海人民出版社出版）；“综合本”有《智取威虎山》、《红灯记》（以上由人民出版社出版）、《海港》、《奇袭白虎团》、《沙家浜》（以上由人民文学出版社出版）。京剧《红色娘子军》的普及本和《沙家浜》的综合本由我负责“编辑”（它既不用组稿，也不用审稿，更不用做编辑加工，只负责对“样板戏”剧组提供的稿件作校对）。

除出版样板戏外，经过层层批准，编辑室还编辑出版了一套《群众演唱》（丛刊）。

后来，随着业务范围的不断扩大，将“戏剧编辑组”提升为“戏剧编辑室”（直至 1979 年），下设话剧和戏曲两个编辑组，还主办了一个刊物——《戏剧艺术论丛》。其规模已大大超过了“文化大革命”前的戏剧编辑室。实际上，是“文化大革命”前的戏剧编辑室的延续和发展。只是书上未署“中国戏剧出版社”的社名。

从这时起，我一直从事话剧编辑工作。“文化大革命”后，我主要是再版老一辈剧作家的作品。如郭沫若的八个多幕历史剧的单行本：《棠棣之花》《屈原》《虎符》《高渐离》《孔雀胆》《南冠草》《蔡文姬》《武则天》和《沫若剧作选》等。1978 年还为人民文学出版社工农兵大学生进修班做了题为“郭沫若的历史剧”的专题讲座。

1980 年剧协恢复中国戏剧出版社建制，将这个编辑室的全部人员，作为重建的班底。因此，戏剧出版社的前三十年，应包括这一段历史。

这段历史是值得怀念的。

我从事编辑工作是在这里起步的。在这八年中，深感编辑是一门大学问。人民文学出版社不愧为国家一流的出版社。它是编辑学的高等学府，培养出一代又一代的资深编辑大家。戏剧出版社的编辑骨干，大多是从这里培养出来的。我永远不会忘记许多老编辑、老校对对我的指导和帮助。我能在戏剧出版事业中有所贡献，与这一时期的锻炼是分不开的。

三

20 世纪 80 年代，可以说是戏剧出版社的黄金时期，也是我人生的能量和智慧最兴旺、发挥得最充分的时期，是戏剧出版社将我推向人生的高峰的。

值得我特别珍视的是，在我一生（主要是在 20 世纪 80 年代）的编辑工作中，有幸结识了许多重要的文艺家，如郭沫若、田汉、曹禺、于伶、陈白尘、吴祖光、焦菊隐、陈瘦竹、于是之、田本相、董健、胡叔和、童道明、余秋雨、林兆华、高行健等（有些已故去的前辈，是在二十世纪六七十年代相识的），他们都是我的好老师、好朋友，是他们教我怎样做人，是他们源源不断地灌输我新的知识，是他们引领我走进艺术的殿堂、学术的宝库，是他们给了我战胜一切困难的勇气和力量！

正是在他们的热情支持下，使我在戏剧出版事业中，取得了一些成绩。我编辑、审读过的重要著作（主要都在 20 世纪 80

1990 年《曹禺文集》前四卷出版后，杨景辉在北京医院看望曹禺先生

年代由戏剧出版社出版），有《郭沫若著作全集》《田汉剧作选》《曹禺文集》《阿英剧作选》《于伶剧作集》《吴祖光剧作选》《中国现代戏剧史稿》《中国现代比较戏剧史》《新中国话剧文学概观》《田汉评传》《田汉研究》《曹禺剧作论》《曹禺评传》《话剧艺术概论》《焦菊隐戏剧散论》《〈茶馆〉的舞台艺术》《演员于是之》《北京人艺论》等；此外，还主编了《中国艺术百科辞典·话剧卷》（合作）、《世界戏剧经典全集·中国卷》《北京人艺演剧学派创始人——焦菊隐论导演艺术》等大型图书。与此同时，编辑之余还从事有关的学术研究，出版《郭沫若剧作论》（合作）、《论北京人艺演剧学派》（合作）；发表数十篇学术论文，2013 年选编出版了《中国话剧艺术漫论》一书（新华出版社出版）。如果将这些图书编辑（或写作）过程中的具有史料价值的轶事，形成文字，也许能留下当代中国戏剧历史发展的某

1992 年 8 月 9 日杨景辉与于是之先生游览北京大觉寺时合影

些痕迹。

1979 年春，杜高获得平反。他很快被调回剧协工作，并委以重任，担任剧协书记处书记，兼任中国戏剧出版社总编辑（刘厚生为社长。因他是剧协的总负责人，工作十分繁忙。对出版社主要是方针大计上的指导，具体领导就交给了杜高）。当时，我负责出版社话剧编辑室和总编室的工作。在和他相处的日子里，他给我留下了很好的印象：对事业、对同志十分热情；对下属宽容大度，总是向人们伸出友谊之手，没有丝毫官家气，善于调动所有同仁的积极性；在工作中显露了不凡的才气和能力。因此，在他的领导下，我对工作是很用心的，也是很舒心的。

这几年，在他和出版社领导集体的共同努力下，社会效益、经济效益双丰收。出版了一批颇有价值的高质量的戏剧书籍，如《田汉文集》《郭沫若剧作全集》《夏衍剧作集》《老舍剧作全集》《于伶剧作集》《焦菊隐戏剧散论》《〈茶馆〉的舞台艺术》，及《地方戏曲选编》《评剧大观》等书。

上述话剧图书中，除《田汉文集》外，其他我都参与了编辑工作（或做责任编辑，或审稿）。

《郭沫若剧作全集》（共三卷），是出版社的重点选题之一，适逢郭老90诞辰之际与读者见面，具有纪念意义。由田本相和我

1993年于是之先生赠送给杨景辉的条幅

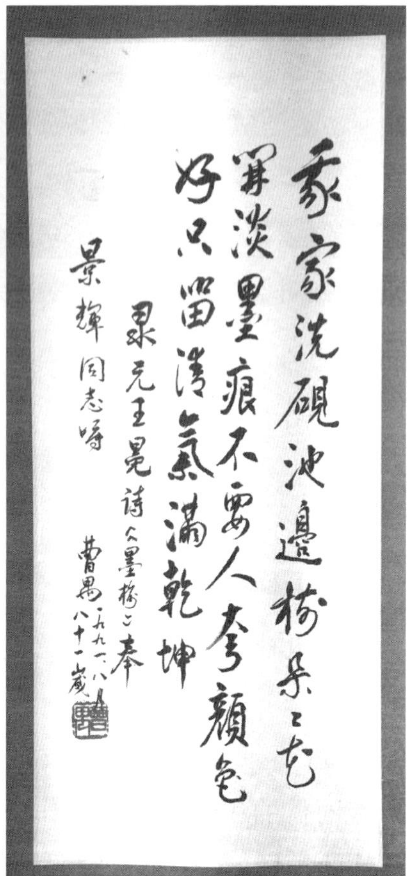

1991年曹禺先生赠送给杨景辉的条幅

联合作“责任编辑”。实际上我俩就是《全集》的编者。“文化大革命”后一段时间，图书编者都不署个人的名字，故《全集》编者署名为：“中国戏剧出版社编辑部编”。《全集》于1983年出齐。

《于伶剧作集》是我向于老约稿的。据记载，1978年5月27日至6月5日，于伶先生出席了中国文学艺术界联合会第三届全国委员会第三次会议。这是“文化大革命”后文艺界的第一次盛会。劫后重逢，悲喜交集。我借此机会拜访了于伶先生。同他商谈再版《于伶剧作选》的事。于老热情好客，平易近人。这是我同他第一次见面，给我留下了美好的印象。他是政协委员，每年来京开会都要和我见面，而且书信来往频繁。因此，与他结下了较深的友谊。后来，在“剧作选”的基础上，编辑出版了《于伶剧作集》（四卷本），实际上就是他的剧作全集。

这里，再谈谈重建戏剧出版社后，我负责编辑的第一本书——《〈茶馆〉的舞台艺术》。

1980年初，戏剧出版社刚恢复业务，北京人民艺术剧院的蒋瑞找我，说有一部关于《茶馆》演出资料的书稿，被我所熟悉的一位编辑退了稿。她始终认为，这部书稿非常宝贵，值得出版，希望我看一看。当时，我很为难，终因她那执着的精神感动了我，才接受了书稿。读后，我觉得确实很有价值，但书稿还很不成熟。剧院要求在9月《茶馆》赴西欧演出前出书，以作为馈赠外国戏剧家的礼品。时间相当紧张。于是，我在社里领导的支持下，“进驻”人艺。他们专为我腾出一间办公室。我白天审读、加工书稿，晚上看演出（此时正好《茶馆》在公演），书稿和演出对照起来看，效果颇佳。和蒋瑞、苏民、杜澄夫等同志经过两个多月的通力合作，比较完满地完成了这一任务。经他们的同意，作为戏剧出版社“舞台艺术丛书”之一，书名定为《〈茶馆〉的舞台艺术》

（蒋瑞、苏民、杜澄夫编）。这本书，也随着《茶馆》飞向了西欧。据说，成为最受西欧戏剧家青睐的礼品。1984 年，它还荣获中国戏剧家协会主办的“首届全国戏剧理论著作奖”。

其他书稿，都是由话剧编辑室其他同志担任责任编辑，我只负责审稿。

还有一件事我始终难以忘怀，就是 1984 年“第一届全国戏剧理论著作奖”评奖。这件事影响深远，是值得在中国戏剧出版社的历史，乃至中国当代戏剧史上记上一笔的。

1983 年底，中国戏剧家协会决定举行“第一届全国戏剧理论著作奖”评奖活动，由戏剧出版社承办。杜高同志代表剧协书记处主持评奖的筹备工作。我在他的直接领导下负责评委会办公室的具体事务。

这次评奖，根据评奖条例，采取出版社、专家、读者推荐和评委会评定相结合的方法。先后有上海文艺出版社、上海古籍出版社、人民文学出版社、北京大学出版社、中国戏剧出版社以及江苏、浙江、福建、湖南、湖北、四川、云南、青海、新疆等省、自治区的出版社参加推荐评奖的著作。最后，评委会从 38 种候选著作中以无记名投票的方式，评选出了 21 种获奖著作。

评委会办公室由我和沈梅等同志先后在北京、上海、南京等地召开了 18 次座谈会，听取了一百三十多位专家对这次评奖和候选著作的意见。与会专家对这次评奖都以极大的热情予以支持，对剧协主办戏剧理论著作奖，予以高度评价，并且认为，“理论著作评奖在全国是第一次，这是一个创举”。郭汉城先生说:“剧协搞理论著作评奖，是一件功德无量的大事。”（《简报》第 7 期）他们对评奖工作、评选条例、候选书目、表彰人选等方面，提出了许多宝贵意见。为此，评委会办公室编印了 27 期

《“第一届全国戏剧理论著作奖”评选工作简报》，及时将各方面的意见如实地反映给各地的评委及有关的领导同志。

最后，经评委会评选的结果如下：

一、荣誉奖：授予在戏剧理论、著述方面有杰出贡献的专家、学者。（按姓氏笔画为序）

王季思、任二北、阿甲、张庚、赵景深、钱南扬、黄佐临

表彰：表彰建国后逝世的在戏剧理论方面有突出贡献的专家、学者。（按姓氏笔画为序）

冯元君、叶德均、李健吾、严敦易、杜颖陶、周贻白、顾仲彝、黄芝岗、董每戡、傅惜华、焦菊隐、戴不凡

二、特别奖：

《中国大百科全书·戏曲卷》

三、优秀理论著作：

《中国戏曲通史》（张庚、郭汉城主编）；《焦菊隐戏剧论文集》

四、戏剧理论著作奖：（按书名笔画为序）

《元代杂剧艺术》（徐扶明著）、《艺术，真善美的结晶》（曲六乙著）、《元明清戏曲论集》（严敦易著）、《王骥德〈曲律〉研究》（叶长海著）、《论汤显祖及其他》（徐朔方著）、《戏曲剧目论集》（郭汉城著）、《论戏剧性》（谭霈生著）、《戏曲编剧论集》（范钧宏著）、《西欧戏剧史》（廖可兑著）、《李健吾戏剧评论选》、《戏剧理论史稿》（余秋雨著）、《论悲剧与喜剧》（陈瘦竹、沈慰德著）、《明刊本〈西厢记〉研究》（蒋星煜著）、《河北梆子简史》（马

龙文、毛达志著)、《洪升年谱》(章培恒著)、《〈茶馆〉的舞台艺术》(北京人民艺术剧院 蒋瑞、苏民、杜澄夫编)、《曹禺剧作论》(田本相著)、《编剧理论与技巧》(顾仲彝著)、《豫剧唱腔音乐概论》(王基笑著)

这次评奖，最突出的特点是所有的评委都一丝不苟地做到了公开、公正、公平，表现出廉洁正派的作风，所有评委没有拿过一分一毫的“劳务费”，为戏剧评奖开创了良好的风气。在评委会的总结报告中写道:“在评选过程中，评委会自始至终坚持标准，不搞照顾，不搞平衡。讲真理，不讲情面。提倡在学术面前人人平等。对每部著作，既谈成就，又谈缺点和不足。实事求是，秉公评选。”遗憾的是，这样的好风气，没有在媒体上宣扬过，也没有对以后的各种戏剧评奖产生应有的影响。

在评奖中，还有一点是值得一提的。那就是杜高对中青年戏剧理论家的重视。“文化大革命”后，中青年一代戏剧理论家正在崛起，大有长江后浪推前浪，戏剧新人超旧人之势。他们代表了戏剧理论研究的未来和希望。杜高十分敏锐地看到了这一发展趋势。首先，他力荐余秋雨的《戏剧理论史稿》入选，得到评委们的热情支持。还有田本相(《曹禺剧作论》)、谭霈生(《论戏剧性》)、叶长海(《王骥德〈曲律〉研究》)等中青年戏剧理论家都获得了此项大奖。

关于这次评奖的详细情况，见本人撰写的专稿——《老一辈怎么为文艺评奖——回忆“第一届全国戏剧理论著作奖”》[①]。

① 杨景辉:《老一辈怎么为文艺评奖——回忆“第一届全国戏剧理论著作奖”》(2016年1月6日《中华读书报》第6版)。

四

王正是中国青年艺术剧院的剧作家，“文化大革命”后调剧协工作，任剧协分党组成员、书记处书记。从 1985 年起，分管戏剧出版社，先兼任总编辑（当时的社长是刘厚生），后兼任社长和总编辑，1989 年底离开了岗位。

这四年，使戏剧出版社走向它历史的鼎盛时期。

据不完全统计，自 1986 年至 1989 年 6 月，戏剧出版社（包括以副牌宝文堂书店的名义）出版的图书共 244 种，其中戏剧专业书 183 种，非专业的普及读物只有 61 种。这 244 种图书的出版，集中体现了他的办社宗旨和编辑方针：既重视优秀传统戏剧文化的积累，又能适应时代发展的需要，具有鲜明的创新、开放的意识。

下面谈谈与我有直接关系的几部重要著作的编辑、出版情况。

关于《曹禺剧作论》：

我从小是一个“曹禺迷”。后来逐渐认识到，曹禺剧作的出现，标志着中国话剧的成熟，确立了中国话剧在现代文学史上的重要地位。因此，“文化大革命”后（当时我在人民文学出版社）我的第一个愿望就是编辑出版“曹禺全集”。当我提出这一选题后，得到编辑室的全力支持，并征得曹禺先生的同意。

为了编好这部书，我找来了曹禺剧作的许多版本。正在核对《雷雨》的不同版本时，突然，研究中国现代文学的学者田本相出现在我的编辑视野中。现代文学编辑室的孟伟哉同志（后来我才知道他和田本相是南开大学的同学），转来一篇研究曹禺剧作的稿件，这就是田本相撰写的《〈雷雨〉论》。我读完后，很兴奋。因为，在此之前，还从来没有读过像这样全面而深刻地评论《雷雨》的文章。于是，我将此文推荐发表在本编辑室的戏剧理论刊物《戏剧艺术论丛》1979 年第 1 辑上。从文章看来，他对现代文学研究的功底厚实。我又很快通过孟伟哉，约他来社里见面，正式约请他撰写研究曹禺剧作的专著——《曹禺剧作论》。

大约花了一年多的时间，他完成了 23 万多字的书稿。读后，觉得比我预期的还好。这是新中国成立后研究曹禺剧作的第一部专著，为了尊重曹禺先生，同时，也是为了提高书稿质量，经本相同志同意，我将书稿连同本相给曹先生的信送给了曹禺先生，希望听听他的意见。曹禺先生在百忙中很快读完了书稿，给本相回了热情洋溢的信，并约他面谈。应约，于 1980 年 5 月 23 日、6 月 22 日我陪同本相同志先后两次拜访了曹禺先生。这两次长谈，内容很广，从他的身世、家庭、创作道路、创作经验到当前的创作状况，都做了深入的、倾心的交谈。后来本相根据录音整理成文字，以《我的生活和创作道路——和田本相同志的谈话》为题，附于书末。这篇长文，成了曹禺研究的重要文献。

《曹禺剧作论》于 1981 年 12 月出版发行（因脱销，于 1985 年重印，并增加了《我是怎样研究曹禺的》一文），博得好评，在文学和戏剧界颇有影响。1984 年荣获“第一届全国戏剧理论著作奖”。后来，田本相被戏剧研究界称为“曹禺研究第一人”，成为曹禺研究，乃至中国话剧艺术史研究的领军人物。我与他也成为合作时间最长的挚友。

关于《曹禺文集》：

为了编好这套文集，我于 1979 年 3 月 27 日和 5 月 16 日，先后两次应约去三里屯他的寓所同他商谈此事。当我详细陈述了我的想法之后，他十分高兴地同意了。我也欣喜不已。

这两次访谈，在我的《曹禺戏剧集 工作记录本》中做了记录。

3月27日，在我征求他对出版《戏剧集》的意见时，他说："《雷雨》最早的版本的序幕和尾声都不要。《序》也可以不要。""《黑字二十八》又名《全民总动员》，是我和宋之的在一个月内凑出来的。写得不好，可不选。"

5月16日的访谈，时间很长。主要内容，包括他的家世、生平和创作道路。

这两次拜访，给我留下了很深的印象。每当我向他告辞时，他不顾我的劝阻，执意要送我下楼。他穿着睡衣睡裤从三楼一直送我到院子里告别。这是"文化大革命"后我同他的第一次见面。当时的情景，至今还记忆犹新。

后来，由于多方面的原因，戏剧出版社同曹禺的关系不好，直至1986年才有转机。在本相编著的《曹禺访谈录》[①]中，1986年2月10日的访谈有这样一段记载：

> 下午3时半和杨景辉、黄金铎去曹禺家。
>
> 王正担任戏剧出版社的总编辑，杨景辉担任副总编之后，他们决心调整出版社同曹禺多年僵化了的关系，同时，也准备有计划地出版一些老剧作家的选集和文集，而他们把出版《曹禺文集》放到了首位。其间，我多次向曹禺先生说明他们的诚意和决心，试图解开一些

① 田本相、刘一军：《苦闷的灵魂——曹禺访谈录》第163页（江苏教育出版社2001年1月初版）。

误会。最后，曹禺先生答应中国戏剧出版社出版《曹禺文集》，并要我做主编。

当时，本相将他拟好的《曹禺文集》编辑方案交给曹禺先生，请他过目。曹禺先生很认真地看过后，说："很好。把《黑字二十八》改成《全民总动员》好了。"

1986年8月12日，根据本相的《曹禺文集》编辑方案，我以"话剧编辑室"的名义正式向社里写了《关于编辑出版〈曹禺文集〉的报告》。《报告》说：

> 本社从1980年恢复业务以来，计划编辑出版曹禺同志的剧作集，但由于种种原因，一直未能实现。今年年初，我们再一次提出编辑出版《曹禺文集》的建议，立即引起王正等有关领导同志的重视，并得到曹禺研究专家田本相同志的热情支持。经王正、本相、景辉同志同曹禺同志洽商，正式确定由本社编辑、出版《曹禺文集》。
>
> 经曹禺同志同意和总编辑王正同志批准，约请田本相同志担任《曹禺文集》主编；参加选编工作的还有中央戏剧学院话剧文学教研室的部分教师；本社杨景辉同志参加选编工作，并任《文集》责任编辑。
>
> 《文集》的选编范围，包括曹禺同志有关文学艺术的重要著作。计分七卷：第一至四卷为话剧剧本创作，第五卷为改译、翻译剧作和电影剧本，第六卷为戏剧论著，第七卷为小说、诗歌、散文和其他文章。每卷发曹禺同志的照片、手迹或书影、剧照若干幅。

计划用五年左右的时间出齐。

在《文集》的编辑过程中，有一件鲜为人知的轶事值得谈一谈。

版本的选择，是编辑、出版《文集》的至关重要的问题，我们十分慎重。为此事，曾同曹禺同志反复协商。在田本相于1987年2月16日给社长刘厚生、总编辑王正的报告中，记录了这一过程：

> 最初，我接受任务后，即和景辉同志作了反复研究，并请示了曹禺同志。商定《文集》所收剧本均按文化生活出版社最早版本，只作个别文字的订正，加上必要的注释出版。《田汉文集》也是这样。此一方案，经曹禺同志过目，也同意了。不料，曹禺同志在我们已经按原方案编出第一卷后打电话给我。提出按照修改本出版。我陈述了意见，但他仍坚持按修改本收入。这样，我们只得又重新编了第一卷。
>
> 最近，我去看望曹禺同志。我又提出了这个问题。我是这样谈的：
>
> 一、去年在鲁迅逝世五十周年学术会议上，一些国外专家对我们某些文集出版颇有意见，如花城出的《沈从文文集》，不但有修改，而且许多篇目以“存目”处理。外国学者认为，这样就没有学术价值了。他们，国外很难找到的是初版本。
>
> 二、我听到有关专家同行对《曹禺文集》的编辑意见，也认为以收初版为最好。这样做，不但有学术价值，

也有收藏价值。目前国内缺的就是这样一套完整的文集本。

曹禺听了我陈述的意见，他说，就按你的意见办好了。他说，看来还是按初版收较有价值。我听后十分高兴。

因此，我建议从第一卷开始即按初版本收印。

此时，第一卷已按修改本排好了版，打出了校样。为此，我向社领导建议：拆版，重新发稿，全部按文化生活版排印。虽然经济上受一些损失，但可大大提高《文集》的价值。这一建议，得到王正、厚生同志的支持。王正同志的意见是："为保留作品的原貌以及为研究家、戏剧艺术家提供原来的版本，当然以出版曹禺剧作的初版本为妥。现曹禺同志既已同意按最初的版本编文集，我们理应照此办。"厚生同志的意见是："同意。但最好用什么方式同曹禺同志正式明确一下，例如由田本相同志同曹禺同志交换信件等等。"本相同志将这一意见报告了曹禺同志后，曹禺同志正式致函田本相主编：

田本相教授：

承赐教，赞同我的文集一律根据"文化生活出版社"版本出版。请代告有关方面负责同志。

敬颂

撰安

曹禺 一九八七、二、廿七

至1990年9月，《曹禺文集》前四卷（全部话剧剧本）如期出版。这是国内第一部最完整、最有价值的版本。当我和话剧编辑室的同志将精装样书送到北京医院他的病房时，他十分高兴，并和我们合影留念。

令人十分遗憾的是，由于复杂的原因，后三卷至今未能出版。这是建社以来的一大损失。

关于《中国现代戏剧史稿》和《中国当代戏剧史稿》：

新中国成立后一直没有一部完整的中国话剧史，使有关文学艺术的研究和高等院校文科的教学造成很大的困难。为了填补这一空白，在 1983 年全国文学、艺术、外国文学科研规划会议上，确定由南京大学戏剧研究室编写《中国现代戏剧史稿》(陈白尘、董健主编)，并列为我国第六个五年计划期间文学艺术学科国家重点科研项目之一。

出版中国现代戏剧史是中国戏剧出版社的一项重要的计划。我作为分管话剧的副总编深感责任重大。经王正同志和我的多方努力，争取到了这部著作的出版权。

1986 年 5 月，我应邀参加了在江苏南通县召开的“书稿鉴

1992 年北京人艺演剧学派国际学术讨论会与会者合影（第四排右三杨景辉）

定会”。大家一致对书稿作了充分的肯定。同时，也提出了一些重要的修改意见。

1988年书稿全部完成。由方育德担任责任编辑。他十分出色地完成了这一任务，博得作者的好评。后来，他还在上海戏剧学院学报《戏剧艺术》上发表了长篇书评。

> 这是我国第一部中国现代话剧史，影响很大，曾荣获教育部颁发的高等学校教材大奖。这部著作是“解放思想，实事求是”的产物。它给我印象最深的是：真正做到了以历史唯物主义为指导，对中国现代话剧历史，作了符合历史实际的评论。尤其对著名的非“左翼”的戏剧作家作品的历史地位和影响，给予了公正的评价。

新世纪伊始，董健和胡星亮（是陈白尘、董健的博士生）主编的《中国当代戏剧史稿》上马了。

2003年暑期，董健和星亮将提纲寄给我，征求意见。我于9月28日给他们写了回信。信中说：

> 还记得，在我当戏剧出版社副总编的时候，也就是你们的《中国现代戏剧史稿》出版以后，我曾向董老师提出撰写当代戏剧史的建议，下来后，也念念不忘这一选题。今天，这一规模巨大的戏剧史就要问世了，怎能不令人兴奋呢！
>
> 新时期以来，出了几本当代戏剧史方面的著作（其中有我经手出版的），就我读过的来看，都不令人满意。

一般停留在历史现象和史料的表述的层面上，缺少“灵魂”。看了你们的大纲，其面貌就大不一样了。它全面、系统地反映了当代戏剧50年的历史，不但包括了话剧、戏曲、歌剧、舞剧的发展史，而且将台、港、澳当代戏剧的历史也纳入其中，这是其他当代戏剧史著无法比拟的。更让我钦佩的是，它以“五四”精神来鸟瞰、考察当代半个世纪的戏剧历史，表现了你们的卓识和胆量。如果能将这一思想贯串整个史著，成为这部著作的“灵魂”，那么，这部史书将会显示它独有的光彩。

从《大纲》的整体看，是严谨的，是站得住的。这里，我只提出两点建议供你们参考：

1. 从话剧文学的整体看，无论其作家还是作品，后五十年不如前五十年。但就舞台艺术而言，情况似乎有所不同，舞台艺术的发展，出现了最辉煌的时期。焦菊隐、黄佐临是杰出的代表，他们从理论到实践都做出了巨大的贡献。尤其是焦菊隐，他创立的“焦菊隐——北京人艺演剧学派”在国内外已产生了深远的影响。《茶馆》的舞台艺术，达到了登峰造极的境界。它代表中国的话剧第一次走出国门，在话剧的故乡引起轰动。佐临“写意戏剧观”的历史意义和深刻影响，从新时期以来，愈来愈明显了。因此，我认为有必要辟一专节，集中谈一谈他们的成就。当然，也要顾及戏曲舞台艺术的成就（如阿甲）。

2. 从80年代以来，戏剧理论与历史的研究，无论话剧还是戏曲，成果非常突出，出现了一大批戏剧研究家和论著。1984年举办了首届全国戏剧理论著作奖，表彰了一批戏剧理论家及其著作。此后的成果更加辉煌，值得在当代戏剧史上记上一笔。因此，也建议增加一节，专门论述。

其他，如吴祖光（《闯江湖》等）、王正（《双人浪漫曲》等）是否也可以加上一笔？

这部新著的责任编辑也是方育德，把现、当两代戏剧史连贯起来了。这是他对戏剧出版社的一大贡献。

《中国当代戏剧史稿》于2008年9月与读者见面了。很快，董健、星亮给我寄来了新书，并约我写书评。我义不容辞，欣然同意。于2009年4月发表了题为《集大成·立新意·修信史》的书评。

除这两部戏剧史外，还有《中国现代比较戏剧史》（田本相

2005年在北京与刘厚生、赵韫如先生等戏剧界前辈聚会

主编)。也是戏剧出版社的重点图书，已列入出版计划。

我是这部书稿的责任编辑。从拟提纲到定稿的全过程我都参加了，审读了初稿和定稿，完成了全稿的编辑加工任务。最后，于 1991 年 12 月 21 日写了详细的《审稿意见》。正要发稿时，它遭受到与《曹禺文集》同样的命运。

这部著作，规模宏大，它为中国话剧史的研究，选择了一个全新的视角，是对中国话剧史研究的新的、大胆的突破。这是我国第一部比较戏剧史。很遗憾，戏剧出版社失掉了这部重要图书的出版权。非常遗憾！

关于“戏剧文化探索丛书”：

20 世纪 80 年代以来，随着“戏剧观”争鸣的热潮，戏剧理论研究异常活跃。为了适应这一形势的需要，我提出了编辑、出版“戏剧理论小丛书”的构想，立即得到刘厚生、杜高、王正等有关领导同志的支持。这套丛书是介乎大型专著与一般论文之间的“中型”著作。给研究者们提供一个“快捷”的园地，这样能较快地出成果。

为了编好这套丛书，我曾在北京、上海等地组织召开过数次座谈会，参加这些座谈会的专家、学者有田本相、谭霈生、童道明、林克欢、杜清源、孟繁树、陈恭敏、余秋雨、胡妙胜、叶长海、叶涛、董健、胡星亮等；还召开过记者招待会，同时得到广大戏剧研究者的热烈响应。在上海戏剧学院的座谈会上，余秋雨建议将“戏剧理论小丛书”改为“戏剧文化探索丛书”。大家都觉得这个名称好，最后采纳了他的意见。

为了出好这套丛书，社内专门成立了编委会，王正任主编，编委有王正、朱以中、李海泉、杨知、杨景辉、熊澄宇。

主编提出编辑这套丛书的宗旨是：“团结、探索、创新、进步”。在这一宗旨的指导下，团结了一大批戏剧理论研究者，取得了丰硕的成果。第一批出版的论著有：《戏剧演出符号学引论》（胡妙胜著）、《中国戏曲的困惑》（孟繁树著）、《戏剧本质论》（金登才著）、《戏曲学特征的凝聚变幻》（吴乾浩著）、《三大戏剧体系审美关系初探》（康洪兴著）、《作为演出艺术的戏剧》（李春熹著）。第二批正在积极编、审之中。准备出版的有：《戏剧本体论》（谭霈生著）、《戏剧本体论纲》（马也著）、《林兆华导演艺术》（林克欢编）、《沙叶新剧作研究》、《戏剧笔记》（童道明著）、《中国现代喜剧流派论》（胡星亮著）、《金线和衣裳——曹禺与外国戏剧》（焦尚志著）、《戏剧与宗教》（周育德著），还有余秋雨的《艺术人格论》（又名《余秋雨戏剧评论选集》）、朱栋霖的《戏剧美学》等。

然而，这套丛书，同《曹禺文集》后三卷一样，也是半途而废，又一次严重破坏了出版社的声誉。历史的经验，值得总结。

《论北京人艺演剧学派》作者于 1992 年 8 月 8 日在北京密云合影（左起：顾骧、王宏韬、杨景辉、田本相、于是之、何西来、童道明）

在“王正时期”，正值戏剧出版社建社30周年、宝文堂书店创建125周年。1987年1月13日，在民族文化宫举行空前隆重的纪念招待会。文艺、戏剧界，出版界，各方名流，欢聚一堂，共庆戏剧出版的辉煌。出席这次盛会的有杨静仁、贺敬之、许力以、刘杲、王子野、吴祖强、吴祖光、张庚、郭汉城、胡可、李默然、张颖、葛一虹、马少波、袁世海、李紫贵、曹幸之、廖静文、方掬芬、舒强、姜春芳、吴雪、胡絜青、马彦祥、丛维熙等。

这一庆典，展示了戏剧出版社自1980年恢复建制以来，所取得的重大成就。

在这短短的四年中，取得了令人瞩目的成绩，与王正的领导是分不开的。其实，作为剧作家的王正在进入戏剧出版社之前，对出版工作（尤其是管理）并不熟悉，然而他靠什么力量使戏剧出版社走向自己的历史的高峰？我们认为，最关键的是他对党、对人民、对戏剧事业、对戏剧出版社、对同志、对朋友有一颗赤诚的心，由这颗赤诚的心而产生极大的凝聚力，把全社同志紧密地团结在自己的周围，充分调动每个成员的积极因素。在此期间，戏剧出版社里几乎看不到社会流行病“窝里斗”现象，“人心齐，泰山移”，还有什么困难不能克服，还有什么高峰不能攀登？

在他当社长期间，正是他戏剧创作的旺盛期，他毅然搁下自己的创作，全心全意地扑在戏剧出版事业上。他甚至主动放弃“铁饭碗”，把自己的行政关系从剧协转到自负盈亏的出版社，与全社同志同甘苦、共命运。这是一种何等可贵的牺牲精神啊！

我于1992年离开了出版社，我对它的回忆，也就到此为止了。

我虽然离开出版社了，退休了，而我的心却永远和它在一起。

本文所用资料主要来自笔者的回忆录《文山探宝——编辑生涯纪事》[①]。

作者简介

杨景辉，1937年生，湖南湘乡梅龙山人。1961年毕业于武汉大学中文系，被分配到中国戏剧家协会工作。1972年至1979年在人民文学出版社任编辑。1980年后，在中国戏剧出版社工作，曾任副总编、编审。1998年退休。业余从事中国话剧艺术研究，发表论文、书评、剧评数十篇。选编出版专著《中国话剧艺术漫论》。

① 杨景辉:《中国话剧艺术漫论》第325页（新华出版社2013年3月初版）。

庆幸生活在太平盛世

沈　毅

已经七十多岁了。回首往事，是苦还是乐？有苦也有乐，但乐大于苦，喜大于悲。

我生于20世纪40年代初，正是中国人民同日本鬼子浴血奋战的年代。那个年代，没有计划生育，本属于不该出生的人，也来到世上。依稀记得，幼年随长辈在小山村避难。1945年，抗战胜利了。我随父母亲和姐姐走了几十里的山路，我被一个工人用扁担挑着，一头是我和龙眼，一头是锅碗瓢盆，好不容易到达潮州古城。没过两年就上学了。新中国成立前夕，国民党反动派滥发“金元券”，成堆的钞票换不到一两斤米，倒成了我的玩具。父亲是个小职员，虽然我们不至挨冻受饿，但也日食艰难。

1949年，五星红旗插到潮州金山顶上，人们为新中国成立而雀跃欢呼。但新中国成立初期，到处残破不堪，人们的生活还十分穷困。我上初中的时候，家父已经去世，姐姐因为家穷而早已出嫁，不识字的母亲凭给学校当工人的微薄工资养活姥姥和我。家离学校较远的学生在学校旁边托人炊饭，每人交1分钱，炊饭者同时煮大锅菜和牛肉丸，穷学生只能1分钱买1勺菜，能用5分钱买3颗牛肉丸的是富家子弟。有时候，连午饭都吃不起，就吃1块白薯充饥。我们穿的衣服，多是父兄留下的，很少穿新衣。南方天气热，加上穷，赤脚者比比皆是，我的脚经常被图钉扎得鲜血直流。高中时我买了一双草鞋，一直带到大学。5年大学里，我只有一双球鞋，只有在节日和天气极冷的时候才穿它。大学期间，正逢国家经济困难时期，每到月底，饭票就很紧张，曾经有一位同学支援我1斤粮票，10年之后，我坚持要请他吃一顿饭。1963年底，学校放开让学生随便吃饭，有的同学竟一顿能吃七八碗大米饭，这是今天的年轻人难以想象的。

1964年夏天，我大学毕业后分配到中国戏剧家协会工作。那时，我国的经济已经开始恢复和发展，抛弃了“大跃进”的空想，步入正常的发展轨道。没有想到，一场狂风暴雨已经开始卷来了。田汉的《谢瑶环》，吴晗的《海瑞罢官》，孟超的《李慧娘》已惨遭批判。好不容易才熬过“文化大革命”，经过拨乱反正，直到1978年党的十一届三中全会的召开，我们才迎来新的曙光。

我们这一代人，都长期经历过用粮票买粮食，还有布票、肉票、油票、工业券、购物证等，多如牛毛，皆因粮食及各种物品匮乏所致。上班多乘公交车，骑自行车的也不多，因为买车要凭票，路近的干脆走路。住房很紧张，没房户很多，住集体宿舍的不少，较大的干部，住房也不宽敞，像田汉这样的老干部、大作家，住在北新桥细管胡同的一个小院子，本来院子并不大，院子前后左右的小房子，还住了剧协不少的干部。

我国实行改革开放政策以后，经济和文化都有了飞速的发展，戏剧事业也出现繁荣的局面。广东是改革开放的前沿阵地，首先尝到了甜头。我由于热爱戏剧，所以坚持留在北京。我想，北京同广东，顶多就差几年的时间。1985年，我从剧协那里就分到一套两居室，房间虽然不大，但能读书看报，能写文章，能培养孩子，已经很满足了。1980 年，抽到一张自行车票，从此开始了 40 年的骑车生涯。我晚上经常骑车到人民剧场、民族文化宫、北京市工人俱乐部甚至二七剧场看戏，往返两小时左右，一般不觉得苦和累，因为看戏是工作，也是享受。我们逐渐摆脱了令人心烦的票证，它们变成了收藏品。我们虽然不能天天吃大鱼大肉，但生活已有很大的改善。孩子能上学了，旁边有商场了，附近的公园的花草越来越美了。在一个皓月当空的晚上，我在公园漫步，突发奇思异想，居然“发现”我是一个百万富翁。那是十年前，当时我是这样计算的：我的房子值几十万；如果我能再活二三十年，工资也有几十万；我爱看戏看节目，这是我的工作，不用买票，能看几十年，也值几十万。这三项加起来，不就百万以上吗？我写了一篇文章：《另类的百万富翁》，参加中央电视台经济频道的征文比赛，没想到得了特等奖，奖励到欧洲旅游。

我越来越感到生活在中国的幸福。我们多少接触过世界和中国的历史，自从有了人类以来，充满了饥饿、疾病和战争。20 世纪的中国，在抗美援朝战争之后，基本上只有局部的战争。我们要感谢袁隆平和他的团队，他们使中国粮食取得大丰收。我们还要感谢各行各业的工作者、劳动者，他们使我国的物质生活富裕起来，国家富强起来。随着医疗技术进步了，人们更关注身体的健康。建筑技术进步了，高楼遍地林立，人们的住房不那么紧张了。高铁发展了，高速公路、飞机航线连成了网，大汽车、小汽车来回穿梭，千里之途变成咫尺之间。电视机、电脑、手机普及了，信息可以飞快传递。空调机、取暖机南北都有，人们可以免受酷夏与寒冬之苦。中国人真正站立起来了，我们不再被欺负，还能帮助别人，我们充满了自豪感。厉害了，中国！

中国历史上的皇帝，数乾隆命最长，活了 88 岁。现在的中国，已经进入老年社会，90 岁以上的老人已司空见惯，百岁以上的老人也不再屈指可数。乾隆只去过中国的江南，我们可踏遍祖国的万水千山，还可以周游世界。乾隆得太监或宫女给他摇扇子，我们屋里想调多少度就多少度。乾隆只能在宫里看戏，我们有大制作、大场面、大歌舞。不慕当年帝王家，愿做今朝中国人。生活、工作、养老在今日的中国，很幸运，很幸福。历史上也有过太平盛世，但都比不上今天。

作者简介

沈毅，1941 年生，广东潮州人。1964 年广州中山大学中文系毕业后分配到全国文联中国戏剧家协会工作，年底被剧协派往北京第二外国语学院学习西班牙文。1971 年被调到中华书局、商务印书馆当编辑，编辑《列宁序言选》一书，当由西班牙文译出的《厄瓜多尔简明通史》等责任编辑，参加编写《俄国简史》等书籍。1979 年回中国剧协，历任《剧本》月刊评论组长，中国剧协研究室主任等。编辑过《欧阳予倩研究资料》等图书，发表过戏剧理论、评论文章一百多篇。2002 年退休。退休后任中国田汉研究会副会长兼秘书长，在《曲艺》等杂志上发表过《寻找梦中人》等十个小品。

中国电影出版社的历史与现实

——为改革开放四十周年而作

许南明

一、历史沿革

中国电影出版社创建于1956年，其前身为新中国成立初文化部电影局艺委会的编译组（电影艺术编译社）。她是新中国电影图书出版的拓荒者、国内唯一的电影专业出版机构；半个多世纪以来，她始终与共和国的电影事业荣辱相伴，风雨兼程。

首任社长兼总编辑是电影局副局长陈荒煤，副社长邱秉经，副总编辑谢力鸣；其他如程季华、黄钢、贾霁、耿西等为领导班子成员。业务板块包括：《中国电影》（后为《电影艺术》）杂志、《大众电影》杂志、外国电影图书编辑室、电影技术丛书编译组、电影放映资料编译组、电影通俗读物编辑组等。1957年4月，中国电影工作者联谊会（即系属“文联系统”的中国电影家协会）成立，社长改由“影协”书记处第一书记袁文殊兼任，程季华任副社长兼总编辑，刘备耕任副社长。《中国电影》《大众电影》《电影艺术译丛》（后为《世界电影》）杂志相继于1959年、1961年、

1979年脱离电影出版社划归“影协”。

回顾历史：出版社既有新中国成立初期译介苏联及其他社会主义国家电影，筹措新中国电影文化建设的肇始期；亦有“十七年”大规模经济建设时期，奠基中国社会主义电影基本文化品格及电影艺术繁荣发展的难忘岁月。毋庸讳言，各种“政治运动”所带来的坎坷和风暴洗礼，直至最终导致“文化大革命”……而随着“拨乱反正”改革开放的历史新纪元，出版社亦曾亲历了创造力丰沛、激情澎湃的20世纪80年代。她对世界各国优秀电影文化的译介、引进，对本民族电影艺术繁盛发展的归纳、梳理，至世纪之交成系列出版的中外电影美学、艺术理论、剧作、电影史、人物传记、工具辞书、电影科技、少儿读物、电影产业描述及市场运作管理等各类图书和音像制品已不下万余种。出版社的专业权威性和文化品位，所涉猎的影视文化深广度，不仅构成了厚重的历史积淀，也极大地影响着一代代电影从业者、教育机构和“传媒时代”广大的受众群体。抚今追昔，可谓：筚路蓝缕，以启山林！

二、改革开放的历史新纪元

粉碎“四人帮”后，中国电影出版社于1978年开始了“文化大革命”废墟上的重建。影协书记处第一书记袁文殊兼任社长和总编辑，孟广钧、许南明、康庆云任副社长。1984年，改由影协书记处常务书记许南明任社长兼总编辑，邝锦宽任副社长；副总编辑有富澜、徐虹、陈纬、任大心；专职编审沈善。恢复中的影协和出版社共借中央新闻纪录电影制片厂办公楼一隅，重整旗鼓，惨淡经营。凭借着喜迎文艺春天的激情，“浩劫”后重新生聚的专业队伍，短短数年，即取得了明显的政治效益和经济效益：既有“本国电影”“外国电影”“电影技术”“电影工具辞书”“通俗读物”“美编装帧”“音像制品”等编辑室的全方位开拓，也有“财务”“出版”“发行”等管理职能的健全，且拥有一家自属的印刷厂。1985年，随着迁入新建的办公大楼，初具规模的出版社先后有张清、康庆云、邓兴器、何志云、胡子光、宋岱历任社长；富澜、邓兴器、崔君衍历任总编辑；李梦学任代总编辑。2010年底，电影出版社与中央在京一百多家出版社一同“转制”为国有文化企业，现正在按照整体部署，向电影出版有限责任公司发展。

改革开放四十年来，中国电影出版社已成为我国出版业界一种独具特色的文化存在，试分述如下：

（一）民族电影文化的梳理和提炼

远在1959年新中国成立十周年之际，出版社即开始策划出版了系列影片研究集，将一些优秀国产影片“从小说（剧本）到电影”，涵盖编、导、演、摄、美、录等全方位的创作总结及相关报刊的主要评论归纳结集，计有《红色娘子军》《祝福》《李双双》《青春之歌》《林则徐》《聂耳》等。丛书汇集一线创作人员的生动经验，不仅具有学术研究价值，且能提供参考借鉴，深受电影从业者欢迎。该系列延续了20多年，包括改革开放后的《天云山传奇》《归心似箭》《被爱情遗忘的角落》《沙鸥》《喜盈门》《邻居》《西安事变》《南昌起义》《城南旧事》《开国大典》等。

电影艺术的理论研究带有强烈的实践性特征，故而《电影导演的探索》系列于20世纪八九十年代陆续出版。这些录自“名师”的鲜活著述，不仅提供着交流互鉴，也滋润和孕育着后来者的开拓和创新。21世纪以来，此类丛书甚至纳入了我国电影教学

（参考）系列，并扩展为《与中国当代电影家对话》模式，实用价值高，颇受业界欢迎。

中国电影史的研究始于1950年，汇集了20世纪初以来，全国各地大量的电影史料，至1962年形成了“文化大革命”前第一部《中国电影发展史》（一、二卷）。此书由程季华主编，与李少白、邢祖文共同编著，其实还有郭安仁（笔名丽尼）同志等众多电影史学工作者参与其中，书中虽未见提及，但无法湮灭他们的重要贡献。今天看来，此书由于时代原因，具有过于浓重的“意识形态”色彩，叙述及臧否人物亦有不当之处，但毕竟填补了空白，且产生了一定国际影响。电影史由事件、作品和人物构成。出版社自20世纪80年代起就与影协电影史研究部合作开拓了《中国电影家列传》（共十几册）系列；世纪之交，又先后出版了谢铁骊、谢晋、于洋、秦怡等几十位电影家的传记丛书，既有较高的学术价值，也颇具可读性。而《中国无声电影史》《中国“左翼”电影运动》《三十年代中国电影评论文选》《20世纪中国电影理论文选》《中国电影批评史》等不断延续和丰富着电影史研究的内容。而四卷本的《中国影片大典》系与电影资料馆合作，汇集了近百年中国数千部电影图文资料，具有珍贵的史料价值。近年国人著述（中国艺术研究院、各大学电影专业学者）的中国电影“通史”也不断问世，充实着电影的史学园地。

“传播积累电影文化，致力于建设中国的电影学派”，始终是出版社的明确理念。在重版“文化大革命”前出版物的同时，夏衍的《劫后影坛》《夏衍电影文集》、陈荒煤的《攀登集》、袁文殊的《影坛风云录》、郑君里的《画外音》、柯灵的《电影文学丛谈》、赵丹的《银幕形象塑造》、白杨的《电影表演探索》和于敏的《探索》、钟惦棐的《陆沉集》《起搏书》以及罗艺军的《风雨银幕》等相继问世。此外还有20世纪80年代关于“电影与文学”“电影与戏剧”“电影的世界性与民族化”问题以及“第五代导演的文化探索”等重大学术论辩的论文结集亦陆续出版。上述出版物不仅明晰了“电影的本体性”，且广泛涉及了中国电影的传统美学理念与世界电影文明的冲突与交汇，以极为丰富的内涵和个性鲜明的文化表述，诠释了那个激情蓬勃的艺术时代。

国内首部权威性的电影工具书《电影艺术词典》是出版社具有“系统工程学”意义上的重要品种。该书由许南明主编、沈善副主编，集数十位电影名家任编委，150余位电影专业人士撰写词条，计2000余条目60万字的巨制广泛涉猎电影诸艺术门类，兼及科学性、系统性、知识性和实践性，融汇普及与提高、理论与实践、国际性与民族化，成为华语影坛的盛事，亦为国际影坛瞩目。首印25000册，十数次再版，先后荣获“1986年中国图书奖荣誉奖”“1986年、1987年全国优秀畅销书奖”等国家级图书奖。2005年，应业界要求，《电影艺术词典》由许南明、富澜、崔君衍主编再次修订，增补300余词条，全书计80万字。其间众多电影名家与撰稿者已驾鹤西归，但仍为中国电影的百年华诞献上一份厚礼。

近年来，为适应影视教育的发展及在全国众多综合性大学的普及，高等艺术教育的教材需求日益凸显。学界专家学者纷纷著书立说，出版社抓住契机，采取多种形式与北京电影学院、中央戏剧学院、中国传媒大学、北京师范大学等高校合作。不仅兼收并蓄，亦曾“反哺”高校。例如北京电影学博士点的设立也得益于12卷本《新世纪电影学论丛》。

（二）他山之石——域外电影文化的译介引进

电影系“舶来品”，毋庸置疑，外版专业著述始终是出版社一道亮丽的风景线。早在“编译组”时期就曾以理论译介丛书形式出版过苏联电影专著和表演技巧，计有爱森斯坦、普多夫金、格拉西莫夫、杜甫仁科、库里肖夫、多宾等人的专著，系统翻译的斯坦尼拉夫斯基表演体系，不仅充实了电影界，亦极大惠及了中国戏剧界。继而又将目光转向世界：计有美国劳逊、英国林格伦、匈牙利贝拉·巴拉兹、德国爱因汉姆、法国雷内·克莱尔等人的理论著述。电影史方面则有意大利、法国、印度、日本等国别史，以及《苏联电影史纲》（一、二卷）、《世界电影通史》（法国乔治·萨杜尔，卷帙浩繁）、德国《世界电影史——六十年代以来》等。

改革开放后，除重版上述品种外，更开拓出一大批“外国电影理论名著”系列，包括爱森斯坦的《蒙太奇论》《并非冷漠的大自然》、爱因汉姆的《电影作为艺术》、贝拉·巴拉兹的《电影美学》《可见的人 电影精神》、法国巴赞的《电影是什么》、苏联B. 日丹的《影片的美学》、美国斯坦利·卡维尔的《看见的世界》、苏联叶·威兹曼的《电影哲学概说》、德国克拉考尔的《物质现实的复原》、意大利基多·阿里斯泰戈《电影理论史》、美国李·R. 波布克的《电影的元素》、乌拉圭丹尼艾尔·阿里洪的《电影语言的语法》、美国斯坦利·梭罗门的《电影的观念》、美国诺埃尔·伯奇的《电影实践理论》、匈牙利伊芙特·皮洛的《世俗神话——电影的野性思维》、罗伯特·C. 艾伦、道格拉斯·戈梅里的《电影史：理论与实践》、英国乔纳森·皮奇斯的《尘封的梅耶荷德》、美国路易斯·贾内梯的《认识电影》、马塞·马丹尔的《电影语言》、美国《故事——材质、结构、风格和银幕剧作的原理》……得益于影协早期储备的以邵牧君、郑雪来为代表的一批优秀翻译人才（语种丰富、学养深厚）和我国较晚加入国际版权公约的情况，此类出版物一时蔚为大观，堪称图书市场的抢手货。此外，出版社还推出了不下数百种各国别“经典影片剧作丛书”，以及世界级大师费里尼、安东尼奥尼、英格玛·伯克曼、小津安二郎、黑泽明等人的专门研究著述。

综上所述，这些视野宽广、观念丰富、极具美学品位和学理严谨的译著极大地滋养了“改革开放”后走向世界的一代代电影从业者，包括像张艺谋、陈凯歌这样的名导演。可以不夸张地说，整个20世纪80年代，出版社承担了类似“普罗米修斯盗火予人类”的文化职责。

（三）普及电影文化

电影艺术是大众传媒，数以亿计的受众人群是不可忽视的重要市场资源。出版社自建社伊始，尤其是“改革开放”以来，始终秉持“提高与普及并重”的理念，做大市场，“名”“利”兼收。曾经脍炙人口的“一大一小”即曾发行960余万册的《大众电影》和电影连环画（小人书），为出版社在计划经济向市场经济的过渡期提供了雄厚的经济支撑。承担着此类出版物的通俗读物、美编部门还大力开拓了影星挂历、年画四条屏等，影响延展至广大的农村市场。低幼少儿读物《黑猫警长》《葫芦兄弟》《舒克和贝塔》以及《孙悟空》（卡通期刊）均海量发行，那真是出版社的“黄金时代”。

创刊于1985年的《环球银幕》画刊（月刊）拓展域外广阔的

环球电影视野，以高艺术品位、简洁生动的形象表达，兼及资讯、时尚与娱乐，精美的制作独树一帜，行销全国200多座大中城市，曾有过四五十万册的月发行量，业界领先，迄今仍有数以万计的“读者俱乐部”成员。21世纪以来，《环球银幕》亦开拓了与纸媒不同质的、以动态电影形象呈现的iPad版和手机版的电子阅读方式。自20世纪80年代至世纪之交，是为出版社“三大经济支柱”之一。

三、现实与思考

改革开放已历四十年，我国就其经济总量而言已成为世界第二大经济体，党的十七届六中全会曾提出提升国家“文化软实力”的目标，习总书记亦召开“文艺座谈会”对文化发展方向作了指示……当此之际，我国文化产业（企业）面临前所未有的深刻变革：依托先进数字技术平台而方兴未艾的现代多媒体传播方式，形式多样的电子出版物等，对纸媒为主的传统出版业形成了巨大冲击，甚至造成了“生存困境”。阵痛、激荡、分裂与重新整合在所难免。文明是思想的成果，或许传统纸媒阅读作为一种生活方式尚不会消亡，但现代媒介近乎无限可能的演进、嬗变将迫使出版社迎接挑战，在适应和博弈中重新整合原有的文化积淀和资源，通过资产的并购重组，提升竞争实力，建立起符合现代企业制度要求，体现独特文化品质的资产组织形式和管理制度，重塑文化市场主体。

有鉴于此，我们应对下列问题展开深入思考。

1. 要求中国文联、中国影协加强对中国电影出版社的领导与支持。

2. 如何坚持改革开放，把握好突出“中国特色”与融汇世界进步文明的关系，打造与我国经济规模相适应的文化软实力，必须继续贯彻兼收并蓄、海纳百川的精神。

3. “社会效益”体现了文化工作者的良知和责任担当。只有严肃观照现实，深刻阐释生活的创造才能抵御庸俗、低品位的不良文化泛滥。

4. 期待新闻出版的管理机制创新，确保文明的法制化运行。国家既然视出版为“产业”，希望对“经济效益”予以适当的制度保障。

我的大半生是在中国电影出版社度过的，我对她的起落兴衰，时时牵肠挂肚。已逾耄耋之年，撰此拙文，是因秉持着“薪火相传”的希冀，不当之处，请予批评。

2018 年 7 月

作者简介

许南明，男，电影评论家。1922 年出生于广东普宁，广东省立文理学院肄业。1945 年参加抗日游击队东江纵队北江支队，后任香港文艺通讯社理事。1948 年参加中国共产党。新中国成立后，历任华南文工团三分团副团长，中影总公司副科长，文化部电影局外事科科长，《大众电影》编辑部副主任。改革开放后，历任中国影协书记处常务书记，中国电影出版社社长兼总编辑。著有电影论文集《影视偶记》，文集《风雨旅程》，主编《电影艺术词典》等。

坚定文化自信　创造中国特色法制文学

——喜看改革开放法制文学之发展

魏　军

1978年12月党的十一届三中全会，做出把党和国家的工作重心转移到经济建设上来，实行改革开放的伟大决策。中共十一届三中全会是新中国建立以来党的历史上具有深远意义的转折。从此，中国历史进入了社会主义现代化建设的新时期。随着改革开放和经济建设的推进，我国文艺事业迎来了繁荣、发展的春天，我也从一个普通编辑、业余作者忝列于作家行列。与时俱进，大胆探索，在文艺百花园中播撒了法制文学种子，绽放出绚丽奇葩，成为中国法制文学理论创始人……

“文化大革命”时期，各单位人员调动均已冰结，如需人事安排，一般只能以借调名义。经军旅作家顾工向贾霁、方杰推荐，将我从北京师范学院（今首都师范大学），借调到《人民电影（大众电影）》编辑部工作。作为电影爱好者的我，首次以电影为业。停业十年的群众出版社开始恢复工作，因公安部工作性质原因，我有幸正式调到群众出版社做文艺编辑。到公安部报到时，因没有从事过公安、保卫工作的经历，领导告知我：“刚刚恢复的中央政法干校，正需要干部开展工作，你可去政法干校，一边工作一边学习公安、保卫业务。在出版社做编辑工作，也要掌握公安业务。”我到中央政法干校后，分配到胡之光（后为公安部副部长）同志负责的一部（公安局长班）工作。教学任务繁重，工作人员少，我身兼教学秘书、组织秘书、生活秘书、公安局长班班主任。每天和学员学习、讨论、生活在一起，边工作边学习，得到了全面锻炼，受益匪浅，我很快熟悉掌握了公安、保卫业务基础知识。

我回到群众出版社工作时，首先编辑出版了《虎穴追踪》《徐秋影案件》《羊城暗哨》《秘密图纸》《冰山上的来客》《寂静的山林》等电影剧本。有一次参加全国青年导演会议时，顾工又把我介绍给电影剧作家沈默君。当时沈默君在电影局《剧本园地》杂志帮助工作等待解决“文化大革命”中遗留问题。沈默君得知我是公安部群众出版社编辑，让我协助处理积压的肃反题材电影剧本。刚到群众出版社工作时，时常收到《如何打简易沙发》《毛衣编织技巧》等稿件，我曾向老同志请教：“何以叫群众出版社？”回答说：“源于公安工作群众路线一词。”我想作者寄这类稿件，说明人们对群众出版社性质多有误解，看来群众并不了解“群众”之真正含义。

记得“文化大革命”前全国只有上海一家大型文学期刊——《收获》。高等院校也只有中国人民大学一家出版社。至此，各省、自治区人民出版社先后创办大型文学期刊。江苏的《钟山》、广东的《花城》、浙江《江南》、河北的《长城》、江西的《百花洲》、河南的《奔流》，以及人民文学出版社的《当代》、北京出版社的《十月》……如雨后春笋，破土而出，令人耳目一新。接着又出现了争办出版社热潮。有的省人民出版社还将文艺、儿童、美术等编辑室，升格为出版社。具有一定规模的高等院校也都争办大学出版社，打破了中国人民大学出版社一枝独秀的局面，文化艺术教育事业一派蒸蒸日上的繁荣景象。我想，如果群众出版社也有一个文艺刊物，不仅能与社会架起沟通的桥梁，还能联系更多作家，开拓稿源，扩大出版社影响。面对文艺百花园繁荣兴盛，大有临渊羡鱼，跃跃欲试之感，于是向领导建议说："咱们也办个文艺刊物吧，至少会受到几十万公安干警的欢迎。"有同志附和说："何止几十万公安干警，各行各业的读者，都会喜欢。"于是同志们七嘴八舌地议论开了。经过一番讨论后，对创办文艺期刊基本达成共识。用什么刊名一时难以确定。有同志说叫"前卫"，有人提议叫"前哨"，也有人说叫"明镜"不一而足……尽管讨论十分热烈，最后仍无结果。领导说："刊名十分重要，今天不忙于决定，大家可以继续想。"他指了指我说："办刊物的事，由魏军同志筹办，在创刊前，你还以编辑图书为主，抽空考虑一下刊物的栏目，也可着手组稿了。"根据领导意图期刊定为综合性刊物，因此，栏目十分繁杂：回忆录、报告文学、散文、小说、诗歌、电影剧本、评论、香港见闻、文艺随笔、国际一角、其他……包罗万象，应有尽有。一个人利用业余时间编辑、组稿之艰辛可见一斑。

1978 年 9 月我接受了编辑出版《肃反小说选》《肃反电影文学剧本选》《肃反剧作选》作为向 1979 年新中国成立 30 周年献礼。这期间我阅读了 30 年来国内能找到的所有出版、发表的这类题材作品，开阔了眼界。《刑法》《刑事诉讼法》的颁布，我国文艺创作冲破了以往单一反映政治案件的框围，打破了"文化大革命"前描写反刑事犯罪作品的禁区，反映"文化大革命"中的冤假错案、伤痕文学等应运而生，呈现出创作法律与犯罪作品的多元化趋势，给我探索关乎法律与犯罪文学作品，提供了研究方向。

我对关乎法律与犯罪文学作品，有一种出乎自然的钟爱。1951年在伟大的抗美援朝，保家卫国运动感召下，我毅然投笔从戎。那时，部队正进行爱国主义和警惕性教育，我国译介了大批讴歌苏联红军和保安人员对敌特斗争的反特小说和电影。我这个十三岁的小战士，也被《红色保险箱》《射击场的秘密》《山中防哨》《最高的奖赏》《水银湖上的魔影》等作品曲折动人的情节和主人公机智、勇敢的英雄事迹所打动。随着如火如荼的“抗美援朝，保家卫国”运动在全国深入开展和阶级斗争的需要，我国作家也创作了反特、肃反题材的文学作品，如:《爱甩辫子的姑娘》《双铃马蹄表》《荣军锄奸记》《黑眼圈的女人》《赌国王后牌软糖》等，尽管这些作品，故事还嫌平庸，情节也不曲折，我读后仍爱不释手。在部队我常给壁报和军中刊物写些小品文和枪杆诗，还大胆地模仿写过反特小说呢。为探索反特题材作品的艺术创作规律和表现手法，我阅读了大量古今中外反映法律与犯罪题材的作品，但终因才疏学浅，以及生活阅历的浅薄、环境的局限，无果而终。

我在中央政法干校从事公安教育和群众出版社做文艺编辑，接触了很多反刑事犯罪案件和作品，为我进一步探索关乎法律与犯罪文学提供了可持续发展的契机。

我编辑的向新中国成立30周年献礼的肃反“小说”“电影”“戏剧”三部选集，时间紧迫自不必说，不容耽搁。为使期刊早日出版，只有晚上用业余时间在家编阅期刊稿件。这时，忽然想到《布谷鸟》杂志曾向我约稿一事，于是茅塞顿开——何不叫《啄木鸟》呢？！

第二天一上班我就把这一想法告诉了领导，领导听了我对啄木鸟的解释高兴地说："踏破铁鞋无觅处，得来全不费工夫。啄木鸟护林除害，寓森林卫士之意。此名不仅具有公安、保卫工作特点，而且寓意深广。"

茅盾

刊名确定后，大家最关心的是由谁题写刊名。想起我在《人民电影》编辑部工作时，曾和人民文学出版社陈小曼同志有过工作联系，便把通过小曼同志，请茅公题写刊名的想法告诉了大家。同志们听了一阵狂喜过后，又担心茅公无暇顾及，个个面露难色。

我拨通了电话，真巧，接电话的正是小曼。经过一番寒暄后，我把请茅公为《啄木鸟》题写刊名的事说了。小曼说："这几天他正患感冒，过几天再说吧。"听了这样的答复，大家都有些失望……

两天后的午饭前，小曼打来电话，她告诉我，"刊名茅公已经写好了，下午可以来取。"我因心急，竟忘了茅公午睡的习惯，下午两点多钟提前来到东城区后圆恩寺 13 号茅公家中。

小曼把我让进客厅后告诉我："他还没起床呢，你先在客厅坐一会儿。"

我说："没关系，你去忙吧。"待她退出客厅后，我才感到因打扰茅公午休，心中感到不安和愧疚。

过了一会儿，小曼拿着两本书和一个信封走进客厅。她打开信封取出茅公的题字说：“他感冒还没好，字也没写好，所以多写了几个字，叫你们选用。”

我不知说什么好，连连说：“没关系，没关系。”

小曼又说：“这是他送给你的两本书，你收下吧。”我大有受宠若惊之感，一时竟忘了说声“谢谢”。

我接过书一看，一本是《蚀》，另一本是《脱险杂记》。我高兴地翻开封面，只见两本书的扉页上分别写着：“魏军同志指正。茅盾，一九八〇年十二月。”一代文学巨匠对我这个小编辑、业余作者，如此谦逊和平易，实感承受不起。我想，这不正是茅公对我最大鞭策和鼓励吗。

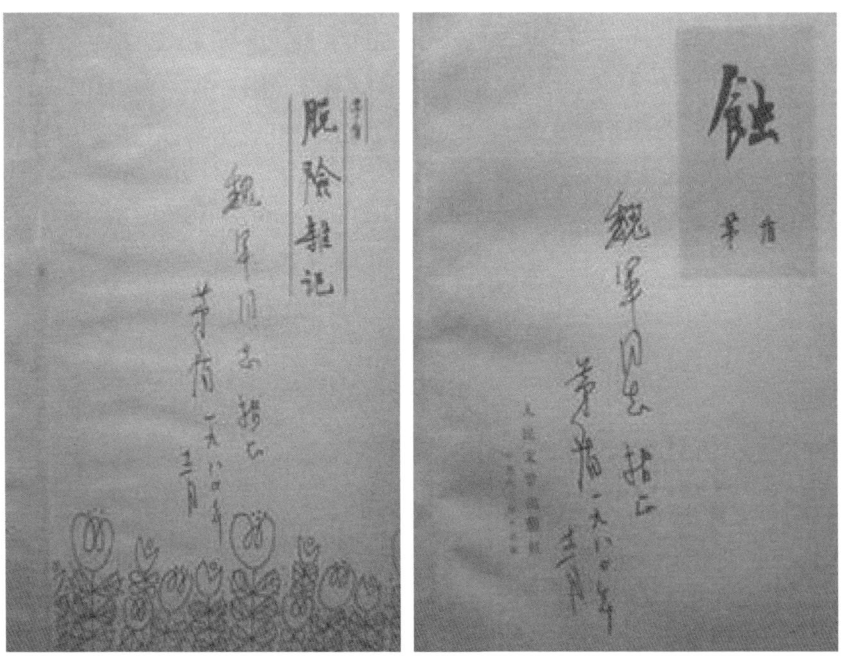

茅盾赠魏军的两部著作

小曼说:“他病还没好，今天就不见你了。他说叫你常来玩儿。”

“谢谢。”我说，“我来得匆忙，忘记把题字的稿酬带来，回头我再送来。”

小曼忙说:“他题字从来不收报酬，你千万别送来，免得我再给你往回寄。”

“这……”

小曼说:“刊物出版后，送他本样书就行了。”

我一时语塞。

第 1 期《啄木鸟》我编发了白刃、从维熙、刘心武、文达、王亚平、张志民、周振天、严寄洲、田华、赵联、寸草等同志的文章。《啄木鸟》出版后白刃的《微山湖浊浪——罗荣桓同志处理湖西“肃托”的故事》和寸草的《爱之乎，害之乎——访“两熊”的班主任》，引起社会轰动，纷纷来信询问“肃托”情况和“两熊”处理结果，至此啄木鸟在社会上展翅飞翔，一大批作家、作者纷纷来稿、来信，从此群众认识了“群众”。

1980 年魏军创办的大型文学期刊《啄木鸟》并请茅盾题写刊名

后来，我再去茅公家拜访时，茅公正写回忆录，他身体状况不甚太好，记忆力也有些减退。虽说对 20 世纪 30 年代的事记忆犹新，但对眼前的事，有时却有些淡漠。因此，我每次登门拜访，小曼都说：“魏军同志看你来了。”在小曼的提示下，很快茅公就记住了我的名字。他虽然面孔有些消瘦，两眸却炯炯有神，给人以慈祥、亲切的感觉。每次见面，茅公总是笑着和我握手。

我和茅公的交往，不能不提及《文学报》的创刊。峻青同志从上海专程来京找我，他打电话让我去他下榻的北京饭店见面。峻青不仅是著名作家，还是一名画家。20世纪50年代他写的《黎明河边》就深受读者欢迎。我放下电话来到北京饭店，峻青见我如约到来，便放下画笔对我说：“我找你是商量创办《文学报》的事。苏联有个《文学报》很受作家和读者欢迎，我们为什么不办一份《文学报》呢？”

我听后很是高兴。

峻青又说：“报社设在上海，由我负责。北京设一个编辑部，你负责。北京老作家多，我想在北京召开一个老作家和文艺界老领导座谈会，征求他们对办报的意见，你看怎样？”

我说：“可以。”

峻青说：“北京你熟，这些工作就由你做了。”

我发函邀请了百余名老作家和文艺界老领导，座谈会如期在文化部礼堂会议室召开，参加会议的作家除因病和出差不在北京外，有八十多人。会议简朴而隆重，唯一能招待与会者的便是一杯白开水。

峻青同志首先向大家汇报了创办《文学报》的宗旨，并征求与会者意见。会场气氛非常热烈，臧克家、刘白羽等几位老作家争先踊跃发言，大家一致认为，办一份全国性的《文学报》是非常必要的。会后又收到丁玲、林默涵等同志寄来的文稿，表示支持和祝贺。

峻青见这么多老作家、老领导如此热情支持，更增强了办好《文学报》的信心。当我建议请茅公题写报名时，峻青高兴地当即表示赞同，于是我带他登门拜访了茅公。茅公在身体欠佳的情况下接待了我们，峻青把办《文学报》的宗旨和意向，向茅公一一作了汇报，茅公听后很是高兴，当即答应为《文学报》题名、题词。临别时，我把事先准备好的备忘录卡片，塞到茅公上衣口袋里，对小曼说：“请你提醒茅公，放在口袋里了，别忘了。”

小曼笑了笑。

几天后茅公为《文学报》题名、题字写好了，茅公还写了一篇短文，把办报的意义、宗旨阐述得十分精辟、透彻，可见茅公对未来《文学报》的厚爱和期望。

我对峻青说：“将茅公这篇短文手书制板，作为发刊词在第一期试刊号上发表。”峻青表示赞同。《文学报》正式创刊后，《文学报》负责人峻青易人，北京设编辑部事也就无从提及了。

文学報

创刊30周年 特刊

风雨阳光三十年

欢迎《文学报》的创刊

应作家峻青同志邀请，魏军协助创办《文学报》并请茅盾题写报名

1980年应老作家何洛教授等同志之邀，我参加了北京文艺学会的创建筹备工作。在北京市社会科学研究所和北京市社科联筹备处关怀和支持下，北京文艺学会在丰盛胡同中直礼堂正式成立。成立大会因陋就简，大会横标我写好后，为不影响下午开会，中午我和李德堂同志就跑到中直礼堂把会标挂好了。参加成立大会的有贺敬之、殴阳山尊等二百多人。大会选举何洛为会长，曹子西等同志为副会长，田丁为秘书长。会员有650人。会后欧阳山尊风趣地对我说:“我当个理事够格儿吗？”可见山尊老对北京文艺学会寄予厚望。北京文艺学会以马克思列宁主义、毛泽东思想为指导，贯彻“双百”“二为”文艺方针，团结首都从事文艺理论研究、教学、编辑工作者，以及其他文艺界同志，进行文艺理论学术研究，特别是对新时期文艺领域的新情况、新特点的研究，以促进社会主义文艺繁荣和发展。

1981年9月北京文艺学会常务理事会，在何洛会长主持下，讨论常务理事分工学术研究选题时，我结合本职工作，提出研究关乎法律与犯罪文学作品。与会者听后不以为然，何洛同志让我阐述了研究方向和内容。我简要介绍了古今中外法律与犯罪文学作品的状况后说:“我国古代称这类作品为公案小说，新中国成立后称反特小说、肃反文学，日本称推理小说，苏联称惊险小说，英、美西方国家称侦探小说等。这类文学作品从概念上称谓十分混乱，缺乏科学、理性的探讨。随着我国社会发展，反映法律与犯罪文学作品必将不断涌现。作为文艺现象并没引起人们足够的重视，特别是文艺理论方面的重视，因此使这类文艺创作缺乏科学的界说。我以为如若使其健康发展和繁荣，应探讨和创立符合我国民族文化传统特征的文学概念和文艺理论，扬弃文学概念混乱称谓，创立中国社会主义法制文学（简称中国法制文学）崭新的文学概念和理论学科，充分体现中国特色社会主义时期的，关乎法律与犯罪内容的民族文化特征。以广大人民群众易于接受的、喜闻乐见的文学艺术形式，在全民进行普法教育，从而增强公民的法制观念，为建设精神文明做贡献。”与会者听后，时任中国人民大学中文系主任、教授、作家何洛同志首先表示赞同，并说：“这是一种文艺理论的创立与创新，应该支持。”并同意由我组织成立法制文学研究组，尽快开展工作。何洛同志有着与狼牙山五壮士相同的革命经历，是延安鲁艺的播种人之一，深受大家尊重。之后，曹子西、田丁等同志也发表了赞同意见。1981 年 10 月我率先创办成立了北京法制文学研究会，当选为会长。同年 12 月 25 日在全国政协礼堂举办了首届中国法制文学学术研讨会。参加会议的有军旅作家顾工，《中国法制报（今法制日报）》李福民，司法部董洪范，全国人大常委会法制委员会魏军（女），中国人民大学季怀民，电视导演潘霞，电影评论家王云缦，以及新闻界、出版界，报纸、杂志社编辑、记者近百人。北京文艺学会秘书长田丁同志主持了会议，会长何洛同志致开幕词。会上我宣读了《关于中国社会主义法制文学》长篇论文。研究会的陈京卫、安兴本、金栋贤、喻晓宪等同志分别做了题为：《法制内容是社会主义法制文学创作的重要题材》《论法制与文学的关系》《略论法制文学的表现手法》《法制文学与现实主义》等书面发言。《北京日报》《中国法制报》《文艺报》为学术研讨会发了消息和报导。北京社会科学研究所、中国社科院文学所等单位，以文艺动态形式详尽介绍了研讨会情况，上海社科院为法制文学编发了索引。1982 年《北京社联通讯》第 2 期发表了宁柯同志《一个新的文学概念的诞生——魏军同志谈法制文学》。1982 年《当代文艺思潮》杂志第 3 期，发表了《关于中国社会主义法制文学》论文。之后《中国法制报》连续发表了我的《法制文学探索》《简论法制文学》等理论文章，从此法制文学走向社会。时任司法部部长邹瑜同志，曾多次在全国司法宣传工作会议上指出:“魏军创立的法制文学，为我们提供了以文学艺术形式普及法律知识，把法律交给人民，进行法制教育为广大人民喜闻乐见的好方法。”之后全国多家报刊开设了法制文学专栏，有的杂志还用《中国法制文学》《法制文学选刊》等作为刊名，为社会所接受和肯定。

中国人民警官大学校长李子明同志，曾多次拟创办成立校出版社，后经公安部批准调我筹办。这时正值整顿报刊、出版社，原则上各部、委保留一报一刊一社，并且在现有报、刊、社数量上酌减，要想审批新出版社之困难可想而知。经过多次与国家教委、新闻出版署（当时名）艰苦地商谈，后经新闻出版署批准，这所由公安部主管的“警官教育出版社”终于成立了，为我国公安保卫工作又构建了一个教育宣传阵地，我被任命为社长兼总编辑。

1981 年至 2008 年北京法制文学研究会与二十多个省、市文艺界、新闻出版界、政法界等进行了法制文学理论研究和创作交流，推动了中国法制文学的发展，为繁荣我国文艺创作、理论研究做出了重大贡献。

我到中共中国文联纪委担任纪委书记时，正是反腐斗争困难之时，反腐倡廉往往“说着激动，听着生动，干起来不动”。面对社会上这种不正常的现象，我除艰苦查案外，用我的笔鞭笞这种社会诟病，向社会呼吁——反腐败必须真抓实干，反腐败必须打假。于是我写了长篇小说《匿名信》，由中国社会出版社出版，后湖南人民出版社再版，受到社会关注和肯定。著名作家陈建功评论说:“《匿名信》是首部反腐题材的作品，塑造了一些真实可信，不怕打击报复的纪检干部艺术典型，使人感到人格升华，给人以回肠荡气的力量……”

我到中国电影出版社后，为开拓选题，扩大稿源，经向新闻出版署图书司潘国彦司长请示后，同意电影出版社成立文艺编辑室。之后，文艺编辑室编辑出版了白刃的《战斗到明天》(续集)、顾工的《泪光》、任彦芳的《人怨》等多部文学作品。

2008 年 9 月北京法制文学研究会作为发起单位，我作为发起人申请成立“中国法学会法制文学研究会”，得到老部长邹瑜同志的关心和支持。同年 10 月 10 日中国法学会党组正式批准。2009 年 1 月 11 日在北京人民大会堂成立大会上，中国法学会党组书记、常务副会长刘飏同志在致辞词中说:“以文学和法律作为研究对象始于何时，我没考察过，而在我国法律与文学交叉学科研究和实体的组织者作家魏军同志，他在 20 世纪 80 年代初，最早提出并创立了法制文学这一新的文学概念和理论学科。在他的推动下 1981 年北京法制文学研究会宣告成立，到现在 28 个年头了。这次在司法部，也是我们中国法学会的老领导邹瑜部长倡导、推动和力主下，由北京法制文学研究会和魏军同志发起申请成立‘中国法学会法制文学研究会’，我们积极运作并且很快给予批准，使它在原有基础上能够继承和发展、与时俱进，这标志着法制文学研究进入了一个新的阶段。”

中国法学会法制文学研究会成立大会，我当选为会长兼秘书长，为我国法制文学创作和理论研究构建了一座全国性的平台，让更多热爱法制文学的作家、理论家在社会主义文艺百花园中耕耘、播撒、收获、绽放奇葩。更为可喜的是，在我们开垦的法制文学这片沃土上，不少法制文学作者、作家已经收获了丰硕的果

长篇小说《荣辱悲歌》

长篇小说《烽火青纱帐》

实。我创作的长篇小说《荣辱悲歌——一名志愿军女俘的坎坷人生》《卢沟枪声》《烽火青纱帐——冀中抗日锄奸反特惩叛记》改编影视剧后，荣获第三届北京剧本推介会“优秀作品”。《法制文学与创作》荣获全国通俗文艺“理论佳作奖”，《中国法制文学导论》荣获第一届中国法制文学原创作品大赛“特别贡献奖”，这两部理论专著，均列入中国政法大学和全国部分政法院校攻读硕士学位研究生复读科目参考书目和教材。

著名文艺美学家计永佑教授撰文《欲知花岛处 水上觅红云》评论说：“对魏军，我一向的看法是：他是形象思维发达的作家，写小说手到拈来；讲美学理论，可能要‘隔山’了。”计教授读了《中国法制文学导论》后又说：“能把形象思维与理论思维如此灵活地驾驭齐驱，我当时也只见过两个人：一个是我在‘五七’干校时的室友写《黄河大合唱》的张光年（光未然）同志，另一个就是人到中年的魏军同志了，现在这种人不可能是多如繁星的。”计永佑教授还说：“任何一个学科的创立，任何一个学术范畴进入已经形成的学术体系，它必须完整的、有证明力的回答四个问题：对象、任务、方法及在学术体系中的地位。魏军同志的《中国法制文学导论》，对上述四个问题都做出了有逻辑力量的、有充分事实根据的回答。我们有理由确认：‘法制文学’这一范畴已经进入了我们的美学与文艺理论体系。”在探讨法制文学在科学中的地位问题时，计永佑教授明确指出：“法制文学首先与法学、法律学有密切的内在联系，以艺术典型宣扬法制，法制文学作家不懂法是不行的。在一定意义上说，法制文学作家同时也应该是法学家。魏军当选为中国法学会理事和社会公认的中国法制文学理论创始人是当之无愧的。”

习近平总书记在党的十九大报告中指出：“坚定文化自信，推动社会主义文化繁荣兴盛。”他还强调“要繁荣发展文艺创作，坚持思想精深、艺术精湛、制作精良相统一，加强现实题材创作，不断推出讴歌党、讴歌祖国、讴歌人民、讴歌英雄的精神力作”和“倡导讲品位、讲格调、讲责任；抵制低俗、庸俗、媚俗”。习总书记的报告，为推动我国文艺繁荣发展再一次指明了方向。

改革开放以来，我创作的文学作品和文艺理论研究，都恪守真实地反映历史，客观评价社会生活主流，歌颂党、歌颂人民、歌颂英雄，体现法律的正义和政策的规范性。中国法制文学反映的是罪与罚的特殊文学领域，无论是维法、守法者，还是违法、犯法者，每个人都和我国法律有因果关系，有可能成为法制文学作品中的人物，对启迪人们法律意识，引导人们自觉遵纪守法，有不可低估的作用。作为法律与文学交叉学科的中国法制文学，它担负着传播我国法制建设、党的方针政策和依法治国的神圣使命，是其他姊妹艺术难以替代的。

中国法制文学已经进入美学与文艺理论体系，深深植根于祖国广袤的沃土，在社会主义文艺百花园中茁壮成长、开花结果。我们坚信，在习近平新时代中国特色社会主义思想指引下，不论风吹浪打，中国法制文学奇葩，永远不会凋谢……

作者简介

魏军，男，中国法制文学理论创始人。大学毕业，编审、国家一级作家。曾任中共中国文联党委常委、纪委专职副书记、中共中国文联机关总支副书记、中共中国电影家协会党委委员、中共中国电影出版社总支书记、中国电影出版社副总编辑、编审。出版理论专著:《法制文学与创作》《中国法制文学导论》,两部理论专著均列入中国政法大学和部分政法院校研究生教材。出版小说集《海滨奇案》《昙花梦》等;影视剧本《魏军影视剧本选——军事•公安题材剧作专辑》;电影文学剧本:《海市蜃楼》等多部。编辑反特电影文学剧本:《虎穴追踪》《冰山上的来客》《戴手铐的旅客》等50多部。

四十年的电影情结

李梦学

四十年前，也就是我国改革开放前夜，我开始接触电影界，叩响电影殿堂的大门，而后渐渐地不知不觉地被电影捆绑，欲罢不能。电影是魔影，有一种艺术磁场，我被它给吸引着，死死地给吸引着，无法解脱！

1976 年，我做梦也没想到毕业分配会被派到文化部，进了北京。说心里话当时我舍不得上海，希望能进上影厂文学部，去实现自己的电影梦。可是命运往往让人出其不意，要一个在上海出生宁波农村长大的南方人进化成北方人。1976 年 8 月底我到文化部报到，和分到文化部的应届生一起进文化部干校集中学习一个月。回到部里后我被安排在艺术局政治处，也就是现在的人事处。我的工作很单调，不是开会学习就是陪着局长到各大剧团转悠，实在没事就坐在办公室一张报纸一杯茶耗到五点下班，没几天我就冒昧地向局长提出要求到业务部门去的想法，可局长好像没听见一样不理睬我，我讨了个没趣。没几天“四人帮”被粉碎，文化部是重灾区，局长以上的领导几乎都换了，派来了亲人解放军，少将华山当文化部的一把手，部队作家胡可，电影《槐树庄》的作者成了我的局长。胡可和蔼可亲，一点架子也没有，有时还跟我聊天，跟了他不到一个月，我壮着胆子向他提出要去电影部门的想法。一个星期后，干部局的领导找我谈话，说要调我到部里的政研室去，我不知政研室是干吗的，听他说是业务部门动笔杆子的，还可以联系电影口，我听后二话没说答应了。心想这总比整天坐在办公室要强，后来我才知道，是胡可局长亲自找干部局长说情，让我去搞业务。可以说胡可是我进京后遇到的第一位贵人。

说来也巧，进政研室没几天，我被借调到国家电影局影片复审小组，时间为一年。这是我进京后第一次与电影握手，这次握手非同一般，它是我电影人生迈出的第一步。

在这之前，我只是个影迷，可以说是个痴狂的影迷。小时候我在宁波农村爷爷奶奶身边生活，是个乡下人，从来没有看过电影。记得十岁那年村里来了放映队，全村人吃过晚饭拿着板凳涌向晒谷场，放映的电影是《怒海轻骑》，是部战争片，乡下人都看傻了，我也看傻了：这白布上人怎么会动还会说话？打枪打炮，快艇在大海里飞驰——多么神奇的世界，我不由自主地被带进了一个奇妙的光影世界。电影放完了，人散灯熄，可是我还在琢磨光影里的秘密。我不知不觉跟在放映队的叔叔后面顶着月光走啊走——这一夜差点没把爷爷奶奶急死。后来到上海上学，只要碰到学校组织看电影，我就高兴得整夜睡不好觉。记得 1975 春节过后长影厂拍的电影《创业》在全国公映，当时我求读于复旦大学中文系创作专业，在一票难求的情况下，而我们这个很有些背景的创作专业尝到先睹为快的美感。《创业》深深地打动了我，当天夜里我的审美情绪在延续、在发酵，整整一宿未能合眼，第二天我又看了一遍，之后着魔似的看了一遍又一遍，总共看了九遍，现在想起来当时自己对电影的执迷真是叫人不可思议。沉迷于《创业》的同时我认识了与我们一起进校的评论专业的学友，他也是个电影迷，我们一见如故成了好朋友，说《创业》聊电影，暑假我们俩都不回家，绝大多数同学回家了，校园里静悄悄的，我们雄心勃勃谋划写个电影剧本。当然这种野心只有我们俩知道，把它藏在心里，原因有两个，一是他是学文艺评论的怎么去搞创作，这显然是不务正业，二是我虽然是学创作专业的，但都把写小说和散文视为主业，视为基础，视为在校的奋斗目标，谁要是能够写出一篇被老师认可的小说或散文，那就风光无限了。那时我连篇像样的东西都拿不出还想写电影剧本，这要是让同学和老师得到情报，这脸往哪里搁！于是我俩搞起地下活动，白天做剧本怕同学和老师撞见，“阴谋”暴露的话就会引来一身臊，于是我们上午睡懒觉，下午上图书馆或去游泳，让师生同胞觉得我们的行踪很是正常。我们一般晚上行动，找个空着的房间一猫，侃构思一侃就是一宿。后来剧本是出来了，写的是知青在延边的生活，想做成一个歌舞片，可是不敢拿出来，丑媳妇怕见公婆。主要原因有两个，一是当时我们根本不懂电影的特殊性，也就是电影的本性；另一个是当时社会环境恶劣、思想禁锢，尤其是文艺创作思想僵化。我们在电影剧本创作上自娱自乐了一把。

进复审小组，对我来说最兴奋的是能够天天看电影，工作就是看电影，说起来直让同辈羡慕。“文化大革命”时期，新中国成立十七年拍摄的电影几乎都被打入冷宫，成了禁品。“四人帮”垮台了，给老百姓看什么呢？怎么来丰富群众的文化生活？中央有关领导想到了这些被软禁的电影作品，认为应该解禁这些电影，让它们回到人民群众中去。可是，当时社会语境还处在“两个凡是”的把控之中，极左思想还统治着中国，过去的禁品要解冻会涉及许多问题，比如有些影片里的人物原型还没有平反等等，成立影片复审小组就是要给解禁把关，把过去电影局通过的影片再审一遍，提出意见。小组由五六个人组成，来自电影口的各个单位，有《英雄儿女》导演武兆堤、北京电影学院教授史宽、电影局的干部李文斌、陈少舟，电影研究所的研究人员黄金国、周培龙等，在组里我最小，刚跨出校门资历最浅，所以许多力气活都得我去干，力气活主要是到国家的东郊片库去调片，如今的电影装在一盘数字带里，顺手一拿就行，一点都不费力。可是胶片时代，一部近两个小时长度的电影胶片要装好几个铁盒，一般我们一天要审四部片子，有时候晚上加班再看两部，这样每天至少要到东郊片库跑两趟，一趟取片一趟还片，虽然有车，可要搬上搬下，搬来搬去，跟搬运工没什么两样。令自己欣慰的是我能够与前辈老师一起审片。在复审组工作一年，对我来说最大的收获是看了几百部影片，是个难得的电影大学，是我电影知识的积累，使我对电影有了更深入的了解。另外我还在工作中认识了许多电影界的前辈，他们给了我知识和指点，给我印象最深的是武兆堤导演在饭余茶后给复审组的同仁分析经典影片的情景，

1990 年作者随中国电影代表团访问朝鲜

他讲得绘声绘色，我就像是在电影学院听教授的影片分析课。

在影片复审过程中，我渐渐感觉到，电影不仅仅是电影，它是文化艺术与政治思想的融合体。“四人帮”粉碎之后，“两个凡是”思想十分猖獗，特别是在一些地方，受到冤屈和迫害的电影艺术家仍生活在水深火热中，如果有一部电影复审通过并全国上映，那么就有可能使得蒙冤的艺术家重获新生。

复审工作一年后我回到政研室，领导明确由我负责跑电影口，调查研究有关电影的政策及创作思想动态。20 世纪 70 年代末，改革开放的大门徐徐开启，中国的电影界空前活跃，在电影放映活动方面，最引社会关注的除了“文化大革命”前的国产片连连上映赢得观众，还有非常活跃的内部参考片，1978 年开始，参考片不但向电影专业人员开放观摩学习，而且也向文艺界人士开放，只要够资格的领导批了就可以提片观摩，可是渐渐地就开始扩大化了，看参考片成了社会的一种时尚，一种身份。成千上万人走参考片独木桥，谁要是手里有几张参考片电影票就能派大用场，这价值可顶如今的购物卡，可用作拉关系走后门。这一特殊时期的奇特观影潮为我创造了解西方学习西方的机会。因与电影人的关系比较密切，看参考片的机会很多，或是会议看片或是业务看片，有的片子因为级别高，放映范围很小，我就想方设法通过关系挤进去。看看经典的内参片，比比我们的国产片，深感中国电影之落后，无论是电影观念还是电影科技都跟人家差得很远。

具有划时代意义的第四次文代会于 1979 年 10 月 30 日至 11 月 16 日在北京召开，政研室的人倾巢出动参与文代会的工作，主要是担当简报组的工作。我自然负责跑电影口，会议期间我采访了赵丹、白杨、张瑞芳等电影明星，让他们谈解放了的感受，谈对文艺的意见和建议，这是我做梦都想不到的美差。我不但与这些大明星零距离接触，一睹他们的风采，而且还采访他们，聆听他们的真知灼见。会议期间，我认识了影代会简报组的头，叫陈野，是个中年妇女，看上去十分干练，一个女强人。与她闲聊中知道她正在为筹备影协的电影史研究部招兵买马，她动员我到她那里去，大谈她的远景规划，还带我去见了影协书记处书记、《中国电影发展史》主编程季华。经过认真思量，我表示愿意，原因很简单，我想离开政研室，因为它不是我要的平台，也是我难以适应的平台。可是政研室领导冯牧不放人，最后是程季华出面才把事情搞定。文代会一结束，我就成了中国影协的人。

从 1979 年算起到 2009 年退休，我在影协为电影做了三十年事。电影史研究部四年间，参与了《中国电影年鉴》的创刊和《中国电影家列传》（丛书）的编辑撰写。其实，成北京人后埋在我心底里的那颗创作之心不死，进入影协这个平台有了时间，相

作者参加 2007 年全国图书展

对在政府机关要自由得多，另外常与创作人员打交道，这颗不死的心被激活了。20 世纪 80 年代初，我偷偷地做了一个剧本，没有人相中。1982 年底我听说北京电影学院开办高编班，学期为一年，我就抱着试一试的心理瞒着领导去报考，结果中了。我只好硬着头皮去跟领导说，没想到程季华是位十分开明、善解人意的领导。他很爽快同意了，他认为搞研究的学点创作没有坏处。我学的高编班是第二届，我们这个班跟十年前我上的复旦那个班有点相似，学员来自全国各地，年龄差别大，多多少少有创作实践经验。一年的充电又一次给了我新的能量。毕业回影协，人事突然找我谈话说让我去中宣部干部局报到，我听后一愣，人事处长笑了，说是借调，为了筹备第五次文代会成立了人事安排小组，要我去当工作人员，我说能不能派别人去，人事处长说让你去进修了一年，你应该为影协做出点牺牲。我还有什么话说。不过，我去了半年找了个理由回到影协，继续做我的电影梦。

在影协的人生，无怨无悔。在影协大楼几十年期间，风风雨雨、上上下下、进进出出，有欣喜有欢乐，有苦恼有酸楚，但不管风云变幻，风吹雨打，我几十年如一日坚守电影。无论是办《中国电影报》《电影艺术》，还是当电影出版社总编辑，干的事情都是为电影和电影人做嫁衣裳，但还是觉得苦在其中乐在其中，尽职尽心地去做。业余时间耍耍笔杆子是我的一大爱好，写点电影理论评论文章和电影剧本，没有大作为，有点小成绩，不为名利，只图快乐。

从复旦与同学搞“地下电影”开始至今，整整四十年有余，四十年有余与电影难舍难分。2009 年我退休，本计划静下来把过去写的东西整理整理，能修改的修改，没有价值的就处理掉，还想把原来还没有写完的题材继续做下去，可是央视电影频道邀我参加审片组，一年要看三四百部片子，还参加一些电影评奖、影片座谈会、电影论坛，只好把难以实现的计划先放一放再说。在审片组一干就是五年多，离开审片组后我就彻底自由了，但电影情结难以终结，在安享老年生活同时还是念念不忘把想写的电影写一写，可以整理的电影初稿整理整理。晚年照样可以享受改革开放四十年后的电影，让四十年的电影情结延续，从中体味老有所养老有所乐的别样感觉！

作者简介

李梦学，原中国电影出版社总编辑、影评家。毕业于复旦大学中文系。1983 年至 1984 年考入北京电影学院文学系高编班进修。曾任《中国电影报》副主任、主任;《电影艺术》副主编兼编辑部主任；1993 年至 2001 年创办中国影协影视创作中心并任主任，组织策划拍摄多部影视剧，其中电视剧《邓小平 1950》获飞天奖和金鹰奖、“五个一工程奖”。2001 年至 2009 年任中国电影出版社副总编辑、总编辑。2009 年退休。

那些年我们一同走过

——在沙滩北街 2 号的日子里

柳秀文

多年前的一个春天，我到中国美术馆参观，看完展览后信步向西走去。变了，一切都变了！昔日拥挤不堪的平房眼前是一片生机盎然的皇城根遗址公园，公园入口处矗立着五四运动纪念碑。曾经的办公楼被一片绿茵茵的草地取代，而北面那座原国家文物局的办公大楼，已恢复历史原貌挂牌为“红楼博物馆”。这一切令我感慨万千，往事并不如烟。

1991 年初，我从北京文联调到中国文联组联部，中国文联当时的办公地址就在这里——沙滩北街 2 号，从此我生命中年富力强的十年和她结下了不解之缘。

红色广场上的简易楼

沙滩北街 2 号大院地处黄金文化圈：它东临中国美术馆，美术馆向南是北京人民艺术剧院，从剧院向前便是著名的王府井大街；出大院西门不远是景山公园，站在景山公园的煤山上，北京的中轴线一览无余。景山公园西门毗邻北海公园，南门和北京故宫博物院隔路相望；而最重量级的当属文联南面原名“京师大学堂”的北大红楼，1920 年 3 月，李大钊在此成立北京大学马克思学说研究会，它是中国最早学习和研究马克思主义的团体。然而那却是我经历过的中国文联一段艰苦的岁月，当时文联的两层办公楼其实是一幢违章建筑，它建立在原北大红楼的广场上，办公房间本来就不多，有几间还是中国作协所有。由于建筑质量差，隔音效果不好，那时每到快下班时，就听到作协的人喊：范某某，发班车了，每天如是。有时我们也会恶作剧地喊上一嗓子，引起一阵大笑。

办公楼如此，办公条件可想而知。一间办公室塞上四五个人是常态，办公桌椅因为掉漆都成了斑斑驳驳的花脸，而且家具杂乱不配套。更难忍受的是每到夏天屋里又闷又热，总算盼来了空调，可因为是窗机，开机时呼呼如刮西北风，但就这“噪音”也断断续续，因为楼里电力不足，超负荷运转，空调频频掉闸“罢工”成了一景。于是不断地有人在鼓捣着窗机，令人好不崩溃。那时文件打印还是脚踏板的老式打字机，上报的文件统一在办公厅打字室排队等候。电脑刚刚兴起时，每个部门只有配置很低的几台，所以争用电脑的情况也不时出现。

因为是简易楼，文联职工就餐在文化部食堂，食堂个别职工对文联的人不太友好，老耷拉个脸，我们背地里给他取了个外号“老丧”。如厕要到楼外简陋的公共卫生间，于是出现了雨中打伞，冬裹大衣上厕所的景观。高占祥同志到文联工作后，一针见血地总结说：文联一没进口，二没出口。此话幽默中透着无奈。就这样的工作条件，还时不时接到有关方面的通知，要拆掉文联的违章建筑。

激情燃烧的岁月

在这样艰苦的条件下，文联聚集着一批热爱文艺工作并愿为此奋斗的人们。当时改革开放已进入第二个十年，潮起东方浩浩荡荡，国家发生了前所未有的变化。在时代洪流的感召下，中国文联的历史也掀开了新的一页，开创开展了许多至今令人难忘的品牌活动。

1995 年春天，中国文联决定开展百名文艺家万里采风活动，并定于 5 月 22 日举行万里采风出发式，以纪念毛泽东同志《在延安文艺座谈会上的讲话》发表 53 周年。为了能得到中央领导同志的支持和鼓励，曹禺、高占祥、李瑛、张君秋、徐肖冰、吕厚民、于洋、于蓝、田华等文艺家们给江泽民写了一封信，希望总书记百忙之中接见采风的文艺家，或者给一些书面或口头的指示。

收到总书记的亲笔信，文艺家们备受鼓舞，由 150 余名文艺家组成的十九支采风队伍参加完人民大会堂的出发仪式后，先后走向了工厂、农村、矿山、海港、油田、革命老区。

我当时参加了赴延安的采风团。中国文联副主席、著名诗人李瑛担任团长，团员有中央美术学院副院长、画家叶毓中，湖北省文联党组书记、作家李传峰，中央美术学院副教授李振球，辽阳市文联主席、书法家林正义，四川剧作家魏明伦，山东书法篆刻家邹振亚，四川作曲家辄（音折）祖义，我担任李瑛团长的助理，负责采风的组团、联络、协调、出行等事宜。陕西省文联也组织了由书画家和作家组成的采风团，在肖云儒、贺艺两位领导带领下，我们两支队伍在西安汇合，一起奔赴延安。

与印度演员合影

在当年《讲话》所在地，采风团和延安的艺术家举行了座谈联欢。座谈会结束时，延安文联的同志敲起了锣鼓，吹响了唢呐，大家手持彩绸一起跳起了陕北大秧歌。锣鼓咚咚，唢呐声声，时光仿佛在这一刻倒流，让我们触摸到了红彤彤的1942年。

采风活动蓬勃发展，一花引来百花盛开。一时间，晚霞工程、德艺双馨座谈会、世纪之星推选、建立荣誉委员制度、规范13个文艺大奖，建立生活创作基地、创建《中国艺术报》……文联迎来了姹紫嫣红的春天。

对于“晚霞工程”的设立，时任中国文联党组书记的高占祥同志说：“这是中国文联贯彻党的文艺方针、弘扬民族文化，尊老敬贤的一个具体行动。老艺术家是我们国家的骄傲，几十年来，他们为我国的文化艺术事业做出了重要贡献，在国内外享有很高的声誉。出版他们的著作，记录他们的成就，展现他们的风采，为子孙后代留下宝贵的文化财富，是社会主义精神文明建设的重要内容之一，也是我们义不容辞的责任。文联不敬老，工作做不好……”

“晚霞工程”包括三个方面的内容：建立《晚霞工程》文库，为老文艺家编辑出版精品图书；为老文艺家拍摄电视专题片；开展系列敬老活动。

这一工程的实施受到了老艺术家们的热烈欢迎。在一次座谈会上，著名电影表演艺术家陈强同志说：“今天有种幸福感，因为我们老艺术家活到这个时代不简单。中国文联的‘晚霞工程’搞起来后，拨动了老艺术家的心弦，也说明了党和人民对我们一生的劳动和心血给予了肯定，我感到真是有一种说不出来的快乐。我只说一句话，‘晚霞工程’万岁！”京韵大鼓表演艺术家骆玉笙说：“‘晚霞工程’是中国文联为艺术家办的一件大好事大实事，为我拍了专题片，我表示衷心感谢。我今年86岁了，我还很年轻，我才68岁，我要不遗余力地为人民服务。愿把一辈子积累的艺术心得献给社会，献给人民。祝‘晚霞工程’越办越好。”著名京剧表演艺术家王金璐说：“‘晚霞工程’是一件功德无量的大事，我除了感谢之外，今后有用得着的地方，我一定义不容辞地完成任务。”

令人欣慰的是，这项功德无量的工程至今仍在惠泽着文联系统的老艺术家们。

1997年12月3日，北京人民大会堂，108名艺术家出席了中国文联各文艺家协会中青年会员德艺双馨座谈会。时任中宣部部长的丁关根到会并讲话。至今座谈会已召开了五届。在我参与组织的三届座谈会中，新华社摄影记者黄文，部队作家王宏甲，影视演员张国立等在会上的发言给我留下了深刻印象。

黄文在1999年3月至5月作为中国第一位战地女记者前往南斯拉夫，对科索沃危机、南联盟战争及北约轰炸中国驻南联盟大使馆事件等一系列事件进行了战地报道，她的经历和战绩在会上引起了小小的轰动；王宏甲于 1990 年创作的长篇报告文学《无极之路》曾风靡全国，一时间电台联播，报刊采访，人们通过这篇报告文学认识了清正廉洁、一心为民的无极县委书记刘日。

以前人们对张国立的了解大都是通过影视作品，其实他在南极经历过一次生死考验。1989 年 1 月的一天，张国立跟随中央电视台赴南极拍摄，中国“极地号”科考船遭遇特大冰崩无法前进。危急之下，船长下令：共产党员留下坚守，科学家和身体弱的同志走在前头，船员坚守岗位。这时许多人站了出来，我是共产党员！我是共产党员！声音此起彼伏。张国立说，我扛着机器在拍，就觉得机器的取景窗已经模糊了，眼泪忍不住地往下流。以往都是在影视作品中看到，面对敌人的碉堡，连长说，共产党员上！这次是我在和平年代的亲身经历，在那种生死关头，我真切地感受到一个共产党员应该是什么样的。他当时在的新闻组一共 10 人，新闻组也要求共产党员留下，拍下冰崩的情况，将来这条船沉了，我们要向国务院，向全国人民有个汇报。在这悲壮的时刻，张国立表示：“我虽不是共产党员，但我要留下来。”那天的场景，令张国立永生难忘。幸运的是，其后这条船劫后余生，渡过了难关。在这次事件中，张国立因表现优秀，回国后荣立二等功。张国立的发言一石激起千层浪。作家周梅森（后来写出反腐电视剧《人民的名义》）会下对我说，没想到文联开了一个这么好的会议，让人感到振奋，感到一种精神的升华。

会议在文艺界和社会上也引起了很大影响。中央电视台专门在“焦点访谈”栏目制作专题节目滚动播出，几十家报刊给予了报道，对于提高会员队伍的整体素质，培养艺术家崇德尚艺，为社会主义文艺事业做贡献都起到了积极作用。

1998年8月21日，应新疆生产建设兵团邀请，时任文联党组副书记的高运甲带队，专门组织德艺双馨艺术家赴兵团做报告。那次的团员有评书演播艺术家田连元，画家王文芳，影视导演张绍林，作曲家王佑贵，歌唱家程桂兰、董青，舞蹈家干希玲。

报告团到达乌鲁木齐的第二天，便在兵团机关礼堂举行了首场演讲报告会，报告会很成功。西藏军区文工团副团长干希玲在演讲中的一个情节我至今记忆犹新：她说西藏边防哨卡常年冰天雪地，而且是清一色的男兵驻守边关，一年四季几乎见不到女性，因此战士们幽默地说，在这里连耗子都是公的。白天还好，到了晚上，战士们只能对着天空数星星。为了慰问这些常年离家的边防军人，干希玲带领文工团的舞蹈演员上了哨卡，她们穿上单薄的彩裙，在雪地里为战士们翩翩起舞。战士们看到后，脱下大衣铺在地上，女兵们含着激动的泪水在特殊的地毯上为战友表演，共同织出了一幅雪域高原的美丽画卷；张绍林回忆了导演

中国文联采风团在新疆采风

《水浒》等电视剧的酸甜苦辣；王佑贵结合歌曲《春天的故事》等谈了自己的创作体会，成长道路及艺术追求。他们精彩的演讲，动人的报告激起会场雷鸣般的掌声，不断有听众擦着眼角的泪花。他们说，我们兵团第一次迎来了这么高规格的中国文联报告团，他们讲得太生动了。

在座谈会取得成功的同时，我们觉得还有一些遗憾，因为和工青妇评选的先进人物相比，德艺双馨艺术家的品牌没有前者影响大，含金量知名度没有前者高，更重要的是他们评选的先进人物直接享受劳模待遇。为了给艺术家争取应有的地位和待遇，在充分进行调研的基础上，决定对会议进行改革，并争取国家人事部共同举办。经过后来同志们不懈的努力，现在终于解决了问题：凡是出席德艺双馨座谈会的代表，一律按省级劳模对待。在新中国成立60周年时，演员王馥荔还作为德艺双馨艺术家代表登上了天安门观礼台。

热心为艺术家服务，想艺术家所想，为他们办实事办好事，这些极大地焕发出艺术家的创作激情，直接催生了优秀作品的诞生。而奖掖先进，宣传继承中华民族先进文化，促进文艺更加发展繁荣，组织评奖活动成为艺术家的希望和要求，一些协会顺势而上纷纷设立了自己的奖项。由于当时发展情况不平衡，评奖工作各行其是，于是为了贯彻中宣部关于规范评奖机制，也为了统一各协会的评奖称谓，中国文联党组召开了扩大会，各协会领导参加，并且请来了李瑛、苏叔阳等艺术家到会出主意。考虑到在此之前，已有中国影协创立于1961年的“百花奖”、1985年的“金鸡奖”，中国剧协创立于1983年的“梅花奖”，中国摄协创立于1989年的“金像奖”和1993年由大众电视杂志社，后改由中国文联和中国视协主办的“金鹰奖”均带有“金”字头或“花”

的内容，因此确定文联11个协会（不包括中国作协）的专业评奖统一为“金”系列和“花”系列，并上报中宣部获批准，文联各文艺家协会设立13项大奖（其中中国影协两项，中国剧协两项）。因此就有了现在的中国剧协梅花奖、中国曹禺戏剧奖；中国影协百花奖、中国电影金鸡奖；中国音乐金钟奖；中国美术金彩奖；中国曲艺牡丹奖；中国舞蹈荷花奖；中国民间文艺山花奖；中国摄影金像奖；中国书法兰亭奖；中国杂技金菊奖；中国电视金鹰奖。在此基础上举办的各艺术门类的艺术节开启了文联评奖办节的新时期。在规范评奖名称时，记得当时杂协领导邓启元认为杂技从唐朝起就被称为百戏，因此“百戏奖”最合适，但考虑到文联奖项的统一，而且杂协当时主席是夏菊花，“金菊奖”也挺贴切，老邓最终也采纳了大家的意见。根据我的记忆，舞协的荷花奖，也和著名的舞蹈家戴爱莲先生创作的经典舞蹈《荷花舞》有关，舞蹈曾在1953年世界青年学生和平与友谊联欢节中

与参加国际民间艺术节的外国代表团合影

获奖。

当时还曾设想文联设立一个大奖“金百合奖”，寓意着文联和各协会的大团结大协作，但因种种原因没有实现。

文联的国内活动风生水起，国际联络部的中国国际民间艺术节也节节攀升。首届中国国际民间艺术节于1990年8月14日，在北京隆重拉开了序幕。作为艺术节宣传组的成员，我先后参加了艺术团在海城和大连的巡演，多次观看了演出。美国杨百翰大学生们充满青春朝气的脸庞，夏威夷舞蹈团的风摆荷叶般的草裙舞，新西兰毛利族的原生态演唱，日本的伞舞，韩国的丰收舞，俄罗斯的小白桦艺术团，美丽的西班牙女郎，波兰如洋娃娃般漂亮的姑娘们，墨西哥演员宽大的草帽，都给我留下了极为深刻的印象。当时中国改革开放虽然走过了十二年，但由于国际间的交往还不是很频繁，所以人们对国外的一切都有新鲜感，因此在各地城市举行行进表演时，观众盛况空前，人人争相一睹外国艺术团的风采。我们和外国艺术家同乘火车，车厢里，中央人民广播电台的女记者朱锦用英语和印度艺术家演唱歌曲，俄罗斯的小伙子们在车厢里微笑着走来走去。在长城，我们和艺术家合影留念，在酒店，我们和艺术家举杯同饮。我们和艺术家交换着小礼物，我至今还保留着法国朋友赠送的小礼品。许多场景至今历历在目。

各项文艺活动的开展极大密切了文联和艺术家的关系，在沙滩局促简陋的办公楼里，经常可以看到艺术家的身影，可谓谈笑有鸿儒，往来无白丁，“山不在高，有仙则名，水不在深，有龙则灵”（唐代诗人刘禹锡的《陋室铭》）。

文联在社会上闯出了名堂，用自己的实际行动证明了有为才有位，一时间文联是电台有声、电视有影、报刊留名。而为了更好地传递中央的声音，宣传党的文艺政策，报道艺术家的创作成就，研讨艺术创作规律，文联亟须一张自己的报纸，《中国艺术报》应运而生。从 1995 年 7 月 19 日创刊起，《中国艺术报》至今走过 23 年。当时报社的那批记者年轻有朝气，刚刚踏上新闻道路的他们，怀着极大的热情和职业敏感及职业操守为文联的活动鼓与呼，写下了许多脍炙人口的好文章。康伟、余宁、孟祥宁、吴月玲等成了我们的好朋友，忘年交，今天他们都成长为报社或部门的领导，成为中坚力量。

铭记于心的师长和领导

在沙滩北街的那十年，我曾多次陪同文联的主席或副主席到各地出差参加会议。陪周巍峙主席参加上海文代会时，他在会上的讲话先由我起草了一稿，他自己进行修改时加上了一段话，大意是自己年轻的时候，曾在上海搞革命活动，因此上海是自己的第二故乡，来到这里很亲切等等，一下拉近了和上海文联的关系，他们纷纷伸出大拇指称赞周主席的讲话没有官气。在上海期间滑稽演员王汝刚来拜访周主席并索求墨宝，周主席不厌其烦地写了一张又一张。后来我们在一间小饭馆用餐，周主席突然端着一碗汤站了起来，说要给司机送过去。那年他八十多岁了，相比之下我和秘书都感到不好意思。会后我又跟随周主席去了江苏太仓县，他要去看看正在筹建的著名舞蹈家吴晓邦艺术馆。站在工地上，周主席和太仓领导交谈，提建议，让我对周主席的了解又多了一分：他对文艺很内行。

1995 年，在延安采风，一天安排艺术家到万花山参观延安退耕还林工程。主办方安排了很多辆小车，采风团长李瑛副主席让我告诉接待方，一辆大车就够了，不要这么排场。后来得知因为山路大车不好走，所以安排了小车。那次采风，李瑛和魏明伦住一个房间。魏明伦找到我说他睡觉打呼噜，怕影响李瑛休息能否调换一下房间。当我征求李瑛意见时，他说不要费事了，没关系。李瑛还笑着对我说，魏明伦老给一些朋友打电话，谈养猫的事，他可能很喜欢猫。

那一年，我陪李瑛参加宁夏文代会，会后张贤亮安排我们去参观西部影视城，我们一下汽车便看到了一幅长长的标语：热烈欢迎著名诗人李瑛。宁夏的一些诗歌爱好者还专门召开座谈会欢迎李瑛指导创作，这些都让我看到了基层人民对德高望重的老艺术家的热爱和崇敬。

陪尹瘦石副主席到江苏梅山采风，他为当地写字作画，留下了珍贵的墨宝。

随夏菊花副主席参加李白故里研讨会，同行的有莫言、舒婷、蒋子龙，一路上，欢声笑语不断。

在罗工柳家里，听他讲述他的两幅著名油画《地道战》《前赴后继》创作过程。在谢冰岩家中，他回忆了自己的成长道路以及如何带领弟弟谢铁骊参加革命，并最终成为一代著名导演的故事。坐在于蓝那逼仄的小客厅里，我知道了江姐是这样练成的。于洋谈起周总理当年和演员同游香山仍激动不已。这些高山仰止的艺术大家的平易近人，高风亮节深深影响着我，让我感受到了什么是真正的艺术家。

梁光弟和陈晓光是我从前的分管组联部的两任领导，我们对他们都是称呼老梁、晓光。记得一次我跟梁光弟同志流露了一些消极情绪，老梁鼓励我说，你们都是组联部的四梁八柱。晓光常常说我们：你们进我办公室就像进大车店一样，推门就来。我陪晓光到四川绵阳出席一个会议，当地媒体风著名词作家莅临本市纷纷前来采访，无一例外地提到了《在希望的田野上》的创作，记得晓光说，写这首歌词，用的时间非常短，酝酿的时间却很长。那时他到全国各地采风，看到的是改革开放后农村发生的巨大变化，这些深深感染着他，当从南到北的农村风貌在他胸中发酵时，再动笔写作可谓一气呵成。占祥则鼓励文联的同志，人人都要拿起笔来写作。孟伟哉同志业余时间创作了小说《昨天的战争》，让我们了解了他为官之外的创作成就。还有传达室的王师傅，总是笑眯眯的，人很清瘦，一头白发，写得一手好字。当年艺术家给江泽民的签名信就是王师傅一字一句抄写的。

今天，老孟和老梁已离我们而去，晓光也离开了工作岗位，他们在工作中曾经给予我们的指导关心和帮助化作了日后在各个岗位的工作动力，让我受益匪浅。

左起黄文、作者、王宏甲在中国文联第三次中青年德艺双馨座谈会上合影

改革开放今年已是四十周年，中国文联在这四十年间工作上不仅屡创佳绩，办公环境也发生了巨变。从沙滩北街2号—安苑北里22号—北沙滩1号，条件越来越好。文联三迁，不仅是简单的数字改变，这中间包含了文联职工的努力奋斗，承载了一代代文艺工作者的缱绻情愫和美好情怀。今天的北沙滩一号，明亮的大楼，宽敞的办公室，现代化的办公条件，报告厅、展览厅、职工食堂一应俱全。文联赶上了好时代。文联的政治地位也逐年提升，从原来的无缘中央委员，到中央候补委员，再到中央委员，体现了中央对中国文联工作的重视和关怀。文联的成长变化是祖国改革开放四十周年历史巨变的一个侧影，为了中华民族的复兴，为了美丽的中国梦，为了中华文化的传承发扬和光大，继续奋斗，不忘初心，是我们永远的目标和动力！

作者简介

柳秀文，1951年12月出生。毕业于首都经贸大学政治经济系哲学专业。在北京大学艺术学院研究生课程班学习毕业。中国作家协会会员，中国电影家协会会员。曾任中国文联国内联络部文艺处副处长，地方文联处处长，中国电影家协会分党组成员、副秘书长。写作出版报告文学集《菊花飘香》《梅红傲雪》《她是蔡畅的女儿》。

与中国电影同行

陈宝光

改革开放是1978年12月的十一届三中全会开始的，到今年四十年了。

我是1980年11月到的影协，影协恢复不久，在毛主席题写厂名的“中央新闻纪录电影制片厂”的办公主楼的四层几乎占了东半边。影协书记处在这幢楼东边的平地上一个旧木板房里。当时，电影界的人一说“新影四层”，指的就是影协。

新影的房子很多，不少新影人一人一间办公室，而影协的所有办公室都挤得不能再挤，在不大的面积里桌子挨桌子地塞到不能塞为止，让人不能不佩服摆放者的本事。楼道两侧摆放着摞得高高的文件柜，一个人屈点胳膊也能够着两边，两个人走照面要各靠一侧擦肩而过。

新影有一个很正规的影院，就在这座楼一层的正中间，木地板，木墙壁，富丽堂皇。不过一般都是人家自己用。在四层楼东半边的最东侧，有一间两间办公室大的房间，是影协的会议室兼放映间。新影的楼是20世纪50年代的苏式建筑，墙壁厚，天花板高，没有电梯。上每层楼都要爬方向相反的两大段楼梯，中间隔着一个很宽的平台。一部故事片有十本拷贝左右，分装在两个片桶里，每个片桶最少一二十斤。拎着两个片桶上四层楼已不轻松，如果要把二三十部影片搬上四楼，那就是比较繁重的劳动了。

到了 1986 年，影协才搬进了现在的这个楼，有电梯，有影院，感觉“鸟枪换炮”了。

新中国成立十七年的国产片本来很精彩，不但思想性强，娱乐性也不差，广大观众喜闻乐见。经过“文化大革命”，到了 1979 年，除了八一厂老导演李俊导演的《归心似箭》与十七年无大异，证明着宝刀未老，绝大多数国产片令人不敢恭维，甚至大师拍的也是这样。北影的《小花》引起了观众的一阵兴奋，觉得中国电影也能这样了。风传影片副导演黄健中在其中起了很大作用。西影滕文骥、吴天明导演的《生活的颤音》广受好评。即使这样，当时影协的领导好像仍然有一种担心，叫青黄不接，后继乏人。

接下来，除了一些老导演很快拿出了不愧他们名声的影片，如成荫导演的《西安事变》、汤晓丹导演的《南昌起义》、谢晋导演的《牧马人》等外，一批原来名不见经传，主要是“文化大革命”前北京电影学院毕业的学生脱颖而出，如郑洞天、徐谷明导演的《邻居》，吴贻弓导演的《城南旧事》，张暖忻导演的《沙鸥》，黄健中导演的《如意》等等，有专家把他们称为“第四代导演”。很快，除了不多几位三代导演外，中国电影一时几乎成了四代的专场。人们都以为，这种状况将持续很长一段时间。

但是，谁也没有想到，只过了一两年，更年轻的一代——“第五代”就来敲门了。1983 年，广西厂出品，张军钊导演、张艺谋摄影、何群美术的《一个和八个》横空出世。1984 年，广西厂出品，陈凯歌导演、张艺谋摄影、何群美术的《黄土地》惊世骇俗；潇湘厂出品、吴子牛导演的《喋血黑谷》引人入胜……

他们都是北京电影学院“文化大革命”后第一届也称七八班的学生，1982 年刚刚毕业，离开校门没有多长时间。

第四代的成名是否被“文化大革命”耽误尚可讨论，而第五代的提前降生则毫无疑义地归功于改革开放。首先，1978 年是改革开放元年，这一年在“文化大革命”后第一次恢复高考，第五代是在这一年通过高考进入北京电影学院学习的第一批学生。由于有了在北京电影学院四年的专业学习，使得他们毕业后能够从事电影工作。也就是说，如果没有恢复高考，或者他们没有考入电影学院七八班，则以后的这一切均无从谈起。

其次，电影厂本来是个非常讲究按部就班、论资排辈的单位，越是人才济济的大厂越是这样。从见习场记、场记、副导演、联合导演、导演一个一个台阶熬过来，要熬很多年。要想刚进厂就当导演、当摄影、当美术，那简直是异想天开的事情。感谢当时广西电影制片厂的领导，敢为天下先，居然想到并实行了让刚毕业来厂的学生独立拍片，使这些没分到大城市大电影厂因而不无沮丧的孩子们因“祸”得福，一步登天，省略了按部就班、历练苦熬的过程。由于广西厂的示范，一时间七八班的毕业生成了香饽饽，本来就缺创作人才的其他小厂也迅速跟进。

再次，电影厂是个非常重视专业技能的单位，强调“专业对口”，反对“学非所用”。一般来说，电影创作的各个行当只能由这个专业毕业或者长期在这个行当里学徒的人来干，串行儿乱章程是绝对不行的。可是，1987 年西安电影制片厂让摄影张艺谋在《老井》中当了主演，夺得东京电影节表演大奖；又支持张艺谋独自导演了《红高粱》，夺得西柏林电影节金熊奖。按惯例，张艺谋能在十年后熬到当独立摄影都不乐观，可实际上他在摄影、表演、导演三个行当里转了一个圈才用了四年。还有很多著名电影导演都是从别的行当转过来的。试想，不是改革开放打破条条框框，“不拘一格降人才”，这一切能这么顺利地发生吗？

那时的影协就像一块巨大的磁石，与一线的电影创作人员走得很近。各电影厂有个不成文的规矩，厂里新片在送电影局审查之后，都要送到“新影四楼”放映，听听专家们的意见。如果电影不错，大家有话说，影片一结束，桌子、椅子一摆，座谈会就开起来了。谁都可以说，来的都是客，没什么请谁没请谁。那时的人都有一股热情，现场有一股热气腾腾的气氛。人们面红耳赤，侃侃而谈，激动得不能自已，好像谈的是自己的作品。在影协的楼道、办公室、食堂，经常能看到一线的演员、导演。影协成了电影创作者的家。

很快，中国电影出现了三代、四代、五代……同场竞技的繁荣局面。中国影协充当了精心呵护的保姆。英雄不问出处，不管是谁，有没有名气，只要你拍出了好片子，就是中国电影的功臣，就是中国影协的座上宾，就会在这里找到知音受到鼓励，就会听到同行、专家们鞭辟入里的中肯分析。中国影协高举“创新”的大旗，成了支持新生事物的大本营。

影协主席夏公非常重视影协业务人员的业务学习，多次利用他个人的威望，为影协业务人员争取难得的电影观摩机会。这些影片里有著名的外国影片，也有因有政治问题而未获通过的新国产片，被称为“内参片”，甚至有“看内参片比看外参片还难”之说。到了这时候，把门的人真正做到了铁面无私、六亲不认。影协业务人员在闻讯赶来的外单位人的夹道“欢迎”中，挺着脖子往里走。有一次，著名作家王朔就站在门口的行列里，眼巴巴地不无艳羡地望着我们，也不知道他后来进来了没有。在这时，你真庆幸自己是一个影协人。

中国电影从“文化大革命”造成的萧条到改革开放后20世纪80年代的繁荣，再到20世纪90年代提高票价、电影厂自主经营、国产片不上座的低谷，再到近十五年爆发式的增长，低—高—低—高，走过了一个“之”字形或N字形。

在中国加入WTO前夕，《电影艺术》编辑部内部对中国电影的前景做了一个预估，同事们都不太乐观，认为能顶住好莱坞大片冲击的中国电影导演超不过三人。六年前我去过越南，那里已经完全是好莱坞电影的天下，自己没有了电影工业。然而，中国电影并没有一败涂地。2003年中国电影走到谷底，一部中国功夫大片《英雄》振衰起弊，挽狂澜于既倒，引得世界为之青睐，武打片老手乱了方寸，纷纷效颦。2017年一部《战狼2》赢得票房56.8亿元人民币，打败同场竞技的好莱坞大片，进入全世界有史以来最卖座的十部影片之一。真是后生可畏，“江山代有才人出”啊！2017年，中国电影总票房559亿元（其中国产片占近54%），成为仅次于美国的世界第二大电影市场国。

就单部中国影片的艺术质量来看，中国电影也有长足的进步。在20世纪80年代的那些年里，如果当年出了一部好片子，金鸡奖就好评。没有这一部，就为难，要考虑是空缺，还是“矬子里面拔将军”。如果一年出了三部好片子，那就是丰收年了。而现在每年的中国电影，最少有一二十部可观。这里也有香港电影人的功劳，他们向内地电影靠拢，为我们带来了宝贵的娱乐片经验。

文化是民族的火炬，电影是国家的镜子。随着中国的国力越来越强，中国在全世界的地位越来越高，中国的电影会越来越好，在全世界的影响会越来越大。

作者简介

陈宝光，1952年生于河北衡水。1959年进北京小学。1965年进北京四中。1969年陕北插队。1971年进华山车辆厂。1973年进铁道兵50团。1975年入党。1977年进北京手表二厂。1980年进《电影艺术》编辑部，后任编辑部主任、编审。2012年退休。发表电影评论、人物传记80万字；小说120万字。合著电影文学剧本《建国大业》《辛亥革命》。撰写长篇小说《离开雷锋的日子》《建国大业》《辛亥革命》。独著电影文学剧本《城南庄1948》《黄海怀》《李培福》。

中国音协《儿童音乐》四十年回溯

王效恭

改革开放以后，中国文联主管，中国音协主办的刊物有六个，即《人民音乐》《歌曲》《音乐创作》《词刊》《音乐研究》和《儿童音乐》。20 世纪 90 年代初，党组和书记处考虑音协编辑力量薄弱，将《音乐研究》转到人民音乐出版社编辑、出版，其余五个刊物由中国文联主管、中国音协主办，编辑出版至今。

1995 年被评为中国文联十佳报刊之一的《儿童音乐》，1957 年创刊，1960 年由于人所共知的原因停刊，1978 年复刊。时任主编潘奇怀着对我国中小学音乐教育的极大关心，确定了《儿童音乐》的办刊宗旨：落实、贯彻、促进德、智、体、美全面发展，为广大中小学音乐教师的教学和课外活动服务，兼顾为繁荣我国儿童音乐创作，刊发来自全国专业、业余词曲作家、作者的少儿歌曲作品（著名作曲家张卓娅童年时的处女作就刊发在《儿童音乐》）。

主编潘奇是 20 世纪 40 年代上海百代唱片公司的签约歌唱家，风华正茂的她，与著名电影导演水华，满怀对革命圣地延安的向往和对中国共产党的钦佩与热爱，毅然决定克服各种艰难险阻，奔赴延安。到达延安后，在冼星海、吕骥和鲁艺培养下，成为一名忠诚于党的音乐事业的执行者。新中国成立后，根据组织安排和工作需要，在担任国家级人民音乐出版社社长的繁忙工作中，一直关心着我国中小学的音乐教育和儿童音乐事业的发展。作为主编，潘奇尽心、尽职、尽力地为《儿童音乐》每一期栏目设置、编辑方向和全部准备刊发的稿件均认真、仔细审阅、修改，把关，对需要修改的稿件提出具体修改意见。潘奇主编严肃、认真、一丝不苟的工作作风和工作态度为我们树立了榜样，令我们钦佩，也深深影响着我们。

潘奇退居二线以后的几任主编，作曲家张文纲，李群，副主编音乐教育家、音乐理论家姚思源，词作家、诗人金波秉承服务于中小学音乐教育、繁荣我国少年儿童音乐事业的办刊宗旨，长期以来，不计报酬，无私奉献，做出了突出贡献，赢得了音乐界、教育界及全国广大读者的一致称赞。

四十年来，《儿童音乐》共刊发各种题材、体裁幼儿、少儿歌曲万余首。其中《跨世纪的新一代》（李幼容词　刘磬声曲）、《种太阳》（李冰雪词　王赴戎、徐沛东曲）、《小主人之歌》（金本词　李焕之曲）、《我们是新长征的小红军》（倪维德词　吕骥曲）、《少年，少年，祖国的春天》（李幼容词　寄明曲）、《嘀哩，嘀哩》、（望安词　潘振声曲）、《小背篓》（欧阳常林词　白承仁曲）等近200首在全国少儿歌曲评奖中获金奖、一等奖，广为传唱至今，其中不乏被选为中小学音乐教材。以《跨世纪的新一代》为例，“跨世纪的金鼓敲起来，跨世纪的银号吹起来，跨世纪的理想树起来，跨世纪的重任接过来。举着火炬跨世纪，朝气蓬勃向未来。为祖国争光彩，我们是跨世纪的新一代。”这首歌的词由军旅诗人、著名词作家李幼容以少年儿童的独特视角，怀着对新世纪的期盼与热情写成，生动表达了当代广大少年儿童乐观、阳光、大度的豪迈胸怀，抒发了当今少年儿童朝气蓬勃的精神风

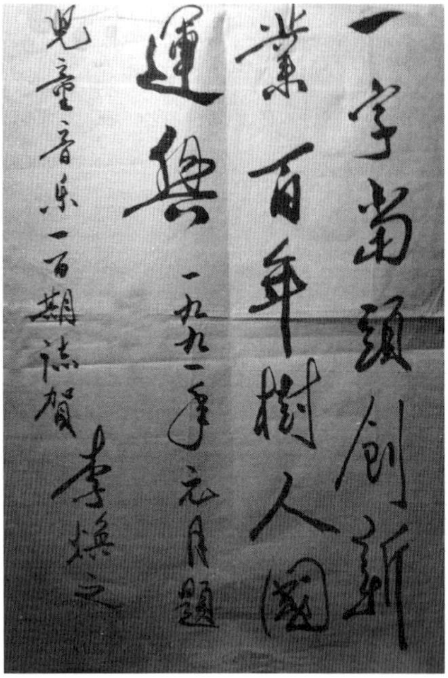

李焕之为《儿童音乐》题词

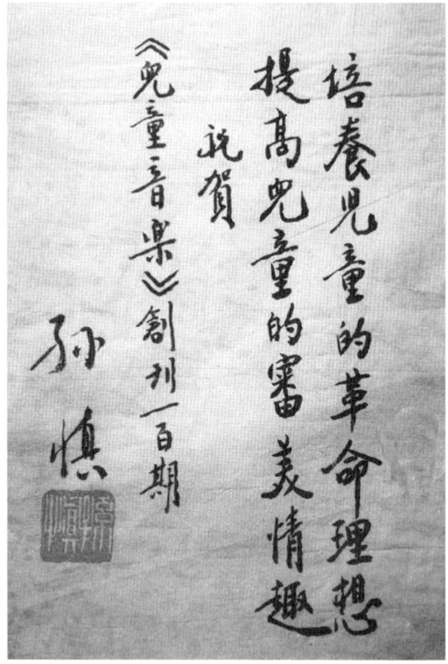

孙慎为《儿童音乐》题词

貌。作品的后半部分为易学好唱、又很出效果的二部合唱，节奏拉宽，曲调舒展，生动形象地表现新时代少年儿童博大胸怀，为祖国争光彩的远大志向。

改革开放四十年来，《儿童音乐》所刊发的作品代表着我国少儿歌曲创作的最好水平，昭示着我国当今少年儿童的精神风貌，通过推广、演唱这些作品，鼓舞着当今少年儿童“跟着太阳，拥抱明天，手挽手，向前进”的新时代少年儿童美好形象。

四十年来，《儿童音乐》还刊发了著名音乐理论家、音乐教育家钱仁康、贺锡德，著名钢琴家、中央音乐学院终身名誉教授周广仁，作曲家潘振声的音乐理论、音乐常识、创作辅导、钢琴教学的专稿连载，为我国广大音乐教师、少儿音乐工作者的工作、业务进修与创作水平的提高，发挥了一定作用，受到读者普遍好评。

四十年来，《儿童音乐》受到吕骥、贺绿汀、李焕之、孙慎、

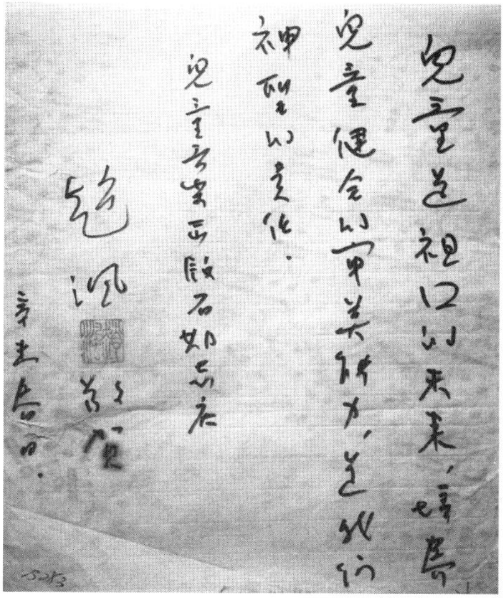

赵沨为《儿童音乐》题词

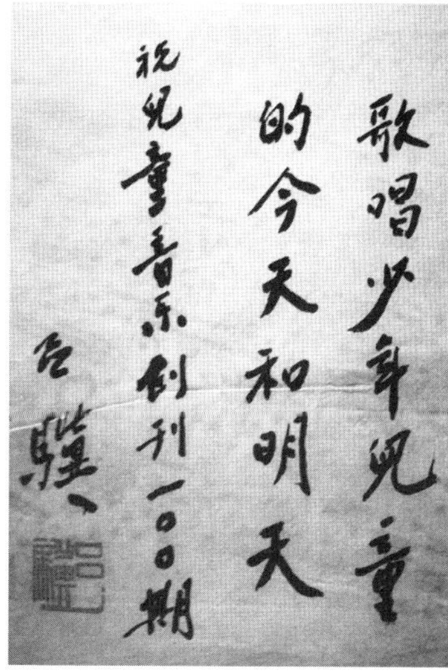

吕骥为《儿童音乐》题词

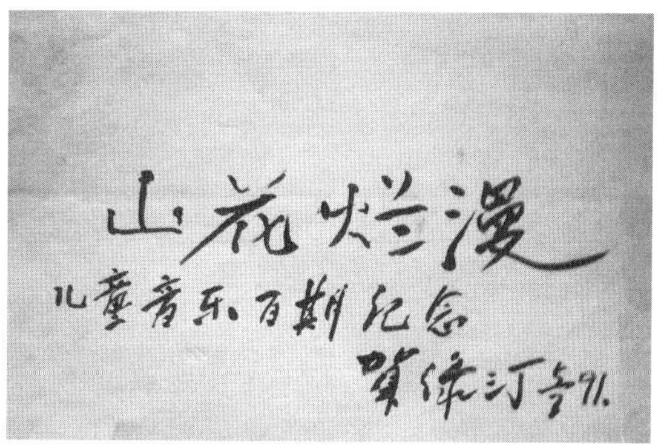

贺绿汀为《儿童音乐》题词

赵沨等著名音乐家的关心、指导、支持、爱护。在庆祝出刊100期活动中，特地写来了贺词。吕骥题词：“歌唱少年儿童的今天和明天。”贺绿汀的题词：“山花烂漫。”李焕之的题词：“一字当头创新业，百年树人国运新。”孙慎的题词：“培养儿童的革命理想，提高儿童的审美情趣。”赵沨的题词：“儿童是祖国的未来，培养儿童健全的审美能力，是我们神圣的责任。”领导、专家的题词既是对我们的鼓励，也是鞭策，领导、专家的殷切期鼓舞我们进一步办好《儿童音乐》。

为了让《儿童音乐》刊发的作品从纸上无声成为歌声，经与时任主编张文纲商定，决定成立“中国音协《儿童音乐》童声合

作者像

唱团”（即现在“国家交响乐团附属女子及童声合唱团”），由于我和杨鸿年老师的师生关系，平士方老师的同学关系，经中国音协书记处批准，正式聘请杨鸿年担任指挥，平士方担任排练指挥。后因经费、排练场地等诸多原因，杨鸿年老师带着队伍转到当时的中央乐团严良堃门下了。当时，著名作曲家李焕之特地为中国音协《儿童音乐》童声合唱团根据大别山革命民歌改编、创作了童声合唱版《八月桂花遍地开》。

中国音协《儿童音乐》是伴随着改革开放的钟声复刊做国内唯一少儿音乐刊物，改革开放的四十年，也是《儿童音乐》潜修技艺，砥砺前行，用《儿童音乐》这块小小园地，一步一个脚印，踏踏实实，认认真真，服务广大音乐教师和少儿音乐工作者，弘扬真、善、美，传递正能量的四十年。四十年来，《儿童音乐》始终把国家情怀作为指导、督促工作的座右铭，严守仁爱共济、立己达人的大爱立场，在选用、审、改每一篇稿件中，时刻牢记正心笃志，崇德弘毅的人格教育为准绳，为了让所刊发的作品活起来、见成效，始终坚持以广大读者教师和少儿音乐工作者需要入手，坚持不懈培养良好文化素养的办刊指导思想和原则，如此坚持四十年。

《儿童音乐》是通过广大教师、少儿音乐工作者对广大少年儿童进行音乐乃至艺术和审美基础性教育为目的的传播媒体、工具，旨在在广大少年儿童汲取知识和营养阶段，为他们创造感知健康、高雅音乐文化的优秀阵地。

《儿童音乐》的办刊宗旨和编辑方针，包括让广大读者对音乐乃至艺术、审美取向拥有判断其真伪、优劣的能力和准绳，使少年儿童在漫漫人生路上，面对良莠不齐的所谓“艺术”时，有能力加以分辨，有选择地进行接受或摒弃。只有让广大读者，特别是少年儿童了解、感知什么是真、善、美的艺术，才能领悟、拥有作为健全的人、大写的人的高尚情操的内涵。

《儿童音乐》还存在重知识传播、轻精神内涵阐释，系统性、整体性不足，编辑力量不足缺陷等问题，相信通过中央关于“文化自信是更基础、更广泛、更深厚的自信，是更深沉、更基本、更持久的力量”的贯彻、落实与学习，这些状况会有改变，《儿童音乐》一定会在培养身心健康、有社会责任感、有创新精神、有实践能力、有高尚审美情趣，全面发展的新型人才事业中发挥更大作用。

作者简介

王效恭，1963年毕业于北京艺术学院（现中国音乐学院前身）钢琴专业。1979年起，先后担任中国音协《儿童音乐》编辑、编辑部主任、副主编、常务副主编。四十年来，对音乐类刊物，特别是少儿童音乐类刊物，坚持新的办刊理念，坚持科学性，极少出现差错和失误。编著、出版《教你弹钢琴》《教你学唱歌》《教中老年人学唱》《音乐欣赏常识》《音乐万花筒》等共75万字，编辑、出版《少年儿童歌唱考级作品集》《钢琴考级作品集》等。曾先后担任中国儿童音乐学会副会长、中国少年儿童文化艺术基金会秘书长等。曾被评为“中共中央直属机关1985年度优秀共产党员”。

我国音乐考级活动的兴起与发展之路

顾春雨

20 世纪 80 年代，改革开放的春风吹拂中华大地，给人们的思想和生活带来久违的暖意。随着人们物质生活水平的提高和“计划生育”国策的实施，城乡居民比以往任何时候都重视对下一代的培养。于是，旋风般地掀起了学习音乐的热潮。当时，钢琴、小提琴、电子琴、手风琴及一些中国传统民族乐器走进了千家万户。各新闻媒体往往都以“百万琴童”形容那时的学琴数量之众。其实全国各地的学琴人数远不止此。如此多的学习者面临的是社会音乐教育师资远远跟不上形势发展的需要，教学质量参差不齐，各地音乐普及水平很不平衡。

1988 年 10 月，中国音协为了加强和社会各界的联系与合作，成立了“社会音乐部”，我任主任（同时兼任社会音乐委员会常务副主任）。不久，《报刊文摘》上一则不显眼的“消息”吸引了我：它报道了上海钢琴学会借鉴海外考级的经验，在上海开展了钢琴考级活动。这让我激动不已。旋即又通过朋友了解到，除上海外，离香港最近的大城市广州也先于上海开展了钢琴考级活动，并进一步了解到，这项源自英国的音乐水平考试认证活动已开展了 100 年，在不少英联邦国家和地区已经普及。沪、穗两地的钢琴学会正是在改革开放的大环境下有条件与海外联系，并借鉴海外的经验在当地举办考级活动。它们都自编了不同的考级教材，且两地教材的难易程度有一定差距。这些情况激发我的反应和思考：1. 考级活动是一项适合在我国开展的社会音乐活动；因为国内学琴的人（特别是少年儿童）太多，教学水平需要不断提高。既然海外一些国家和地区已经将考级活动作为一项检验学琴者演奏水平的措施（制度）沿袭了百年而经久不衰，我们完全可以借鉴其经验并根据国内的实际情况，建立自己的考级体系。2. 中国的考级体系应该由一个全国统一的机构领导并组织实施。应根据国内音乐教育的实际情况及各地师资力量不平衡的现状，制订统一、规范的考级教材。中国音协有责任为建立这一考级体系做出自己的贡献。3. 全国统一的考级机构应该由音乐界、教育界热心社会音乐教育事业并熟悉我国社会音乐教育情况的领导和专家组成；其中应包括全国音乐家协会、国家重点高等音乐院校、国家教育部有关司（局）的人士。中国音乐家协会作为党领导下的全国性的学术性人民团体（20 世纪 80 年代各省、直辖市、自治区音协都称中国音协分会），无论从其职能还是开展工作的角度，理应承担起建立全国音乐考级机构的责任。

根据以上思路，我于 1989 年 11 月赴沪分别拜访了上海音协秘书长陈庆峰、上海音乐学院附中校长（钢琴学会负责人之一）盛一奇、上海电子琴学会会长浦琪璋等专家，谈了关于建立全国统一的考级体系，在全国范围内逐步开展音乐考级活动的想法，并得到了上海方面的理解和支持。1990 年 2 月，我会与文化部少儿司在京举办首届全国少儿电子琴演奏比赛。此间，在评委浦琪璋老师的提议下，请评委会主任、时任中国音协书记处书记的王立平先生与电子琴评委一起漫谈乐器考级的一些问题。大家一

20 世纪 90 年代初，家长和考生排队在北京音乐厅领取证书和评语

致认为乐器演奏考级前景广阔，应该尽快筹备。正值此时，中宣部批准中国文联党组建立了中国音协分党组（书记孙慎，成员冯光钰、顾春雨）。社会音乐委员会关于成立“全国乐器演奏（业余）考级委员会”的《报告》经分党组批准后，即委托北京电影乐团钢琴、电子琴演奏家郭珊专程赴广州、上海钢琴学会收集考级教材。回京汇报后又请中央音乐学院钢琴系应诗真教授根据沪、穗两地的教材拟订了一份钢琴考级大纲。鉴于中国音协是在全国范围内开展考级活动，必须兼顾经济发达地区与边远地区社会音乐教育水平的差异，让各地的音乐爱好者都有可能参加考级，故此大纲根据以下原则制订：每一级的技术程度介乎上海与广州之间（比广州的教材难、比上海的教材浅），琴童在正常学习一年的基础上，可以参加一级考试，一般情况下，以后每隔一年考（升）一级。

1990 年 7 月 1 日，“全国乐器演奏（业余）考级委员会”正式宣告成立。由中国音协副主席、中央音乐学院名誉院长赵沨兼任主任，副主任为中国音协书记处书记兼社会音乐委员会主任王立平、教育部艺术教育司司长杨瑞敏、中国音协分党组成员兼社会音乐部主任顾春雨（兼任考级委员会秘书长）等。同时成立了钢琴专家委员会：主任为上海音乐学院钢琴系原主任吴乐懿、中央音乐学院钢琴系主任周广仁，副主任为著名钢琴家鲍蕙荞、中央音乐学院钢琴系教授应诗真、中央音乐学院附中钢琴学科主任凌远、上海音乐学院钢琴系主任郑曙星、广东省钢琴学会主任李素心、沈阳音乐学院钢琴系主任朱雅芬等；北京师范大学钢琴教授周铭孙、中央音乐学院钢琴教授谢华珍、上海音乐学院附中钢琴教授盛一奇、上海钢琴学会负责人陈庆峰、广东钢琴学会熊道儿等均为专家委员会成员。考级委员会决定将"钢琴、小提琴"作为首批开考的专业，以北京为第一个试点考区，于1991年学校寒、暑假期间，先后举办钢琴、小提琴考级。

为保证第一次钢琴考级活动如期顺利举行，考级教材的编选、出版是第一位的工作。在京的专家委员会老师们怀着对事业的高度责任感和支持音协工作的热情，多次在周广仁先生家召开会议，商定了十个级别的考试内容和（1、2套）曲目，交付人民音乐出版社出版发行。与此同时，我趁第一届全国小提琴比赛的评委们云集北京之机，专门找评委专家一起商谈小提琴考级事宜。专家们对于开展全国小提琴考级活动寄予极大的热情，当即推举中央音乐学院教授赵惟俭先生负责考级教材的选编工作。音乐界专家们的大力支持和热情参与，使前期各项准备工作得以顺利进行。经过各方面的努力，钢琴第1—5级的考级教材（1、2套）于1990年12月面世。此时离1991年2月的北京地区钢琴考级也就只剩两个月了。于是考级委员会决定北京地区的首次钢琴考级活动就限定五级以内。为了让广大教师、家长和考生了解考级的要求，考级委员会及时举办钢琴考级辅导讲座，请中央音乐学院的资深专家逐级讲解“基本练习”“练习曲”“中外乐曲”等考试内容的要求。这样的辅导讲座在钢琴高级别及其他专业门类考试前也分别举办过多次。

1991 年 2 月 5 日，这是我国社会音乐活动史上值得纪念的日子，以中国音协全国乐器演奏考级委员会名义举办的第一次“钢琴演奏（业余）水平”等级考试在京拉开了帷幕。800 多名 1—5 级的考生于 5、6、7 日三天在中央音乐学院教学楼的五个考场参加考试。每个考场三位考官。这些考场聚集了当代中国钢琴界部分最具影响力的教育家和演奏家。他们认真倾听每一位考生的演奏，并书写“评语”。此情此景令人难忘。黑龙江音协和广东钢琴学会专程来京观摩的负责人都对考官们认真严谨、一丝不苟的治学精神和周到严密、井然有序的考场组织工作给予了高度评价。

1991 年 5 月，小提琴（1—10 级）教材出版。首届全国小

考生家长认真传看考试评语

提琴考级活动也在中央音乐学院教学楼举行。500 多名考生（包括山西、辽宁、天津等周边省市）参加了考试。虽然因教材面世距离考试时间太近的原因，考生人数受到一定影响，但考生的演奏水平却令考官们赞叹。尤其是一位山西太原报考 7 级的 9 岁琴童，无论是演奏质量还是气质都得到专家的赞赏。中央音乐学院著名的小提琴教育家隋克强教授兴奋地夸他有“大家风范”。

第一次考级活动的圆满成功，随着考级证书、评语的发放及优秀考生汇报音乐会的举办，社会上产生了较大的宣传效应，这一新生事物成为当时不少北京市民的热门话题。每次举办“考级”，考场外“陪考”的家长往往超过考生的数量，接送孩子考试的车辆和领取证书、评语的长队，都很壮观。同时，很多外省市音协和文化教育机构都主动联系要求开展考级活动。为保证活动的质量，我们决定分批、逐步在一些有条件的地区设立“考区”和“考点”（省一级称为“考区”，省级以下城市为“考点”）。同时制订并颁布了设立“考区”和“考点”的办法。其中最重要的几条：①每个考区、考点的考场 3 名考官，其中全国考级委员会委派的外地（主要是北京、上海）考官 2 名，考级委员会批准、认证的当地考官（须具副高以上专业职称）1 名（注：这样既保证考级的质量和尽可能缩小各地标准的差异，也有利于让当地的教师了解考级委员会的要求，提高当地的教学水平；后来因考级活动逐渐铺开，考区多，考生多，评委数量有限，遂调整为每个考场 2 名考官，即外派和当地考官各 1 名）；②考级的经费收支可以由当地的承办单位负责，结余的经费由当地留作发展音乐事业之用；③每个考区（点）考试时，须由考级委员会统一委派工作人员前往，负责检查各地的组织工作并监督考试结果的统计等，以确保活动的严肃性；④考试的合格证书由全国考级委员会统一制作、发放。

按此原则，继北京后，考级委员会确定河北、黑龙江作为第一批设立考区的单位（都由两省音协承办），分别于1992年寒假和暑假顺利开展了考级活动。接着，天津、辽宁、吉林、海南、深圳、福建、河南、贵州、湖南、江西、安徽、山东、山西、云南、广东、广西、重庆、陕西、甘肃、宁夏、新疆、内蒙古、浙江、青海等省、市、自治区陆续设立了考区或考点。短短几年内，年均考级人数一下子发展到近二十万人（次）。当时考虑到上海的总体音乐普及水平较高，原有的考级教材比全国教材的难度高，且考试内容每年都有变化，因而根据当地的实际情况，仍由上海音协独立开展考级活动，暂不设考区。在各地增设考区（点）的同时，考试的专业门类也稳步增加，自1993年起，逐步增加了手风琴、电子琴、二胡、单簧管、萨克斯、琵琶、古筝等普及面较广的西洋乐器和民乐；2000年后又增加了“音乐基本素养”和“歌唱”等考级。由此，原定的“乐器演奏考级委员会”名称也相应改为“音乐考级委员会”了。如今除上海外，全国已发展到30个考区，共100多个考点。每年考级人数超过60万人（次），成为具有广泛社会影响的社会音乐活动。这些年中，在考区和考试门类不断增加、考生人数逐年增长的情况下，我们没有忘记同步进行考试教材的修订和更新工作。在一定的时间内变换考级教材、更新考试内容，是中国音协考级委员会建立之初就确立的原则。为的是拓宽考生视野、提高学习质量和实际能力，避免“为证书”而“考级”的功利主义倾向。为此，各专业门类的专家们不辞劳苦，做出了宝贵的贡献。

考级活动激发了广大青少年学习音乐的热情，提高了我国社

1993 年考生汇报音乐会后本文作者与优秀考生王羽佳（右一）、吴经纬（左一）合影

会音乐教育水平和孩子们的综合素质，大部分优秀考生在普通学校也是学习成绩优异的好学生。其中一些随着考级活动一步步成长起来的儿童有的已经走上了职业演奏家之路，如：多次荣获国际比赛大奖、活跃在国际乐坛的青年钢琴家王羽佳、小提琴家杨天娲以及荣获中国音乐“金钟奖”钢琴比赛金奖的谭小棠等，都是当年考级活动中崭露头角的优秀考生。

考级活动也向世人展示了当代我国少年儿童的精神风貌和社会音乐普及水平。中国音协通过组织部分钢琴优秀考生赴澳大利亚（1996 年、1997 年）和德国（1998 年）的交流演出活动，让外国人耳闻目睹了中国下一代杰出的艺术才华，并为之赞叹。2004 年 4 月，中国音协考级委员会还应德国黑森州音乐学校的邀请，在当地举办了钢琴考级，给数十名华裔德国儿童颁发了等级证书。

应澳大利亚澳亚文化交流中心邀请，部分优秀考生于 1996 年赴澳交流演出。舞台前排花篮左侧为 9 岁的王羽佳

考级活动加强了协会与音乐家的联系，密切了协会与群众的关系。协会通过组织音乐家参与考级活动，为社会提供服务，让音乐家在服务中感受自身的社会责任；让群众（涉及千家万户）从这一服务中了解并感受音乐家的价值。

考级活动扩大了全国音协的社会影响，增强了中国音协与各地方音协的凝聚力。它像一条坚韧的纽带将全国音协人员紧紧拧在一起。

考级活动锻炼了协会工作人员队伍，提高了协会的综合实力。协会开展考级活动后，随着考区、考点和考生的增加，工作量越来越大，需要一定的人力投入。为了不影响协会其他日常的业务工作，我们除了依靠社会力量外，大部分工作由协会机关工作人员承担。从每次各地考场的组织、考生人数安排到考官的调配和评语的整理、证书的制作和发放等，都需要周密细致的计划和花费大量的精力；同志们在保证本职工作不受影响的情况下，只有加班加点工作才能完成任务。多年来，中国音协全国考级活动的组织管理水平及工作人员所表现出的认真负责、刻苦耐劳精神受到音乐界专家和考生家长的普遍好评。与此同时，全国音协系统在开展考级活动、组织音乐家为社会服务并获得广泛的社会效益情况下，也创造了一定的经济效益，使各地音协有条件开展更多的活动，为繁荣音乐事业多做贡献。

中国音协自1990年建立考级委员会至今已近30年。回顾中国音协开展社会音乐水平考级活动的历史及发展历程，道路并不平坦。当年开展活动之初设想的若干年后全国有一个统一的机构、统一的考试标准开展考级活动，使庞大无序的社会音乐教育市场有章可循，进而逐步建立起一个代表中国的、可以面向世界的“考级制度”，让我们的考级证书内涵能够代表一国的音乐普及水平，让国家教育部门能参照各级别的证书了解学生的艺术特长；但要实现这一美好的愿望却路途漫长……就在音协的考级活动刚开展不久，我们正忙于引导教师和家长正确认识“考级”的意义，让考生端正学习态度、养成循序渐进的良好习惯，避免急功近利、拔苗助长的关键时刻，某些音乐艺术院校于1993年后也相继开展音乐考级活动，社会上出现了多家考级机构、制订了各类不同程度的考级教材和考试标准（相同级别考试的难易程度相差较大）的现象。有的主张一个考场一位考官，有的还别出心裁地“创立”了考生可以在原报考级别不及格的状况下“降级通过”的考试规则……这对于那些不明确考级的目的而一味追求拿证书的家长来说，无疑是天大的“好事”，于是，哪里好考奔哪里，正常的考级活动秩序一下子打乱了……

此事引起了音乐界、教育界专家和广大教师的关注，有关新闻媒体也反馈了社会上的意见。为此，我曾及时与有关考级机构的负责人沟通，希望通过相互协商，共同联合考级，但终未能达成共识。当时有一种观点认为，多家机构考级是好事，可以“公平竞争”。后来的发展越来越“热闹”了：作为首都北京的“多头”考级现状必然影响到下面，一些地方、一些不具条件的单位也纷纷成立考级机构开展活动。往往一个不大的城市有几家不同机构的“考级”并存，有的地方一个单位同时负责承办几家不同机构的“考级”；有的考级机构为了招揽生源，不惜以“回扣”的方式给予教师好处费，等等；至于考级质量更不是那些主张“公平竞争”的人和单位所关注的。尽管国家有关文化管理部门在社会的强烈呼吁下，采取过措施并制订了有关管理办法，但“多头”考级的现象并未得到遏制。

这些问题的出现及其产生的负面效应并不代表考级活动本身有错。问题出在主办考级活动的机构和负责组织考级的人对于考级活动的目的、意义缺乏正确的认识。

音乐“考级”活动本是为了加强对社会音乐教育的管理，使其沿着科学化、规范化的道路健康发展而举办的。“等级考试”是用以检测考生在不同的学习阶段，所达到的实际演奏（唱）水平。让学生定期参加“考级”、组织专家（考官）对考生进行评审，好比是人们正常的定期身体检查和专家会诊。这项“检查”是在考生指导教师不在场的情况下进行的，因而比较客观、公正。考试的结果及考官现场书写的评语基本反映了考生的真实情况，可以供家长、考生和教师参考。这一方面可以让考生本人（和家长）知道自己的学习是否正常，同时一定程度上，也可检验教师的教学水平和责任心；通过考官的“评语”，考生家长和指导教师应能从中分析出问题、总结经验教训。

“考级”与普通学校的升学考试不同，“合格”与否，没有名额限制，完全看考生现场考试的实际水平。考生达到了考试规定

2002 年全国音乐考级会议期间，中国音协主席傅庚辰、分党组书记兼驻会副主席吴雁泽、分党组副书记兼秘书长顾春雨、分党组成员兼副秘书长张弦、段五一与各考区（点）负责人合影

内容的基本要求，一般都能“通过”；如果达不到要求而无原则地给予“通过”，只会“误人子弟”，既害了考生，也有损考级的声誉。

为了维护全国音协的声誉，确保音乐考级活动健康有序地发展，自开展活动起，中国音协每年都召开考级工作会议，认真检查各考区（点）的活动情况，及时协调、解决有关问题。发现违背考级活动宗旨和考试纪律的行为都认真对待、严肃处理。希望能持久地坚持下去。

全国音乐考级活动已坚持近 30 年，作为考级制度的倡议者和发起、创建并组织开展全国音乐考级活动的当事人之一，由衷地希望在纪念改革开放四十年之际，各“考级”主办单位能够本着对我国社会音乐教育和音乐普及事业高度负责的精神，认真反思、总结三十年来的经验教训，发扬光大成绩，摒弃、抵制那些干扰、阻挠考级活动健康发展的歪风邪气；在不能联合主办考级活动的情况下，也应不失音乐工作者和教师的良知，坚守道德底线，自觉维护考级活动的声誉，给社会音乐教育领域、给广大崇尚音乐艺术的人们一片洁净的蓝天！

借此机会，谨向为我国社会音乐教育事业和音乐考级活动做出无私奉献的音乐界、教育界的老中青专家，向为考级活动兢兢业业工作的音协系统同仁致以诚挚的敬意！

2018 年 8 月于北京

作者简介

顾春雨，作曲家、音乐活动家。1980 年调入中国音乐家协会；1985 年起历任协会办公室主任、社会音乐部主任，分党组成员兼书记处书记、分党组副书记兼秘书长等职。策划、组织过第 1—3 届中国音乐“金钟奖”等各类全国性的音乐评奖和比赛；发起、创建了全国音乐考级委员会，领导编订了多种考级教材、制订了在全国范围内开展考级活动的措施和办法并予组织实施。其代表作有歌曲《火把节的欢乐》《彩云南》《七月的阳光》，二胡曲《欢乐的彝家山寨》等。

会员工作纪事

——中国音协会员工作部往事杂忆

杜庆云

20 世纪 90 年代末，已调离中国音协多年在中国文联担任领导职务的晓光同志又重返音协，同时兼任音协分党组书记。晓光同志上任伊始就对音协的组织架构进行了调整，把原来隶属于组联部的会员工作从组联部分离出来，专门组建了中国音协会员工作部以专职于中国音协的会员工作，可见晓光同志对协会会员工作的高度重视，就是在这样的背景下，我从工作多年的《人民音乐》编辑部调到中国音协会员工作部担任副主任。

离开多年熟悉的编辑工作到这样的一个全新的工作岗位，说实话一开始还真的不太适应这种机关式的工作环境，过去在编辑部工作比较单纯，组稿、约稿、发稿、采访工作时间相对自由，但到会员部工作头绪繁杂而且限于当时的客观条件，会员的入会申请、申报、审批、通知、会员档案的入档、档案的管理、会员证的登记发放都是手工处理，效率低下，有时因工作需要要调取某位会员的档案，往往要翻箱倒柜，折腾半天。面对音乐事业多元化的发展和改革开放的大势所趋，如何调整工作思路，顺应新的历史时期广大音乐家对协会工作的期望已经刻不容缓地摆在新组建的音协会员工作部的每一位同仁面前。

中国音协的会员发展随着“文化大革命”各个协会的瘫痪及撤销，整个“文化大革命”期间一片空白。“文化大革命”后随着音协工作的恢复，会员的发展才重新提上了议事日程，音协会员部组建时音协的全国会员人数也就是从建会初到“文化大革命”前发展的四千人左右，而且过去制定的入会标准和规则，已经不适应形势的发展变化、不利于音乐事业的繁荣发展、不利于音乐人才的脱颖而出。如何壮大中国音协的全国会员队伍，团结音乐界各方面的音乐人士凝聚于音协的大家庭，关系到中国音乐事业的繁荣发展，也关系到中国音协作为群团组织如何做好“组织、联络、协调、服务”的定位及党和政府联系音乐家的桥梁作用的发挥。在协会分党组的领导和支持下，我们根据形势的发展变化，用“既不降低标准又利于广纳人才”的思路重新修订了中国音协会员的入会标准，为音乐界各个艺术门类和专业的符合新入会标准的人士入会敞开了大门。

“文化大革命”前中国音协全国音协会员的成分主要为音乐界各个专业有社会影响的知名专家，这在当时的历史条件下有它的合理性，也使音协成为新中国成立以来全国具有权威性的音乐群团组织。改革开放使中国音乐事业的发展进入了一个新的历史时期，如何顺应历史潮流既保持音协的权威性又增强它的群众性，广纳各方面各个专业的人才加入音协的队伍，就是我们在修订音协全国会员入会的新标准时要考虑的问题。“文化大革命”前能够成为中国音协会员的中小学音乐教师寥寥可数，在我们修订的新的入会标准中对广大的中小学音乐教师入会规定做了调整，凡具备了副高的职称，无论你是中学教师还是小学、幼儿园教师都可以申请入会；再比如“文化大革命”前音乐院校和音乐表演团体的全国会员主要为名家教授，年轻的教师和专业团体的表演人才入会只能熬年头熬资历。在新的入会标准中我们主要以艺术成就为取舍的重要标准之一：不管你是年轻的音乐院校学生或者是音乐表演艺术团体的年轻表演人才，只要他们在重要的国际音乐比赛和音协认定的全国音乐比赛拿到前三名的名次，不问年龄和资历都可以入会。新的入会标准颁布实施后收到很好的效果，极大地激励了广大音乐界各方面人士的入会热情，短短的几年间音协会员的人数已达五位数，是中国音协会员发展工作的一个跨越，在当时文联的各协会中，音协的会员人数应该是排在较前列的，当然这个音协会员跨越式的增加，绝不是单纯的数量追求，而是顺应了音乐事业发展繁荣的历史潮流，实践也证明调整后入会的全国会员都是全国各省、市、自治区、新疆生产建设兵团、中直艺术院团、部队系统推荐的优秀艺术人才。

随着音协在新的历史时期各项业务工作的开展和会员人数的增加，如何加强会员的日常管理、及时更新老会员的信息：比如联络方式、通信地址的变更、艺术上新的成果的入档，建立每个会员的艺术档案为协会领导和文联有关部门提供准确的会员信息，就刻不容缓地摆在会员部日常工作的面前。过去每逢协会换届开音代会和文联开文代会，需要调取相关会员的信息，时间紧任务重，会员部就得全体出动加班加点通过手工的方式从几千份会员档案中逐一翻取相关会员的有关信息，提供给领导和上级相关部门敲定出席会议的代表名单，不客气地说这些信息很多是老皇历，新的信息在会员当初入会时的档案中根本不可能查到，在这种情况下，会员部就得费尽周折，通过各种途径去获取会员新的信息。如果领导有事要某个会员的电话或者通信地址联系，不是这位会员的电话早已变更打不通，就是通信地址早已查无此人。面对这一尴尬的工作局面，如何变被动为主动，我们提出了会员艺术档案纳入计算机管理的工作思路。在20世纪90年代末计算机还是比较稀罕的物件，一个单位也不一定有一台计算机，当时音协的所属部门和五大期刊，在我的印象中还没有一个部门和期刊配置计算机，而且购置一台计算机在当时也价格不菲。会员部在当时提出会员艺术档案计算机管理的思路，不但意识超前而在当时确实有点痴人说梦的感觉，但当我们向协会领导提出我们新的工作思路时得到晓光同志和协会分党组的大力支持，专门给会员部批了专款购置有关设备，从而保证了这一工作的顺利启动。

有了硬件只是这项工作具备了能够进行的物质基础，作为一个系统工程大量的工作还是软件的设计。在我们修订新的入会标准时，在入会会员登记表的重新设计中就根据会员艺术档案纳入计算机管理这个工作思路做了调整。考虑到中国音协的会员证几十年不变，样式应该加入新的元素，使其更具有时代气息，作为一个系统工程，我们同时设计了新的会员证。过去会员证都是手写，现在新的会员入会后艺术档案都已录入计算机，在为新会员制作会员证时直接用计算机打印，相对过去会员证的手写模式，计算机打印出的会员证格式统一、字迹规范。为了做好新的会员证的改版，在新的会员证设计中我们也多方征求意见，参考了很多证件的设计样式，最后还是决定采用类似护照的中英文模式，横排、封面烫金，用今天时髦的话讲就是和国际接轨，拿着改版后的中国音协会员证不论出国参加学术交流活动还是其他的艺术活动，应该说为我们的会员增加了光彩，显示了大国风范。傅庚辰主席及协会分党组最后都认可了新的会员证设计方案，改版后的会员证一经启用就受到广大会员的称赞和好评。当然老的会员证是局限于当时的历史条件制作设计的，是那个时代的标准证件，今天看有它的历史价值，这里绝无贬低它之意。

在修订中国音协会员新的入会标准和会员纳入计算机管理的整个工作进程中，傅庚辰主席、晓光同志及后来接任晓光的吴雁泽同志及协会分党组的领导都给予高度的关心和支持，使这一工作能够顺利推进，在该方案的实施过程中也得到各省、市、自治区、新疆生产建设兵团音协的认可和支持，并使中国音协在会员的发展和管理工作中和地方音协进行了有效的对接。为了推进这一工作的顺利开展，音协先后在京召开了为推动这一工作的中直音乐院团和驻京部队文艺团体的专门会议和随后在苏州召开的全国音协工作会议，对这一工作进行说明和部署，并为各地方音协无偿提供了会员艺术档案计算机管理的相关软件，为各地方音协向中国音协每年申报会员入会提供了计算机管理的技术支持。

在后续的推进工作中，我们及时为推进这一工作在杭州举办了全国各省、市、自治区、新疆生产建设兵团中国音协“计算机会员管理培训班”，为当时很多处于计算机盲的各地方音协干部进行了培训，在培训班举办的过程中，我们的工作得到了当时主持浙江音协工作的晓其常务副主席兼秘书长的大力支持和协助，浙江音协免费为培训班提供了很好的培训场地和住宿安排，在培训期间浙江文联和音协的领导还到会议现场看望参加此次培训的全体人员。

一转眼几十年过去了，但当年我们会员部的全体同仁为推进这一工作的场景还历历在目，难以忘怀。今天大数据、云计算已经不再是人们陌生的事物，但在 20 世纪 90 年代末期计算机还不为更多人了解和像现在这样普及的情况下，中国音协在当时的文联系统中成为较早推动会员计算机管理现代化的一个协会，在这个工作的推进中我们的工作也得到文联组联部有关同志的关注。随后文联系统的很多协会也相继启动了相关的工作并和我们进行交流。

随着中国音协会员入会标准和规则的修订，以及会员艺术档案计算机管理的顺利实施，我们也算为协会新时期的工作起到了添砖加瓦的作用。今天看起来，当年我们在会员工作中所做的上述工作，绝不是一个单纯的工作方式的改变，而是在改革开放的社会变革中思想理念的改变，在今年纪念改革开放四十周年之际，回忆往事我们所做的工作算不上什么惊天动地之举，也就是凡人小事之类，充其量也就是改革开放大潮中激起的一朵小小的浪花而已，特以此小文为记。

2018 年 8 月 5 日

作者简介

杜庆云（1946—），音乐编辑家、音乐活动家。曾任《人民音乐》副编审、中国音协会员工作部副主任、中国音协合唱联盟秘书长、东方古筝学会理事、中国文采声像出版公司副总编辑、现任中国文联《桑榆天地》编委。出版有音乐评论文集《乐海浪花——杜庆云音乐评论集》和电影剧本《丽江纳西风情》《纳西古乐撷英》（合作　该片由北京科教电影制片厂、丽江地委宣传部联合摄制，1994 年对海内外发行）。曾策划国内外的相关音乐和学术活动，发表学术论文若干。

从中国美术的发展谈坚持文化自信

王春立

习近平总书记在党的十九大报告中指出:“没有高度的文化自信，没有文化的繁荣兴盛，就没有中华民族伟大复兴。”这是在我国进入新时代中国特色社会主义以来，党中央为激发全民族文化创新活力，繁荣具有中国特色社会主义文化，建设文化强国所吹响的进军号。

新时代中国特色社会主义文化，是在优秀的民族传统文化滋养下，党领导广大民众于革命、建设、改革过程中，所创造的革命文化与社会主义先进文化的融合。它植根于中国特色社会主义伟大实践，具有蓬勃的生命力。

民族文化，是一个民族的灵魂。中华民族伟大复兴，其本质乃是民族文化的复兴。一个国家能否在世界上挺直民族脊梁，主要是以民族文化做支撑。

放眼世界，四大文明古国中的巴比伦、埃及、印度文明，均已断裂和消亡；唯有中华文明历经五千年传承至今仍然生机勃发。中华民族灿烂文化所熔铸的民族精神，始终激励着世世代代的民众奋然前进。习近平同志所提出的“坚定文化自信”，则是在新的历史条件下，弘扬中华民族文化，振奋民族精神，促进各民族大团结的指路明灯。

一、高度文化自信，来自中华民族文化具有恒久的、从未间断的、统一的稳定性与变革性

民族文化，其实质，乃是各民族在精神上把握历史进程的一种形态。民族文化的兴衰，直接折射着民族精神的本来面貌。

仔细说来，中华文化的稳定性，来自中华大地各民族文化的大融合。这对增进各民族大团结，维护国家统一，起到了至关重要的作用。中华民族文化，它是汉族文化与其他各民族文化融合而成的，是增进民族团结、强化全民族凝聚力的重要因素。

另一方面，总是有人认为，近百年来，中华民族文化传统是僵死的、腐朽的，是历史的堕力，阻碍社会发展。但是，通过世界文化发展史可以看出，凡断绝了文化传统，这个民族必然在一定程度上失去民族活力。中华民族文化数千年来依然郁勃雄强，就是因为它具有“苟日新，日日新，又日新”不断创新的能力。习近平总书记提出“坚定文化自信”，必定点燃熊熊的中华民族文明之火，在新时代，引导全国人民培养和践行社会主义核心价值观，实现中华民族伟大复兴。

二、高度文化自信，来自中华民族文化对外来文化的开放性与吸纳性

中华民族文化，历来对外总是采取开放态度，吸收外国文化优长之处为己用，而不被域外文化摧垮、促使中华文化解体，具有强大的吸纳性——融外来文化有益成分，成为中华文化一

部分。

中国共产党高举马克思主义大旗，带领全国人民，建立了中华人民共和国，实现了科学社会主义与中国优秀民族文化相结合。

改革开放四十年，我国已经进入到社会主义发展新时代，正以马克思主义为指导，坚守中华文化立场，立足当代中国现实，吸收外国文化长处，建设中国特色社会主义文化强国。

三、高度文化自信，来自中华文化在世界各民族文化中的独特性与先进性

中华文化与世界各民族文化的独特性，有助于世界文化的多样性与丰富性，这是促进世界文化繁荣的重要因素。在明代采取闭关政策之前，中华文化以其庄重、高尚的品格，对周边地区始终具有辐射的作用。中华民族文化，主张个人的命运，永远从属于民族的、国家的命运，这是儒家维护国家统一、光照千古的价值观。应该看到，儒家崇道尚德、乐群贵和、明义重公的思想境界，自强不息、刚健进取、厚德载物的豪迈情怀，都是中华文化有别于世界其他文化重要的组成部分，也是世界其他民族宝贵的精神财富。

近四十年，某些西方大国，为实现本国利益最大化，凭借雄厚的经济实力与科技实力，掠夺其他国家物质资源，打着“世界文化一体化”的旗号，推行“反审美”、“反崇高”、低俗化、娱乐化的殖民文化，鼓吹“人权高于主权”，以迫使这些国家在精神上沦为西方的附庸。我国民族文化在这一浪潮中受到很大冲击，但是由于自信、自强、自立的中华民族文化具有极强的稳定性，在党的领导下，正在迈向民族文化的伟大复兴。

中华文化的先进性，主要表现在尊重世界各民族文化的多样性，从各民族文化“和而不同”、共生共融出发，实现人类命运共同体，共享人类文明。这与某些西方国家提出的“以本国利益为先”，到处挑起战争，是根本不同的。

在当下，为使优秀的中华民族文化在新的历史条件下，焕发出新的光彩，我们应该遵循党中央的指示，坚定文化自信，坚持为人民服务、为社会主义服务的文艺方向，发展面向现代化、面向世界、面向未来的，民族的、科学的、大众的社会主义文化，铸就中华文化的新辉煌。

近些年来，随着原子能、空间技术、电子计算机、信息网络等高新科技迅猛发展，经济全球化的浪潮正在席卷全世界。奉行单边主义政策的西方大国及其集团，为了在世界各地疯狂掠夺资源，推行自己的价值观，除了对许多地区和国家进行政治、经济控制或军事征服外，更以超强的态势，通过文化渗透，冲击着上述地区和国家固有的民族传统文化，以至于力求导致这些地区和国家社会秩序和道德观念，发生裂变和崩塌。在这样的宏观背景下，有些地区和国家为了维护本民族文化传统的独特性和独立性，纷纷举起民族化的大旗，与之进行抗争。以强大经济实力为后盾的西方强势文化在各地蔓延，与世界各地为固守本民族传统文化所形成的多元化的格局，构成了当今世界文化的主要特征。

在我国经过“文化大革命”长时间与外界的隔绝、实行改革开放政策之后，似乎西方在近百年间所形成的各种文化思潮，全都一股脑涌进了国内。这就使得我们有些人一下子找不着“北”：误认为既然西方高速发展的科学技术代表着当今世界现代化的水平，那么我国如想实现现代化，就必须走西方的路。并由此而推之——西方文化是现代的、先进的，我国民族文化是保守的、落后的；我国文学艺术如想与时代合拍，只有跟在西方后边亦步亦趋。因而，凡是西方的，一切都在学习、引进、模仿之列，其中也包括我们误认为是西方先进文化的文化垃圾。

总的来说，西方文化的“软实力”，对我国民族文化冲击是很大的，在思想上引起了一定混乱。

在中国美术界，也是如此。比如有的美术理论家于报刊及学术会议上，经常表述这样的观点：

其一，“传统中国画正在面临着走向死亡的必然命运”，“民族性、民族特色，会阻碍艺术的现代化”。

其二，“在精神空间里，西方文化作为绝对的‘中心’统摄着中国本土的现代化进程”，“在今天的中国，讨论最多的是：中国艺术家用什么‘策略’才能更快、更有效地进入西方当代艺术制度中？中国艺术如何才能获得西方的承认？”“中国式的前卫艺术是对传统和当下现实的断裂与逃避……他们渴望‘西方’体制为他们定位、正名”。

其三，“中国前卫艺术……不断向主流文化体系挑战，建立了非主流的审美价值和位置”，“它的发展仍然是一个与政治密切相关的文化运动”。

凡此种种，足以表明我们的某些美术理论家所标榜的“时髦”的理论，只不过是充当了西方文化霸权主义，文化殖民主义的传声筒。

中华民族美术——特别是中国画，是通过民族形式表现中国人民精神品格的一种艺术门类。历经漫长的发展，中华民族美术真的走入绝境了吗？回答是否定的。这是因为：在世界文化史上，只有中国在数千年的发展过程中所创造的文明，从来没有中断过，具有恒久的稳定性。中华民族美术自古以来就是开放的，不断吸收外来文化之长，始终充满着无限的活力。当前我国所实行的改革开放政策，为中华民族美术的发展，提供了大好机遇。

美术，历来都是各民族人民从精神上把握世界的一种形式，是构成世界各地文明的一种绚丽的花环。纵观世界史，民族文化的继承和发展，直接关系着民族美术的继承和发展。经过几千年的变迁，作为四大古代文明发祥地的美索不达米亚文明、埃及文明、印度文明均已消亡，唯有中华文明统一、稳定、而从未有中断。

进入21世纪，由于科学技术的发展虽使世界发生了很大变化，但是构成统一、稳定的中华文化的基本要素，从整体上并没有发生实质性的改变。中华文化正以勃发的态势，矗立于世界文化之林，所以说，中国民族美术的最为繁盛期，既在于过去，更在于今后。

自古开放的中国美术，具有强大的涵摄力。在世界文化发展史上，唯有中华文化具有持续发展、并不间断的稳定性，这是因为中华文化总是能够吸纳外来文化优长之处为己用，而从不被外来文化同化，具有雄强的开放性。我国改革开放的基本国策，必将促进民族美术的繁荣。

世界各国、各民族文化多样性，构成了世界文化发展的基本特征。由西方大国所控制和推动的经济全球化和世界文化一体化，实质上就是旨在实现以他们为主导的资本主义生产方式全球化和西方价值观念一体化，并以此削弱和绞杀其他各国的民族文化，推行文化霸权主义和文化殖民主义。

如果我们透过过去与现在之间的有机联系，揭示历史发展的基本规律，就不难发现，这种文化霸权主义和文化殖民主义，早在16世纪初，就已经开始形成了。当时随着欧洲资本主义对外扩张，在世界各地推行西方文化中心论，直到19世纪，终于建立起世界霸权。第二次世界大战后，不仅在欧洲、亚洲、拉丁美洲出现了一个社会主义国家阵营，从1944年至1970年，总共还有63个国家由殖民地赢得了独立。光这些新独立的国家就拥有10亿多人口，大约占当时世界总人口的三分之一。这种形势造成了世界各地政治格局多元化，文化发展多样化。到了20世纪90年代苏联解体后，美国奉行单边主义。因而，反对西方世界经济霸权和文化霸权、反殖民性的历史性运动，必将构成21世纪世界发展的主题。

在我国实现社会主义现代化建设过程中，如何面对来自西方大国经济全球化和世界文化一体化的冲击，保持中华民族文化的主体性而不被西方文化削弱，这是摆在我们面前亟待解决的问题。具体到中国美术界，我们有责任有信心坚定文化自信，弘扬中华民族精神，发展当代中国美术。

四、以弘扬民族精神为宗旨，发展当代美术

民族精神，是一个民族赖以生存和发展的精神支柱。一个民族若没有振兴的民族精神，就不可能立足于世界民族之林。我国五千年文明之所以从未间断并且具有无比的稳定性，就是因为我们有强大的民族精神作支撑。民族精神，是维护国家统一、增进各民族凝聚力、对抗外来侵略巨大的精神力量。美国斯塔夫里阿诺斯曾经写道："一小撮英国人之所以能征服印度次大陆，与其说是因为他们在技术上占优势，不如说是因为印度当时缺乏一种把所有印度人团结在一起的民族主义，不能结成反对西方入侵者的统一战线。如果印度人当时受到民族意识的激励，情况就会完

全不同”。(《全球通史——1500年以后的世界》第891页)我国在民国初年，也是一盘散沙，国情大致与上述的印度情况相似。事实上，不珍惜自己的民族独立，国家是不能够兴旺的。所以，以弘扬民族精神为主线，加强文化建设，繁荣美术创作，是至关重要的。

弘扬民族精神，要以提倡爱国主义为核心。中国知识分子——包括美术家在内，自古以来在民族文化熏陶下，就有着强烈的爱国心和社会责任感。这是造成西方文化侵略在我国打不开锣鼓的最主要的障碍。民族美术作为民族文化的一部分，过去是、今后也必然是维护中华民族团结的强大的精神力量。民族美术为适应时代的发展，其艺术观念与表现形式也要随着人们审美需求的改变而改变。中国美术的现代化，只有反映民族精神、通过民族形式才能实现。

弘扬民族精神，要做到文化自觉，对中华民族文化、民族美术充满自信。中华民族文化，是在几千年中与外来文化不断撞击，不断吸收外来文化优长之处而发展过来的。我们要对自己的历史进行深入研究。1915年，新文化派旗手陈独秀在《法兰西与近世文明》一文中，把中西文化说成是“古今之别”。认为“近世文化”乃“欧罗巴人之所独有，即西洋文明也”。与之同时的中国文化、印度文化，若从文化进程而言，“犹古之遗也”。简言之，主张全盘西化，我国只有跟在西方后边跑。第一次世界大战国文化的复兴，一定会实现。这是在当时反儒学高潮中，对西方文化做出的犀利的批判。当然，由于当时国势衰危、军阀混战、列强侵掠，为对抗西方腐朽文化渗透、文化侵略，我们必须保持清醒头脑，重新审视民族传统文化。在今天看来，发生在20世纪初的新文化运动顺应了时代的要求，但在打倒“孔家店”、学习西方的过程中，在一定程度上也摒弃了某些优秀的民族文化。20纪世60年代发生的“文化大革命”，从一个侧面，也能看到这种弊端。因此，我们必须对民族传统文化进行再认识，以优秀的民族文化，振奋民族精神，维护世界文化的多元化。今年9月28日，山东曲阜由官方和各界代表人士公祭孔子诞辰二千五百五十五周年，这表明我国在当前为应对世界文化一体化的风潮，进一步认识到了弘扬民族文化的重要性。

五、以宽广开放胸怀，吸收外国美术长处

我们当前所处的文化开放期，正是单边大国和西方集团推行经济全球化和文化一体化时期，因而必须重新审视我国自古以来和近百年文化史，着眼于世界文化发展前沿，汲取世界各民族文化的长处，从内容、形式上积极创新。于创新中不断发展民族文化，以更开放的姿态构筑今天的民族文化的大厦。为此，要坚持“引进来”和“走出去”的方针，全面提高民族美术的开放水平。

怎么样“引进来”？如果我们全盘接受西方的价值观念和文化标准，就必定削弱或丧失中华民族文化的独立性和独特性。引进西方文化，要经过科学取舍。比如：要引进代表世界先进文化的美术作品及学术研究成果——特别是造型艺术领域艺术科学的研究成果。

当我们引进外来美术的时候，即使有苍蝇蚊子飞进来，也无须胆战心惊，要相信民族文化的稳定性，要增强民族自信力。但是我们对西方艺术要有鉴别力，凡是能够导致中华民族离心离德以及一切假、丑、恶的东西，都在彻底清除之列。

“引进来”是开放，“走出去”也是开放。为什么要“走出

去”？就是因为中华民族文化是一种有别于西方文化的另一种思维模式和价值取向。中华文化“和而不同”的思想，符合世界文化多元化的选择，有助于世界和平。

民族文化，是民族的灵魂。为把我国建设成为繁荣昌盛的社会主义现代化强国，必须弘扬民族精神，发展先进文化——即建立面向现代、面向世界、面向未来、民族的、科学的、大众的社会主义新文化，不断增强人们的精神力量。张岱年先生在2001年1月21日中华孔子学会春节联欢上的献辞中说：“19世纪是中华民族饱受屈辱的世纪，20世纪是中华民族站起来的世纪，21世纪是中华民族复兴的世纪。”为此，我们要在以习近平同志为核心的党中央坚强领导下，挺直民族脊梁，坚定文化自信，张开双臂奔突前进，迎接中华民族的伟大复兴，建造中华美术的辉煌殿堂，不断推动社会主义文化繁荣兴盛。

作者简介

王春立，画家，美术理论家。历任北京市委宣传部文化处处长，中国文化报社副总编辑，中国美术馆副馆长，中国美术家协会主席团成员、副秘书长，兼艺术委员会秘书长、《美术家通讯》主编。中国美协第五、六届理事，中国文化书院导师。

其美术作品多次参加国内大展并被海内外有关机构收藏。出版美术著作《年画与剪纸》《齐白石》《李苦禅》《关山月》，论文集《人民的艺术》《篆书道德经》等。

曲随时代　守正创新

姜　昆

改革开放四十周年了，我们的国家发生了翻天覆地的变化，取得了举世瞩目的成就。作为一名曲艺人，自豪于身处伟大历史洪流，见证了时代变迁和社会进步，更自豪于我们的曲艺事业紧随着时代的巨印，也留下了属于自己的足迹。四十年里，曲艺总能抓住“个个心中有，人人口中无”时代进程中的敏感事物，发出时代的先声：《如此照相》《白骨精现形记》《帽子工厂》《巧立名目》深刻批判了思想僵化和教条主义，用开怀大笑使人们得到心灵抚慰和思想解放；《虎口遐想》《电梯奇遇》《着急》《五官争功》《小偷公司》《牛大叔提干》《如此包装》《过河》等等作品，深刻反映了市场经济逐步建立进程中的社会心理和思想状态，为人们迎接改革开放的各种挑战提供思想启迪。曲艺总能随着人们生活的改变抓住人们的胃口：当20世纪八九十年代广播电视成为人们普遍拥有的家用电器后，曲艺专栏、广播书场、电视书场应运而生，成为人们最喜爱的家常菜，春晚中相声小品也成为人们最喜爱的年夜饭。曲艺总能反映最及时，到人们最需要的地方去：不论是1998年我国普遍发生的特大洪水，还是2008年南方雨雪冰冻灾害和汶川大地震，曲艺用最快的速度创作出慰问演出作品，演员们能第一时间到达抢险救灾第一线，发挥千金难买一

姜昆、戴志诚合说《乐在其外》在新西兰演出现场

笑的独特价值。曲艺随着改革开放大踏步地走出国门，把曲艺的根注入世界各地。不仅如此，两千多年来，曲艺薪火相传，生生不息，最重要的是能够随着时代发展孕育出人民群众喜闻乐见的曲艺形式。20 世纪 90 年代，在中国曲协主导下，曲艺小品、故事等人们广受欢迎的曲艺形式都得到了发展。时至今日，我们依然用开放的眼光、包容的态度，吸收借鉴其他姊妹艺术优长，为我所用，最终让实践、让观众来评判曲艺的传承与创新。四十年来曲艺发展史、曲协发展史，用一个个无可争辩的事实反映了改革开放的伟大，也印证了一个曲艺事业繁荣发展的制胜法宝——必须曲随时代、守正创新，继承不僵化、创新不异化。

党的十八大，标志着中国特色社会主义进入了新时代。这是我国发展新的历史方位，包括曲艺在内的文艺事业迎来了艳阳天，曲协组织全面深化改革，曲艺事业不断向高峰迈进。习近平总书记和党中央对曲艺事业十分关心，做出了关于文艺工作和文联工作一系列重要讲话、重要指示和重要部署，为我们曲艺工作和曲协工作提供了根本遵循，特别是中央印发的《中共中央关于繁荣发展社会主义文艺的意见》《关于实施中华优秀传统文化传承发展工程的意见》《关于实施乡村振兴战略的意见》中，专门提出要“加强对中华诗词、音乐舞蹈、书法绘画、曲艺杂技和历史文化纪录片、动画片、出版物等的扶持”“支持农村地区优秀戏曲曲艺、少数民族文化、民间文化等传承发展”，习近平总书记在“一带一路”国际合作高峰论坛上向全世界推介了相声，这些无疑给我们广大曲艺工作者注入了无穷的力量来干事创业。在新时代，我们曲协工作和曲艺工作的根本任务就是发挥自身优势，为建成全面小康社会和建设社会主义现代化强国，实现中华民族伟大复兴中国梦贡献自己的最大力量。概括起来，我们应该从三个方面不懈努力。

一是要繁荣曲艺创作，突出精品意识，聚焦现实题材，为最广大人民群众特别是为处在生产生活第一线、最基层和人民群众送去欢笑、温暖和启迪，激发人们对美好生活的向往，同心汇聚实现中国梦的磅礴力量。曲艺亲百姓、重生活，雅中透着俗趣，俗中含着雅意，既讲究夸张写意让人浮想联翩的艺术手法，又注重见人见物见精神的现实笔触，是一门不接地气就会断气、不接天线就会掉线的独特艺术。中国曲协示范和带动各省区市各行业曲协，组织广大曲艺工作者送欢笑到基层、我们的价值观巡演、道德模范故事汇巡演，把人民群众生产生活的第一线作为最主要的舞台、最重要的根据地。到厂矿、到车间、到社区、到乡村、到军营、到校园，北上广袤黑土地，南下滨海鹿回头，东登海岛夫妻哨，西赴岭南百色山，曲艺辙痕与足迹遍布31个省区市和港澳台的中华大地，创演了一批又一批有筋骨、有道德、有温度的优秀曲艺作品，演出千余场，为上亿观众送去欢笑、温暖和力量，更传递了中华文脉、中国精神。曲艺人用自觉的行动与担

2014 年，大型舞台秀《姜昆说相声》

当，一次又一次地印证了人民群众永远是最好的老师，生活永远是最美丽的课堂这一铁律。我们在推动创作方面着重为广大曲艺工作者加把火、添把劲儿。全国曲艺创作高级研修班持续举办，坚持名家授课，坚持学员稳定，坚持作品入班，坚持现场过稿，坚持立在台上，一大批执着创作、安心创作、擅长创作的曲艺作者受益匪浅。通过持续打造全国优秀曲艺作品年度评选、“包公杯”反腐倡廉曲艺作品征集、中国精神·中国梦优秀曲艺作品征集、“南开杯”相声新作品推选、“南山杯”曲艺新人新作展演、“西岗杯”相声新人新作推选等各种作品孵化平台，撬动了全国曲艺创作，曲艺作家、小剧场演员、职业创作团队、网络写手、业余爱好者广泛参与，云集了数千部曲艺作品，中篇苏州弹词《孙武与胜玉》、故事《生命的起飞》、二人转《清心汤》、数来宝《文明猴儿》、相声《糊涂圈儿》等一批曲艺佳作涌现，相声《满腹经纶》，中篇苏州弹词《徐悲鸿》，长子鼓书《腊月天》，小品《社区民警于三快》《阿峰其人》，大同数来宝《你幸福吗》，谐剧《麻将人生》等一批立得住、传得开、留得下的优秀作品应运而生。爱国主义始终是广大曲艺工作者魂牵梦萦、痴心不改、热血铸就、振臂高擎的精神旗帜。2013 年，雅安地震，国家有难、人民遇险，中国曲协文艺志愿服务小分队第一时间千里驰援、奔赴现场，为灾区人民群众和官兵战士送去祝福、带来希望。在重大事件、紧要关头、重大时间节点，广大曲艺工作者纷纷站了出来，倾情奉献智慧、力量和才情。新中国成立 65 周年、抗战胜利 70 周年、长征胜利 80 周年、建党 95 周年、建军 90 周年、喜迎党的十九大、庆祝改革开放四十周年，在中国曲协精心组织下，上百位曲艺家聚焦革命历史题材和现实题材，评书《抗日英雄杨靖宇》《铁马冰河入梦来》，河南坠子《乔派往事》，相声《嫂子颂》，潞安大鼓《一个都不许死》，单弦《审战俘》，武乡鼓书《送子参军》，沁州三弦书《十七棵松》等百余部优秀曲艺作品擎起民族精神的火炬，再现了党的光辉历史和丰功伟绩，热情地歌颂了革命、建设、改革各个历史时期中国人民的奋斗历程和取得的巨大成就，充分地表达了当代曲艺人的家国情怀，曲艺用文艺无与伦比的力量激发人们心往一处想、劲往一处使，共筑中华民族伟大复兴的中国梦。

二是坚持围绕中心、服务大局，用曲艺独特优势助力党和国家各项事业发展。曲艺总是劝人以善的坚守，讲述伟大史诗，颂扬英雄故事，演绎世间传奇，唱响时代先声。“五位一体”总体布局，“四个全面”战略布局，“五大发展理念”，东部率先发展、中部崛起、西部开发、东北振兴，“一带一路”、京津冀协同发展、长江经济带发展、乡村振兴，防范化解重大风险、精准脱贫、防治污染，这一系列事关全局性、战略性的决策部署如同徐徐展开的宏伟蓝图、协同奏响的时代华章。我们的曲艺人，就这样，按照蓝图建精神大厦，融入华章唱最美声音，在作品创作、评奖办节、志愿服务、展演交流、结对帮扶、研讨培训、宣传推

中国文艺志愿者协会“送欢笑到基层”，姜昆、殷秀梅、戴志诚、吕薇与师范大学的同学们座谈

广、对外交流、基础建设方方面面都投入其中，用曲艺独具的艺术表现方式，收获了四两拨千斤的良好效果。在大国外交的恢宏场景中，曲艺作为国粹，必然要担负起讲好中国故事、传播中国声音、弘扬中国价值的庄严使命。我们以中华曲艺海外行、中华曲艺唱响“一带一路”行动这两个龙头工程为牵引，中华曲韵漂洋过海，精心打造巴黎中国曲艺节、德国中国曲艺周、新西兰“七彩中国 欢歌笑语”、新加坡“中国曲艺精品展演”等品牌，在全球 5 个大洲 20 余个国家激情唱响，精彩地展示了中华曲艺艺术的独特魅力，建起了中华曲艺的海外“朋友圈”“粉丝团”。我们充分发挥中华曲艺的主场优势，精心举办国际幽默艺术周，用欢笑连接世界，不断提升中华曲艺在国际文化交流合作中的话语权和主导权。在实现中华民族伟大复兴的伟大征程中，曲艺始终在场，从未缺席，留下了令人瞩目的身影。

三是最大程度最大范围地团结凝聚曲艺工作者和曲艺爱好者，引导广大曲艺工作者自觉追求德艺双馨，自觉讲品位、讲格调，坚决抵制低俗、庸俗、媚俗，用良好的行业风气引领社会风尚。中国曲协把视野和目光放到最广大曲艺工作者，通过创新服务方式，延伸工作手臂，实现对“家、者、界”的工作覆盖。据不完全统计，全国曲艺工作者有35万人，曲艺爱好者100万人；省级曲协组织32个（除港澳台外），地市级曲协组织242个，县级曲协组织172个，全国共有在册曲艺院团431家，其中体制内52家，体制外379家，占到总数的87%。在中国曲协个人会员中，自由职业者和新曲艺组织从业人员占到18%。曲艺工作者在哪里，曲协工作就延伸到哪里。我们团结的人越多，成绩就越大。我们组织成立全国青年曲艺工作者联盟、全国曲艺表演场所协作发展联盟、全国高校大学生曲艺社团联盟，创新服务管理平台，搭建形成了吸引全国青年曲艺工作者的重要平台。在中国曲协推动下，进一步健全地市级和县级曲协组织，指导全国曲协系统尽职尽责，充分运用各种平台载体手段和方式，将全国曲艺工作者和爱好者团结动员起来。对“两新”人员的服务提到更加重要的突出位置，用全新的眼光和全新的政策措施团结吸引他们，在项目申报、入会推荐、展演展示、评比奖励、教育培训、创作指导、志愿服务等方面更多地向他们倾斜，引导他们共同为繁荣兴盛曲艺事业做出积极贡献。人以德立，业以才兴。中国曲艺牡丹奖不断改革创新，既看作品，也重人品，激励新人新作的导向性、牵引性和带动性不断增强。我们积极探求人才培养有效模式，持续实施牡丹绽放——曲艺英才培育行动，综合运用采风创作、评奖展演、研修培训、座谈研讨、志愿服务、对外交流、宣传推介、资金扶持等多种方式，对45周岁以下的优秀青年培育对象进行全方位跟踪式培养提升，使他们成为行风建设中积极参与、示范引领的骨干力量。平台决定舞台，视野决定未来。以中国曲艺节为代表，全国相声小品优秀节目展演、全国少数民族曲艺展演、全国少儿曲艺展演、宝丰马街书会优秀曲艺节目展演、

庆祝四川岳池被评选为“中国曲艺之乡”，姜昆代表曲协前去祝贺

岳池杯曲艺之乡展演、走马杯讲好中国故事曲艺展演、河南坠子大会、中国曲艺嘉年华等各种平台纷纷搭建、定期举办，老、中、青、少曲艺工作者同台竞艺，南、北、少数民族曲艺交流互鉴，在推进曲艺创新发展、挖掘发现曲艺新秀方面作用凸显。九层之台，起于垒土。我们致力于曲艺高等教育和学科建设，为培养曲艺复合型高素质人才倾尽全力，这一填补中国艺术教育空白的事业正迎来前所未有的曙光。行业风气反映整个行业从业人员的思想状况和精神面貌。我们大力实施新时代曲艺工作者素质提升和形象建设工程。2017 年 6 月，完成了历史上首轮对全国曲协 5703 名个人会员的培训。制定《全国曲艺工作者教育培训研修五年规划（2017—2022）》，面向全行业分层分众分阶段实施教育培训，突出政治引领、理论武装、思想引导、素质提升，拟用 5 年时间举办 100 个培训班次，培训 10000 名曲艺工作者。我们充分发挥典型示范作用。编辑出版《曲艺界优秀共产党员风采》和《中国曲艺牡丹奖得主小传》（上下册）、《花开有声——首批牡丹绽放培英行动回眸》，集中宣扬 29 位优秀共产党员和 340 位牡丹奖得主的先进事迹、道德品质和艺术追求。举办纪念韩起祥、骆玉笙、马三立、高元钧、侯宝林等老一辈曲艺家 100 周年诞辰系列纪念活动，用大家风范感召广大曲艺工作者德艺兼修。注重发

挥曲艺界十九大代表、全国政协委员、主席团成员、理事会理事、名家新秀在行风建设方面的榜样作用。面对曲艺行业出现的问题，我们不回避矛盾，不当灰色文化的橡皮擦，率先出台《中国曲艺工作者行为守则》和配套实施办法，率先成立行风建设委员会和全国曲艺小剧场艺术指导委员会，率先向社会公布行风监督电话和监督专用邮箱，聘请行风监督员，推动形成有效的行风治理机制，用优良行风助力良好社会风尚的形成。我们的曲艺界正以高度的文化自觉去完成更新换代，我们的广大曲艺工作者特别是青年曲艺工作者必将会更好地履行人类灵魂工程师的神圣职责。

新时代，是改革创新的时代，是需要奋进者、搏击者的时代。我们决心，团结引导广大曲艺工作者继续秉承曲随时代、守正创新这个改革开放给我们的最大激励，繁荣创作，服务人民，担当民族复兴大任，向历史交出属于曲艺人的合格答卷。

作者简介

姜昆，男，汉族，1950年10月出生，中共党员，一级演员，现任全国政协委员、中国曲协主席、中国文艺志愿者协会主席、中国文学艺术基金会副理事长。

主要艺术成就：创作并演出了《如此照相》《诗歌与爱情》《虎口遐想》《新兵小传》《特大新闻》《明春曲》等许多在全国有影响的相声作品，出版了《姜昆李文华相声选》《虎口遐想——姜昆梁左相声选》；主编《中国曲艺史》《中国曲艺通论》等专著，组织艺术家广泛开展“送欢笑到基层”文艺志愿服务活动，多次带队到地震灾区、边防哨所、厂矿车间、田间地头下基层演出，广受欢迎与好评，带队出访多国，把欢乐播撒到世界各地。

在生日中见证曲艺盛会，幸哉乐哉

张小枫

我的名字中有一个“枫”字。小的时候妈妈告诉我，因为那一年我出生在霜降的前一天，所以起名字时这是考虑的其中一个因素。因为这个“枫”字，我从小就喜爱枫叶，喜爱十月，喜爱秋天。

上学的时候，感受到秋天的景色是迷人的，秋天的果实是喜人的。工作以后，又感受到了秋天还是一个忙碌的、充实的季节，特别是我 1984 年 10 月调到中国曲艺家协会之后，这种体会就更为深刻。

改革开放给曲艺事业带来了无限生机，中国曲艺节、中国曲艺牡丹奖、国际幽默艺术周等活动和赛事应运而生。由于我在中国曲艺家协会工作的关系，使我有机会和广大曲艺家、曲艺工作者一起见证了中国曲艺事业的繁荣发展。更为凑巧的是，我还曾多次在生日中见证曲艺盛会，让我留下了终生难忘的记忆。

2010 年 10 月 23 日，我参加了在南京奥体中心体育馆举行的第六届中国曲艺牡丹奖颁奖晚会。此前，我还参加了 2000 年 11 月 13 日在北京举行的第一届，2002 年 6 月 18 日在江苏常州举行的第二届，2004 年 9 月 5 日在山东淄博举行的第三届，2006 年 9 月 23 日和 2008 年 10 月 15 日在江苏南京举行的第四届、第

2004年9月5日在山东淄博举行的第三届中国曲艺牡丹奖颁奖晚会上获奖者合影（张小枫摄）

五届。此后，我参加了2012年9月15日在江苏南京举行的第七届。之后，第八届、第九届分别于2014年10月18日和2016年10月15日在江苏南京、徐州举办。第十届中国曲艺牡丹奖颁奖系列活动将于今年10月15日在江苏扬州举行。

中国曲艺牡丹奖是经中宣部批准，由中国文学艺术界联合会、中国曲艺家协会共同主办的全国性曲艺艺术专业奖，是曲艺界的最高奖。自2000年设立以来，每两年评选一届，已成功举办了九届，成为中国曲艺家协会的重要品牌活动之一。据统计，迄今共评出中国曲艺牡丹奖351个，其中节目奖36个、表演奖118个、文学奖89个、理论奖21个、音乐奖3个、新人奖34个、终身成就奖40个、特别奖10个。18年来，中国曲艺牡丹奖在奖项的设置、评奖的数量，几经调整，至第九届牡丹奖子项从6个减少为4个，取消理论奖和终身成就奖，保留节目奖5个、表演奖6个、新人奖5个和文学奖4个，总计20个。中国曲艺牡丹奖发挥了引领曲艺工作者深入生活、扎根人民，聚焦现实题材，提升原创力的重要作用，成为曲艺工作者展示艺术才华和实

2006 年 9 月 23 日在江苏南京举行的第四届中国曲艺牡丹奖颁奖晚会上终身成就奖获得者接受奖杯和证书（张小枫摄）

践成果的重要平台，助推了曲艺研究创作和曲艺表演艺术质量的提高，培养造就了一批优秀曲艺人才。

2011 年 10 月 19 日至 23 日，我参加了在浙江绍兴举行的第七届中国曲艺节。此前，我还参加了 1995 年 10 月 12 日至 17 日在河南平顶山举行的第二届，1998 年 7 月 10 日至 16 日在内蒙古呼和浩特举行的第三届，2002 年 10 月 26 日至 31 日在北京举行的第四届，2005 年 7 月 8 日至 31 日在北京设立主会场和在杭州等地设立 7 个分会场的第五届。之后，第六届、第八届、第九届分别于 2008 年 10 月 26 日至 30 日、2014 年 10 月 21 日至 25 日、2018 年 3 月 25 日至 30 日在河南平顶山、江苏连云港、天津举行。

中国曲艺节是中国曲艺家协会会同有关部门和单位联合举办的曲艺界规模最大、规格最高的曲艺盛会。以“曲艺的盛会、大众的节日”为主题，旨在汇集优秀曲艺人才，展现曲艺新人新作，交流创作表演成果，推动曲艺繁荣发展。邓小平同志、陈云同志为首届中国曲艺节题写了节名。自 1990 年以来，已在全国

2011年10月23日第七届中国曲艺节闭幕式演出后合影（张生福摄）

9个省（区、市）、15个城市成功举办了九届，参演人员6300多人，节目近1200个，间接观众达百余万人，成为中国曲艺家协会的重要品牌活动之一。经过28年的发展，中国曲艺节已经成为推动曲艺改革、检阅曲艺队伍、交流创演经验、集中展示成果的重要平台和弘扬社会主义先进文化、丰富群众精神文化生活的重要载体。

这两大品牌活动，一个历时18年，一个历时28年。它们之所以能够发展成为中国曲艺家协会的重要品牌活动，是因为得到了党和政府的重视和关怀，也是几代曲艺家和曲艺工作者同心协力、团结奋斗的结果。正可谓是国运昌隆，曲艺兴旺。其中，我有幸参与了七届中国曲艺牡丹奖颁奖晚会和五届中国曲艺节，跨度17年，累计12次。在这17年里，我在《曲艺》杂志工作12年，在中国曲艺家协会办公室工作5年。为了完成《曲艺》杂志的采编任务，每次我都是想方设法采访、见缝插针组稿；为了做好接待工作，每次我都是满腔热情地投入，尽心尽力地为曲艺家和曲艺工作者服务。无论是担负采编工作，还是负责接待工作，都让我近距离地接触了曲艺大家、曲艺名家、曲艺新秀，也让我

第五届中国曲艺节于 2005 年 7 月 8 日开幕，至 7 月 31 日在北京闭幕，历时 24 天。图为在杭州开幕式上表演的摇滚快板《礼花辉映杭州城》(张小枫摄)

观赏了众多曲种、各种形式的优秀曲艺节目。

回想起这些经历，仿佛又置身于激情燃烧的岁月。每一届的中国曲艺牡丹奖颁奖晚会都是备受曲艺人的瞩目盛会。各项牡丹奖的揭晓，引领曲艺艺术的发展导向。比如，第四届中国曲艺牡丹奖增设了新人奖、节目奖和终身成就奖。其时，我任曲艺杂志社副主编。为了配合这届颁奖晚会，《曲艺》杂志策划、编辑、出版了“第四届中国曲艺牡丹奖专辑”，刊登了藏语相声表演艺术家土登、相声表演艺术家马季、北京琴书表演艺术家关学曾、曲艺理论家罗扬、四川金钱板表演艺术家邹忠新、曲艺理论家周良、独角戏表演艺术家周柏春、河南坠子表演艺术家赵铮、评书表演艺术家袁阔成、相声表演艺术家常宝华 10 位终身成就奖获得者的获奖感言，快板书青年演员王文水、河南坠子青年演员李玉萍、上海说唱青年演员陈靓、快板书青年演员张勇、苏州弹词青年演员施斌 5 位新人奖获得者的获奖感想，还刊登了对苏州弹词《大脚皇后》、铿鼓说唱《花腰女》、宁夏坐唱《鱼奶奶回家来》、常德丝弦《枕头风》、小品《高效率的爱》5 个获得节目

宁夏坐唱《鱼奶奶回家来》获第四届中国曲艺牡丹奖节目奖（张小枫摄）

奖的点评文章。记得当年编审这组稿件时，终身成就奖获得者朴实无华的获奖感言和新人奖获得者信念坚定的获奖感想，深深地感动了我。在第四届中国曲艺牡丹奖颁奖晚会中，当终身成就奖获得者神采奕奕和新人奖获得者青春洋溢分别走上领奖台时，南京市五台山体育馆里爆发出最热烈的掌声，我再一次沉浸在无限感慨之中。我深知这掌声饱含着对终身成就奖获得者的敬重和爱戴，这掌声寄托着对新人奖获得者的鞭策和厚望。获得节目奖的宁夏坐唱《鱼奶奶回家来》，也在颁奖晚会上得以展示，用拟人的手法诠释了人和鱼都需要无污染环境的主题。

每一届的曲艺节都是曲艺人向往的节日。著名曲艺家登台献艺，名家新秀荟萃，佳作精品迭出，艺术流派纷呈。比如，第二届中国曲艺节规模盛大，气氛极为热烈。江泽民同志和李鹏同志分别为曲艺节题词。江泽民同志的题词是“弘扬民族文化，繁荣曲艺事业”。李鹏同志的题词是“弘扬民族文化，繁荣曲艺艺术”。曲艺节期间，数十万鹰城群众扶老携幼前往“民间曲艺展演一条街”，观看当地300多名民间曲艺艺人在20多个展台的演出，到处是人山人海，蔚为壮观。来自全国22个省、市、自治区和解放军、武警部队、中直有关单位的曲艺工作者600多人在8个剧场演出了46场。鼓曲唱曲方面的骆玉笙、杨乃珍、郭文秋、王毓宝、余红仙、程永玲、李仁珍、赵丽芳、张明智、黄永生、刘惠琴、籍薇、张野、杨子春、史琳、刘秀梅、郝秀洁、刘小梅、张蕴华、种玉杰、王玉兰、王大海、闫淑萍、倪齐全、董梅、黄霞芬、陈玲玉、乌日根、乌云桑、杨永忠、严学花、依旺、杨慈、李丹、李伟群、王小岳、胡运荣、胡运龙，评书评话方面的袁阔成、王丽堂、刘兰芳、田连元、徐勍、刘延广、刘朝、林泽平、张洁兰，相声方面的马季、姜昆、常宝华、唐杰忠、侯耀文、苏文茂、杨振华、金炳昶、常贵田、李伯祥、杜国芝、杨少华、丁广泉、赵炎、刘伟、王谦祥、李增瑞，快书快板方面的刘洪滨、赵连甲、张志宽、梁厚民、刘蔚兰、唐文光、魏兰柱、高洪胜、解喜兰、卢向阳、郭秋林，小品等方面的侯耀华、黄宏、石国庆、王汝刚、巩汉林、刘喜尧、邹德江、韩兰成、刘亚津……兴高采烈地来到河南省平顶山市参加曲坛盛会，奉献了京韵大鼓《万民争颂孔繁森》、二人转《血情》、单弦《OK中国》、上海说唱《唱风》、桂林文场《春兰吟》、相声《求学心切》、评书《民族魂》、快板《吃喝咏叹调》、山东快书《父子同行》、陕西独角戏《排队》、好来宝《团结奋进的内蒙古》、小品《试镜头》和扬州评话《武松打虎》、河南坠子《小黑驴》、四川清音《小放风筝》等40多个曲种的128个节目。所演节目，反映现实生活题材的作品占绝大多数，不少作品反映了社会主义建设和改革中的新人新事新面貌和群众最关心的社会问题，富有时代精神和较强的艺术感染力。少量传统节目也经过整理、加工，赋予新意，思想性和艺术性都有了新的提高，展现了曲艺艺术的最高水平，展现了曲艺创作的最新成果。

说来也是机缘的巧合，促成了我的两次生日与两次曲艺盛会相遇。我在生日中忙碌并快乐着，能够在生日中见证曲艺盛会，能够在生日中与曲艺家和曲艺工作者一起为曲艺事业兴旺、曲艺人才济济的喜人景象欢欣鼓舞，真是幸哉乐哉！

当然，中国曲艺家协会的品牌活动远不止这两项，还有相继推出的全国少数民族曲艺展演、全国少儿曲艺展演、全国道德模范故事汇、“送欢笑到基层”文艺志愿服务、巴黎中国曲艺节等等。因为篇幅的限制，这里就不一一叙述了。这些品牌活动都是在改革开放年代中创立的，为弘扬中华民族文化，繁荣发展中国曲艺事业起到了积极的促进作用。

在举国上下庆祝改革开放四十周年之际，我衷心祝愿进入新时代的祖国更加繁荣昌盛，衷心祝愿曲艺的明天更加美好！

作者简介

张小枫，女，1955年10月生于北京。从1984年10月至2015年11月，历任中国曲艺出版社编务、编辑，《曲艺》杂志编辑、副编审，编辑部副主任、主任，副主编，中国曲艺家协会办公室主任、权益部主任。2011年3月增选为中国曲艺家协会第六届理事会理事，2012年11月当选为中国曲艺家协会第七届理事会理事。先后在《人民日报》《文艺报》《中国文化报》《中国艺术报》《曲艺》等全国性报刊发表曲艺方面的通讯、专访、评论文章400多篇，著有文集《曲坛记忆》(中国文联出版社2017年7月版)。此外，还参与了《中国曲艺界人名大辞典》《中国人物年鉴》《相声大词典》的编委工作。现为《曲艺》杂志特邀编委，《桑榆天地》编委会成员。

神州新时代　舞蹈花盛开

——回忆改革开放以来的中国舞蹈

张宗灿

随着“文化大革命”的终结，舞蹈从衰败凋零中复苏过来。舞蹈艺术工作者在党的正确文艺方针指导下，思想获得了解放。他们迎向时代与生活的激流，开始了新的艺术实践。这时的舞蹈创作，比新中国成立以来的任何一个时期都要活跃，舞台上出现了一批题材广泛、形式多样、风格迥异的舞蹈、舞剧作品，令人耳目一新。

舞蹈创作具有里程碑意义的，是1980年在大连举办的第一届全国独舞、双人舞、三人舞比赛。这次比赛有来自全国各地的三十一个代表队参加，二百多个中、小型舞蹈作品集中展现了改革开放初期思想解放与艺术创新的可喜成果。其题材所反映的生活面大大丰富，舞蹈的形式、风格和表现手法更加多样化。其中代表性的作品，如《再见吧！妈妈》《无声的歌》《啊！明天》《小萝卜头》（毕西园、杨昭信）、《希望》《金山战鼓》《敦煌彩塑》《追鱼》《水》《海浪》《金色小鹿》《渴望》等丰满动人的舞蹈形象，集中概括了这一历史时期舞蹈编导们的创作风貌和成就。他们努力触及当代中国的现实生活，表现、揭示人的心理，也敢于在作品中直接表达他们的自我感受，寻求富有哲理性的内涵。如表现残疾人孤独、绝望到终获人生温暖的《友爱》；经历磨难、挣扎、奋起而追求理想的《希望》；描写一位“文化大革命”中的受难者在临终前发出控诉的《无声的歌》；描写即将出征的战士与母亲倾诉衷肠的《再见吧！妈妈》；以及后来出现的反映摆脱宿命论而顽强拼搏、富有哲理意蕴的《命运》等等。这些舞蹈作品打破了过去单一情节化的结构模式，努力在内容与主题思想上加深哲理思维，跳出了过去舞蹈创作上从内容到形式简单化、雷同化的窠臼。

同年，第一届全国少数民族文艺会演在北京举行。五十五个少数民族的两千多位演员演出了二十一台晚会包括一百四十多个舞蹈、歌舞、歌舞剧节目。这些真挚质朴、具有浓郁风土人情和生活气息的作品，既保持了原有民间舞蹈的风格特色，又增添了新的生活内容。许多作品在吸收民间传统的内在风格和动律的基础上，被赋予鲜明的个性，给人以全新的感受。蒙古族的《鄂尔多斯婚礼》、藏族的《郎莎雯波》、维吾尔族的《十二木卡姆》、朝鲜族的《刀舞》、彝族的《喜背新娘》、满族的《莽式空齐》、回族的《曼苏尔》、羌族的《羊角花开》、塔吉克族的《欢乐的帕米尔》等，都是通过恢复、整理、改编、创作，把少数民族文化的珍品保留下来，让传统民族舞蹈适应当代生活和现代观众的审美趣味，使我国各民族舞蹈的创作，呈现出多样化的发展趋势。

1986 年，第二届全国舞蹈比赛在北京举行。经历了六年的思考与积淀，中国舞坛涌现出一大批精品力作——《海燕》《黄河魂》《奔腾》《踏着硝烟的男儿女儿》《雀之灵》《新婚别》《小溪·江河·大海》《囚歌》《祥林嫂》《版纳三色》《摸螺》《小小水兵》等，集中展现了中国舞蹈新的创作高度与演出水平。老一辈舞蹈家房进激、陈翘、刘英、赵宛华、张毅、蒋华轩、周培武等宝刀不老，杨丽萍、赵明、沈培艺、刘敏、苏时进、马跃、陈惠芬等后起之秀脱颖而出，舞蹈艺术创作进入一个快速发展的新时期。1995 年、1998 年分别在广州、杭州举行的第三、四届全国舞蹈比赛，不仅使这一重要的全国赛事确定为三年一届的常态，而且成为中国新一代舞蹈家大放异彩的舞台。《醉鼓》《牧歌》《拉木鼓》《千层底》《庭院深深》《川江·女人》《母亲》《小河淌水》《蔗林深处》等作品加强了舞蹈形象内心世界的刻画，优美的肢体语言更加显现出人类情感与人文精神的光芒。而黄豆豆、于晓雪、山翀、邱辉、刘震、刘晶、李青、姜铁红、杨旭康等舞坛新星和张继钢、陈维亚、丁伟、邓林、谢晓咏、邢时苗等优秀编导的崛起，标志着新中国舞蹈事业第四代、第五代新人正

“深入生活扎根人民”中国舞协向人民汇报舞蹈专场晚会《阿嘎人》在中央民族大学舞蹈学院演出

在茁壮成长。

部队舞蹈工作者坚持现实主义创作的优良传统，先后推出了《英雄》《珠穆朗玛》《士兵进行曲》《壮士》《哈达献给解放军》《云上的日子》《儿啊儿》等深刻反映部队战斗生活和军人革命精神的优秀作品。在舞蹈艺术院校，生动的教学实践催发出师生们的创作激情，《残春》《一个扭秧歌的人》《黄土黄》《木兰归》《黄河》等最终都写入中国舞蹈艺术发展的史册。

自汪齐凤成为首个在世界芭蕾舞比赛获奖的中国演员之后的二十年里，年轻的中国芭蕾舞演员接连不断地在一系列国际大赛中取得优异成绩。唐敏、欧鹿、王才军、辛丽丽、杨新华、蔡一磊、刘军、谭元元、朱妍、张剑、范晓枫、孙慎逸等在巴黎、洛桑、莫斯科、瓦尔纳、大阪、纽约等著名的芭蕾舞比赛中摘金夺银，为国争光。

现代舞系统进入中国是在改革开放以后，但中国的现代舞舞蹈家们进步迅猛，像邢亮、桑吉加、高成明、腾爱民、刘震、王媛媛、王玫、高艳津子、余粟力等都在法国、日本、白俄罗斯的国际现代舞大赛上夺得或编导或表演的最高奖项，显露了出众的才华。

据不完全统计，从粉碎“四人帮”以后到20世纪末，全国各地舞蹈艺术团体创作演出的民族舞剧、舞蹈诗及大型歌舞乐舞作品达一二百部之多，其中受到普遍赞誉和欢迎的代表作有《文成公主》《奔月》《凤鸣岐山》《红楼梦》《木兰飘香》《岳飞》《铜雀伎》《玉卿嫂》（香港）、《阿诗玛》《土里巴人》《春香传》《边城》《黄河儿女情》《黄河一方土》《长白情》等。其中的舞剧部分以新中国成立后十七年所开创的民族舞剧艺术实践为起点，以中国历史故事和古典文学名著为题材，形式上以中国古典舞为基轴，吸收民间舞蹈之长，因此在演出中备受肯定和欢迎。较之20世纪五六十年代的民族舞剧作品，这一批舞剧在艺术表现力、形式和风格上均有新的发展和提高，大多数剧目脱离了戏曲程式的影响，结构方法与艺术表现也更具有舞剧艺术的特征。尤其重要的是，不少舞剧语汇破除了旧的程式，使舞剧人物的独白性、对白性的动作语言，更富有鲜明的戏剧性格和心理情感色彩。由于编导大胆吸收、运用多种不同门类和元素的表现手法大力发挥舞台美术的综合效果，这些舞剧的演出丰富多彩和悦人耳目。

其间，民族舞剧创作题材上一个突出特点，是涌现出一批以古代历史乐舞为内容的作品。许多舞剧编导和创作集体，掀起了研究、学习中国历史舞蹈的热潮，他们寻根溯源，挖掘和恢复历史上已被湮没的舞蹈文化。如1979年创作上演的《丝路花雨》，是以敦煌壁画中的乐舞形象为基础，再现了唐与西域的音乐舞蹈艺术，歌颂了古老的丝绸之路上各国、各民族人民之间的友好交往和深厚情谊。尔后，又创作了再现唐代乐舞的《仿唐乐舞》《长安乐舞》，以及以古代中原楚国出土文物编钟为素材的《编钟乐舞》等。这些具有很高艺术价值和研究价值的历史乐舞题材的作品，显示了艺术乃至历史学术研究的成果，是一种大胆而成功的尝试与创新。这些作品使几千年的中国古代乐舞艺术重放异彩。

少数民族舞蹈的编导和歌舞团体，在这一时期也创作了许多反映自己民族生活或以民族文学作品为题材的大型舞剧。如傣族的《召树屯与楠木诺娜》，藏族的《卓瓦桑姆》《热巴情》，苗族的《灯花》，满族的《珍珠湖》，蒙古族的《英雄格斯尔可汗》，彝族的《咪依鲁》等。这些舞剧展现了本民族特定的生活和风俗习惯，促进了各民族舞蹈由单纯的民间歌舞形式向具有戏剧内容、综合多种艺术手段的大型舞剧发展。

此外，中国舞剧还显现出另一个重要特点即许多编导创造性地运用芭蕾艺术形式，创作了一批表现中国题材的芭蕾舞剧作品。例如根据鲁迅小说改编的芭蕾舞剧《祝福》《阿Q正传》《魂》，根据小说《红楼梦》改编的芭蕾舞剧《林黛玉》，根据巴金、曹禺作品改编的芭蕾舞剧《家》《雷雨》，及根据中国古代民间传说改编的芭蕾舞剧《鱼美人》《梁山伯与祝英台》《白蛇传》和根据安徒生童话改编的芭蕾舞剧《卖火柴的小女孩》等等。这些由中国编导自己创作的剧目，表现了文学名著的社会背景和思想内容，具有尖锐的戏剧矛盾和鲜明的人物性格。这些剧目注重舞剧的文学基础与戏剧情节，并且吸纳了中国传统艺术的表现形式，在创造具有中国特色、反映中国题材的芭蕾艺术作品的道路上，取得了丰硕的成果。

《秦俑魂》北京舞蹈学院黄豆豆等表演

值得一提的还有从20世纪80年代初开始的《中国民族民间舞蹈集成》的收集、整理和编辑工作。各族舞蹈家不畏艰辛，深入到各地区的偏远山寨，挖掘寻求古老的民族民间舞蹈资料，用文字、图片、电影、录像、记谱等方法，把那些传统舞蹈的动作、形式、音乐、服装、道具全面记录下来，并从历史学、人类学、民俗学、文化史学的不同角度进行分析研究。《中国民族民间舞蹈集成》是一部包含了中国五十六个民族，三十多个省、自治区、直辖市民间舞蹈资料的鸿篇巨制，是我国舞蹈艺术的百年大计和重大基本建设。它必将对我国各民族舞蹈艺术遗产的保护、继承和发展产生深远的影响，也将成为民族舞蹈艺术创作的丰富源泉。

20世纪80年代以后，中国的舞蹈艺术呈现了一个百花齐放、推陈出新的可喜局面。一方面在继承与发展民族传统的道路上，多元化的中国民族舞蹈艺术显示了无穷的生命力；另一方面，受新时期各种文化思潮特别是外来舞蹈文化的影响，中国的舞蹈艺术作品在风格、样式上发生了变革。新的创作方法、艺术

大型音乐舞蹈史诗《中国革命之歌》杨丽萍等表演

风格和舞蹈流派正在中国舞坛萌生。

世纪之交，经过长期筹备的中国舞蹈“荷花奖”正式创立。这一中国舞蹈艺术的权威性奖项，旨在繁荣舞蹈创作，推出舞蹈新人，鼓励舞蹈创新，发展舞蹈事业。“荷花奖”开始对中国民族民间舞、中国古典舞、芭蕾舞、当代舞、现代舞、国际标准舞、校园舞蹈以及舞剧、舞蹈诗进行全面的梳理。力图通过评奖，正确引导舞蹈创作、舞蹈表演、舞蹈理论和舞蹈活动贴近生活，贴近群众，贴近实际。“荷花奖”的创立，使中国舞蹈艺术（包括群众舞蹈活动）拥有了广阔的发展平台。像电影“金鸡奖”、音乐“金钟奖”、戏剧“梅花奖”一样，中国舞蹈“荷花奖”迅速成为全国各族舞蹈家和广大舞蹈爱好者共同瞩目的盛会。分别在北京和宁波举行的首届和第二届“荷花奖”评奖大获成功，不仅收获了舞蹈《顶碗舞》《阿惹妞》《踏歌》《走·跑·跳》《天边的红云》《牛背摇篮》《看看》《萋萋长亭》《旦角》等和舞剧舞蹈诗《妈勒访天边》《闪闪的红星》《大梦敦煌》《妈祖》《士兵旋律》等这样的经典之作，而且涌现出武巍峰、杨云涛、吴佳琦、万马尖措等一代新人。孙颖、海力倩姆·斯地克、门文元、张继钢、陈维亚、赵明、丁伟、马琳、王勇、陶春、苏自红、色尕等老中青三代舞蹈编导家共襄盛举，使中国舞蹈“荷花奖”甫始便旗开得胜。

迄今，“荷花奖”评奖已成功举办了十一届。舞蹈《士兵与枪》《小城雨巷》《红河谷·序》《邵多丽》《弦歌悠悠》《俏花旦》《岁月如歌》《盛装舞》等，舞剧《霸王别姬》《风中少林》《二泉映月》《瓷魂》《红河谷》《风雨红棉》《关东女人》等不断为中国舞蹈、为奋进时代的绚丽画卷增添光彩。像第七届“荷花奖”民族民间舞蹈比赛就是在国庆60周年之际举行，成为欢庆新中国

60年光辉成就的节日。

与此同时，分别于无锡、厦门、成都、武汉、银川、济南举办的第五届至第十届全国舞蹈比赛，成为新世纪中国舞蹈的又一亮点。舞蹈创作更趋活跃、舞蹈新人层出不穷、舞蹈观念日新月异——是2001年至2014年间中国舞蹈创作的重要特征。从《咱爸咱妈》《风吟》《扇舞丹青》《红色恋人》《也许是要飞翔》到《海那边》《一个不能停留太久的地方》《鸟仔》《都市印象》包括《壮族大歌》《鼓舞声声》，到《红蓝军》《刀锋》《风悲鸣》《兵车行》《金色汤瓶》《深潜　深潜》《胡同印象》等，现代意识或称现代舞蹈创作理念，已深刻融入青年编导们的舞蹈思维。这不仅是舞蹈创作传统模式的更新，也需要广大观众欣赏习惯的改变。而艺术创作上的百花齐放，无疑是中国舞蹈的进步。

作为全国各族舞蹈家团结合作的组织，中国舞蹈家协会对中国舞蹈艺术事业的繁荣发展负有重要责任。从20世纪90年代始，中国舞协在积极筹备创建“荷花奖”的同时，还举办了一系列产生重大影响的舞蹈活动。1995年的“金秋风韵”舞蹈晚会，80岁的舞蹈大师戴爱莲携贾作光等老一辈舞蹈家亲自登台再现辉煌；1996年的“青春旋律”舞蹈晚会，杨丽萍、黄豆豆、冯英、迪丽娜尔等舞坛新星光彩照人；1998年的“小荷风采”舞蹈展演，数千名少年儿童展现了舞蹈事业的美好希望，特别是2009年7月，“向祖国汇报——全国新农村少儿舞蹈展演”在北京隆重举行，舞蹈的花朵正在社会主义新农村盛开，其深远历史意义和重要社会影响不言而喻。

在21世纪初始的年代，中国舞蹈在神州大地开花结果，专业艺术演出异彩纷呈，群众业余活动波澜壮阔，从社区街巷到农村场院，从军营校园到休闲广场，到处可见欢舞不息的人群。扭

少儿舞蹈《红色少年》四川舞协少年舞蹈团演出

秧歌、跳国标、耍街舞、闹社火，已成为人民大众不可或缺的社会生活的内容。据中国国际标准舞总会负责人透露，该会每年一届的全国锦标赛到今年已是31届，每届比赛都会有数千对选手参加，其中绝大部分是来自各行各业的非职业选手，足见群众的舞蹈热情。在一次向普通大学生的问卷调查中，在“你所知道的舞蹈人物”栏下，大多数人提到两个名字，一是杨丽萍，一是张继钢。杨丽萍以美轮美奂的《雀之灵》风靡世界，近来更以亲自策划、制作并主演的《云南映象》《藏谜》《云南的响声》轰动舞坛。杨丽萍是第一个成功走向市场的中国舞蹈家。张继钢因《千手观音》走进亿万观众，北京奥运会开幕式及残奥会开闭幕式的成功令其家喻户晓，尔后执导京剧《赤壁》让更多舞蹈界之外的人熟悉了他。加上其《黄土黄》《一个扭秧歌的人》《壮士》《八桂大歌》《野斑马》《白莲》《一把酸枣》《解放》《花儿》《侗》等的舞蹈艺术成就，张继钢被评为中国十大文化人物绝非偶然。他们均是21世纪中国舞蹈的标志性人物。

党的十八大以来，以习近平同志为核心的党中央十分重视中国社会主义文艺的发展。习近平总书记在文艺工作座谈会上的重要讲话，在第十次全国文代会、作代会上的重要讲话为新时代中国舞蹈艺术的繁荣进步指明航向。舞剧《阿炳》《粉墨春秋》《八女投江》《沙湾往事》等展现了中国舞剧艺术创作的高水准，同一题材、同一音乐的舞蹈《黄河》则成为中国六大舞种（中国古典舞、中国民族民间舞、芭蕾舞、当代舞、现代舞、国际标准舞）各自拥有版本的作品，这是中国舞蹈创作迄今为止唯一出现的舞蹈现象；而王舸、佟睿睿、周莉亚、韩真、吴庆东等新生代舞剧编导的崛起，更预示了中国舞蹈兴盛的未来。

中国舞协“新农村少儿舞蹈美育工程”演出，山西运城盐湖区上王乡上王村第一小学的学生

人民需要艺术，艺术更需要人民。在秉持德艺双馨、不断推出精品佳作的同时，广大舞蹈工作者积极践行“为人民而舞”的理念，深入生活、深入群众、深入基层，把舞蹈艺术送到山乡村寨，四面八方；积极融入青少年美育教育的行列，把培养、提高青少年综合素质视为己任；积极开拓创新扩大视野，为舞蹈艺术的发展凝聚新的动力和智慧，为中

国舞蹈的未来砥砺前行。

如烟往事，已汇结成一个令人感奋的舞蹈时代。四十年回首，人们不能忘记舞蹈前辈拓荒辟野的丰功和他们创基立业的伟绩。吴晓邦、戴爱莲、康巴尔汗、贾作光等一代宗师，以博大的舞蹈思想，精湛的舞蹈技艺，杰出的舞蹈创新和常青的舞蹈生命，成为中国舞坛的先驱和楷模。改革开放四十年来，中国舞蹈日渐成熟的脚步更加豪迈。十一届“荷花奖”、十届全国舞蹈比赛、八届“桃李杯”、十届“孔雀奖”，生动展现着中国舞蹈的光辉历程。回眸以往，中国舞蹈花团锦簇、万紫千红，一代代舞蹈大军正本清源、汇纳百川。勇于创新的艺术，正是充满活力的艺术；不断进取的舞蹈，才是大众欢迎的舞蹈。

神州新时代，舞蹈花盛开。中国舞蹈希望无限！

作者简介

张宗灿，署名楚辛、吴边、唐如，毕业于西北大学中文系，国家一级编剧、编审。1995 年自宁夏歌舞剧院创作室调入《舞蹈》编辑部，先后任编辑、编辑部副主任、执行副土编,2007 年退休。创作有《曼苏尔》《绿色黄土地》《漠海羌笛》《塞上春潮》《花儿》《长河大漠风》《九州花儿美》《奇沙金河羌梨花》《西夏轶事》《花儿与号手》(与人合作)等大型舞剧、歌舞剧、音乐剧剧本二十多部，歌词千余首，曾受聘于北京奥运会开闭幕式运营中心，曾在全国报刊上发表艺术评论一百余篇，曾获“全国优秀剧本奖”、中宣部“五个一工程奖”等国家级奖励若干。

彩练当空舞，日月有新天

——改革开放四十年中国舞蹈发展纵览

冯双白

1978 年的中国舞蹈界，发生了几件大事。首先，“文化大革命”之后，中国舞蹈工作者协会于 6 月 2 日正式宣告恢复工作，并随后更名为中国舞蹈家协会。这次更名，意味着人们对于超越平庸的渴望，也像一个符号，昭示着一个新时代的到来。其次，10 月 1 日国庆节当日，北京舞蹈学校经国务院批准改制为北京舞蹈学院，中国舞蹈教育进入了一个前所未有的高层次。再次，中国歌剧舞剧院恢复上演了民族传统舞剧《宝莲灯》，观众如潮。当时，谁也没有想到，这几件事情，居然是中国舞蹈对一个伟大历史征程的积极回应！

今天，当我们回首纵览四十年来中国舞蹈领域发生的重要历史现象，才蓦然领悟：历史趋势早有端倪，历史现象呈供本质，历史轨迹见证未来。

四十年来，中国舞蹈艺术从拨乱反正的历史新起点启航，不忘初心，自觉地将舞蹈艺术与中华民族伟大复兴事业联系在一起，推出了一批精品力作，创造了千百年来中国舞蹈的最好发展时期。

四十而不惑。一个民族，一个国家，应该拥有自己不朽的文艺作品和伟大的文学艺术家，作为这个民族或国家对人类文明永恒命题的回答。回首往昔，我们终于深刻体验了习近平总书记语重心长的警醒提示：实现中华民族伟大复兴的事业，“文艺的作用不可替代，文艺工作者大有可为”。记得 1979 年，从敦煌壁画和历史传说中得到灵感而创作上演的民族舞剧《丝路花雨》，像是一个响亮的号角，吹响了新时期舞蹈艺术的扬帆远航。该剧上演时，京城万头攒动，人人争看；连续出访海外，轰动亚非拉美。谁能想到，它竟然为四十年后习近平总书记提出的“一带一路”做了一个四十年的预告？！但如果我们回到当时舞蹈发展线索，《丝路花雨》其实更像一枝报春花，预告了中国舞蹈的志士同仁，可谓前赴后继，不断探索，将自己的艺术旅程与中华民族新长征的伟大历程紧密地结合起来，做出令世人刮目相看的巨大成绩。在随后的几十年里，舞剧《祝福》《林黛玉》《红楼梦》《雷雨》《风雪夜归人》《家》《大红灯笼高高挂》等在文学艺术名家名著改编大潮中脱颖而出，在舞台艺术空间里倾诉着舞蹈家对中华经典的深情。原创力量在四十年里隆重登场，日益彰显。福建精心奏响了《丝海箫音》，广西壮族迈开了史诗舞剧《妈勒访天边》的步伐；《风中少林》重现中华武术精神伟力，精画山东英雄儿女群像。《沙湾往事》让过往人事并不如烟，《月上贺兰》让边塞贺兰更加边关月明。四十年里，杨丽萍极富魅力地舞动着《两棵树》《雀之灵》《月光》，呼唤了人间相谐的美好灵愿。黄豆豆气场如虹地舞出了《醉鼓》《秦俑魂》，于晓雪的《一个扭秧歌的人》、迪丽娜尔的《达坂城的姑娘》、沈培艺的《丽人行》、刘敏的《向天堂的蝴蝶》或清丽灵气，或恣肆滂沱，或沉郁厚重。

改革开放四十年来的当代舞蹈艺术工作者，推出了一大批优秀作品，无论在数量还是质量上，都达到了历史新高度。其中的精品剧节目已经成为一些院团的保留剧目。《丝路花雨》已经问世近四十年，至今常演不衰；《妈勒访天边》问世 25 年后仍被文化部和外交部送到美国和欧洲，很受外国观众欢迎，甚至发生了美国一个家庭追随了七个城市，追星族一般跟着广西南宁市歌舞剧院连看七场全剧的趣事。1980 年全国网点比赛中问世的《海浪》，至今还是一些最优秀演员的带有试金石性质的保留节目，也成为贾作光先生在 20 世纪最重要的代表作。迄今为止，四百余部舞剧作品和几乎难以计数的小型舞蹈节目，从舞蹈创作的角度清晰地折射出整个当代中国改革开放的伟大驱动力量。回顾四十年来的当代中国舞蹈艺术历程，无论怎样夸赞，都不过分。这些优秀的舞蹈艺术精品，为改革开放的伟大时代增添了无法替

《奔腾》中央民族大学 1986 年首演　叶进摄

代的亮色，为灿烂的中华文明刻画了自己的印记。

四十年来，中国舞蹈艺术用富于时代感染力的肢体语言，在中华优秀传统文化宝藏里徜徉探微，用华夏文明巨大魅力感染和鼓舞观众，满足人民日益增长的对美好愿景的向往。

改革开放的四十年，外来舞蹈文化与中华传统文化激烈冲撞构成了一个时代的大主题。中国当代舞蹈经历了“文化大革命”刚刚结束时的古代乐舞复兴大潮、20 世纪 80 年代中期何谓民族传统的大讨论、20 世纪 90 年代传统舞蹈被外来舞蹈观念解构性突破的冲击、千禧年后对于传统的再反思等等过程。然而，时至今日，迭代交替、万象更新之后，人们在活力依存、舞台风光依旧的许多经典作品里，再次发现了中华传统美学精神的巨大张力和活力！风靡大江南北的《踏歌》，舞出了汉唐盛世气象；意味悠长的《萋萋长亭》，道出了相见时难别亦难的无尽恨意；《扇舞丹青》和《黄土黄》色彩浓郁而意蕴绵远，《千手观音》和《水

《柴可夫斯基狂想曲》上海戏剧学院舞蹈学院演出

月洛神》立象清晰而耐人寻味。毋庸讳言，改革开放四十年里，曾经有一些人一度对自己的文化传统抱有全盘否定的态度，甚至无视中华文化传统中最优秀的基因，把继承和创新对立起来，带有盲目性质地追随外来文化思潮。因此，四十年的历史证明，大浪淘沙，真金留存。今天的当代舞者们，终于越来越清醒地认识到，中华优秀传统文化依旧是我们文化发展的生命源泉。这些作品，用肢体语言倾诉着什么是“宅兹中国”——我们的精神家园和我们的文化所归。四十年里，这些作品证明了一个道理：任何时候，文化自信都是最根本的自信，关系到信念的最终确立，关联着民族的最深情感。当代中国舞蹈在这四十年里曾经有过对传统文化的彷徨和迷茫，历经磨难之后，才有了对优秀传统的再认识——一种发自内心的身份认同和文化归宗。

《黄河魂》原南京军区前线歌舞团 1986 年首演（叶进摄）

四十年来，中国舞蹈艺术用极大的勇气，突破自我藩篱的隔阂，将艺术的触角探向丰富多彩的现实生活，大胆揭示人类丰富的心理世界，让人性的光辉照亮艰辛的生命旅程。

如何走出“小圈子”和“象牙塔”，是中国当代舞蹈长期面临的重大挑战。其要害，是能否坚持深入现实生活，扎根人民，在深刻变化的火热时代生活中找到艺术生命的源泉。实事求是地说，改革开放四十年中中国舞蹈走过的历程，是从对十年“文化大革命”极左文艺思潮的反思和反抗开始的。“文化大革命”期间，“以阶级斗争为纲”的主题几乎占据了所有舞蹈创作的内容——如果这也算是一种文艺主题的话。那一时期，任何舞者的创作思维都被牢牢禁锢在某种公式化的套路里，远离了时代生活的本质，远离了人性的光辉，远离了中华民族优秀的道德高地，空洞的说教充斥在僵硬的肢体语言中。改革开放打开了中国社会面向世界的窗口，更搭建起艺术与真正时代生活体验和普通中国人生存命运的桥梁。四十年里，从尖锐地直面人生的男子独舞《希望》，到反映当代战争炮火里人性不灭的双人舞《踏着硝烟的男儿女儿》，从毫不避讳地呼唤关注留守儿童的舞剧《远山的花朵》，到温暖着都市老年人爱情期待的《骑楼晚风》，都是因为敢于突破舞蹈艺术单纯抒情特质的某种不成文的“规则”，才博得了激动人心的舞台艺术表现力。当一只洗脚盆入木三分地刻画出内心不灭亲情的智障者《哥哥》，当一条扁担牵连起了相依为命的《咱爸咱妈》，当大年三十的晚上《进城·返乡》的农民工传递出底层人民相互之间的关爱，我们从舞蹈作品里感悟到的，不仅仅是人生的道理，更是现实生活可歌可泣、可感可触的人间真情，甚至，带有强烈批判意识的《天鹅湖记》对于舞蹈评奖过程中悲喜人生做诙谐讽刺时，或是当代人面对自我更新时难以放下

“包袱”而踯躅不前的《城市病人》，也都让我们在舞蹈作品中看到了现实生活的巨大魅力！如果说从五四新文化运动以来中国艺术一直将救治国民的灵魂视为己任，恰如鲁迅先生所言：“要改造国人的精神世界，首推文艺”，那么，只有敢于深入生活的底层，直面现实人生的问题，找到国民精神之光，才能高举起精神的火炬，照亮中国寻求复兴的道路。四十年来，尽管还有诸多不尽人意之处，如创作上的公式化和模式化，如立意浅薄或形象重复呆板等等，但是，中国当代舞蹈在现实题材上的突破和成绩，承接着五四新文化运动的精神引擎，真正取得了大突破，是为这一时代最令人可敬可赞的大收获。

四十年来，中国舞蹈艺术从突破舞蹈僵化思想开始，于传统舞蹈语言的程式化风格开始，大胆借鉴外来舞蹈文化的观念和编舞方法，自我更新，自我完善，努力开拓舞蹈创作的新局面。四十年来，中国舞蹈艺术以其巨大的魅力，非常广泛地吸收了世界舞蹈教育的先进理念和科学方法，从而吸引了一大批年轻有为的舞者投入历史发展洪流，用他们杰出的艺术才华挥洒出前所未有的艺术色彩，让世界为之赞叹不已。

毋庸讳言，改革始于对外开放。曾记得，1978 年 12 月，加拿大安娜·怀曼现代舞团访华演出，开启了第一个外国现代舞团的中国之旅。1979 年，刚刚成立的北京舞蹈学院派出以陈锦清为首的观察团，前往美国密西西比州杰克逊市，观摩美国第一届国际芭蕾舞比赛。这是中国舞蹈将自己的传统大河融入国际海洋的第一次尝试性涌动，却实际地引发了随后的中外国际舞蹈交流大潮。随后，四十年来，许许多多外国优秀舞蹈艺术团体来华访问演出，不仅让中国的舞者大开眼界，更把一种国际剧场艺术的全新观念和创造活力带入了中华大地。无论是来自莫斯科大剧院的舞剧《斯巴达克》，还是来自圣彼得堡艾夫曼芭蕾舞团的《安娜》，无论是英伦的芭蕾舞《梅亚林》，还是斯图加特的《驯悍记》，这些无比震撼的经典作品燃烧起中国舞者内心的熊熊火焰。于是，中国舞者们始而惊讶，继之学习，再度揣摩，开始了突破僵化模式寻求艺术新路的过程。这期间，有一段时间，一些舞者们单纯沉溺于模仿照抄外国舞蹈特别是现代舞的动作技术样式，被著名舞蹈家贾作光批判为“个个满地爬，不知为了啥？！”20世纪90年代中期以后，当代中国舞者逐渐从纯粹的模仿中走出困境，开始寻找舞蹈中的中国个性。当王玫的作品《我们看见了河岸》问世之时，当广东现代舞团访问美国受到了极其热烈的喝彩之后，我们突然发现：只有走出自己的艺术道路，才能真正获得世界的承认！在这个历史潮流中，中国舞的领域也发生了巨大变化。当“编舞技法”刚刚震动了中国舞的创作时，人们趋之若鹜。然而，超越了西方老师而真正关注了中国人丰富精神世界之后，改革开放的历史动力在舞蹈领域中催生了一大批优秀作品。东北师范大学的《中国妈妈》在反法西斯的世界角度中用中国女性的伟大人道主义情怀而催人泪下，反映着战争残酷无情而投射出人间大爱力量的《鸡毛信》震撼人心，表达底层农民工大年三十夜里的心理波动和温暖人情的《进城·返乡》含泪而笑，杨丽萍从《雀之灵》到《月光》探索出的民族艺术创新之路获得了前所未有的历史认可和观众欢迎！中国文联主席铁凝指出：繁荣发展中国特色社会主义文艺必须落实为持续不断、苦心孤诣的创造。当代中国舞蹈的艰辛探索，从对舞蹈语言风格模式的突破开始。卧薪尝胆，以求磨砺煅铸最新的语言利器，尖锐地刺破程式化语言风格的“金钟罩”，取得了很好的成绩。中国舞蹈艺术立足文化自信，敞开胸怀，放眼世界，走出了一条开放交融的康庄

杨丽萍的《月光》（林毅 摄）

大道。陈维亚、丁伟、赵明、杨威、佟睿睿、汪舸等舞蹈编导们回馈于世界的，是浩渺无垠的《碧海丝路》、感人至深的《仓央嘉措》、美轮美奂的《红楼梦》、形象奇绝的《红梅赞》、让人过目难忘的《记忆深处》、让人热血沸腾的《大禹》等等。

四十年来，中外舞蹈交流大格局下的舞蹈创作，最重要的突破之一就是舞蹈创造力的培养，它具体落实在舞台时空观念的转变之上，落实在舞蹈语言的磨砺锤炼之中。1980 年，贾作光的《海浪》横空问世，在一个男子独舞者身上同时显现海浪和海燕的双重形象，惊世骇俗。四十年来，中国舞者在优秀传统文化的当代性转换和创新性发展方面，做了很多努力。他们挑战舞蹈艺术种类的风格局限，在舞台创作中不同时空的艺术处理更加自由、流畅。从20世纪80年代的“意识流”风潮到20世纪90年代后舞台空间的心理化处理，整个时代的舞蹈舞台轨迹，清晰可见——向着人类复杂、多变、无法预测、流动性强的心理空间飞翔……面对着人民群众日益增长的对美好生活的憧憬和艺术期待，当代中国舞蹈编导面临着创新力量不足和艺术创造力匮乏的极大挑战。他们越来越清醒地认识到创作中千人一面、公式化和快餐式的危害，“衣带渐宽终不悔”地终身追求着艺术的成功。至简至纯的《走跑跳》，至美至真的《小城雨巷》，在海外顶级国际赛事上获得大奖和金奖的、获得至高评价的《也许是要飞翔》《守望》，在中国古典舞、芭蕾舞、国际标准舞、街舞等四个舞种领域都获得成功的《黄河》，如此这些作品，挥洒青春激情，讴歌时代新声。

《踏歌》（北京舞蹈学院牟可 摄）

正是在上述大历史背景下，被巨大历史力量推动着，四十年来诞生了一大批优秀的当代舞者，撑起了整整一个时代的美丽天空。曾记得，1978年，陈爱莲舞蹈专场晚会在京举行。这是中华人民共和国成立后的第一场个人舞蹈晚会，开创了煌煌五千年中国舞蹈史的先河。其后，有老、中、青年舞蹈家开始纷纷举办个人舞蹈晚会，不但开启了一种全新的舞蹈演出样式，更推动了四十年来整个中国舞蹈表演水平的极大提高。从老当益壮的贾作光，到月下独酌的杨丽萍，从气势如虹的黄豆豆，到悲喜人生的奥运英雄刘岩，冯英、王才军、张丹丹、辛丽丽、吕萌、焦洋、朱妍、张剑、王启敏、马晓东等等芭蕾娇子，王小燕、奥登格日勒、于小雪、姜铁红、李德格景等民族舞高手，山翀、汪子涵、孙科、唐诗逸、朱洁净等中国古典舞精英，他们个个身怀绝技，出手不凡。这是一个舞者无比热爱舞蹈艺术的有责任心的四十年，是舞蹈人才辈出的四十年，更是一个蔚为壮观而影响深远的时代。他们驰骋中外，屡屡摘金夺银，名震海内外疆场。甚至可以说，当代中国舞者们大放异彩，在整个当代世界舞蹈史上都可圈可点，形成了一股舞蹈表演艺术的“中国风”。这是一种独特

《守望》（广州军区战士歌舞团供稿）

现象，是狂飙突进，是英豪逞强，是不拘一格降人才的大时代格局写照。

四十年来的中国舞蹈历程，其成功和收获是丰厚的，其基础则是思想观念的讨论、辨析、争鸣和更新。可以说，没有深层观念的拓展，就没有四十年舞蹈的进步。如是，当我们回顾四十年前那场关于“实践是检验真理的唯一标准”大讨论的意义时，可以毫不犹豫地说，只有思想解放，才能改革开放；只有改革开放，才能见到未来之光。在新的历史起点上，中国当代舞蹈艺术必当坚定文化自信，怀一份对传统文化的敬畏之心，放眼看世界艺术潮流的风起云涌，捧一把中国美学精神的沃土，培育起社会主义核心价值观之花，克服种种浮躁和急功近利之心，“不畏浮云遮望眼”，力争创作出优秀作品回报人民，为中国舞蹈艺术事业的未来做终身无悔的奉献。

作者简介

冯双白，男，汉族，文学博士、著名舞蹈理论家和评论家、编剧、大型文艺活动策划人和撰稿人。毕业于北京大学中文系。曾任《舞蹈艺术》副主编、《中国舞蹈词典》副主编、《中国大百科全书·舞蹈卷》副主编。历任中国艺术研究院研究生部舞蹈系主任、中国艺术研究院舞蹈研究所所长、中国舞蹈家协会分党组书记、驻会副主席，现任中国舞蹈家协会主席、《舞蹈》杂志主编、中国艺术研究院博士生导师、中国文学艺术基金会副理事长。

广泛参与当代各种艺术创作实践，在舞剧《风中少林》《水月洛神》《妈勒访天边》等作品中，以巧妙的戏剧构思、生动的艺术形象、出人意料的细节处理，大胆窥探人性弱点，赞美历史文明进步，讴歌人类向善之心，鞭挞世间丑恶现象。写作并出版了多部舞蹈学术著作，其中个人专著《新中国舞蹈史》《宋辽金西夏舞蹈史》《百年中国舞蹈史》等，史论兼修，立论严谨，引据丰富，逻辑力强。长期深入中国汉族民间社会和青藏高原等地做田野考察，对青海藏传佛教寺院舞蹈与民间祭礼舞蹈有相当深入研究。追踪研究当代舞蹈思潮二十余年，发表了大量的舞蹈批评文章，被认为是当代中国舞坛上最主要的舞蹈批评家之一。

作品多次入选“国家舞台精品工程”十大精品剧目，荣获“文华奖”、中宣部“五个一工程奖”、中国舞蹈“荷花奖”舞剧比赛金奖、“曹禺戏剧奖”等。2013年荣获文化部文华编剧奖。

中国民间文学阔步走向世界

——改革开放初期贾芝日记及相关文件书信钩沉点滴

金茂年

1976年10月6日，一举粉碎“四人帮”，解放思想、解放生产力的改革同时开始了。

如火如荼　百废俱兴

1978年3月贾芝接中宣部通知，参加文联筹备小组工作。5月，宣布中国文联和作协正式恢复，并就其他协会的恢复问题交换意见，进一步揭批“四人帮”。

贾芝和他的同事们没日没夜，没有节假日，更没有加班费，然而，他们在各种临时办公处所，包括木板房和自己简陋住处不停地召开会议，筹划和完成了恢复中国民研会、恢复《民间文学》刊物、创办中国民间文艺出版社、编选民间文学丛书、编选《中国歌谣选》、筹建少数民族文学所、恢复中国少数民族文学史的编写工作、创建中国少数民族文学学会、创刊《民间文学论坛》等多项重要工作。

他们策划组织了各种大型的全国性会议：

1979年5月在北京民族宫主持召开纪念“五四运动”60周年座谈会，贾芝力排众议请许多老专家出席，倾听他们的意见。

1979年9月在北京主持召开全国少数民族民间歌手、民间诗人座谈会，征得中央领导同意，45个民族，123名代表到会，贾芝作“歌手们，为‘四化’放声歌唱吧！”报告。

1979年11月主持召开“中国民间文学工作者第三次代表大会”，贾芝作“团结起来，为繁荣我国的民间文学事业而奋斗”报告。

1979年11月，甘肃、四川、西藏、青海、内蒙古、云南等六个省、自治区代表研究《格萨尔》的抢救问题，《格萨尔》工作迈开浩劫后的第一步。

1980年4月在四川峨眉山主持召开青海、甘肃、四川、西藏、内蒙古五省（自治区）《格萨尔》工作会议，会后到昆明听取未赶到会场的云南代表汇报。实际上就是第一次六省区的《格萨尔》工作会议。

1980年4月与云南宣传部商定成立中国社科院少数民族研究所云南分所问题并召开少数民族文学概况编写会议。

1980年9月到广西壮族自治区参加“中秋山歌会”之后到十余个县考察讲学。

1981年2月主持召开中国少数民族文学学会首届学术年会，贾芝理事长作总结报告谈搜集整理问题。

1981年2月主持召开《格萨尔》第二次工作会议，这时出席的已是西藏、内蒙古、青海、甘肃、四川、云南、新疆七个省、自治区的代表。

1981年5月主持召开中国民间文艺研究会首届学术年会致开幕词，作总结发言《开拓民间文学研究的广阔领域》。

1981年7月赴内蒙古自治区参加中国蒙古族文学学会首届年会讲话《少数民族的民间文学要进行系统的建设》。

1981年12月主持召开满族文学座谈会，贾芝将传承与研究萨满文化的五位大师请到北京调查采录交流，把“跳大神”的萨满请进最高学术机构中国社会科学院表演。有人说是封建迷信，有领导说是反动会道门。当时主办这样的活动需要怎样的远见卓识与勇气担当啊！

1981年12月主持召开中国民研会常务理事扩大会，提出并通过编选出版《中国民间故事集成》《中国歌谣集成》《中国谚语大观》（后改名《中国谚语集成》）。

1982年5月主持召开七省、自治区第三次《格萨尔》工作会议，致辞并作会议小结，会后继任七省、自治区《格萨尔》协调小组组长。

1982年创办《民间文学论坛》，首任主编，撰发刊词《多角度地研究民间文学》，6月主持《民间文学论坛》出版座谈会。

1982年7月主持召开“全国培训民间文学骨干经验交流会”，致开幕词，做关于三套集成的发言，作闭幕总结《培训民间文学骨干及其他》。

1982年8月赴新疆维吾尔自治区参加《江格尔》学术研讨会，在开幕式上发言《后来居上的〈江格尔〉》，会后到伊犁牧区考察采风。

1983年3月赴天津出席天津市民间文艺研究会成立大会。

1983年4月出席中国民间文艺研究会工作会议暨第二次学术会议致开幕词，会上再次讨论“中国民间文学三套集成”。当日去国家民委、文化部交涉共同签署文件；去周扬同志家汇报，周扬答应任“中国民间文学三套集成”总主编，次日到会祝贺。

会上决议：周扬同志为“中国民间文学三套集成”总主编，钟敬文、贾芝、马学良为副主编并分别兼任《中国民间故事集成》《中国歌谣集成》《中国谚语集成》主编。

1983 年 7 月带领十余个省市自治区的民间文学工作者到甘肃、青海的莲花山、康乐县、和政县和临夏等地采风。

刚刚得以解放、恢复工作的贾芝与他的同事们殚精竭虑地工作着，为《格萨尔》平反；为“花儿”平反；为江格尔奇平反；为民间艺人民间歌手平反；接《玛纳斯》说唱大师到北京录音记录作品；为恢复少数民族文字奔走；为萨满教和满族文学研究冲破禁区开拓道路……

他们顺应时代做了许许多多有益的事情，最突出的是，引领中国民间文学走向世界，这是开创性的工作。

中国民间文学要走向世界

作为民间文学的领军人物，贾芝以他的独特视角、职业敏感与责任担当，感受到中国民间文学走向世界的紧迫性。他在大小会议上、在巡游讲学中、在谈话采访中不断强调说：中国民间文学当前一个很重要的问题是面向世界。民间文学记载着各族人民文化艺术的创作心理以及历史前进的脉络。从这方面说，我们与世界各民族之间共同语言更多一些，需要共同探讨的东西也多一些。我们研究民间文学就需要了解其他国家民族的作品，探索它的异同及原因。如果不认识世界也就不能认识自己。如果不做一番比较，就不能认识民间文学的基本规律与它千差万别的民族特色。不这样做，建立中国特色的民间文艺学也就难免流于空谈。向外国学习，同时将我国多民族的丰富的民间文学遗产向世界展示，让她闪烁于世界文化之林。这是每一位民间文艺工作者的光荣职责。贾芝说到做到，他不遗余力地宣传中国、介绍中国，用“请进来、走出去”的办法与数十个国家的学者交朋友建立起学术交流与文化交流的关系。离休以后，他不顾年迈体衰、冲破重重阻力访问了十余个国家，努力搭建着国际交流的平台。1996年，83岁的贾芝以他个人的影响力与人格魅力，成功地举办了有26个国家与地区学者出席的北京学术研讨会。当然，协会各部门的同事曾给予了极大的热忱助力。

“文化大革命”前，民间文学界的对外交流仅局限于与苏联李福清等个别学者的对话。

冲破阻隔走向世界，岂止是简单一句话？那是贾芝和一代甚至几代人一步一个脚印走出来的。

1977年6月10日，意大利大使馆一秘贾蕾蒂要求同贾芝会见，这是要经社科院外事组与外交部西欧司联系，临时领导小组决定的。拟谈内容也是贾芝与有关领导商量的。双方几次往来，都是通过社科院外事组和外交部联系获准；交流内容与接收、回赠礼品等也是认真商量决定的。民间文学的外事工作就这样由官方渠道谨慎开始，以后慢慢扩展开来。

中日两国一衣带水　民间文学源远流长

1978年6月，贾芝到对外友协会见日本民间文学专家小泽俊夫。他系日本女子大学教授、国际口承文艺学会（即国际民间叙事研究会，最初日本译为国际口承文艺学会）副会长。小泽俊夫介绍了日本民间文学工作现状。他说，大阪日本民俗学博物馆馆长君岛久子研究认为，日本民间故事与中国民间故事关系密切，须了解中国民间故事传说，才能了解日本民间故事传说。他介绍有一国际民间文学组织即国际口承文艺学会，明年将在英国开第七次会议，希望中国参加。17日，贾芝参加小泽一家的酒会，小泽母亲带着其兄弟四人，小泽俊夫的弟弟小泽征尔是著名音乐指挥。酒会上，小泽俊夫又两次提出希望中国参加明年的会议。小泽俊夫作为国际口承文艺学会副会长对中国的邀请是真诚的，对中国民间文学与世界学界接轨起到桥梁的作用。

1980年11月，贾芝接待日本学者君岛久子先生，君岛久子先生报告了日本及大阪国立民族学博物馆研究民间文学的情况。她用比较研究法，结合历史记载，证明日本天鹅型故事是从中国流传去，不是其固有的。她特别讲了她翻译苗族民间故事《灯花》在日本挽救母子三人的故事。她再三强调，她的研究是在中国学者努力的基础上进行的。君岛久子邀请贾芝访日，她与关敬吾、小泽俊夫也将再次访华。她说日本想来中国考察交流的人很多。

1980年12月，接待臼田甚五郎为团长的日本文艺学会九人代表团，臼田甚五郎、大林太良、内田琉璃子分别报告，贾芝作“中国民间文学研究的现状和方向”，双方就故事分类等问题进行讨论。他们还带来关敬吾先生的意见与赠书，诚邀贾芝1981年6月访日。

1981年5月，接待日本稻田浩二为团长的“昔话通观”代表团，在社科院贾芝作“中国民间故事搜集、研究的历史与现状”报告；在和平宾馆他又主持两国学者就调查方法、比较研究及双方合作等问题进行交流的座谈会。

1981年10月，接待日本伊东市市长石井基为团长的“灯花”代表团，主角是因读中国民间故事而放弃轻生的北岛岁枝女士及她的一双儿女。中国妇联主席康克清在人民大会堂接见了这位普通的日本妇女，她成为中日友好与和平的使者。

1981 年 12 月，君岛久子、白鸟芳郎访华专事贾芝访日问题来华。

1982 年 3 月，贾芝一行三人访日，贾芝报告近几年民间文学的新发展与民俗学的恢复。日本朋友特别赞赏《格萨尔》庞大的发掘出版与研究工作。有学者以冲绳民间故事与白族做比较，一致认为中日两国隔海相望，民间故事长久相互流传，比较研究是很有意义的课题。研究口头文学是一门国际性的学问，我们也应该研究日本民间故事，双方交流是很有意义的事情。贾芝还重点访问了大阪国立民族学博物馆，现代化与学术化凸显，还吸引著名学者成立共同研究会，定期交流。君岛久子翻译中国民间故事已达数百篇，她还翻译了《西游记》《格萨尔王传》（缩写版）等名著。她一生献身学术，为两国人民的友谊做出了宝贵贡献。

1985 年 8 月，贾芝陪同丁乃通在承德考察

1990年，贾芝赴日为丁乃通先生扫墓，右为丁先生夫人许丽霞女士

贾芝还访问了伊东市，受到热烈欢迎。

不久，君岛久子、小泽俊夫、白鸟芳郎偕福音馆出版社社长松居直等来访，不仅就民间故事的比较研究与分类法进行探讨，还就合作出书问题签订协议；我方派出访问学者；邀请日方来华联合考察等学术交流日益频繁起来。

丁乃通[①]先生架起中西文化交流的桥梁

1978年7月23日，丁乃通先生第一次回国。中国社科院外事局安排贾芝到和平宾馆会见丁先生。丁先生自我介绍是教世界民间文学的，特别谈了他在美国参与一场关于中国民间文学的论战。论战的对方是三个人，他们借我国民间故事整理中个别不够

① 美籍华人，国际知名民间文学专家，美国伊利诺伊州西伊利诺斯大学教授。

1980 年 11 月，贾芝在家中接待日本君岛久子教授

科学的做法和地方，得出荒谬的结论：中国民间文学是为了政治目的而伪造的。

丁先生出于爱国心写了一篇书评，凭借他对中国与世界各国民间故事的广博知识和所作过的比较研究，列举了邻国流传的同样内容的民间故事，站在一个广阔的更高的视野上予以回击，有理有力有节。一场小小的风波平息了。丁先生的话："要把他们骂回去！"这就是丁乃通，一位在国际民俗论坛上为中国民间文学仗义执言的学者，一位中国民间文学的热心传播者。

丁先生特别真诚地对贾芝说：他发现中国对世界各国的情况太不了解。人家骂我们，而我们"既不知道，更无对策"。贾芝首先提出"中国民间文学要走向世界"，不仅大小会议呼吁，而且身体力行，走出国门，与几十个国家建立起学术交流的关系。就在那一年，丁先生用英文写的《中国民间故事类型索引》专著发表，他采用国际通行的 A•T 分类法解析中国民间故事，贾芝为之作序《一架沟通中国与世界的桥梁》。

丁先生对贾芝说，他参加了两个世界性的民间文学组织，一是人类学与人种学国际学会；一是国际民间叙事文学研究会（ISFNR）。国际民间叙事研究会是德国人发起，由 75 个国家的学者组成的世界民俗学者的中心组织。这是个纯学术组织，他愿意推荐贾芝加入组织。正巧前月，贾芝曾获时任国际民间叙事研究会副主席的小泽俊夫先生的邀请，丁先生说认识小泽俊夫。

1983 年加拿大召开的国际人类学和民族学第十一次大会，在丁先生提议下成立了中国民间文学与北美印第安人民俗关系小组，可惜有人以贾芝与丁乃通系个人交往为由阻止出席。贾芝论文《近几年来的中国民间文学》由伦敦《国际民俗杂志》主编奈瓦尔女士发表。他们成为很熟的朋友。

1984 年国际民间叙事文学研究会第 8 次大会在挪威召开，丁先生和发展中国家都企盼着中国代表出席以改变由某个超级大

1980 年 11 月 24 日，君岛久子与《民间文学》编辑部座谈。右一贾芝，左一君岛久子

国控制大会的局面。他们给贾芝打电话，劳里·航柯主席亲自坐在一旁等候回讯。丁先生忽听有人说“中国代表来了”，兴奋不已，与夫人跑了卑尔根众多旅馆，找贾芝不到，误了宴会。1985年丁先生回国第一件事就是告诉贾芝：国际学界正朝着承认中国、赞美中国，渴望和中国合作的方向发展。

丁乃通先生一颗爱国心，使得整个交流沟通都有了温度，在他的帮助下，我们与许多国家的学者建立了真挚的友谊。如，加拿大文明博物馆的东方部研究专员何万成教授就是丁先生推荐的朋友，他数次回国讲学考察。他请贾芝到加拿大考察博物馆从档案的储存保管以及根据藏品与展品的需要设计馆的造型结构与内部设施等。他们还走访华人社团，认定中国传统文化在海外华人中的凝聚作用是又一个重要课题。

丁乃通先生于 1980 年、1981 年、1985 年三次回国做学术交流，多次报告会介绍国外各种民俗学流派与研究动态，还提出办一本英文刊物介绍中国。他主动担当义务英文主编。1989 年 9 月的一天，他倒在校改稿件的办公桌前，为中国民间文学事业鞠躬尽瘁。

1990 年贾芝参加美国民间生活节，专程赴伊利诺伊州为丁先生扫墓，写诗两首怀念他。

贾芝与国际叙事文学研究会主席航柯及芬兰的友谊

丁乃通先生不失时机地在国际上宣传中国，要各国学者注意这一巨大的文化宝库。经他引荐贾芝相识了芬兰文学学会主席、北欧民俗学会主席、国际民间叙事研究会主席航柯教授，并很快成为至交。

1982 年 3 月贾芝一行访日

1983 年 9 月，贾芝赴芬兰、冰岛考察。在火车站迎接他的航柯主席第一句话就是：“您的到来，是一个历史性的事件。”饱含着渴望、友好和对中国开放的赞赏与欢迎。冰岛一位女作家也兴奋地对贾芝说：“我第一次看到中国人！”贾芝俏皮地回答：“我作为中国人，第一个被你看到，感到非常荣幸！”那时候，除了重要外事活动几乎没有人可以随意出国，北欧更是罕见中国人了。这次访问主要是考察博物馆，为建立中国民俗博物馆做准备，同时了解芬兰的民族史诗《卡勒瓦拉》在促进民族意识觉醒与芬兰语言文学形成方面不可估量的作用。贾芝受邀出席 1985 年纪念《卡勒瓦拉》150 周年活动。贾芝介绍了中国史诗《格萨尔》，芬兰学者为史诗在中国还有人演唱，还活着，兴奋不已。双方还就将中、芬民间文学学术交流列入政府签订的协定中进行了磋商，具体落实便成就了中、芬两国联合在广西三江的调查。

1984 年 4 月，航柯主席一行三人访华。他报告了芬兰民间文学的研究情况，再次诚挚邀请贾芝于1985年参加芬兰举办的“《卡勒瓦拉》与世界史诗国际研讨会”，中国方面也将举办“《卡勒瓦拉》150周年纪念活动”，邀请芬兰驻中国大使参加。

1985年2月，贾芝率代表团参加《卡勒瓦拉》150周年活动，芬兰人民举国欢庆。这部史诗的出版同芬兰人民的民族命运紧密相连，它的社会意义远超出文学本身。在21个国家140多名学者出席的“《卡勒瓦拉》与世界史诗讨论会”上，贾芝的论文《史诗在中国》以三十多个民族的史诗为例向世界生动地展示中国是一个富有史诗和长篇叙事诗的国度，彻底推翻了“中国无史诗论”，不仅如此，“史诗在中国还活着！”引起全场极大振奋，记者们一致向中国代表提问、采访与报导。第一个见报的是有关中国的消息和贾芝的头像。纪念大会高潮的文艺演出中，芬兰总统毛诺·科伊维斯托接见了几位国际学者，贾芝在总统身旁

1982年3月，君岛久子陪同贾芝去奈良博物馆

就座，多次亲切交谈。贾芝说，他分享了祖国的荣耀。

贾芝还顺访丹麦，丹麦作家协会主席汉斯和他的朋友们陪同参观了安徒生故居和民俗博物馆。最后贾芝飞回莫斯科换火车回北京，一周的颠簸，去时也是这样，七天乘火车穿越西伯利亚，不是为了观光，劳顿与严寒对年逾古稀的老者是个考验，没有办法，那时外事经费紧张，无力购买全程机票。

1985 年 3 月，航柯教授依据 1985—1987 年中芬文化交流协议，做出两国学者学术讨论与实地调查的初步计划寄给贾芝。10 月，航柯教授来华，协商讨论中、芬两国联合考察计划，确定具体时间、地点，会议讨论与实地考察内容。航柯到京当天与贾芝同时出席了芬兰大使馆晚宴，贾芝被授予卡勒瓦拉 150 周年银质纪念章一枚。他们还带来芬兰总统接见贾芝的照片。

1986 年 4 月，中、芬两国学者在南宁召开了“中芬民间文学搜集保管学术研讨会”，之后到广西三江侗族地区对六个自然村的民俗节日、民歌及故事进行调查采录。两国学者相互学习、密切配合为今后的合作打开更广阔的局面。贾芝在为《中、芬民间文学搜集保管学术研讨会文集》作的序文《记中、芬两国在广西三江的调查》中记下了当年的盛况。

1986 年 9 月，联合国教科文非自然科学遗产部主任贝尔基·林德尔博士致函贾芝：根据劳里·航柯先生推荐，愿意资助中国民研会 3600 美元购买录音器材，用以培养田野作业人员。附英文本合同三份。1986 年 12 月，贾芝复函：接受 No700638·6 号合同，并将签名后的合同寄回两份。遗憾的是，由于莫名的干扰与误解，直到 1988 年合同方实施生效。

随后，航柯教授频频到中国调查访问；在国际会议上，贾芝也多次与他会面。1995 年在印度国际民间叙事研究会第 11 次大会期间，航柯先生主持了史诗讨论会。贾芝以《说唱艺人——史诗研究的金钥匙》助阵。1998 年，贾芝在德国的国际民间叙事研究会第 12 次大会上与航柯见面亲切交谈，并与希拉里等年轻学者交流。他们的友情随着两国民间文学的交流而日益加深。

国际民俗学界向中国转移

1984 年国际民间叙事研究会第 8 次大会上，大家都企盼着中国出席改变由某个超级大国控制的局面，航柯主席亲自守候电话听贾芝参会的信息，可惜遭国内阻挠。

1989 年 6 月，贾芝冲破障碍到达布达佩斯第 9 次大会，迟到三天，没有赶上开幕式与换届改选，中国的第一次参会仍然受到格外的重视与欢迎。贾芝宣读论文《民间故事讲述在现代中国的地位和演变》，大会主席匈牙利沃伊格特教授走到他面前说："我代表到会代表表示感谢！第一次听到中国代表演讲，听众深感兴趣。你的论文很有价值。"（这次大会的邀请函就是这位沃伊格特教授前两年亲赴北京送到贾芝家里的）。新当选的国际民间叙事研究会主席雷蒙德（挪威）教授也称赞贾芝："您为大会带来了最新的信息，您的论文是这次大会最好的一篇，反映很好，认为中国的论文是深层研究。"就在这次大会上雷蒙德教授倡议在中国召开一次学术研讨会。

1992 年 11 月，贾芝率团赴奥地利因斯布鲁克。除了宣读论文《民间文学与世界观的早期教育》，更重要的工作是：他和雷蒙德主席专门研究在中国召开学术研讨会的问题。在全体会员大会宣布的执行委员会几项重要决定中就有在北京召开研讨会。

1993 年 9 月，贾芝带队三次访芬，见到航柯教授、雷蒙德主席，第一句共同的话是：这是又一次历史性的事件。国际学术团体在中国开会，这将是一个新的里程碑。访问期间，双方议定会议讨论主题、具体时间，还确定了顾问委员会和工作委员会的名单，就会议通知以及论文要求等具体问题进行了磋商。贾芝返京一个多月，商谈记录已作为正式文件通报顾问委员会。

1994 年 9 月，雷蒙德主席率团到北京检查与落实学术研讨会的筹备问题。贾芝汇报了成立工作委员会后的工作步骤及进展，得到充分的肯定与赞赏；又就会议通知等具体问题进行磋商；谈到明年夏季芬兰办培训班的事情。

1996 年 4 月，国际民间叙事研究会北京学术研讨会胜利召开，有来自五大洲 24 个国家的 57 名代表和中国包括台湾在内 15 个省市自治区的 9 个不同民族的 41 名代表。这些学者以实地调查为基础，从不同角度对保护与发展民间文学事业进行新的探索。宣读论文以大会与小组配合共 35 场，各国代表在加深理解

1986 年 4 月中、芬联合考察，贾芝与航柯等芬兰学者在南宁会合

1996 年 4 月，在北京贾芝与国际民间叙事文学研究会主席亲切交谈，右为金茂年

的同时进行深入的探讨与争鸣。雷蒙德主席说，这次会议是国际民间叙事研究会有史以来开得最好的一次会议。他对北京工作委员会的每一位同志用中文提名表示感谢！他说："你们帮助我们使国际民间叙事研究会更加国际化，这是非常非常重要的任务。"汉都（印度）副主席说："这是一次成功的会、圆满的会、伟大的会，我们在中国的每一天、每一分、每一秒都过得非常愉快，非常感谢中国！感谢大家！"哈森（以色列）副主席也特别表达了她的谢意。

国际民间叙事研究会由 75 个国家的学者组成，成立于 1959 年，1992 年该会在奥地利大会上做出决定：今后不再以欧洲为中心，向发展中国家转移。北京研讨会是他们成功的经验，也是我们走向世界关键性的一步，有着里程碑的意义。这次会议贾芝不仅是发起组织主持，连经费都由他亲自筹措，没有动用国家拨款

1995 年 1 月，贾芝出席国际民间叙事文学研究会在印度召开的第 11 次大会

一分钱，从中可见他引领中国民间文学走向世界之艰难与责任担当，历史赋予他重任的同时也赋予了他快乐与幸福。

这时，人们劝告年逾八旬的贾芝，工作可以画上圆满的句号了。他笑笑说："生命不息、奉献不止！"1998 年 8 月，85 岁的贾芝再上征程，参加德国哥廷根召开的国际民间叙事研究会第 12 次大会。他践行着自己的诺言！

2018 年 7 月 22 日

作者简介

金茂年，女，1946 年 2 月出生于北京。中国民间文艺家协会退休干部，原组联部主任，职称副编审，《中国歌谣集成》副主编。国际民间叙事研究会会员。编著有《延安文艺丛书·民间文艺卷》《中国解放区文学书系·民间文学编》《中国解放区文学书系·说唱文学编》《中国新文艺大系·民间文学集》《炎黄汇典·民间传说卷》《新中国民间文学五十年》《中国民间故事选》(第三集)、《小小民间文学丛书》(十本)《延河儿女》(两集)、《播谷集》《中国社会科学院学者文选·贾芝集》《拓荒半壁江山——贾芝民族文学论集》(获中国文联文艺评论特等奖)、《真情呼唤 共铸辉煌——庆贺贾芝百岁文集》等。论文有《歌谣、神话与花婆崇拜》《蒙古族民间文学中的“马”》等。

寄望初心

刘绍振

1949 年 1 月 31 日，古都北平宣告和平解放。

同年 7 月 2 日，由郭沫若、茅盾、周扬等 42 人组成的筹备委员会发起的，中华全国文学艺术工作者代表大会在北平召开。大会期间，毛泽东、朱德亲临做重要指示，周恩来做政治报告。

大会总结了 1942 年毛泽东同志《在延安文艺座谈会上的讲话》发表以来，文艺工作的经验与成就，明确了新的形势与新的任务，筹备建立全国文学艺术界的组织。郭沫若作了《为建设新中国的人民艺术而奋斗》的总报告。

大会通过成立中华全国文学艺术界联合会的决议，选举郭沫若为主席，茅盾、周扬为副主席。

会后，7 月 28 日，钟敬文先生在中国文学艺术界联合会主办的《文艺报》第 13 期上，发表了《请多多地注意民间文艺》重要文章，呼吁党中央、中央政府及各地方政府领导，对民间文艺给予高度重视。

民间文艺界的呼声，引起了领导层关注、重视。十几天后，即 8 月 9 日，时任北平市长的叶剑英同志宣布：对在民间文艺界中，从事特种手工艺创作制造的民间艺人，免纳营业税的惠民政策，并即刻对漆品、象牙雕刻、手工织毯、玉器、绢花、料器等17个行业，共计305户濒临倒闭破产的专业家族作坊贷款2700万元（当时币值），予以抢救、扶持，使因反动统治及战争困扰，生活在等米下锅的手工艺艺人，深深感受到共产党、新中国救国救民的阳光温暖。

1950年初春，中国民间文艺研究会在北京成立，选举郭沫若为理事长，老舍、钟敬文为副理事长，并推举周扬、吕骥、艾青、赵树理、俞平伯、欧阳予倩、程砚秋、常惠、郭沫若、老舍、钟敬文等11人组成常务理事会。煌煌阵容，光彩夺目，各路群贤毕至，确有“小文联”的气势，彰显了国家对民间文艺的高度重视；民间文艺事业迎来了欣欣向荣、兴旺发达的光明前景。

民间文艺事业作为民族的、大众的、科学的社会主义文化事业的一部分，得到了重要发展机遇，并取得了广大业内人士的衷心拥护。

但不可否认，在当时的历史条件下，特别是自1966年至1976年，方兴未艾的民间文艺与中国文联及各兄弟协会被打入冷宫，各项工作处于停滞状态。

党的十一届三中全会给我们各项事业带来了蓬勃发展的时机。中国民间文艺研究会在1978年恢复工作，1979年11月召开第三次会员代表大会。它的机关刊物《民间文学》复刊，并创办了内部刊物《民间文学工作通讯》；1981年，它的重要理论刊物《民间文学论坛》创刊，以这些刊物为窗口，对全国的民间文艺工作进行指导。这个时期，全国各省市也都陆续恢复了各地方的民研会机构。

在废墟上重建一幢大楼，远比平地起艰难得多。中国文联是“文化大革命”的重灾区，中国民间文艺研究会是重灾区中的

2001 年秋，与河北廊坊市香河县当地艺术家合影

“震中”，说它劫后余生，问题成堆，一穷二白毫不为过。百废待兴，积弊如山；抚平伤痕，困难重重；经费拮据，捉襟见肘。怎么办？等不来也等不起，只能因陋就简，迎难而上。

在中国文联党组织领导下，中国民间文艺研究会上下同心，抓准时机，努力打开新局面。1984 年 5 月 28 日与文化部、国家民委三家共同下达：民字（84）第 808 号文件《关于编辑出版〈中国故事集成〉〈中国歌谣集成〉〈中国谚语集成〉的通知》，开始了全国性发动普查采录工作。数以几十万计的专家、学者、基层文化工作者及民间文艺爱好者，在中华大地，风餐露宿，上山下乡，筚路蓝缕，砥砺奋进，经几代人的努力，这三套规模空前，史无前例的巨著得以胜利完成，为中华文化史留下光辉的一页。

在辉煌的成绩面前，中国民协并没有沾沾自喜，船到码头车到站，品味胜利果实，而是发扬了继续前行，始终在路上的拼搏

深入滇西北迪庆在藏族同胞中搜寻民间故事、民俗（1999.4.5 藏民家中）

精神。2001 年 3 月 19 日至 3 月 24 日，中国民协第六次全国代表大会召开，著名作家、文化学者冯骥才先生当选新一届主席，率领中国民协发起“中国民间文化遗产抢救工程”。2003 年 2 月 18 日在北京人民大会堂庄严地宣布抢救工程正式启动。这项浩大工程不但在国内，在国际也引起巨大反响。

如此浩繁的工作和取得的丰硕成果及即将取得的成功，事后说起容易，但其进行时，每件工作不论巨细都需要丝丝入扣，抓铁有痕的扎实工作，何况是在极其艰难条件下进行的？

记得协会搬进长虹桥大楼时，办公室少人员多，就得两三个部门，七八个人员“合署”办公。那时，我曾担任人事处副处长，同时兼任《民侨》杂志编辑工作。由于工作性质不同，人事工作往往给编辑部工作让路。业务部门下班后，我才能打开档案柜，一个人一个人，一笔账一笔账，核对工资套改，业务职称评审等——这些关系每个人切身利益，政策性极强，复杂，而又繁琐细致的工作，一点不敢马虎。

每年事业人员评定业务职称是件极“麻烦”，极“繁琐”细致的工作。当时，民协人事处没有打字机、复印机，反映每位申报职称同志德、勤、政绩等全部材料，都要“神秘”地，有选择地到社会上找可靠誊印社，小印刷厂，按上级规定标准打字、印刷、盖章、密封后上报文联人事部。记得，有一年上报材料装满两大蛇皮袋子，而单位只有两台经常“趴窝”的汽车，根本轮不上人事处使用。我只好从 14 层办公室扛到楼下，捆在自行车后架上，蹬车赶赴沙滩文联机关。谁知从长虹桥骑到小街路口，一场大雨从天而降。因怕材料被淋湿，只好骑到路边一家小邮局门前，卸下材料躲进避雨。这一避就两个小时左右，赶到沙滩时，机关同志大部分已下班锁门了。好在时任干部处长的夏朝华同志

五次代表会·金台饭店

还没走，帮我卸车收存。当我们走下文联2层简易小楼时，五四大街已华灯初上了。

人是铁饭是钢，一顿不吃饿得慌。吃饭，乃天下第一大问题。然而，离开长虹大楼退休之前，每天都为午饭发愁。大楼的职工食堂开张与关门的准确时间记不清了。印象最深的是，那时每天中午11:30以后，你都会在从团结湖到三里屯的大小餐馆里，遇到各协会前来“找食吃”的同仁。记得有一段时间，不少人也包括我，通过各种“关系”购得农业部食堂饭票，那里有物美价廉又干净可口的午餐。好景不长，农业部发现了“蹭饭”者太多，便决然而下一纸通令，用餐时不显示农业部工作证者一律拒之门外。其时，我还正出差在外，不知东窗事发，错过了退饭票的短暂期限。外出前刚购买的30元饭票变成了一堆废纸，要知道那时本人的“俸禄”也只是100多元呀！也不好再求熟人了，毕竟是自己愿者上钩腆脸求人的事，认肚子疼吧！

看到如今，北沙滩双子座办公大楼，宽敞豁亮，窗明几净，以及干净整洁，饭菜丰盛，四方风味俱备的食堂，真替年轻的后继同仁高兴，也羡慕极了。

人老了，记忆力差了，说实话也不愿再想过去的艰难岁月了。虽然老眼有点昏花，双耳也有些失聪，但是，过去的四十年，中国文联、中国民协的巨大变化和发展，还是看得明听得清的。中国文联发展了，壮大了，厉害了，更有影响力了；中国民协发展得更令人刮目相看了。文联强则民协强，文联及各协会强，我们虽老亦愈强。

往事并不如烟，艰难不可忘记，艰难时期艰苦奋斗、永远奋进的初心更应发扬，我们的事业就会更兴旺发达。

作者简介

刘绍振，男，中共党员，1948年10月出生，北京市通州区人。做过学生、知青、农民、工人、行政干部、教师、编辑。曾任中国民间文艺家协会理事，中国民协《民间文学》杂志社社长、主编，职称编审。北京民间文艺家协会副主席、北京作家协会会员。著有中、短篇小说，报告文学、散文、新故事等文学作品若干篇，多次获得国家及省部级奖励。搜集整理、编辑传说故事、民间故事书多部。

从遗弃到遗产

罗　杨

改革开放的四十年，大体上也是我工作生涯的四十年。可以说我们这一代人，既是改革开放的见证者，也是改革开放的受益者。

这批人，一定都记得粉碎“四人帮”所带来的“翻身道情”般的喜悦；都记得改革开放的喜讯所带来的“科学的春天”“文艺的春天”……一个接一个的春天。都记得学习热、外语热、高考热……仿佛中华崛起的历史使命已落在了我们这一代人的肩上。我也曾学音乐、学舞蹈、报美院、报电影学院……那种对知识的渴望和文艺的热情，以致今天想起来都觉得可爱。然而人生总是有着一种定数，最终我学的是历史和社会学。

现在回想起来，我这四十年虽然看着像是在文艺界里“闯荡”，先是在文化部后又来文联。其实如果细抠下来，还是在文化遗产的小圈里学“游泳”。最初在文化部文物局，按现在的分类算是物质文化遗产，最后退休前在中国民协，算是非物质文化遗产，也许这就是“命运”。四十年里从文化遗产到文化遗产走了一个圈儿。

这四十年，是多么巨大的变化啊！只说说我走过的文化遗产

在四川甘孜藏族地区，深入了解交谈藏族手工技艺非遗传承的课题，右起第二为罗杨（白旭旻 摄）

历程，恐怕就能写几本书。四十年的文化遗产之路，印证了我们党和我们这个民族从文化自觉到文化自信的心路。

或许，这四十年间最令民间文艺界引以为荣的事，莫过于民间文艺这个曾经被社会漠视遗弃，几近灭绝的弃儿，如今已堂而皇之地登堂入室成了备受社会宠爱的“文化遗产”。

作为现代理念的文化遗产保护，中国相对起步较晚。当20世纪60年代埃及因修建阿斯旺水坝而引起联合国教科文组织直接关注和介入，从而引发了具有划时代意义的保护文化遗产行动之时，我们还处在“砸烂旧世界，建设新世界”的热情之中。比如，被誉为世界上最美丽、最完整的北京的城墙，就是在那一特定的历史条件下化为乌有的。

然而，一个具有五千年文明底蕴的伟大民族，决不应在世界文化潮流中落后，更不应在世界文化遗产保护的舞台上缺席。得益于改革开放，中国于 1985 年加入联合国《保护文化和自然遗产公约》，于 2004 年加入联合国《非物质文化遗产保护公约》。由于中国的加入，不仅完善了世界上保护文化遗产的许多认识和理论，也为世界遗产保护提供了中国的实践和经验。同时，中国也借鉴世界各国的经验改变了中国文化遗产保护的面貌并形成了新格局。

今天，我们终于可以说，中国的文化遗产排名世界领先地位，中国的文化遗产保护是世界上发展最快的。

其实，中国的文化人从来都不缺少文化自觉和文化先觉，民间文艺界和文化遗产保护者之中也不乏知行合一的文化先行者。至少在 20 世纪七八十年代，文物界的专家就看到了物质文化遗产与非物质文化遗产的关系，有专家指出：北京作为历史文化

图为山西后沟村，2002 年中国民间文化遗产抢救工程从这里出发，2015 年笔者与冯骥才、乌丙安等“中国民间文化遗产抢救工程”发起者 13 年后再聚后沟，左起第三为罗杨（白旭旻 摄）

名城，如果只有故宫、长城、天坛，而没有京剧、相声、景泰蓝就会失去诸多价值和魅力。而在 20 世纪末，在冯骥才主持中国民间文艺家协会主席的岗位时，他就呼吁开展“中国民间文化遗产抢救工程”（这是后来我国政府开展的“非物质文化遗产抢救工程”的前奏）。而冯骥才这一理念的提出大大早于联合国“非遗公约”的公布时间。记得当时冯骥才将他的想法向中央领导汇报时，中央领导同志不仅表现出了极大的兴趣并给予了充分的肯定，在中央领导同志的直接关心下，中宣部、文化部都给予了中国民协的呼吁以不同形式的响应与支持。那么，如今站在改革开放四十年的视角来回望中国文化遗产保护特别是“非遗”在今日中国的显赫成果，中国民间文艺界以及其中的代表性人物，功不可没。当然也不可否认，“非遗”来到中国，也使中国的民间文

2008 年由中国民协主席冯骥才任组长的紧急保护羌族文化遗产专家工作组深入四川受灾地区进行实地调研。图为调研组一行在北川山口上向被埋没的城市默哀，右起第四为罗杨（白旭旻 摄）

艺事业获得了“脱胎换骨”的“新生”。

可以说，“非物质文化遗产”基本上就是我们过去说的民间文艺。正如联合国教科文组织在1998年出台《关于宣布人类口头和非物质遗产代表作条件》文件时所做的注释：“所谓人类口头和非物质遗产就是原封不动的，一字不差的民间创作的全部内涵和定义。”但是就是这样一个最初让中国人说起来非常拗口的外来词汇，让以往的民间文艺在改革开放的语境中发生了奇迹般的华丽变身。

正是因为“非物质文化遗产”在中国社会的走红，使这一由联合国以国际社会名义创造的词汇，使很多民间艺术事项从过去被漠视、被轻视及被摒弃的草根文化得以受到全社会的郑重承认和前所未有的尊重。

被纳入或被认定为“非遗”的标志即被纳入联合国的“人类非物质文化遗产代表作名录”“中国非物质文化遗产代表作名录”以及各级政府的“名录”，或者被纳入政府或专家保护的视野之中。而按照联合国的定义，进入“名录”的标准，其核心只有两条，即一是要有“代表性”，这一文化的传承者及评审者共同确认的代表性；二是“真实性”，而不能是“伪文化”。仅此而已。这种评判标准完全颠覆了多少年来我国社会对文化的认知观念。从我国加入《公约》那天起，就意味着中国的非物质文化保护与世界已经接轨，同时也预示着中国的民间文艺，以一种新的面貌走向世界舞台。

非物质文化遗产保护的理念，以一种潜移默化、悄无声息的方式改变了民间文艺的社会地位和身份。它的效果不亚于一场文化运动，至少是对文化的一种重新定义。中国从百年前的新文化运动起，就开始了对几千年中国历史传统和文化的反思和抨击。

以“打倒孔家店，反对旧道德”等为口号，而提倡科学民主的社会洪流，在荡涤“污泥浊水”的同时也革了很多传统文化的命。一直到改革开放之初，很多美妙的民俗仍然没有摘掉“封建迷信”“愚昧落后”“四旧”甚至“反动”的帽子，在那时的中国现实社会中，许多传统的生活方式整体上已不复存在了，许多传统的民俗事项也已经灰飞烟灭。评判民间文化的标准仍然是：是科学的还是迷信的，是先进的还是落后的，是精华的还是糟粕的，而在这种观念下，大多数民间文化均可以归为负面的。而非物质文化遗产这一新名词，使诸多的民间文化转而成为被保护对象，成为不可再生的文化资源，成为具有精神价值的文化遗产，成为民族文化的财富，成为国家要给予资助的对象。谁伤害它，谁就是在犯罪。那些曾经低人一等的民间文化的传承人则成为中国文化的脊梁。

2014 年民间文艺志愿服务团穿越崇山峻岭来到处于高原地带的原始森林，走进丹巴县聂嘎乡甲居藏寨，左起第一为罗杨（白旭旻 摄）

思想上的大解放带来了民间文艺的大繁荣、大发展。仅我经历的一些事就足以令民间文艺人欣慰自豪不已。如，2002 年中国民间文化抢救工程正式启动，开启了中国非遗抢救与保护的先河；在民间文艺界的推动下，2005 年中国政府正式设立“文化遗产日”，使全体中国人有了一个了解关爱自己文化遗产的节日；2006 年中国民协命名第一批民间艺术杰出传承人，放射出中国非遗传承人认定系统的第一支嚆矢；在民间文艺界的呼吁下，2007 年国务院宣布把清明、端午、中秋列为法定假日，几千年的传统节日有了明文规定；2008 年“5·12”大地震，中国民协以冯骥才为主组织专家赴抗震一线文化救援，并向国家提出建立地震博物馆等若干建议，得中央领导及国家总理的认可，很多建议被国家采纳；2008 年北京奥运会上民间文艺家走进奥运村展示中华才艺得到世界体育健儿的赞叹等等。改革开放这四十年之间，中国民协主持的《中国木版年画集成》圆满收官；《中国非遗百科全书》正式出版；《中国民间文艺十大集成》结集告罄；中国古村落保护工程全面铺开；中国唐卡文化档案工程被列入国家重大社科基金项目；民间家书抢救工程形成声势浩大的社会现象；中国传统村落评选命名成为国务院部委的工作职能；“我们的节日”风生水起波及全国；民间文艺之乡风起云涌成为地方文化的工作抓手；中国民间文艺以非物质文化遗产的名义成为时代和社会的追捧热点，成为当代中国文化自信的浓重底色。

这四十年是一个文化大激荡、大交融、大变迁的时段。这一时段人们的精神文化是最丰富的，这种丰富，体现在文化的多样性，多元化流变势不可挡，民间文化出现了空前的解放和前所未有的自由。民间文艺在迎来这种最好的机遇期之中也面临着挑战。比如在民间文艺复兴的过程中一些低俗化、低向度的旧文化沉滓泛起，借尸还魂，以至于非遗理念中不注重文化的先进与落后的价值观，都应该引起我们在今后工作中的思考。今天，我们的民间文艺已不缺少创新的激情，而是缺少对传统的传承；不缺少开放的勇气，而缺少自己文化走出去的能力；不缺少传统的底蕴和资源，而是缺少古老文化的当代融合和发展。改革开放四十年的成果辉煌，未来民间文艺事业发展的路更长。

深入到新疆搜集民间传说和故事，图为在龟孜乡村倾听维吾尔族老人讲述民间故事，右起第二为罗杨（白鹤 摄）

重大的历史阶段，重要的时间节点，注定会让一个国家一个民族在发展的进程永恒记载。我相信，改革开放这四十年一定会以中华文化伟大复兴的辉煌写入我们民族的史册中。

作者简介

罗杨，中国文联第八、九届主席团委员，曾为国家文物局团委书记，文化部办公厅秘书，中国文联办公厅主任。现为中国民间文艺家协会顾问，中国书法家协会理事、中国文艺志愿者协会副主席。出版有《中国传统文化速读丛书》《中华传统名言选萃》《中国历代帝王陵》《罗杨书法作品集》《罗杨摄影作品集》等。

踏浪记

——《中国摄影》改版三部曲

吴常云

改革开放四十年，我们的国家有了翻天覆地的变化，我们每个人置身其中，多多少少不免有一段值得回忆的往事。这些年，我一直工作在我们国家的摄影传媒岗位上，直至退休。那就让我来谈谈在改革开放的大背景下《中国摄影》杂志所经历的改版三部曲吧。

《中国摄影》杂志是在中国摄影学会（后更名中国摄影家协会）成立次年，于 1957 年由学会创办的新中国成立后第一本摄影艺术刊物。创刊头两年这本杂志是季刊，鉴于其在业界独特的影响力，很快改为双月刊。到了 1966 年，它和其他所有杂志的命运一样，被迫停刊。当时杂志的第三期已经印出来了，未能发行就遭销毁。目前仅有零星几本流传于收藏市场，就连杂志社都没有留存。除这本之外，杂志的创刊号也早已成了收藏市场的抢手货，非常珍贵。去年，有一位影友出高价购得一本，还遍请历届主编在该期杂志封面上签名留念。

杂志是 1978 年复刊的，我是 1984 年调入《中国摄影》杂志的，那时的主编是袁毅平老师。在袁老师之前，高帆老师和陈勃老师都担任过杂志主编。当时的杂志仍为双月刊，内页 48P，加四封共 52P；内页中一半为图片页，用铜版纸印刷，另一半为文字页，用胶版纸印刷；采用骑马式装订。一本杂志，两种纸张，图文分家，照理说极不利于阅读。问袁老师为什么不能都用铜版纸，而使图文不分家呢？答曰："经费紧张，负担不起。现在这样，已属不错。"可想而知，当时杂志的经营状况之困难，所以骑马钉双月刊形式一直延续到了 1992 年底。这段时间，由于杂志编辑部隶属于中国摄影出版社，所以在经营上没有自主权，在纸张质量和印刷质量方面均受到很大制约，读者、作者包括编者都不满意。

我调入协会后，在《中国摄影》杂志当文字编辑。协会那时共有三本杂志，除了《中国摄影》之外，还有《大众摄影》和《国际摄影》两本。52P 的杂志容量小，又是双月刊，所以编辑人员很少，文字编辑也就徐江和我两个人，后来徐江调走，一段时间就剩下我一个人了。

《中国摄影》的命运比较多舛。1992 年，为政治运动所迫，即便办刊没有出现任何问题，协会仍被上级机关要求从主办的三本杂志中砍掉一本。三本杂志均由出版社经营，按出版社的意见就砍掉《中国摄影》，因为《中国摄影》比较起另外两本杂志，经济效益最差。有这么一段插曲，当时协会的几本杂志用纸都是由出版社采购的，曾出现过有几期《中国摄影》的文字用纸被换成质量极差的颜色发暗的纸，把老主编袁老师气得够呛。而出版社给出的理由很简单，就是《中国摄影》不赚钱，只能用最差的纸。

所以，那阵子我听到的声音只有一个，就是砍掉《中国摄影》。当时作为编辑的我真不知道命运会何去何从？有那么几天坐在编辑部里甚至不知道该干吗？后来发生了情节大逆转，经协会领导反复斟酌和上级单位批准，考虑到《中国摄影》是协会创办最早并得到主席亲笔题写刊名、最为重要的一本机关刊物，无论如何都必须保留，于是忍痛割爱砍掉尚能赢利的《国际摄影》，挽救下了《中国摄影》。

得以幸存后，《中国摄影》的老主编袁毅平老师退休了，被砍的《国际摄影》的全班人马并入《中国摄影》，《国际摄影》的主编刘榜到《中国摄影》当主编。而实际上，刘榜当时是协会秘书长，杂志编辑运作大都是由我来协调的。后来，原《中国摄影》的编辑部主任夏同生和原《国际摄影》的编辑部主任贾海宁均调到协会其他部门，我开始正式担任《中国摄影》的编辑部主任职务，与编辑部全体同仁一起走上努力提升改进《中国摄影》杂志之路。

《中国摄影》多年来的双月刊形式，已远不能适应改革开放之后全国摄影如火如荼的发展形势。那时就有外地的影友跑到编辑部和我说，两个月一期的《中国摄影》拿到手，一字不落很快就读完了，想要再读又得苦等两个月，强烈希望我们把杂志改成月刊。这样的声音听到得越来越多。当然，我也听到有另外的声音，《中国摄影》不赚钱，不如恢复成季刊算了。

有市场需求，但不赚钱，这似乎很矛盾。我和大家分析原因，还是认为我们杂志两月一期，时效性差；装订落后，图文分离，阅读效果差；所刊图片的色调层次得不到准确还原，印刷质量差；设计装帧不时尚，书架效果差。综合起来就是与杂志的定位和广大读者的要求相去甚远，也得不到广告商的青睐。针对以上杂志呈现出的劣势，我们决定在力所能及的范围内对杂志进行全方位的改造。

1993 年，我们迈出了杂志改版的第一步，果断将杂志从双月刊改为月刊，实现了编辑们多年来的夙愿。这样编辑部的工作量比之前增加了整整一倍，但大家干劲却未减少一分。在充实编辑力量后，杂志的编辑质量亦呈现出上升的走势。

原来《中国摄影》常年在北京新华彩印厂印刷，但印刷效果远远不能达到我们的满意，特别是一些层次细腻、色彩影调讲究的摄影作品，印刷上往往会相差甚远。极端的例子是，有时一幅好端端作品中的出彩点，也即视觉要点，竟因印刷工艺滞后而无法准确还原，最后甚至印成一张废片，你说这能不叫人着急上火吗？再加上 52P 的杂志过于单薄，有许多作者的优秀作品都挤不上去。这些均成为编辑们十分头疼的问题，看来印刷质量差和版面缺乏这两个方面的痼疾不治是真的不行了。

1997 年，我们迈出了杂志改版的第二步，下决心彻底放弃原来长期将铜版纸和胶版纸混合使用的模式，改为图文一律使用铜版纸印刷，锁线平装，将页码增加到 64P，同时将杂志拿到深圳印厂印刷。当时深圳新建了几家印刷厂，大都有香港背景，印刷质量也已与国际接轨，所以，我们这一颠覆性的改版举措，不但使杂志容量有所增加，更重要的是印刷质量得到明显提高，加上我们不拘一格调入了新的美术编辑郑虹，装帧设计立显新颖别致，杂志面貌顿时焕然一新，拿到手中已显露出高端期刊的气息。当新改版的这一期杂志送来时，整个编辑部都炸窝了，编辑们个个手捧着新刊，兴奋之情难以言表，甚至有的编辑把这本新刊比作自己的“孩子”，爱不释手。改版新刊发行后，编辑部收到很多读者热情的来信。有一位读者在信中告诉我们，当他从邮递员手中接过这本新刊时，激动得眼泪都快掉下来了，他先把新刊端端正正放在书桌上，洗净手后再端坐于桌前，倍加小心地一页一页认真翻读。看到读者对我们所做努力的认可，大家办好杂志的信心倍增。1999 年我们继续把杂志页码增加到 84P，2001 年再度增加到 100P。其他几家兄弟摄影杂志看到《中国摄影》改版改印厂后的效果那么好，也都陆续将杂志拿到深圳印厂印刷，其中也包括《大众摄影》，我们的改版行动在摄影传媒界形成了有趣的连锁反应。

经这一步改进后，杂志质量提升了，但从容量上仍不适应当时摄影传媒市场发展需求，杂志的广告量也难有大幅增加。继续增加杂志页码，成本也要增加，我们真有点心有余而力不足。这期间，协会迎来了换届，原主编刘榜退休，我也开始就任《中国摄影》的主编之职。而以于健为带头人的新一届协会领导更加有力地支持杂志在体制上的改革，批准了《中国摄影》和《大众摄影》两本杂志与中国摄影出版社脱钩，分别成立中国摄影杂志社和大众摄影杂志社，把杂志的出版发行和广告经营权完全交由杂志社自己管理。这一果断措施的实施，打破了杂志以往几十年编辑和经营互不搭界互不相干的模式，极大地调动了杂志社全体人员的办刊热情和积极性。

眼见得《中国摄影》杂志这些年办得愈加有声有色，2003 年有两家南方新兴企业，一家是浙江杭州的影天印业，一家是江苏镇江的金东纸业，他们提出愿与《中国摄影》进行合作，利用各自在业界的优势，相互推动，共同发展。意向之一是《中国摄影》拿到浙江影天印刷，以提升影天在印刷界的品牌地位；意向之二是《中国摄影》使用金东纸业生产的铜版纸，以提升金东在铜版纸界的品牌效应；反过来这两家企业愿支持《中国摄影》从 100P 扩大到 180P 三年的印刷和纸张经费。这种一举而三得的捆绑发展的模式固然好，但是否能够兑现，还需要杂志社认真考量。于是，我和杂志社副社长徐艳娟一起南下到这两家企业去做了实地考察调研。一方面需确认影天的印刷质量完全能够达到

《中国摄影》对图片印刷的高标准要求，另一方面需确认金东为《中国摄影》特别定制的铜版纸质量也须符合《中国摄影》对纸张的严苛要求。

考察回来后，我们即在杂志社内部召开会议，向全体人员通报了相关情况，征求大家对这一合作和杂志次年能否大幅度增加版面的意见。我们面临的机遇是得到三年的缓冲期，在这三年之内大幅扩版后的杂志经营压力不会太大。但三年之后，在印刷和纸张的扩版支持经费终止后，杂志是否能够凭借这三年的启动腾飞起来，却是一个问号。三年之内，我们需要在广告和发行方面依靠这一启动优势立住脚，才能在三年之后具备独自“翱翔”于市场的能力。三年之后的事，是个未知数，一旦三年启动效果不好，杂志很可能会被打回原形，这就是我们面临的风险。当时，杂志社内部意见不一，大家有担心是必然的，觉得这样做，步子确实一下子迈得太大，心中没底。但机会就摆在你面前，不抓住就可能永远失去。记得当时不少同行得知《中国摄影》要大幅度扩版消息，也都好心提醒我，要注意风险。当然，我心里也有些许忐忑，步子大必然有风险，机会和风险总是并存着，如果机会大于风险的话我们还是应该抓住机会，去挑战风险，化解风险，勇敢地试上一把！

2004 年，我们在对形势和风险做了认真且充分评估后，果断地迈出了杂志改版的第三步，也是扩版最大的一步，一下子将杂志扩版 80% 到 180P，实现了杂志改版的三连跃。在 2004 年到 2007 年这三年之间，我们注重加强编辑力量，在杂志社内部实行绩效挂钩的做法，实实在在促进杂志社每一位成员的工作热情。杂志社下设两个编辑部，由两位副主编李波和梁文川分别主抓，杂志扩容后我们又增设了一些为读者喜爱的新栏目，国内外许多优秀摄影作品和评论文章均能及时在杂志上得到充分展现，杂志办得比以往更加风生水起。同时，我们也特别加强了广告部门的力量，由副社长徐艳娟一手主抓，并努力为广告人员与编辑人员进行有效沟通创造条件，增加杂志的广告和内容的对应度。三年下来，在大家的加倍努力下，杂志社从各个方面可谓收获满满，在原合作方的经营补贴终止后，我们也底气十足地具备了在市场中自主赢利的能力。杂志的社会效益和经济效益均获得了大丰收，得到了业界上下的好评和上级机关的肯定，杂志也被相关权威机构评定为“中国唯一的摄影类核心期刊”。

鉴于《中国摄影》改版的成功经验，在京的几本摄影杂志后来也都陆续大幅扩容。也就是在这样的你追我赶的形势下，《中国摄影》《大众摄影》《摄影世界》《人像摄影》等一众刊物组成的摄影传媒群，从编辑质量、印刷质量到杂志容量等方面，均呈现出崭新的面貌，形成了摄影传媒界的整体大发展阵势。

从 1993 年到 2004 年这 12 年中，杂志社全体同仁上下齐心、冲破束缚、携手奋进、借力腾跃，终于实现了杂志的破茧化蝶，才有了今天我们手中的这本丰满、厚重的《中国摄影》。回首《中国摄影》的改版三连跃，在改革开放的大浪潮中，我们没有甘于沉寂，虽然我们只是其中一朵并不起眼的、小小小小的浪花，但我们仍可以不无自豪地说，我们曾经踏浪翻腾过，也纵情跨越过……

时光荏苒，转眼我已退休十多载，但对《中国摄影》的情感依旧浓烈。在此，我也希冀年轻一代的编辑们，再接再厉，勇于创新，把这本为广大摄影人寄予厚望的《中国摄影》杂志继续做好做精，把我们的摄影传媒业做大做强……

作者简介

吴常云，男，汉族，1944年11月26日出生于浙江乐清。自1984年至2007年，曾先后任《中国摄影》杂志编辑、编辑部主任、编委、副主编、主编；中国摄影家协会理事、中国摄影家协会商业摄影委员会秘书长；编审职称。曾多次担任由中国摄影家协会主办的全国影展和金像奖评委，连续四届担任中国文联系统高级职称评委。

在主持《中国摄影》杂志期间，陆续对杂志进行三次重大改扩版，使杂志一举达到国际同类刊物前列的水平，并荣获中国文联十佳优秀期刊称号，后又获得国内权威机构评出的国家摄影类核心期刊称号。

是机遇　也是挑战

——兼谈中国第六届摄影艺术节

王玉淑

我是迎着改革开放的春风，1980 年初跨入中国文联中国摄影家协会大门的。

时光飞逝，弹指一挥，三十八年过去了，粗粗梳理一下，想想还真经历了不少事情。这期间，祖国发生了翻天覆地的变化，

第六届中国摄影艺术节暨第二届都匀国际摄影博览会（戢刚 摄）

我身处的摄影界也发生了巨变。这里不去论器材的演变，从机械的到电子的，从胶片到数码，以至今天人人手机，满大街拍照，就像人人都是摄影家似的，景象无比壮观。这里也不去赘述我曾多年参与过的全国摄影创作会、全国摄影理论年会（曾先后在北京、贵阳、大连、鼓浪屿召开）；参与编辑的50余期《中国摄影》杂志，还有后来在高占祥、吕厚民的领导下，与同事曲丽莉一道，花了几年心血，编辑了好评如潮的《20世纪华人摄影经典》以及特别向上海世博会献礼的《美丽中国》等大型画册。谨来谈谈亲历的第六届中国摄影艺术节，我的点滴感受。

中国第六届摄影艺术节，2004年10月1日至5日在贵州省都匀市举办。这次活动的特点：活动规模大；项目多；参与的人数众多；并且要集中在5天时间内完成。

当时，协会党组宣布：王玉淑为大型活动办公室主任。说实话，领导事先并没跟我说这些细节，我也并没有这思想准备挑这份重担。可领导当众宣布，赶“鸭子”上架，作为协会的老人、

第六届中国摄影艺术节暨第二届都匀国际摄影博览会开幕式（申军 摄）

共产党员，工作需要，责无旁贷。

我用很短的时间，了解了领导意图，对项目的总体做了完整的策划方案，并就200多个国内外展览、7条线路创作采风、7场学术论坛、开幕式、闭幕式、金像奖颁奖、现场摄影比赛等项目列表细分至协会各个职能部门，责任人，标明成果最终要求与完成时间，由各部门分管领导负责验收。附上协会书记处意见，请各部门按要求执行，并且与都匀相关部门多次协商对接、协调。

这样，项目很快顺利铺开，但一系列难题接踵而来……这次举办地合作方是贵州都匀，这是一个贫困的县级市，有48万人口，GDP只有3亿元。有苗族、布依族、水族、瑶族等33个少数民族。当时火车、飞机都不能直达，只能到贵阳或凯里转乘大巴。全国各地专业和业余摄影人预计将来与会者约6000人，交通问题突显。逼迫我们想出三点举措：1. 与贵州相邻的周边省份，鼓励自驾或单位开大巴车前往，同时请都匀交通局长写一封热情洋溢的欢迎信，欢迎大家到都匀来，并附上当地危险路段提示图；2. 请大城市等一些有条件的，凡能买到往返飞机、火车票的，均预先定好；3. 邀请贵阳售票最好的公司到现场售票。这样有力地保证了大家当年10月1号前抵达，10月5号活动结束顺利撤离。当然，这首先要感谢改革开放，创造了这种可能。我国人民经过几十年的艰苦奋斗，在党的领导下，从站起来到富起来，再到强起来。私人和单位的车多了，若在改革开放前，这是难以达到的。还要感谢方方面面，上上下下相互理解、互相支持，方得圆满。

因活动于10月1日至5日举办。故当时我们提出：要把这次艺术节办成“老百姓和艺术家共享的节日盛会”。这个提法获得了各方领导和老百姓的好评与肯定。艺术节期间，当地老百

吕厚民等摄影家在观看河边展览（申军 摄）

姓普遍很高兴。沿剑江河岸 2.3 公里展现的照片，吸引了数万观众驻足观赏，据说，附近多年没下楼的一些高龄老人也在亲人的陪伴下，下楼观展了。出租车司机高兴地对我说：“你们的活动，让我们每天多收入 50 元以上。”餐饮业笑了；通信业乐了；大小宾馆喜迎八方客，忙得不亦乐乎。我深深地感受到，老百姓渴望摄影艺术，喜爱摄影艺术，欣赏贴近自己生活的摄影艺术，艺术走进他们生活，具有无限的生命力。能举办如此规模的大型摄影艺术节，吸引来国内外数千万摄影专业与业余爱好者参与（包括 14 个国家 80 名国外摄影家），只有改革开放后的中国大环境、大氛围，各方面的合力，才具备这种可能，这之前，是绝对不可想象的。

都匀依山傍水，山清水绿，原生态自然环境十分美好。斗篷山空气清新，宁静宜人；剑江河夜晚五光十色，灯火迷人，石板古街游人如织，地方特色产品颇多，风格独特。值得一游，值得细细品味。当地33个少数民族人民淳朴、善良、热情好客，给我留下了终生难忘的美好印象。通过艺术节，都匀达到了让国内外了解它、喜爱它并将它列为摄影人创作基地的目标。

艺术节期间，除国际著名的摄影大师亚当斯的原作展等亮眼外，还有德国原创第一台莱卡相机（据说当时仅生产了2台，有一台已经遗失，现仅存的一台），第一次走出国门，即来到了中国，当时令很多摄影人为能亲眼一睹这台相机的真容兴奋不已！为了满足大家这一渴望，我们各方面也做出了巨大的努力。为确保它的安全，都匀市委、市政府动用了运钞车押运往返展馆，24小时武警值勤看护，并为这台“宝贵”的重要文物级相机上了2000万元的保险，只为确保它万无一失。我想，这可能只有改革开放的中国，才会对国际社会具有这般吸引力吧！

一晃，改革开放四十年了，我想说，我们既有成功的经验，也有诸多教训，确该认真总结，以利新时代，抓住新机遇，迎接新挑战！

作者简介

王玉淑，1950年11月4日生，北京人。1974年上海华东师范大学物理系无线电专业毕业留校任教。1980年到中国摄影家协会工作，先后任编辑、记者、经理、主任等。2005年任中华文化促进会摄影专业委员会副秘书长。2006年被中国摄协评为50年来有突出贡献的摄影工作者。参与编辑《20世纪华人摄影经典作品》及《美丽中国》，被美国国会图书馆收藏，并在联合国展出。

摄影家要有记录人民和时代的大情怀

解海龙

我是 20 世纪 80 年代中后期，借我国改革开放的东风，利用摄影推动社会进步，启动造福几代人教育事业——希望工程的一位幸运的摄影人。

我是 1980 年开始学习摄影的，刚开始的时候，什么都拍，题材杂乱，更没有个人风格，后来成了追逐各种摄影比赛奖项的“获奖专业户”。不过这些奖项也使我陷入了思考——如何确立自己的摄影风格。后来在学习中有一个老师跟我说，一幅照片“令人喜不如令人思”，这句话对我触动很大。当时我还只是一名默默无闻的北京崇文区文化馆创作员，在进行农村题材的摄影“艺术”创作时，发现在那些边远偏僻地区农村少年儿童求学无助的可悲现实。这些孩子们，或因家庭贫穷、或因无学舍就学而无法受到应有的基础教育。农村基础教育的状况和城市以及发达地区的教育状况形成强烈的反差。面对这种残酷的现实，朴素的良知与愤懑激起我强烈的社会责任感。于是，我又想起那位老师的那句话，停止了所谓的“艺术”创作，开始把目光投向贫困的大山，投向了那些因为贫穷而无法上学的苦孩子们。我用了近 6 年的时间，对这个被社会忽略的严峻现实进行了深入细致的摄影纪录考察。

创作初期，面对这种残酷的现实，我完全是靠着自己内心素朴的良知，和因此激发起来的艺术社会责任感。开始我的创作条件很差，只能利用自己微薄的收入，辗转在那些贫困落后的农村地区，共跑了 20 个省，50 多个县，200 多所学校。在大别山老区，我拍摄了一批进入中国摄影史的照片，像“大眼睛”“小光头”“大鼻涕”“烤小手”“磨盘小学”等。这期间，我的工作受到当时各地僵化的教育行政管理体制的掣肘，经常遭遇到质疑的尴尬，时常处于工作无法进行下去的困境。为此，我不得不绞尽脑汁，寻找名义上的身份支持，以求获得“采访”的权利。一个偶然的机会，我找到刚开始成立不久的，官方的中国青少年发展基金会，希望获得他们的支持。刚成立不久的中国青少年发展基金会正愁于找不到突破口打开工作的局面。我的设想让基金会的领导者兴奋不已，结果我幸运地、顺利地得到了中国青少年发展基金会的行政名义支持，使我这项勇敢的个人行为，获得持续下去的道德激励和“合法”的身份。我本人也因此完成了从一个“摄影艺术家”向带有社会学色彩的纪实摄影家的转型。这也使我后来成为中国青年报的一名记者。

调入中国青年报以后，我更加坚定走摄影为社会服务的艺术创作道路。拍摄报道了张北地震、内蒙古阿尔山大火、南方洪水、汶川地震等新闻，出于职业操守的使命感，我都是第一时间赶赴现场。如果没有深入实地的详细调查了解和拍摄，也不可能有这些作品问世的。

1992 年 10 月，我的以《希望工程摄影纪实》为题的图片展同时在北京、台湾两地展出，并且立即获得整个社会各个层面的高度关注。教育强国，是中国自春秋儒家思想以来的长期理念。经过艰苦执着的个人努力，满足和契合了社会传统与现实的公众期待。也因此，我的摄影创作终于在中国实现了摄影与社会发展的互动作用。希望工程，这项利国利民的社会公益行动，终于从开始的步履维艰转而声势宏大地滚滚向前，从而成为中国历史上规模最大的慈善行动，成为改革开放时期我国社会参与最广泛、最富影响的民间公益事业。

随着我国改革开放历史进程的不断深化，我还认识到，我的摄影创作具有另一重要意义，就是在当时中国的大众传媒上突破了用摄影这一视觉媒介曝露苦难的长期禁忌。虽然在此之前也有个别类似的摄影出现，但多半披着“艺术”外衣的幌子，所以无论从审美导向和展示形式上，都不具真正的社会“观看”和纪实的特征。从《希望工程摄影》之后，曝露、纪实苦难和社会问题的摄影开始在传媒上获得正式合法的身份，部分摄影家的镜头盲点也被开启。从这个意义上来说，是我国改革开放促成了我的摄影理念的转变，是改革开放把我和希望工程紧紧连在了一起，让我的艺术生命有了质的意义上的升华。

我拍摄的课桌前大眼睛女孩的照片，这张照片被用作希望工程的标志性照片后，广泛传播。海内外成千上万中华儿女，及有良知的其他民族人士，纷纷拿出爱心行动——资助希望工程。截止到 2015 年，全国希望工程累计接受捐款 140.4 亿元，资助学生 574.8 万名，援建希望小学 19814 所，援建希望工程图书室 29170 套、希望厨房 5861 个。希望工程已不仅仅是一项一般的教育项目，而是中华民族体现强大凝聚力、铺筑自己未来复兴之路的伟大工程。希望工程，是我国改革开放大潮中涌现出来的体现伟大中华民族精神的壮丽一景。

除此之外，我还用心拍摄边远农村儿童时间 20 余年。不但记录了 20 世纪 80 年代边远农村小学的状态，还记录了这些学校后来的变化。拍摄的对象不局限在北京周围，还深入到西南、西北、东北的众多地区。时间和空间的跨度，使得这些影像以丰富性和客观性，和不可辩驳的艺术力量，确证记录了中国农村教育发展的艰苦奋斗史。

2008 年，我有幸成为北京奥运会火炬手的一员。我想，我是代表着摄影人来传递火炬的，这是大家对我的一份宝贵的信任。在新时期，需要发动大家继续献爱心。现在回顾自己的摄影生涯，我深深觉得，深入人民，深入火热的生活，把镜头对准人民群众，是任何文艺工作者都应该具有的大情怀。

我现在虽然退休离岗了，但至今仍没有放弃对当年失学儿童后续生活状态的了解和影像捕捉。在关注影像教育及扶持摄影人才方面，继续尽着自己的绵薄之力。

在我的倡导下，组织创建了“解海龙青年摄影家扶持计划”，在北京龙影廊举办诸如陕西截瘫的残疾摄影师赵勇《大地画卷》、身患癌症却深入乡村小学开展摄影教学的女摄影师肖琳《山里娃的摄影梦》、将镜头对准生活在乌蒙山区父老乡亲，为国家为人类留存即将消失地域文化影像的尹永宏《乌蒙山》、把镜头带进煤矿的普通人家讲述幸福理念的皖北煤电退休职工黄淑侠《煤矿人家》等等优秀展览，以尽其所有的方式，为塑造社会主义核心价值观传递着社会正能量，为美丽的中国梦，尽情挥洒着缤纷艳丽的画彩。

作者简介

解海龙，河北景县人。原中国摄协分党组成员、副秘书长，中国文艺志愿者协会副主席，世界华人摄影联盟副主席，宋庆龄基金会理事。曾先后获得中国文联“德艺双馨”优秀会员称号、希望工程 20 年特殊贡献奖、中国文联中国摄协摄影金像奖等奖项 20 余种，多幅摄影作品入选中小学教材和世界摄影史。

伴随改革开放变革书法创作

权希军

书法有艺术性和实用性两种功能，我的书法脱胎于实用。

我从小就爱写写画画。参加革命以后，本来没有条件兼顾书画，有两次机会，我将书画同工作结合起来，既做了工作，又学了书画。

1947 年我在大连市公安局任派出所代理所长时，因为布置俱乐部，分局领导发现我爱写爱画，将我调到分局教育股任警长级股员，负责分局的宣传教育工作。当时缺少美术人才，我自学油画、美术字，写标语、画领袖像，有时画连环画登在大连公安报上，俨然像个美工。这一次只干了三年。

1954 年，我调到北京，在中央公安部政治部工作。当时大机关办公行文尚有使用毛笔的习惯，我在艺术上正是无所寄托之时，立即被毛笔字吸引住，从此办公行文长文用硬笔，短文用毛笔，因为能同工作结合，长年坚持不懈。

1963 年我调到中央组织部工作，一如既往，办公行文仍用毛笔，我爱写毛笔字已名声在外，不论在哪里工作，领导和同事都知道。

办公行文使用毛笔属于实用，书法是实用的升华，两者有点区别。我办公行文使用毛笔出于对书法的喜爱，临法帖、讲法度，书风工整严谨，同样具有传统的哲学思想和美学思想，实用与书法没有严格的界线。但是毕竟囿于实用，没能涉足书坛从事真正意义的书法创作，虽然写了多年毛笔字，只能说为后来从事书法创作奠定了基础。

1978 年党的十一届三中全会做出了改革开放的历史抉择，随着经济的发展，书法艺术在全国活跃起来，我的书法也由实用转向艺术创作，一直到今天，整整四十年，与改革开放同步。

我伴随着改革开放，从事书法创作，有一个发展变化过程。

初期我在中央组织部任机关党委办公室主任，后来又以局级调研员身份参加编写党的组织史，职务在身，工作第一，书法创作只是茶余饭后的业余爱好。

1985 年，我参加编写的《中国共产党组织史纲要》《中国共产党组织工作大事记》相继完稿（后均已出版），中央党校聘我给研究生讲授党的组织史也告完成，中央组织部部长办公会议决定调我到中国书法家协会工作，任副秘书长。中国书协副秘书长这个“官”有多大，我不清楚，也没多考虑，但是我坚信是部领导对我的照顾。当时我已 59 岁，正准备办离休手续，通常这个年龄是不能外调的。第二我坚信中国书法家协会这方土壤最适合我成长，哪怕有一把土，我也能成长起来，决心到中国书协工作后大力开展书法活动，深入研究书法艺术，并将中央组织部的优良作风带进书协，做出表率。弹指三十三年过去了，我初衷未变，书艺成功了，为书法事业做出了自己的贡献。我常对朋友说，没有中国书协就没有我的今天。

我调到中国书协之后，书坛创新之风很盛，现代书法一度十分活跃，认为千年书法该变革了，我也受到鼓舞，他们多半是我的好友，但其现代书法理念我接受不了。我依旧我行我素，坚持传统，在传承中求发展。

我在艺术上涉猎较广，书法、篆刻、绘画，到中国书协工作后又研究刻字，主项是书法。在书法艺术上兼写多种书体，对草书更情有独钟，到中国书协工作后，一头扑到草书上。

首先沿着二王的书路选学文字较多草法规范的《书谱》，继学恣肆狂放的王铎临古人帖，再学纵横狂颠的张旭、怀素，顺便又学了赵孟頫、宋克的章草。经过数年的学习、综合、磨炼，融会贯通，书艺大进，形成了以草书和行草书为创作主要书体的基本书风。这一书风平和简静，雅俗共赏。

也就在这个时候日渐感到书法创作一个面孔，缺少变化。

我的性格善于思索，爱琢磨，最不喜欢墨守成规，我在想如此日日月月，年复一年，一个面孔、重复创作，何时为止，深感焦虑。

我在反思中感悟到书艺成熟了，技法稳定了。书法是反映情感的艺术，以稳定不变的技法反映多变的情感，实际上是技法的表现，“千作一面”难以避免，我也开始考虑变革了。

孙过庭在《书谱》中揭示:“达其性情，形其哀乐”，提出了抒情功能，千变万化的情感有赖于不同的技法去表现，不同的技法有不同的内涵，反映不同的情感，抒情求变，有望突破“千作一面”。十年磨一剑，我伴随着改革开放开始了漫长的抒情求变的探索和创作。

一、我是怎样探索抒情求变的

1. 借鉴现代刻字的创作方式，找到了抒情求变的切入点

我抒情求变伊始，不知该如何下手，迟迟找不到切入点。1990 年中国书法家协会常务理事会再次决定成立中国书协刻字研究会，这次委我兼任会长，负责创建工作。第二年我便将中国书协刻字研究会建立起来。

现代刻字是一门新兴艺术，大家都不太懂，为了领导和开发这门艺术，我亲自投入，挥起刀锤，老眼昏花地开始了现代刻字的探索和创作，很快入了门，形成了个人的创作方式。

现代刻字集书法、雕刻、色彩于一身，多为少字数，主题比较鲜明，创作时首先要用相当长的时间构思立意，这是决定作品成败的关键一环，然后才能运用书法、雕刻、色彩诸要素围绕主题进行创作，以求达到所追求的意境，其作品异彩纷呈。

这一创作方式为我突破书法创作“千作一面”打开了一条思路。书法创作缺少的正是构思立意这一环节，虽然也讲“意在笔先”，一般都是停留在展开宣纸，思考一下布局，便大笔挥洒，不考虑情感的抒发。

有鉴于此，我在书法创作中增加了构思立意一环。书法创作时首先熟读准备书写的诗或词，理解文意，因文而入情，动笔创作时，寓情于笔墨之中。书法线条运动是受心理节制的，如此书法的文字内容与艺术内容相融，法与意相通，书随意发“千作一面”即可突破，我终于找到了切入点。这种创作方式我取名曰“写情感”，抒情是自觉的。

书法有正、草、隶、篆、行五大书体。楷书法多于意，草书

意多于法，从抒情角度审视书法，草书和行草书表现力最强。自觉抒情写情感，必须掌握多种书体，特别是草书、行草书的多种技法，方能以不同的风格反映不同的情感。不具备这些条件只能写技法，反映情感是非自觉的，“千作一面”也就难免了。

孙过庭讲“达其性情，形其哀乐”。“性情”就是书家的个性，是由多种因素促成的，如学养、气质、性格、阅历等。书家的书法风格除了师承关系以外，也是这些因素形成的，两者是统一的，书法讲笔性墨情，其实就是书家性情的表现。因此，在创作时即使没有性情的自觉抒发，在一定程度上其情感也能不自觉地流露出来。刘熙载在《艺概》中说“书，如也，如其学，如其才，如其志，总之曰如其人而已”。

我抒情求变，重在自觉，写情感，由于掌握的技法有限，在创作实践中自觉写情感与非自觉写技法并用，从而拓宽了创作视野，丰富的艺术内涵，也增加了创作的难度。

2. 受毛主席《读范仲淹两首词的批语》的启发，将诗词与书法分类对应创作

毛主席在《读范仲淹两首词的批语》中指出：“词有婉约派、豪放派，各有兴会，应当兼读，我的兴趣偏于豪放，不废婉约……介于婉约与豪放之间可算中间派吧。”毛主席的批语，启发我想到书法有阳刚之气、阴柔之美，也有中间状态，以书法的阳刚之气反映词的豪放派，以阴柔之美反映婉约派，中间派也然，如此对应创作，岂不容易一些？有一次我和欧阳中石先生聊天，谈到这个问题，问他是否可行？中石先生说“行是行，就是太难了”。我想难我不怕，我要的就是这个“行”字，我有信心了。后来有朋友对我说，中石先生对他说：“我的时间都教学了，权老在家里净琢磨写字了。”没错。

我选了两首婉约派和豪放派的诗，用阴柔之美与阳刚之气的笔法对应创作，觉得可行，至少可以避免阳刚之气表现了婉约派，阴柔之美表现了豪放派，造成南辕北辙，背道而驰的现象。

这一成功启发我将分类对应创作拓宽。书法有多种风格，都可以将不同风格的书法与同类诗词对应创作。《续书谱》作者姜夔就说过，书作“自然长者如秀整之士，短者如精悍之徒，瘦者如山泽之癯，肥者如贵游之子，劲者如武夫，媚者如美女，欹斜如醉仙，端楷如贤士”。

书法是意象艺术，以意为象，其表现是朦胧的、模糊的，不是那么直接。正因其模糊性，同一种阳刚之气既可以表现惊涛骇浪的大海，也可以反映气势磅礴的名山大川，同一种阴柔之美，既可以比喻情侣的恩爱，又可以反映和风细雨。书法的意象本来是无物之象，这样一来又成了万有之象，自然万殊，均可容纳其中，具有多义性，为书家敞开胸怀抒发情感，提供了广阔的空间。

二、书法创作重在抒情表意，功夫要下在技法上

书法艺术包括法与意两个方面，我们讲传统，一般是技法，而更高一层的是意、是情感。情感属于精神，其表现有赖于技法，书法的功夫要下在技法上。我学书法早期重法，忽略了意。当对书法的法与意有了新的理解之后，又重修技法，拾起了多年不常写的楷书、隶书和章草，重点研究草书、行草书的气势、力度、韵律等，对书法的自然、随意、率真的把握用功最勤，感受最深。

书肇于自然，远取诸物，近取诸身，一切理法都是自然的启示。但强调自然不能否定人工，人工含有传统的哲学思想和美学思想，自然加人工方能创造出极致的自然美。

讲人工不是雕饰、斧凿，要用笔随意，书随意发，随机应变，不能被法度所限，要执法能变，变是发展不是抛弃，变的基础还是法，不谙法度任笔为体是胡来，不是艺术。

随意也不是刻意强求，强求必然带来造作的痕迹。

自然、随意要求性情率真，反映真情。自然、随意、率真密不可分。

我在实践中，从这些方面曲曲弯弯走了过来，体验极深。

数十年的实践，我感到难度最大的是写狂草。我在中国书协初期，书风工整、严谨，放不开。2004年一位朋友对我的书法写了篇评论文章，文章最后说:“清人叶燮曾以‘才、胆、识、力’来概括艺术创造力，以此观照权希军先生的书法‘才、识、力’兼备，惜乎惟‘胆’不壮。”一个“胆不壮”我为之拼搏了数年，取得了进展，但是每当需要用狂草反映情感时，便心生胆怯，怕出现败笔、败字，有失法度，成了心理障碍。

2010年我读到汪士慎的一首诗，大意是说：一位老书法家，兴致一来书写狂草活如龙腾。当时我试用活如龙的草法写了这首诗。看上去还好，但内心怎么也高兴不起来，我知道，我是在心理障碍的束缚中写出来的，是“碰”上的，误认为自己不具备颠张醉素的气质，不宜写狂草，我泄气了。

2015年我在山东蓬莱看了一场海市蜃楼录像，只见银幕上云雾蒙蒙，楼台殿阁，时隐时现，顿生创作灵感，又想写狂草，想用狂草淡墨表现这一意境。回到家选了一首古人海市蜃楼诗，找了一张废纸试写，砚中少墨随便加了些水，接着濡墨挥洒，竟一举成功，心理障碍早已忘到脑后，到现在我也说不清这幅作品是怎样写出来的。此时才真正感受到“有人若问其中妙，怀素自言初不知”的诗句。

写完细看：创作时心中无法而笔下有法，本来置法度于度外，作品则在法度之内。创作时无意求佳，仍能保持形态美、形质美、动态美，不失书法规律。此时才意识到往年讲法度、守规范曾造成我心理障碍。心理障碍一旦排除，法度、规范造就的功力对我又产生正能量，书法就是一部辩证法。

这一成功胆子真正壮起来了，此后写狂草运用自如，书风也在向狂放倾斜，增加了书法的艺术性。

三、书法的书风、内涵与时代

书法当随时代，书家人人皆知。我抒情求变，有人说我“老来变法”，这不奇怪，作为一名书法家，皆应具有变法意识，一部中国书法史就是变革的历史，不变怎么会有今日书坛。“变”不能脱离时代。我抒情求变的焦点是书法如何反映思想情感，情感的变化更与当代的社会现实生活紧密相连，如何把握时代的脉搏，紧随时代节奏跳动是我抒情求变的一条生命线，不敢须臾偏离。

我在抒情求变的历史进程中，所涉争议皆与时代有关。最初遇到书坛一件颇有争议的问题，即书法的文字内容是不是欣赏内容？有人肯定，有人否定，我是持肯定态度的，否则我抒情求变毫无意义。

我认为探讨这个问题不能离开历史时代。汉末以降，书法作为一门艺术从实用中分离出来，但实用依然存在。魏晋法帖，多是信札，写的是生活琐事，那个时候说文字内容不是欣赏内容是有道理的。书法艺术发展到今天，早已发生了变化。书法的实用性已被硬笔所取代，书法作为一门独立艺术也早已登堂入室，进入千家万户，此时谁也不会将个人生活琐事写出来供人欣赏。今日书法文字内容多为言简意赅，内涵丰富的古诗词，是文学，再说文字内容不是欣赏内容显然过时了。

既然书法的文字内容也是欣赏内容，古人诗词表现的感情同书家的情感能不能合二为一，在书法创作的艺术内容中表现出来？我探索抒情求变的焦点就在这里。我是肯定的。古人作诗有感而发，贾岛云：“两句三年得，一吟双泪流”，足见古诗感人之深。虽有些夸张，书家在创作中为古诗词所感动，产生共鸣，则是常有的，“共鸣”就是书家与古人情感的交融。书家怀着与古人诗词共鸣的情感从事创作，融为一体的两种情感，便在书法艺术内容中表现出来。

书法艺术发展到今天一个重大课题是书法艺术不论是艺术内容还是文字内容，都具有净化心灵的育人作用。我高兴地看到一些书展征稿启事，特意嘱咐文字内容健康、积极向上，一些为纪念活动举办的主题书法展，如建国、建党、建军书法展要求文字内容贴近主题。习近平总书记在十九大报告中更明确指出：艺术要树立“以人民为中心的导向”，要求把服务群众同教育引导群众结合起来，把满足群众要求同提高素养结合起来。好的文艺作品能启迪思想，温润心灵，陶冶人生。肩负以书法净化心灵与教育引导群众提高素养的书法家，首先要自律、自育，讲书品更重人品，担当起这一光荣的历史使命。

反思自己，过去的书法作品古诗词过多。古诗词是中华民族宝贵的文化遗产，书法创作选用古诗词无可非议，但是过多就有脱离时代的倾向，书法反映个人心声，一个时代的书家，反映的是时代的声音。如果古诗词过多，时代声音有被淹没的危险。当我意识到这一点之后，除了增写党和国家领导人的诗词和名言警句之外，陆陆续续写了一些自撰诗联反映时代，遗憾的是我的文学基础差，撰写的诗联常常不合格律，不得不努力学习。十九大之前写了《喜迎十九大》，十九大之后又写了《乡愁四首》，还将十九大主题的前两句话“不忘初心，牢记使命”加了“砥砺前行，无往不胜”都以书法形式写出参加了书法展，有点不合格律觉得内容还好，尚有诗意，也就献丑了。2016 年文联为了纪念建党、长征，组织离退休老干部作诗，我写了两首诗，还得了奖，参加了书展，都是时代的需要，变法的需要。

我坚持抒情求变，核心是一个“变”字，数十年来我的书法已发生极大变化，但也有两个不变：一是坚持传统不变，传统是源、是根，背离传统便是无源之水，无本之木，我一直坚持在传承中求变化、求发展，二是坚持贴近民众不变，追求中和之美，雅俗共赏，书法毕竟是广大民众看的，不论书写何种书体，何种风格，力争广大观众宜于接受，同书坛的主流是一致的。

2016 年江苏凤凰美术出版社为我出版的《中国高等美术院校教学范本精选》，《范本》23 幅书法作品可以看出我在书法艺术上抒情求变取得的成果：

成果之一，书法的艺术内容与文字内容协调统一，丰富了艺术内涵，与时代同步。

成果之二，技法多变，风格多样，基本上突破了“千作一面”，增强了书法艺术性。

成果之三，情感的抒发与技法功力相融合，气韵有新提升，进入了一个新的层次。

书法艺术的气韵、神采是书法最高的艺术表现。气韵有高下之分，我艺追气韵，笔写心声，这一追求永无止境。

我抒情求变是从突破书法创作“千作一面”开始的，随着创作思想不断深入，形成了个人的创作理念和方式，我觉得有点与众不同，算是一家之言吧，恭请同道多加批评指正。

作者简介

权希军，1926 年生，山东烟台市人，大专文化，早年参加革命，长期在中央机关工作。晚年步入书坛，走上专业，为中国书协老顾问。

在艺术上涉猎较广，主项为书法，在书法艺术上兼写多种书体，创作的主要书体为草书、行草书。早期追求儒雅文人字，晚年追求抒情求变，力求法与意，文字内容和艺术内容协调统一，突破书作千作一面。

书法作品经常应邀参加国内外书法大展，先后出品有《权希军草书千字文》《权希军行草滕王阁序》《权希军艺术作品选》和多种版本《权希军书法作品集》，主编有系列刻字艺术教材。2001 年由启功、沈鹏为顾问的《书法创作大典》，被收入行草卷。

筚路蓝缕话当年

——忆《当代电视》的草创时期

朱汉生

“文化大革命”过后，一个“妖精”走进了千家万户。

电视一下子风靡了中国大地。

电视剧的横空出世，常常出现万人空巷的情景。于是对于这种新生的艺术门类，观众常常感到又欢喜又困惑；文艺界更是争论得面红耳赤。

问题的焦点是：“电视究竟是个啥东西？”

“这是家庭的戏剧，因为它是在家庭的环境里上演的！”戏剧家理论家理直气壮地判断。

“这根本就是小电影。屏幕不过比银幕小一些，它的艺术表现手段和电影毫无二致，说句不客气的话，它就是电影的翻版和儿子。”有些电影评论大师们不屑一顾地盖棺论定。

更有甚者：“电视这玩意儿不过是一种用现代科技手段送货上门的产品，就像外卖一样，根本谈不上是一门艺术。”

那时候作为电视行业的人们不服气、不乐意，只能底气不足地发牢骚：“咱们拍的电视剧那么受欢迎，观众那么多，成千上万，比起戏剧、电影的观众海了去了，怎么就不能是独立的艺术？！反倒成了个小三？真是岂有此理！！！”

作者生活照

大量的电视艺术实践也呼唤着、推动着电视艺术的理论创立。

人们在报纸杂志上零星地、陆续地发现了一些有识之士的独特见解：

他们指出，电视要想成为一门独立的艺术，必须找出电视的本体特征；电视的独特交流形式是面对面的交流，它打破了“戏剧和电影中传统的‘第四堵墙’内的演出形式”，因而具有强烈的现场感和亲切感。它富有巨大的艺术魅力；另外，电视剧又是整套电视节目的组成部分，因此，节目主持人这个特殊的艺术角色就应运而出，在电视剧中发挥着奇妙的作用，他既可能是说书人（如电视连续《夜幕下的哈尔滨》中的说书人王刚），也可能是剧中人（如电视剧《阿信》中的老阿信在回顾讲述自己的一生 ）。因此电视剧更具有兼容性，戏剧和电影中的所有表现手段都可以信手拈来，化为己有；更有人指出，电视正因为屏幕小，特写镜头自然而然就不单纯是电影特写镜头的借鉴和翻版。它既是强调突出的表现手段，也还是电视剧中的场面调度和叙事手法，等等。

这些零星的理论探索孕育、催生着电视美学的诞生。

尤其值得庆幸的是，我们党中央的领导同志非常具有前瞻性，特别重视电视艺术的巨大的社会作用：在耀邦同志的亲自过问下，特批了巨额经费（每年拨出二百万元人民币给新成立的电视剧艺术委员会），从事拍摄和发展电视剧。后来这个单位的编制由中央人事部划归了广电部统一领导）。

1985 年 3 月中央宣传部发来文件，经领导同志批示：成立中国文联所属的电视艺术家协会。

当时国家刚刚经过“文化大革命”后，经济十分困难，百废待举。电视艺术家协会虽然成立了，然而财政部只批准了少量经费，而且三年后要求协会全部经费争取自理。

俗话说得好:“麻雀虽小，五脏俱全。”协会成立自然需要有个机关刊物，这样《当代电视》杂志在那时也就应运而生。但批下来的创刊费用仅仅两三万元。可怜得很，只够出版一两期的刊物。

我当时在文联下属的戏剧出版社当编辑，由于对电视艺术颇感兴趣，业余时间常在报刊上写些电视剧评论和探讨电视艺术美学特征的文章，受到了关注，所以在筹建视协的时候，文联就把我调到协会参加视协的筹建工作，后来便留在了《当代电视》编辑部。

协会初建时，连个办公地点都没有。

记得我第一次上班时，是在东四米市大街路南的基督教青年会老楼第二层。那里有三四间屋子。我碰到的第一个人就是杨佳（原北京广播事业局司机），他是个很能干的人，这个办公地点就是他找到的，房租既便宜又在市中心，交通很便利。因为他是第一个来的，我又是向他报的到。从这个意义上讲，杨佳就是我们视协的元老。

还有一件事，我印象特别深刻。

当时协会穷得叮当响，连一辆办公用的车子都没有。实在没有办法，只好向中央电视台借了一辆过期淘汰报废的老爷车（一辆又旧又破的上海牌小轿车），经过杨佳修理后，就成为视协的唯一办公用车，专供视协领导“享用”。

有一次协会有几位副主席（大多是地方广电局退休下来的局领导）要去山东济南开会。就是由杨佳开着这辆破车带着他们几位领导勇往直前。杨佳一个人开着车，沿途又累又困，万般无奈之时，只好喝两口小酒，提提精神（好在那时查酒驾不严，路上车也少）；但又怕酒后驾车出事。两位退休的局座亲自紧盯着，不断提醒、敲打，才安然无事地返回北京。不能不佩服杨佳的勇气和精神，尤其是他那高超的车技。现在回想起来我都害怕，我可不敢坐这种车！不要命了！

《当代电视》筹办时只有七八个人。主编是杜高（著名戏剧评论家），编辑部主任朱汉生（戏剧出版社编辑），文字编辑有辛述威（北京晚报记者）、夏汉碧（广播学院教师）、陶胜（天津中学语文教师）、李波（军艺表演系毕业生）、邢红（原青岛地方戏曲剧团二级演员），美编是王仿溪。这七名编辑没有一个办过刊物，毫无经验可言。只好请来剧协《戏剧报》杂志的老编辑讲课，现学现干。从版式、排版、组稿、校对、审稿……一切从头学起。刊物的印刷是在城外郊区的一个落后而破旧的小印刷厂里用铅字排版、校对、印刷……

每次校对，编辑部全体同志都下车间，主编杜高亲自挂帅，一干就是多半天。就是这样，也还是漏洞不少，错误百出，让人贻笑大方。

我们不单是没办过刊物，缺乏经验，万事开头难，尤其困难的是办刊经费常常无法落实。巧妇难为无米之炊。只好硬着头皮，想办法去搞活动，弄钱办刊物。

我们的第一次尝试，就是举办“全国青春风采大奖赛”，其实搞得就是“选美”。在20世纪80年代，人们对这类活动虽然很感兴趣，但对公然搞这类活动还是有所保留。所以我们通过对“青春风采”的强调，突出人的气质和风度等精神因素来避嫌。开始时，一切还比较顺利，快要进行到复赛，我们就忧心忡忡了。因为社会反响太大了。不久我们的活动就被叫停。因为这是上级的命令，我们又没有挣到钱，所以投资单位只能自认倒霉，一切都不了了之（也许，这在中国选美史上应该重重地写上一笔。虽然没有进行到底，然而，确实是第一届）。

为了出版刊物，我们又试着和书商合作办刊物，结果引起了很大的麻烦，甚至到了快要停刊倒闭的险境。

书商通常没有刊号，他们投资是为了赚钱，完全不考虑我们的办刊方针，一味追求通俗性，趣味性，根本不听编辑部指挥，而且像牛皮糖一样，非常难缠。实在没有办法，我们只好趁文联整顿清理刊物之机，主动申请停刊自查。才算没有断送了《当代电视》的命运。

我们也曾找到过一笔投资，试探着想把《当代电视》办成一份纯学术性的理论刊物。这样的刊物，专家喜欢，但曲高和寡，群众不买账，只卖出了三本，实在难以为继。

还好，大家很有信心，在视协党组的领导下，集思广益，坚定认为电视界应该发出自己的声音，要有一个自己的舆论阵地，尽管走了一段弯路，交了学费，我们只要肯在干中学习，认真总结经验教训，锲而不舍，逐步改进工作条件和提高工作质量，坚定了把《当代电视》办好的决心。

后来刊物，由铅字印刷改为电脑排版印刷。同时为了彻底解决经费问题，加强了和电视界的联系，经常组织电视剧的研讨宣传活动，为各地方电视台服务。积极吸收各地方电视台参与，来共办刊物。吸收地方电视台作为刊物编委，并从经济上支援刊物。

办刊方针上也逐步明确起来，改变了那种庸俗、哗众取宠作风。保持电视刊物的高格调与清新风格，不久《当代电视》在评比中脱颖而出，取得了中国文联"十佳刊物"的称号。

从 1985 年《当代电视》创刊，直到 1996 年我退休，作为一名中层干部，度过了协会成立以来最艰苦的岁月。随着我国改革开放事业的发展壮大，我亲眼见证了视协的成长和《当代电视》成为我们国家的核心期刊，中国文联的十佳报刊。

我深以为荣：因为我把自己一生中最好的年华贡献给了中国视协和《当代电视》杂志，这是非常值得的。

作者简介

朱汉生，北京市人。1955 年考入北京大学俄语系，1958 年错划为右派，受到开除团籍，留校察看处分。1960 年大学毕业后被分配到京西大台煤矿下井挖煤，当了 19 年矿工。1961 年右派摘帽后，先后在《北京日报》《北京文艺》发表了七八篇小说。其中《风雪窑神庙》被中央人民广播电台改编成广播剧多次播出。"文化大革命"过后在人民大学苏联东欧研究所从事资料翻译工作。1982 年调入中国戏剧出版社，在我国率先介绍了苏联电视艺术理论，翻译了《论电视剧》《电影与电视》等小册子。同时，开始从事影视评论工作。其中学术论文《从丑小鸭到天鹅》获得

1988 年全国首届广播电视学术论文评比“声屏奖”一等奖。

著有学术专著《电视美学》和评论文集《荧屏内外》。

1996 年退休后旅居俄罗斯圣彼得堡一年。开始小说创作，著有中短篇小说集《娜塔莎之吻》，另有三部长篇小说《斯大林传奇》《心魔》《多面人生》。

曾任中国电视艺术家协会理事、编辑出版部主任和《当代电视》杂志社的编辑部主任和副主编。

移步不换形

——从中国视协“戏曲电视片评奖”说起

郭永江

中国电视艺术家协会是在十一届三中全会后改革开放的浪潮中，于1985年成立的。在第一次工作会议上，对戏曲情有独钟的副主席林辰夫就提出由视协开展当时乏人重视的“戏曲电视片评奖”，这是一件有利于弘扬发展祖国戏曲事业的大好事，既可为振兴戏曲另辟蹊径，又可创造出世上独一无二的崭新艺术形式。林老长期担任浙江广播电视厅副厅长、浙江电视台台长，在电视界颇多创举，有魁首盛誉。他这一新创意，当即得到十一位主席、副主席的支持，汇报上级领导后，又得到当时身兼两副重担的中共中央宣传部副部长，国务院文化部副部长贺敬之的首肯。有着拼命三郎性格的林老做事雷厉风行，说干就干，他马不停蹄地前往上海，找到时任上海市委宣传部副部长，电视台台长的龚学平，请上海承担“首届戏曲电视剧评奖”重任，上海市委、市政府很快就批准了这项有深远意义的活动。林老随即向全国有关部门和单位发出通知，得到各地热烈响应，参评剧目陆续送来。但是搞这类评奖活动，显然还需要一个协助林老工作的秘书。中国文联党组书记兼视协常务副主席的赵寻，原来是剧协党委书记，他了解我在《人民戏剧》（即《中国戏剧》前身）曾策划组织过“梅花奖”的评选活动，就建议把我借调出来。视协副主席汪小为，是北京广播电视局副局长、电视台台长，也是我的老领导，过去他在广播电台当台长时，了解我搞“春节有奖猜谜晚会”的情况，也同意由我出任此职。从找我谈话，到抵达上海，不足一个星期，见到林老后，遂即按他的快速节奏，在上海电视台的积极配合下开始工作。这是33年前走上征程的第一步，不禁使我联想起此后十多年为这一评奖行走的难忘历程……

一

为什么要开展戏曲电视片评奖，并得到众多人的响应？说来颇耐人寻味。

我国戏曲与诞生于公元前三四百年的希腊戏剧和公元前后出现的印度梵剧，并列为世界上最古老的三大戏剧。土生土长的中国戏曲，若从楚庄王时代戏剧雏形“优孟衣冠”算起，至今已有两千六七百年了；真正形成完整的戏剧形态，是综合了先秦歌舞、汉代百戏、唐参军戏、宋金院本而发展起来的元杂剧，到今天也有七百多年了。据不完全统计，现有三百六十多个剧种，数以千计的表演团体，上万名表演艺术家，难以数计的剧目，分布在九百六十万平方公里的神州大地，可见其深厚而又广泛的群众基础。新中国成立后，随着全国大好形势的出现，戏曲舞台也呈现空前繁荣景象。1959年为祝贺新中国成立十年大庆，北京京剧界荟萃演出的《赤壁之战》和《西厢记》轰动一时，大有万人空巷之盛况，座位有限的剧场，难以容纳数不清的热情观众，剧场外期待退票者，远远超过剧场里的幸运儿。正当人们无计可施时，刚刚舶来一年多的电视缓解了燃眉之急，转播了剧场实况。尽管当时家有电视机者鲜见，戏迷们多是聚集在机关会议室里大饱眼福。不料一个小小电视机竟能满足几万，甚至几十万观众的需求。然而，一个意想不到的阴影，不仅打破了人们追求电视的美梦，更可怕的是，在“文化大革命”中，八亿人只能看“八朵红花”，百花齐放的演出搁浅了，戏曲陷入百无聊赖的境地。

粉碎“四人帮”后，戏曲有过一段短暂的辉煌，但很快就暴露了饱受摧残后的恶疾：演员凋零，剧目匮乏，观众断代，年轻人对此兴味索然。戏曲再陷低谷，虽然昔日万紫千红，百花争艳的艺苑，频频发出“危机”的哀鸣，却唤不出力挽狂澜的勇士，可怜的园丁虽阵阵高呼“振兴”的口号，仍不见转机的曙光。许多仁人志士摇首叹息，仰天呼吁：“戏曲是中华民族的瑰宝，难道就这样断送在我们这一代不肖子孙的手上吗？”梨园老将，京昆方家俞振飞站出来，振臂高呼：“戏曲亡不了，用不着悲观失望，更不能气馁哀伤，我们要跟上时代的步伐另辟蹊径，让古老的戏曲与现代的电视联姻、成亲、结婚。”

1978 年，有着拍摄戏曲电影丰富经验的上海，率先以当年蜚声全国的戏曲电影《梁山伯与祝英台》为样板，采取搭景形式，用单机分镜头拍摄方法，录制了第一部戏曲电视片越剧《祥林嫂》。1979 年浙江电视台更为勇敢，将一出现代题材越剧《桃子风波》，搬到实景里拍摄，导演有意识地向电视剧靠拢，但保持了音乐本色的唱腔。其后，中央台的京剧《燕燕》，江苏台的《秦淮梦》，安徽台的黄梅戏《郑小娇》，四川台的川剧《三百三》，河北台的评剧《案中案》，辽宁台的拉场戏《摔三弦》，青海台的藏戏《意乐仙女》，河南台的《山猫嘴说亲》等相继出台。

二

中国电视艺术家协会正是在此基础上，于1985年底到1986年初，开展了首届评奖活动，从影视界、戏曲界请来行家里手，从文艺界、理论界请来专家学者，共33人，组成评奖委员会。宣传部文艺局局长梁光弟写来一封热情洋溢的信，希望大家认真贯彻十一届三中全会的基本方针："解放思想，开动脑筋，实事求是，团结一致向前看。"此信激励大家在党的改革开放思想指引下，在领导的亲切关怀下，在同人的努力下，深信定会创造出世界鲜见的崭新艺术品种。梁局长为了表明对戏曲评奖的重视，还特意派汤恒来参加评委工作。广播电影电视部部长金照为获奖者颁奖。在这次会上还成立了隶属于视协的电视戏曲艺术研究会，选举了会长林辰夫，副会长为四川广播电视厅副厅长、电视台台长陈杰、江苏电视台副台长徐慧征，秘书长郭永江等人。

全国共送来参评剧目54部126集，包含26个剧种的录像带。在审看过程中发现，虽然都是戏曲电视片，但具体做法却是各行其是，大相径庭。因为都是来源于舞台剧，受着镜框式舞台、三面墙的制约，有的除了保留戏曲本色的音乐唱腔外，按照剧情要求在演播厅里搭景拍摄，尽量发挥艺术家表演再现生活真实的才能，此类定名为"戏曲电视剧"；还有一种，尽量保留舞

江苏电视台沈洁导演的昆曲《锦芳流韵》中的"题曲"一折

台上的程式化，但搬到相应的实景里拍摄，将其命名为“电视戏曲艺术片”。后经无记名投票方式，选出了八部戏曲电视剧：一等奖（空缺）。二等奖是上海电视台制作的《红楼梦》（越剧），青岛电视台的《王三卖鱼》（柳腔）。三等奖是辽宁电视台的《摔三弦》（拉场戏），江苏电视台的《秦淮梦》（越剧），湖南电视台的《喜脉案》（花鼓戏），四川电视台的《王熙凤》（川剧），浙江电视台的《竹外桃花》（越剧）。电视戏曲艺术片三部：中央电视台的《燕燕》（京剧），北京电视台的《红白喜事》（评剧），上海艺术研究所的《挡马》（昆曲）。另有六部“进取奖”，意思是说全戏整体不错，但有致命缺陷，如改正即可提高档次。

搞活动需要经费，这是自然的事情。记得我在电台搞“有奖春节猜谜晚会”和在剧协搞“梅花奖”的时候，单位提供经费，只要不浪费，实报实销。而视协刚刚成立，国家每月只拨给八万元办公费，这点钱不要说搞这样的全国性评奖活动，就是组织一

第六届全国戏曲电视剧“金纸奖”1991 年 6 月 12 日在辽宁省锦州市举行，全体评委合影留念

台颁奖晚会，尚嫌不足。我们只得求助于企业和有关部门，但费尽口舌，跑断双腿，四方拉赞助，八方求支援，仍是困难重重，有时还要遭人白眼，受人戏弄。杨佳曾跟我跑过，年轻人恐怕体会更深吧。首届评奖没问题，热心的龚学平都已安排妥当，资金由上海音像出版社负责，但要求用他们的商标“鹰象”冠名。怎么办？电影有“百花奖”“金鸡奖”、电视有“飞天奖”“金鹰奖”，我们搞一个“鹰象奖”也未尝不可，但日后再有提供资金者也要求冠名怎么处理？就在大家无计可施时，林老拍案而起，大声疾呼：“我们就是要按改革开放的路子走，谁给钱就冠谁的名，这就叫实事求是。”一锤定音，开始了十二年连续十二届的戏曲评奖活动，首届即在上海搞的“鹰象奖”，第二届在江苏南京搞的“长城奖”，第三届在江西景德镇搞的“金三角奖”，第四届在四川攀枝花搞的“攀枝花奖”，第五届在河南郑州搞的“黄河奖”，第六届在辽宁锦州搞的“金纸奖”，第七届在湖北宜昌搞的“长江奖”，第八届在河北石家庄搞的“蓬波奖”，第九届在浙江宁波搞的“天安奖”，第十届在江苏南京搞的“加力加奖”，第十二届在山东淄博搞的，因已并入金鹰奖，故未另外命名。

三

我常常会半开玩笑地说，由于我家二老双亲酷爱戏曲，我是在听着热闹的舞台锣鼓声来到人世，看着五彩缤纷的舞台“守旧”和霞光异彩的演员“行头”长大的。中学毕业考入北京广播学院（中国传媒大学前身）举办的首届播音员训练班，分配到广播电台播音组，那时的播音员不分行当，在你的值班时间里遇到什么播什么。文艺台以转播剧场演出实况为主，台长见我喜欢戏曲，就想把我培养成“转播剧场演出实况”专栏主持人，并鼓励我说：“你要充分发挥聪明才智，争取赢得广大听众的爱戴。”这次的工作安排竟决定了我一生的命运。粉碎“四人帮”后，拨乱反正，剧协欲恢复机关刊物，缺少戏曲编辑，即把我从电台调来。正是由于我在工作中长期搞的是舞台戏曲，所以对传统表演方法由衷喜爱。起初，我欣然参加戏曲电视的评奖工作，是鉴于当时舞台戏曲不景气，以为古老的戏曲与年轻的电视“联姻”即可帮助戏曲扩大影响，还可以扶持它发展。但我看了几届参评的剧目，其中对“唱、做、念、打”有改革但不甚协调，有的穿着蟒袍，足蹬厚底，在凸凹不平的山路上奔驰，有的用电声乐队伴奏，不用锣鼓等等。为此我深感不安。我想艺术的诞生和成长，总是伴随着理论的建立和发展，目前状况，应请有识之士，总结经验教训，这对今后的实践，必然带来有益的指导作用。与林老、陈老、徐台长商议后，决定召开一次神仙会。

1989年在安徽合肥召开了首次戏曲电视研讨会，从全国请来专家学者和有识之士：有中国艺术研究院戏曲研究所研究员黄再敏、谭志湘、贾志刚，湖南电视台电视剧部主任、著名导演阿因，安徽电视台副台长、著名导演张锡奇，电视剧部主任、剧作家黄家佐，河南电视台台长、评论家王明堂，上海艺术研究所所长、剧作家章立辉，山东电视剧制作中心导演于艳，江西电视艺术家协会主席刘仁德等，还有林辰夫、陈杰、徐慧征和我。

大家从世界戏剧史谈起，认为人类的戏剧史就是戏剧经验总结，当它系统化，变成体系，也就形成了戏剧观。世界戏剧的表演，出现过无数种方式方法，逐渐形成三大体系：俄国的斯坦尼斯拉夫斯基、德国的布莱希特和中国的梅兰芳。斯氏体系是在掩盖舞台假定性的基础上，通过再现生活真实的手段来制造生活幻觉；布氏体系则是有意显现舞台的假定性，在基本写实的表演中，采用“间离”的方法；而以梅兰芳为代表的中国戏曲，却要充分表明舞台的假定性，不求再现生活真实，以“写意”的表演方法为主要特征。“写意”是相对“写实”的语言，来源于绘画。西洋画是“写实”的，而中国画则是“写意”的。西洋画家把精力用在眼睛上，画出来的艺术品必须和眼睛看到的一模一样，否则就不真实；而中国画家则把精力用在脑子里，他要求的不是表面现象，而是要求艺术品的本质和精神。正如戏班里常说的一句老话：“不像不是戏，真像不是艺。”那么“写意”戏剧的特点是什么，它在处理生活真实与艺术真实的关系，外部形态与内在本质有什么标准。大戏剧家黄佐临先生总结出四点“生活、动作、语言、舞美”。大家认为其意义在于：

一、生活的写意，它应当有源于生活，高于生活的更高意境。

二、动作的写意，表现在举手投足都含有更美、更丰富的意念。

三、语言的写意，它不是村言俚语，应提炼为诗化语言，意味无穷。

四、舞美的写意，不追求自然真实的场景，应启迪观众下意识的冥思遐想。

这些经验，经过多年积累，广泛流传，形成系统，变成了体系，构成了“写意戏剧观”，表演上的“程式化”正是写意戏剧观的核心。记得新中国成立初期，梅兰芳曾对天津一位记者说过“京剧是一种古典艺术，有着千百年的传统，因此我们修改起来也就更得慎重。俗语说：‘移步换形’，而今天的戏剧改革工作却要做到‘移步而不换形’”。这话不假，我曾考正过马鞭的由来，写过一篇文章《马鞭·马·竹马》，［唐］李绰在《尚书故实》中说：“佛寺设大会，百戏在庭。”百戏中“马戏”是重点节目之一，当然是真马上场。到了宋代进入勾栏瓦舍以后，真马上台，难度较大，故改用“竹马”，用篾条扎制成马头和马臀造型的骨架，蒙以锦缎，将其一前一后系在剧中人物的腰间，上台表演。元杂剧《崔莺莺待月西厢记》第二本的“楔子”中就有“将军引卒子骑竹马，调阵，拿绑下”的舞台提示。至于何时改用的“马鞭”，已不可考，但我清楚记得，小时候看演出《盗御马》时，曾有一段介绍马鞭的单场戏。马夫右手举着马鞭从上场门出来走到台口，将马鞭横放在台上，似乎告诉观众，我把马先停放在这里，再用虚拟动作，提水桶把水倒在马身上，擦洗马身，然后再做“上马”“打马”“跑圆场”的动作，最后把御马牵入马厩。现在的舞台上，武将上马时，甚至连马鞭都省略了，直接用大刀、长枪做个上马动作就行了。著名画家李苦禅是个戏迷，与余叔岩交好甚厚，他画室里还摆放着余老送他的一把大刀，我采访他时，他还举刀亮相，真是洒脱，漂亮。可惜我未带相机，没能留下这一美妙瞬间。他说，戏曲的程式是源于生活高于生活的艺术，是我们民族的瑰宝财富。京剧《智取威虎山》中“打虎上山”如果没有林海，只有雪原该是一场多好的戏，如今破坏了主人公身负重任，急促上山的意境，干扰了观众的遐想。

大家认为这次戏曲电视理论研讨会开得好，开得及时，“移步不换形”的创作方法，是戏曲电视的发展方向，努力的目标。最后决定举办一次全国性的编导研讨专修班。

四

戏曲电视编导专修班于1990年初在杭州如期开学了。开学典礼之后，先请大家看了历届获奖精品和有争议的剧目，然后请杭州广播学院的壮春雨教授讲述了《电视剧的美学特征》，又请著名剧作家齐飞讲述了《如何把舞台剧搬上屏幕》。戏曲电视剧与普通电视剧拍摄时在镜头运用上有很大差异，我们特请河南电影制片厂副厂长、著名导演、摄影师路振龙讲《戏曲电视剧的镜头运用》。浙江越剧院院长顾锡东，是著名越剧作家，《五女拜寿》就是他的代表作，但他对京剧又情有独钟，尤以对梅兰芳的表演艺术颇有研究，林老特意向他介绍了当前戏曲电视的状况，他就以“移步不换形”为题，非常生动活泼地讲了一课。号召大家乘着十一届三中全会提出的改革开放的东风，解放思想，开动脑筋，利用电视的优越条件，发挥我们民族以“程式化”为核心的表演艺术，另辟蹊径，创出一条新路。许多编剧、导演也都介绍了自己在拍片时的心得体会和经验教训。近百个学员一致表示：这个专修班办得好办得及时，解决了大家困惑许久的疑难问题，对今后录制戏曲艺术片，大有益处。

的确，这批学员回去后大多成为各单位制作戏曲艺术片的

1990 年 4 月，在杭州广播电视专科学校举办的“全国戏曲电视剧编导专修班结业”全体人员合影留念

中流砥柱，陆续生产了创意新，质量高的艺术精品，如江苏电视台沈洁导演的《锦芳流韵》（昆曲）中“题曲”一折，导演吸取了国画“白描”手法的原理，全黑的背景中，一椅一桌，桌上有一灯一瓶，瓶里有一枝鲜艳的花朵，主人公围着桌子，或坐、或站、或走、或停，以缓慢的节奏，低吟似的嗓音，唱出一首非常抒情的曲子。简单精美的道具，既是演员主体形象的陪衬，又丰富了画面构思元素，演员的表演与台上一般无二，但对观者的感染力，却又胜强许多，称得上是新颖，别致，高雅。在《庵堂认母》（越剧）里也是在全黑的背景下，仅用几盏碗灯，几根柱子，用不同摆法，表明不同场景，观众完全可以认清，这是走路的花径，这是该进的庙门，这是要朝拜的殿堂。给人以虚中有实，以假为真的感觉。湖北台导演贾海泉拍摄的《膏药章》（京剧）也是用几根木桩，根据不同摆法，表明不同场景，不是在全黑的背景中，而是在全亮的灯光下，在这种环境里程式化的表演，有充分发挥的余地。

最令人兴奋的是上海电视台张佩利导演的《金龙与蜉蝣》（淮剧），此戏原为同名舞台剧，因情节曲折，引人入胜，人物性格鲜明生动，主题内涵发人深省，再加上导演超凡的二度创作，演员精湛绝伦的技艺，富有强烈节奏感的大色块灯光，与人以清新隽永之感。把这样一出轰动全国，屡演不衰，曾获 40 个大奖的优秀剧目搬上荧屏，谈何容易？但艺高人胆大的张佩利，并没有望而却步，而是经过两年多的思考，决心以尊重舞台剧，但又必须走出舞台剧的新思路来进行二度创作。她认为戏曲与电视“联姻”，是双向活动，让戏曲魅力和电视特色融为一体，首先要对剧本进行深层次挖掘和拓展，对受舞台时空制约的人物和情节，做必要的补充，如金龙出走 18 年的过程，舞台上只一语带过，在电视片里张导特意安排一大板唱，运用 MTV 手法组接成时空转换的画面，使观众真切感到小夫妻从年轻到中年的坎坷历程。为了给演员提供一个虚拟性的适合程式化表演场地，构想出由三个圆形平台组接成一块空阔的场地，立起几根雕龙玉柱，挂上几块不同方位的幔帐，即成威严肃穆的大殿，或金碧辉煌的后宫；铺上绿毯，挂上渔网，又变成了渔村或农舍，这就为戏曲和电视联姻提供了一个虚实相依的支点。

当然，我举的这些例子，并非十全十美，均有待提高的余地。值得肯定的是他们执着的追求，没有忘掉老祖宗一代又一代流传下来的财富，真正意识到那些手、眼、身、法、步、唱、做、念、打、舞，不是愚昧落后的垃圾，而是源于生活，高于生活，具有中国特色的瑰宝。

中国视协举办的“戏曲电视片评奖”，虽然因各种原因只存活了十来年，但其保留的戏曲精品，继承、发展的“移步不换形”创作思想，仍将启迪后人开发古老戏曲艺术新的生命。

作者简介

郭永江，1960 年 12 月毕业于北京广播学院播音员训练班，分配到中央人民广播电台播音部，1962 年转文艺部戏曲组任组长。1978 年调中国戏剧家协会《人民戏剧》，任戏曲组记者、编辑。1985 年调中国电视艺术家协会，任录制部副主任，评正高级编审职称。1998 年 4 月退休，接受中国文联约请，担任“中国京剧晚霞工程”领导小组副组长。

荧屏内外　温馨之家

——中国视协在改革开放中稳步发展

许明哲

中国电视艺术伴随着1958年北京电视台制作、播出的我国首部短篇电视剧《一口菜饼子》而宣告问世神州大地。鉴于那个时期我国经济薄弱以及电视技术的制约，历经了初创起步的艰难以及特殊年代的窒息，以至于到了二十年后的1978年才得以开始复苏。

正是借助于改革开放的大潮，我国电视艺术界经过七年的不懈努力，直至1985年，这个姗姗来迟的新兴电视艺术事业不负众望地掀起了不小的浪花。而相对于中国文联早就纷纷成立了的其他兄弟协会，1985年中国电视艺术家协会（简称：中国视协）终于宣告诞生，中国电视艺术工作者也终于有了属于自己的家。

作为大众艺术的电视艺术以及它的创作者们，其使命就是围绕人民以及党和国家的利益，为广大人民群众提供优秀的电视艺术作品。为了积极有效地促进中国电视艺术的繁荣与发展，中国视协从初期遵循着联络、服务、协调的宗旨一路走来，并且随着中国文化艺术事业的不断进步与中国文化艺术工作者队伍的不断壮大，按照以习近平同志为核心的党中央对文艺工作的要求，中国文联暨中国视协更是秉持着贯彻执行党的文艺方针政策，坚持以人民为中心的工作导向和创作导向，积极履行团结引导、联络协调、服务管理、自律维权的基本职能，继续致力于我国电视艺术事业的繁荣发展，努力将中国视协建设成为广大电视艺术工作者的温馨之家。

说是电视艺术界的温馨之家，这个家就得有个家样。由于工作关系我从电视工作者在荧屏内外对其工作成果的肯定或褒贬、对于创作实践理论的交流与升华、对于如何做一名优秀的中国好演员等三个方面给予简单的论述，并由此见证我国电视艺术事业在改革开放几十年里的发展与希望。

金鹰展翅一冲高飞

我国电视艺术史上，1981 年广电系统首次进行全国优秀电视剧评奖活动，直至 1983 年第三届正式定名为全国电视剧“飞天奖”，成为我国专业电视艺术的评奖活动。由此，“飞天奖”与 1983 年产生的由大众电视杂志发起、后由中国视协指导主办的观众投票、每年评选一次的“金鹰奖”评奖活动，形成了两奖并存相映争辉的可喜局面，有力推动了我国电视剧创作质量和水平的不断提高。

1996 年按照中央的要求，由中国文联和中国视协共同主办的大众电视金鹰奖，更名为更具全国性、权威性、群众性的“中国电视金鹰奖”，其评奖的范围大大超越了原先仅局限于电视剧的单一品类，扩展为涵盖中国电视艺术全类型的范畴，并且在评奖的形式上采取专家推荐和观众参与相结合，投票方式由以往的唯独信函而提升为信函、网络及手机短信等多种手段，具备了更加广泛的群众基础，成为名副其实的全国性电视艺术综合大奖。

1999年，时任中国视协主席的杨伟光同志从中央电视台台长的岗位上退下，在他的策划指导下，从20世纪与21世纪上下交融之年——2000年的第十八届金鹰奖开始，“中国电视金鹰奖”的举办形式及内容也发生了巨大变化。由过去各个城市自主申报轮流举办、单纯的颁奖晚会，到充分发挥电视播出平台的绝对优势，一跃演变成为影响全国、涵盖电视艺术工作者、演艺界、文化艺术界和电视观众的盛大节日，以及电视精英论坛、理论探讨交流和国际电视产品交易的极佳场所。

首届“金鹰电视艺术节”暨第十八届中国电视金鹰奖期间，全国电视艺术界代表两千多人出席盛会，十万长沙及各地观众成为“中国金鹰电视艺术节”成功举办的见证者。2000年上半年，在北京人民大会堂由中国文联暨中国视协授权湖南省政府暨湖南省广电落地湖南举办“中国金鹰电视艺术节”的这一壮举，成为我国电视艺术界团结业界人士、广泛联系观众、交流业务得失、检阅艺术成果的最佳平台，并且难能可贵的延续至今的第十二届“中国金鹰电视艺术节”暨第二十九届中国电视金鹰奖，从电视艺术节目的品种、数量、质量、内涵及演职人员的精神素养、业务修养、电视观众的欣赏水平与眼界开阔等都有了极大的拓展与改观。

说“中国金鹰电视艺术节”按照中央关于我国文化艺术工作改革开放的精神勇敢开拓与大胆实践，在中国文联、中国视协的具体指导下，由湖南电视艺术界联合全国电视艺术同行共同努力下，全面地助飞了中国电视艺术事业繁荣发展，这个结论应该是实至名归，不可否认的！

当代电视实战宝典

由中国文联主管、中国视协主办，创刊于1986年的《当代电视》杂志（月刊）作为我国电视艺术专业刊物，伴随着中国电视艺术工作者的成长和中国电视艺术的发展，可谓轰轰烈烈，亦称得上一路风雨终见彩虹。

创刊伊始的《当代电视》，得益于中国改革开放带来的中国电视艺术的蓬勃发展，直接面对着中国电视艺术工作者及广大电视观众与读者，其较为前瞻、翔实、丰富的电视明星图片、剧照、评论、信息，尽管是月刊却极大地满足了当时的中国广大读者。这本薄薄的、小小的刊物，实实在在成为业内业外广大读者们的电视艺术阅读伙伴。这个阶段的每期几万乃至几十万发行量无疑是轰轰烈烈。

然而，到了我国电视事业蓬勃跃起的20世纪90年代末，随着各省卫视台的各类栏目、节目、剧目、晚会、综艺品类的丰富多彩，以及达到几乎所有播出内容更新速度极快、预告宣传几乎白热化的时候，依旧三十天方才面世的月刊读物则遭遇到了电视天天新、变化速度快的无情阻击。《当代电视》与其他纸质媒体的生存遇到了极大挑战。

可喜的是，在中国视协党组的指导、支持下，在当代电视杂志社全体同仁的努力下，办杂志的方向及内容得到了及时调整，彻底改变了原先的为业界服务兼顾服务普通读者，上报摊、以读者掏钱自买为主的娱乐化理念，调整为完全服务电视艺术界及其爱好者的宗旨，办成把握大方向、贯彻总方针、坚持实事求是、理论与实际相结合的专业刊物。主要为业界一线人员探讨、交流、发表那些在电视艺术创作、制作、管理、研究工作中的实践性极强的实战型理论文章。

这一顺应时代、顺应需求、实事求是的办刊思路，使得《当代电视》杂志即便在如今电脑、微信、即时、瞬间讯息的数字时代，作为指导性、理论性、应用性、实战性极强的传统刊物，也依然能够成为业界实实在在的需求。

多年来《当代电视》能够成为国家新闻出版总署连续认定的社科双效期刊、中文核心期刊，荣膺中国文联十佳期刊、南大核心期刊等，足以说明作为电视艺术工作者的温馨之家，当代电视为其提供了足够宽阔、足够深入、足够发挥的实战理论天地。

赞好人好戏好演员

如果说，自改革开放以来中国电视金鹰奖、中国电视金鹰节的不断展翅高飞，愈加成熟，《当代电视》愈来愈受电视从业者的青睐与欢迎，是中国视协分党组暨全体视协人员按照中央精神、按照中国文联部署认真落实、努力工作的极大成果与自豪；是中国视协在认识、评判、褒奖艺术创作的积极作为，是在不断提高、深化电视艺术理论上的有力实践。那么更加值得称道的是，2011 年 8 月，中国电视艺术家协会演员工作委员会的成立，则标志着中国视协分党组具有前瞻性地将目光投向了团结、培养、教育广大电视艺术人员的最迫切、最基础、最本质的工作目标上。

一开始就将如何做一名中国电视好演员的办会目的，明确地告知了各界人士。“做好人、演好戏、当个好演员”的人生追求与艺术目标，很快就激起了广大电视艺术工作者的参与热情。中宣部、文化部、国家广电总局、中国文联、总政治部宣传部、中国文联各文艺家协会、中央电视台、各大艺术院团、电视传媒机构领导出席大会。活跃在影视、话剧、小品届的老、中、青三代著名演员 180 余人出席成立大会。

中视协演员工作委员会的成立，积极地促进了广大演员努力提高本身的自律能力、自觉发挥社会榜样的力量，同时也增强了维护电视演员合法权益的法律意识。

在中国文联、中国视协分党组的指导下，自 2011 年至今，中国视协演员工作委员会主办的“中国电视好演员”推选表彰活动已经成功举办了四期，得到了广大演员同志以及各界人士的热情支持、积极参与，越办越好。

除了继续办好中国电视好演员表彰活动，更是根据演员同志的切实需求，积极寻找途径帮助演员解决社保服务、关心慰问退休老艺术家、编辑制作名录书刊以及组织拍摄公益电影等等，让演员同志们深深地体会到了温馨之家的感觉。

特别值得称赞和支持的是，为了提高和加强广大表演艺术工作者的社会责任意识，为了充分发挥老艺术家的示范作用，演员工作委员会联合中影集团，邀请了十六位老艺术家和十六位中青年演员，共同积极热情地拍摄了系列公益电影《陪在你身边》。

更值得欣慰的是，这个以老为主的老中青结合的摄制组生活本身，就始终充满了尊老、爱老、助老的新风尚、新气氛、新感觉，特别是那些红红火火的中青年演员放弃了自己原有的规划与安排，一心一意地投入到这个组的拍摄工作，并且分文不取任何报酬。更有的时候，他们反而像自家晚辈儿一样，自掏腰包为剧组、为老同志热情地服务。

通过这次艺术创作实践，使得老中青演员们共同感受到习近平总书记在讲话中的论述：“文艺创作的目的是引导人们找到思想的源泉、力量的源泉、快乐的源泉。清泉永远比淤泥更值得拥有，光明永远比黑暗更值得歌颂。”大家从心里勇于、乐于做这样的践行者、快乐者、拥有者。

中国视协演员工作委员会的同志们，将继续深刻领会十九大关于新思想、新判断、新战略的精神，用习近平总书记新时代中国特色社会主义思想武装头脑，坚定文化自信。鼓励广大演员坚持爱党爱国为民、崇德尚艺传递正能量的自觉意识，以提升中国电视演员良好的道德修养、职业素养、社会涵养等整体素质为出发点，提倡贴近时代、贴近生活、贴近观众，升华精神境界、塑造美好心灵，做社会文明进步的积极践行者。

回望从1958年的一个电视台、一部单本剧《一口菜饼子》艰难诞生，历经近乎20年的缓慢、冷冻式生存，复苏于改革开放的1978年，随后直至1983年先后产生了中国首个电视“飞天奖”“金鹰奖”，1985年成立了中国电视艺术家协会；以及发展到了2017年全国具有30多家省级卫视台、500多个省级频道、2000多个城市电视台、10000多个城市频道，全电视艺术及所属电视艺术行业近千万从业人员的需求量，全国年产14000集电视剧的巨大飞跃；中国电视艺术的发展已经到了亟待进一步改革的极其关键时期。

特别是随着广大观众审美情趣的世俗化、多样化需求，播出平台的网络化、移动化、便利化质变，电视收视群体的老年化以及移动媒体收视群体的年轻化，中国电视艺术工作者的责任与担子也更加沉重与神圣。

面对这一现实，中国视协乘着改革开放东风的实践证明，只要不断地积极贯彻执行党的文艺方针政策，只要不断地坚持以人民为中心的工作导向与创作导向，围绕中心、服务大局、面向基层、服务群众、与时俱进、改革创新，只要积极履行团结引导、联络协调、服务管理、自律维权的基本职能，才能够促使我国电视艺术事业不断繁荣发展、人民群众喜欢满意，就一定能够把视协办成为广大电视艺术工作者由衷喜爱的温馨之家。

2018 年 7 月

作者简介

许明哲，曾任黑龙江农垦总局（原建设兵团总部）北大荒文工团团员、导演、助理团长，总局电视艺术制作中心主任导演、副主任；回京后，历任中国纺织工业部电视制作中心影视部主任、导演及《中国纺织报》副刊部主任；调入中国电视艺术家协会后，任当代电视杂志社副社长，直至退休。

中国视协《当代电视》杂志的市场化改革探索回顾

唐 海

纪念改革开放四十周年之际，回溯中国视协《当代电视》杂志走过的市场化改革探索，无论对于广电传媒的进一步改革，还是对于繁荣丰富各种类型的电视作品在新时代的创作创新，都是很有意义的。

致力开拓 走向市场

《当代电视》1986 年创刊，是中国电视艺术家协会唯一的刊物，也是协会的机关刊物。当时由于中国视协也是建立不久，是年轻的协会，协会机关尚无财政户头，杂志社也更不可能得到财政的按期拨款。很快，文联一次性拨付的杂志开办费 10 万元，不到一年即用完了。那以后，为了办刊，杂志社只能四处告讨化缘。在这种缺乏办刊资金的困扰下，甚至无力定期出版刊物，这一状况一直延续了 5 年。

1992 年，新的社领导认识到，求人不如找市场，于是运用全新的办刊理念，引入市场机制，大胆地对杂志内容和形式进行改革。首先，在以往纯理论性的内容中适当注入通俗化的因素，以适应更多数读者的欣赏趣味，吸引阅读。其次，在装帧上改变封面“素面朝天”只印了刊名一副冷面孔的陈旧样式，借鉴国内外期刊的时尚风格重新包装，增添插图彩页，让读者拿在手里有图文并茂的感觉，产生翻看欲望。

改版后的《当代电视》杂志

改版后的《当代电视》，发行量比过去增加近 10 倍，还引来不少个体书商前来洽谈合作意向。市面上的《当代电视》成为报刊书商的抢手货，一时间，盗用《当代电视》刊名的伪造版每期达百万册之多，北京周边被查出的盗印点就达七处。当时盗印之盛，不仅盗印我们的原版杂志去售卖，甚至有伪造版的内容和我们的完全不同。这样，一度我们竟然忙碌于依靠新闻出版署“打非办”去清理市面上的假劣《当代电视》。

适应市场　机制创新

面对上述这种局面，杂志社全体同志进行了深刻思考。作为刊物主办者，社会效益和经济效益都要抓。中国视协的机关刊物要有比较高的办刊站位，应注重发挥电视理论的前瞻性，讲求宣传艺术，提高引导水平，为全国电视艺术界同仁和广大的电视观众（读者）服务。与其他艺术相比，电视艺术是一门年轻的艺术，在我国只有几十年的历史，但它汲取融通了其他多门类艺术如文学、电影、戏剧、美术、音乐、舞蹈、曲艺、杂技、书法等的精华，依托科技，在不长的发展历程中已愈来愈显示出自己的优势和特质。电视对人们生活生产的影响之深，影响的范围之广，自电视机普及后很多年来几乎没有任何媒体可以与之相比拟。电视传播的广泛实践，电视艺术创作的繁荣发展在呼唤着加强电视理论研究，《当代电视》杂志在电视理论引导上要有所担当，在杂志运营上争取社会效益和经济效益的最大化，为促进电视播出更多的具有社会主义核心价值观、具有中华民族传统美德、具有中国精神中国气派、能够引领社会风尚作用的优秀电视节目，抵制有负面影响的文化产品发挥作用。

要抓住市场上的机会发展自己，想办法在发展中解决前进中的问题。1995 年初，《当代电视》与中国文化传播促进会联合办刊，虽然对方投了不少钱，但因后来在办刊理念上有分歧，停止了合作。以后，又与北京中北电视艺术中心联合办刊，在这一过程中，社领导认识到，全国各级各类电视台两千几百个，省级以上台就有三十多家，杂志社背靠中国视协，凭借自己的舆论阵地，发挥桥梁和纽带作用，以省级台为骨干，逐步建立起刊物的编委会和董事会机制，就有可能摆脱经济困境，取得办刊的市场主动权。

自 1996 年起，中央电视台、中国电视剧制作中心、北京电视台、北京电视艺术中心、北京中北电视艺术中心、中国国际文化艺术中心以及天津、江苏、湖南等一些主要电视台和电视单位加盟《当代电视》董事会，各董事单位的主要领导担任杂志的编委。在此后的一些年时间里，先后有35家省、市电视台及电视制作机构加盟《当代电视》董事会。董事会的成立，给杂志社带来丰富的信息资源和相对比较稳定的会费收入。各电视台及电视制作单位都有大量在工作实践中积累的丰富经验和所遇到的困惑需要交流，《当代电视》适时提供了一个开阔的平台。由于编委都是在各电视台多年担任行政职务的领导，又是在社会上有较大影响的电视艺术家，这样，编委会的建立，提升了刊物的权威性和知名度，更为杂志社运营注入了勃勃生机。

董事会编委会两会的建立，使得杂志社有了办刊依托，在商品经济大潮的冲击下，能够不媚俗、不炒作，始终保持"独家视角，独家风采""推崇精品，鼓励创新"的办刊风格，成为全国电视界极具影响力和可读性的实用理论刊物。在《当代电视》设立的一系列栏目中：台长论坛、研究与交流、观察与思考、栏目冲浪、编导演之窗、三剑客杂谈、他山之石（在办刊中不断有所调整， 如以后新作品评、荧屏杂谈、视协联网乃至目前涉猎电影院线等）等等，发表的文章始终瞄准了电视发展的焦点和热点，站在了广大电视受众瞩目的潮流前列。不仅对改革开放以来人们耳熟能详，红透荧屏内外的电视剧《四世同堂》《便衣警察》，四大名著《西游记》《红楼梦》《三国演义》《水浒传》《渴望》《围城》《北京人在纽约》《情满珠江》《宰相刘罗锅》等，都有着极有针对性的艺术得失评说；就是当时发展中一些刚刚露出苗头，似有滋长，有待给予关注，有待妥善解决的状况也能有文刊出，譬如对于屏幕的"帝王热"，探讨十分热络的春晚生命力又会几何等等。

市场导向　与时俱进

随着电视发展的市场化进程，有关电视的各种传媒报刊也有了很大的发展，竞争也日益激烈，读者市场也有所细分。《当代电视》面临新的机遇和挑战。一方面，在坚持和依靠董事会办刊上不动摇，另一方面更要不断拓展新的思路，明晰办好刊物的市场切入点扩大刊物影响和传播力，发挥“一刊多能”的作用，开拓发展空间。《当代电视》是中国视协的机关刊物，中国视协在全国电视艺术界有广泛的号召力和影响力，5000多名会员中好多是业界学界的知名专家学者，《当代电视》要深度挖掘这一雄厚的智力资源，围绕电视界的热点、焦点课题开展活动，不仅可以为杂志组织起高质量的好文章，也可增加和扩展刊物的权威性和知名度。杂志社曾举办过多次在业界有全国性影响，并对行业发展产生推动力的大型学术活动，例如：由本刊主持，大连电视台承办的“全国儿童电视剧观摩学术讨论会”，由本刊主持，江苏电视台、重庆电视台承办的“第一、二届全国短片电视剧观摩学术讨论会”，由本刊主持，江苏电视台承办的“香港电视剧回顾与展望观摩研讨交流会”，还主办过“全国影视歌曲大赛”“献给九亿农民的歌”“烛之光”等大型文艺晚会。2008年主办“未来杯”纪念中国电视50周年诞辰“我与电视”征文，许多资深电视人撰写了一大批对于中国电视发展极具史料价值的好文章，回顾中国电视剧、电视纪录片等各种类型电视节目半个世纪的发展历程并瞻望未来，如何开创中国少儿电视节目，论述中国电视艺术是改革开放的艺术代表，技术成就电视艺术之美等等，讲述功不可没的林辰夫如何顺时应势发起创办纪录中国电视之路的电视金鹰奖等。这些不断开展的活动在电视界都产生了广泛良好的影响，也为如何多途径办刊提供了灵活的思路。

中国文联各文艺家协会的宗旨是贯彻对本业界的“联络、协调、服务”。中国视协实现这一宗旨的重要抓手：一是1996年接续原浙江《大众电视》杂志承办了十多届的电视金鹰奖，以后又扩展到举办影响力更为广泛的中国金鹰电视艺术节，二是全国德艺双馨电视艺术工作者（即原中国电视百佳）推选表彰活动；还有特有的若干品牌性电视活动，如中日韩电视制作者论坛、旅游电视周、新农村电视艺术节暨小康电视节目工程、大学生电视节、海峡两岸电视论坛（以后为海峡两岸电视艺术节）、中国东南亚南亚电视节等，这些活动在中国电视不断深化市场化进程中，对于始终坚持正确的政治导向，贯彻以人民为中心的创作导向，面向基层，服务群众，弘扬“爱国、为民、崇德、尚艺”的文艺界核心价值观起到了十分积极的作用。《当代电视》作为中国视协的机关刊物，为宣传推广这些活动刊发了大批有分量有影响的文章，对于改革开放以来脍炙人口，享誉荧屏的众多电视剧，如《和平年代》《儿女情长》《永不瞑目》《雍正王朝》《长征》《激情燃烧的岁月》《康熙王朝》《延安颂》《亮剑》《任长霞》《闯关东》《恰同学少年》《士兵突击》等，以讲好中国故事，要有引领意识，昭示时代和民族精神的走向多视角评述，推动中国电视剧艺术不断走向辉煌。为适应电视市场的不断发展和作为中国视协机关刊物的要求，杂志适时进行栏目调整，在编采内容上，更加贴近受众，“是否有用”已成为受众需求信息的首要标准。在文章刊出上，要讲求品位和可读性，吸引读者并注意形成相对稳定的读者群，注重保持品牌栏目的特征。在版面设计上，力求精美、时尚，融入现代审美元素，让读者阅而赏心悦目。

多年来，《当代电视》居于中国文联十佳报刊、全国中文核心期刊之列，亦是国家新闻出版总署中国期刊方阵中的双效期刊之一。杂志并不满足于此，仍一直在争创一流期刊的路上，努力创造新的成绩，要使杂志成为改革开放的电视艺术小百科，成为电视人常阅常新的业务好伙伴，成为广大电视观众观赏各类电视节目的好参考。杂志对每年电视剧等的盘点、检阅，对现象级苗头性的发展进行评析，常成为业界关注点，如对电视民生新闻的扫描解析，还在进入 21 世纪初就对三网融合新时代电视媒体的应对，对互联网时代的传媒经济探讨等，以及目前的对台网联动与异动，新媒体（尤以手机微信视频发展为代表）时代电视的生存发展空间探讨等，体现出杂志的与时俱进，对社会主义文化自信在电视上的自觉担当，为贯彻党的十九大精神建设有中国特色的社会主义文化事业、文化产业奋进不止的珍贵品格。

（本文得到原《当代电视》杂志社副社长关志宏提供的材料的帮助）

作者简介

唐海，曾任中国电视艺术家协会《当代电视》杂志社编辑部主任、副主编、社长，撰写过大量电视述评、论文等。并曾任中国视协农村电视委员会秘书长、中国视协节目研发委员会常务副主任，参与策划、组织多次相关活动、电视艺术研讨等。

抓住机遇　全面统筹　谋划改革

——记第十六届中国电视金鹰奖的改革

王占海

2018年是我国改革开放四十周年，也是中国视协主办的中国电视金鹰奖改革二十周年。

1998年根据中共中央办公厅、国务院办公厅《关于加强全国性文艺新闻出版评奖管理工作的通知》和中国文学艺术界联合会《关于贯彻中央加强全国性评奖管理工作的意见的通知》文件的精神，中国文联系统的十三项评奖全部由中国文联分别与各个相关协会共同主办，不再由协会所属的部门、刊物主办。中国视协抓住金鹰奖更换主办机构这一机遇，全面统筹谋划改革，成功地举办了第十六届中国电视金鹰奖，扭转了中国视协以前松软散，毫无生气，毫无影响的状态，从此走上了近20年的蓬勃发展之路。

中办印发了《中国文联深化改革方案》，提出“文联组织必须直面问题，自我革新，顺势而为，勇于担当，通过全面深化改革，加快转型，创新发展”的要求。今年3月全国文联系统深化改革座谈会在湖南长沙召开。中国文联党组书记、副主席、书记处书记李屹在讲话中强调，“当前，文联组织深化改革工作正处在关键时期，要按照中央关于中国文联深化改革方案的要求，紧扣中央深改办督察报告提出的意见建议，结合中央关于深化党和国家机构改革方案精神，切实抓好落实推进，把文联改革不断引向深入”。今天文联与协会组织面临的改革要求尽管与20年前不可同日而语，但是回顾20年前的中国电视金鹰奖改革，或许对我们今天的改革仍有借鉴意义。

1998年中国视协对第十六届中国电视金鹰奖做了重大改革，将以前只有电视剧作品和男女主配角演员奖的金鹰奖，改为包括电视剧、电视文艺、电视纪录片、电视动画片四大类作品和创作单项奖的中国电视金鹰奖；评选方式也由观众投票评选改为观众投票与专家评选相结合的评选方式；在评选组织方面，充分发挥中国视协相关专业委员会和全国各地方视协的积极性，争取全国电视系统和社会的支持，吸引业内业外的关注和参与。

首先在奖项设置上，改革后的中国电视金鹰奖共设电视剧、电视文艺、电视纪录片、电视动画片四大类作品奖35个，创作单项奖26个，总共61个奖。这61个奖中的四大类作品奖和电视剧男女主配角、电视剧歌曲奖等40个奖由观众投票评选产生，占奖项总数的三分之二，其余21个各类作品的创作单项奖由评委会评选产生。

扩大金鹰奖的评选范围，增加评选奖项，吸引了更多的电视艺术工作者关注和参与，同时也扩大了观众投票评选的参与面，吸引广大观众关注和参与电视艺术事业发展。这是符合电视艺术自身发展规律的。因为电视是大众传媒，依托电视的电视艺术，其发展是离不开观众的关注和参与。正如习近平总书记在中国文联十大、中国作协九大开幕式讲话中指出的，“人民需要艺术，艺术更需要人民”。

从第十六届中国金鹰奖的实际情况来看，也充分说明了这一点。

参评作品：这届金鹰奖收到参评作品 759 部，是上一届金鹰奖参评作品的 7 倍多。其中，电视剧 183 部（长篇电视剧 56 部、中篇电视剧 41 部、短篇电视剧 44 部、儿童电视剧 26 部、戏曲电视剧 16 部）、电视文艺 260 部（综合文艺 99 部、电视专题文艺 70 部、电视文学专题 34 部、音乐电视 57 部）、纪录片 293 部（长篇纪录片 88 部、短篇纪录片 205 部）、电视动画片 23 部。这四大类 12 项电视艺术作品奖和 26 个创作单项奖涵盖了电视艺术创作的方方面面，也成为中国视协联系和服务电视艺术工作者的有效纽带，增加了中国视协在业内的吸引力。

观众投票：这届金鹰奖共收回观众选票 608934 张，是上一届金鹰奖收回选票的 6 倍。纪录片《邓小平》收到观众选票 191098 张，是观众选票中最高的奖项。其次是电视剧《水浒传》的主题歌《好汉歌》收到选票 191037 张；1998 年中央电视台《春节联欢晚会》收到选票 164294 张；动画片《大头儿子小头爸爸》收到选票 160719 张；纪录片《香港沧桑》收到选票 143949 张；电视剧《水浒传》收到选票 124080 张。在这些观众投票的奖项中，纪录片、电视文艺、动画片和电视剧歌曲，都是第十六届中国电视金鹰奖改革新增设的奖项，并且获得很高的票数。原以为有些不大为观众关注的奖项也收到了很多选票。如戏曲电视剧《孔雀东南飞》（3 集越剧）收到选票 176644 张、《秋》（8 集黄梅戏）收到选票 124902 张、儿童电视剧《十七岁不哭》（10 集）收到选票 146101 张。这些选票反映了观众对电视艺术的看法和需求。而今，电视剧在收视率和广告收益的裹挟下，很难寻觅到戏曲电视剧、儿童电视剧、中短篇电视剧了。电视剧的百花园成为电视连续剧的一花独放，且越拍越长。这当是另外的题目，在此不多叙述。

其次，在评选程序上，改革后的金鹰奖也做了相应改革。初评工作主要是发挥中国视协所属的相关专业委员会具有专家团队的优势，组成初评委员会，以评议协商的方式提出参加终评候选作品。终评工作分两步进行，由观众投票评选的奖项（四大类作品奖和电视剧男女主配角奖、歌曲奖），组织观众投票，按投票结果产生，由国家公证机关进行公证。由评选委员会评选的创作单项奖，是在观众投票选出四类作品前 10 名的作品中，经评委会评议以无记名投票方式评选产生。这种采用观众投票与专家评选相结合的评选方式，在当时还是首创，既反映了观众对电视艺

作者参加 2018 年韩国釜山电视节嘉宾招待会

术的民意和呼声，也有业内专家对电视艺术的评价和引领，更重要的是通过金鹰奖评选，旗帜鲜明地主张电视艺术创作要面向观众，鼓励多拍观众想看爱看的电视艺术作品，促进电视艺术创作要在思想性、艺术性、观赏性的统一上下功夫。换句话说，就是不受观众欢迎的作品，是无法获得创作单项奖的，即使是精雕细刻。因为电视艺术是大众的艺术，不是象牙塔里的玩意。

再次，在评选组织方面发挥各地视协的力量，争取全国电视系统的支持。金鹰奖的参评作品是由各地视协征集，并邀请当地有关部门、专家进行筛选推荐。这就极大地保证了本地区的优秀作品参加评选，保证了金鹰奖评奖的基本质量。在金鹰奖选票的刊发方面，这届金鹰奖选票除在《大众电视》《当代电视》杂志刊发外，还在《中国电视报》和 24 个省、市的广播电视报刊发，有些地市级的广播电视报也刊发了选票。据统计，这届金鹰奖选票刊发数量突破了 1000 万份，是上一届金鹰奖选票刊发的 8 倍以上。如此大量的选票刊发与各地视协的努力是分不开的。他们积极联系促成当地广播电视报刊发金鹰奖选票，有的甚至参与其中工作，付出了很大的努力。有的地方视协还在观众投票期间，协调当地电视台搞入选电视节目展播、宣传等活动，吸引观众参与投票，充分显示出全国视协系统的优势。北京电视台、上海电视台、云南电视台承接了专家初评的会务工作。江苏电视台承办了金鹰奖颁奖晚会。可以说，第十六届中国电视金鹰奖的成功是中国视协与全国地方视协和电视系统共同努力的结果。

中国视协还积极争取社会上的支持，《中国艺术报》《工人日报》《中国青年报》《农民日报》《中国妇女报》《解放军报》等都无偿刊发选票。还创新观众投票方式，开通了金鹰奖投票网站 www.ctv.com.cn，在 160 多个城市开通了 16897118 电话语音投票。网络投票和电话语音投票，这在当年还是个新鲜事物，没有借鉴，没有参照，一切都是摸索着做。据中国互联网络信息中心 1998 年 7 月发布的《中国互联网络发展状况统计报告》显示，截止到 1998 年 6 月 30 日，中国网民仅有 117.5 万人，注册 .com 网站只有 6559 家。当年金鹰奖投票收到网络选票 75996 张，约占当年网民总数的 6.5%，占观众投票总数的 12.5%，其中还有一张是在美国的一位华人小朋友的选票。他在中央四套节目看到动画片《海尔兄弟》很喜欢，通过互联网投了《海尔兄弟》一票。这让我们知道在遥远的他乡异国，还有华人观众在关注着我们的电视节目。

为了吸引和调动观众参与金鹰奖投票的积极性，这届金鹰奖还设立了热心观众幸运奖，在公证部门的监督下从所有的选票中摇奖产生一、二、三等奖，奖品是 20 台 29 寸彩电、200 台 VCD 机和一万套特制“第十六届中国电视金鹰奖颁奖晚会”珍藏版 VCD 光盘，获奖率是 60:1。热心观众幸运奖既是对观众参与金鹰奖的回报，也是对金鹰奖的宣传。

金鹰奖的改革，引起了社会上的广泛关注。电视台、广播电台和报纸等新闻媒体都给予了大量的报道和宣传，扩大了中国视协和金鹰奖的社会影响力。1999 年的第十七届中国电视金鹰奖收到观众选票 141 万张，比第十六届中国电视金鹰奖收到的观众选票翻了一番还多。在第十七届中国电视金鹰奖颁奖活动中，湖南广电集团提出要承办中国电视金鹰奖的颁奖活动，无疑就是看到中国电视金鹰奖的社会影响力和它的品牌效应。自 2000 年起中国电视金鹰奖颁奖活动和金鹰电视艺术节落户湖南长沙举办。

回顾第十六届中国电视金鹰奖的成功改革，我认为最大的特点：其一，确定中国电视金鹰奖的宗旨是“贴近广大电视观众，充分发挥电视作为大众传媒的优势，采用观众投票和专家评选相结合的方式，促进多出精品，多出人才，繁荣我国电视艺术事业”，使金鹰奖成为业界和社会关注的热点，提升了中国视协在业界的吸引力，扩大了中国视协在社会上的影响力。其二，把“金鹰奖”评选与协会的整体工作统筹设计，通过“金鹰奖”的改革推动协会工作的开展，加强协会的组织建设，强化协会的系统优势。

无须讳言，中国视协自1985年成立至20世纪90年代初，举办了许多全国性有影响的活动，如电视剧美学研讨会（1987年太原）、儿童电视剧研讨会（1988年四川）、纪实性电视剧研讨会（1992年四川）、国际电视剧研讨会（1991年重庆），改革题材电视剧表彰（1988年）、发起主办少数民族电视艺术骏马奖评奖（1986—1992年），以及电视剧作品研讨会等。1986年，中国视协还邀请日本著名电视剧导演大山胜美先生和夫人著名演员渡边美佐子女士在北京、湖北举办培训班，介绍他们的创作经验和对电视剧的理解。大山胜美先生1994年获日本政府紫绶带奖章，其夫人渡边美佐子女士和我们熟知的日本著名演员高仓健1997年获日本政府紫绶带奖章，足见大山胜美夫妇在日本电视剧界的地位和影响。

1992年邓小平南方谈话推动全国改革开放迅速发展。我国电视艺术事业也是一派欣欣向荣的景象。在这一片大好形势下，中国视协反而日渐式微，逐步被边缘化。对内毫无凝聚力，国家要求发给职工的“菜篮子”补贴都无钱可发。1997年中国视协换届，视协机关推选会员代表，分党组成员居然未被大家推选为代表。对外毫无号召力，各地方视协只好搞区域联合，组织活动。东北地区评金虎奖、华北地区有五龙杯奖、华东地区评华东奖、中南地区评金帆奖、西北地区评天马奖。中国视协的专业委员会活动与协会似乎也无关联，戏曲电视委员会举办戏曲电视艺术评奖，纪录片学术委员会的学术研讨活动，在业界都很有影响。

俗话说，有为才能有位。中国视协当时的无所作为，成为中国电视金鹰奖改革的最大内在驱动力，改革也就更加直面问题，提出的改革措施也就更具针对性。通过金鹰奖的改革整合视协的系统资源，纵向中国视协与地方视协的相互呼应，横向中国视协与相关专业委员会的一体捆绑，发挥全国视协系统的整体优势，提高视协系统的执行能力，在联系和服务电视艺术领域中发挥更大的作用。通过各地视协征集报送参评节目，既是发挥各地视协的积极作用，也是强化地方视协的影响力，促进各地视协与电视艺术创作者的联系，了解他们的现状和需求。有了联系，加深了理解，增进了感情，才能更好地开展视协工作。中国视协相关专业委员会参与金鹰奖初评工作，既是发挥相关专业委员会具有专家团队的优势，也是提供他们更全面地了解本领域电视艺术创作实践状况，有针对性地开展电视艺术研究等活动，有利于发现优秀作品和优秀人才，做好团结会员服务会员的工作。这样从横向、纵向两个维度，建立中国视协与全国广大会员的联系，为广大会员提供服务的体系。

2003 年中国视协进行了会员重新登记，建立了会员数据库，制定了新的会员登记表，按会员所从事的电视艺术门类（电视剧、电视文艺、纪录片、动画片、广告片等）、专业（编剧、导演、摄像等）、类别（戏曲、儿童、喜剧等）、职业（创作、管理、研究、教学等），以及就职所属（电视台、行政机关、事业单位、企业公司、自由职业、学校等）、所在地方协会等信息管理。在此基础上，中国视协组织了会员参与金鹰奖投票，单独统计，形成金鹰奖由观众投票、会员投票、专家评选三结合的评选模式，继续探索通过评奖活动加强与会员的联系和服务的尝试。

回想当年参与中国电视金鹰奖改革的努力，品味着金鹰奖改革硕果的喜悦，常常不能自已。今天党的十九大吹响了新时代推进中国特色社会主义伟大事业的嘹亮号角，对文联协会组织提出了新的要求，赋予文联协会组织新的职责。文联协会组织面临着深化改革的任务，也迎来了更大的历史发展机遇。随着第四次工业革命的到来，人工智能、物联网、大数据、云计算、区块链等技术的发展，提供了文联协会做好会员管理和服务工作新的技术手段。总归还是一句话，有为才能有位。抓住机遇、全面统筹、谋划改革，创新文联协会组织的新发展。

2018 年 7 月 12 日

作者简介

王占海，原中国电视艺术家协会副秘书长、国际联络部主任。1952 年 1 月生，毕业于中国人民大学一分校中文专业。1985 年到中国电视剧艺术委员会研究部工作，1986 年到中国电视艺术家协会研究部工作，至退休。先后担任理论研究部主任、组织联络部主任、国际联络部主任、副秘书长等职。创办中国电视信息报、中国金鹰电视艺术节电视艺术论文评选、中日韩电视制作者论坛、中俄电视合作论坛、中国—东盟合作组织国家电视峰会、海峡两岸电视合作论坛、上海合作组织国家电视合作论坛，参与筹备了 1998 年的第十六届中国电视金鹰奖的改革工作，起草了全部文件，开创了金鹰奖网络投票的新方式。

四十年峥嵘岁月　文艺界发展壮大

舒丽珍

一、从文联机关的吃、住、行看文联的变化

中国文联是在 1978 年 5 月经中共中央批准恢复工作的。各协会也是这时候批准恢复的。我是这时候调到文联做筹备工作的。文联机关开始没有办公地点，先是在北京工人体育馆租了几间运动员的宿舍为办公室，后搬到沙滩北街五四广场院内搭建的木板房子办公，各协会恢复后分别在大街小巷租借民房或借用别的机关房子里办公，很不方便。1978 年 10 月

五四广场木板房东大门外沙滩北街 2 号（1988 年）

四次文代会闭幕以后，“中国文学艺术界联合会”的牌子终于挂在五四广场东大门外的墙上。工作虽然走上正轨，但是属于一穷二白的单位。十几间木板房只有一部电话，每天都能听到在电话旁边工作的史黎晴、范慧（她俩都是文联办公厅秘书处的工作人员）前院后院地奔走喊叫:“×× 接电话，××× 接电话！”的声音，党组领导也不例外，打电话也得到办公厅。

最不堪的是，文联机关没有自己的厕所，如厕要去文化部大楼或者西院的红旗杂志社，还有五四大街的公厕。直到文联木板房改建成二层小楼，我们才有了自己的厕所和浴室。

木板房子冬天烧煤球，管生炉子的服务员只有一个，专管公用场所和领导房间的火炉。领导成员也是两三个人合用一个屋子办公。吃饭没有餐厅，冬天在自己的办公室就餐，夏天打了饭，端着碗在院子里找阴凉处吃饭。因为厨房只有一间不到十平方米的操作室，炊事员一个人炒菜蒸饭转身都困难。

用车也是一样。先是在首都汽车公司包租了两辆车，司机们还算不错，忙得回不了家，只好睡在木板房里，后来国管局拨来两辆小卧车，一辆中巴，这才有了文联自己的车队。在这段艰苦的岁月中真是闹了不少笑话，有的事情还成了难忘的记忆。

二、党组成员书记处书记，每天给我们办公室生火炉子

木板房冬天是最冷的，取暖设备是烧煤球炉子，茶杯里的水常常冻成冰块。那年冬天我和马道远正在我们组联部办公室生火炉子，门窗大开，烟雾弥漫，呼啸的北风吹得木板房门乒乓乱响，正当我埋怨劈柴太湿，煤块掺假时，厅口出现一个人，边咳嗽边关切地问道:“怎么？炉子又灭了？”说话的人带着陕北口

从左至右：萧军、延泽民、本文作者、杨沫，延泽民系第四届文联党组成员书记处书记（1983 年 9 月）

音，正是文联书记处书记延泽民同志，他说："我来看看，生煤火炉子我可不是外行。"进到屋里从马道远手里接过钩子，真的给生起火来，我和小马很受感动，也挺不好意思让领导给生炉子，这时又听到老延说："你们的火炉子不好使，各处都冒烟儿，烟囱不往外拔火所以上来得慢。"他真像一位烧火的老专家，查找火炉子四处冒烟的原因。

我告诉他："这个破炉子，还是小马前几天用平板三轮车从杂货铺买回来的哩！以前用的是蜂窝煤炉子又矮又小，我们这间办公室，开会就是会议室，烧蜂窝煤不管用，跟冰窖似的。"

"我知道，我知道，咱们这困难是暂时的嘛！"他边说边用火钩子捅煤，然后乐观地笑着说："面包会有的。"

"正因为换了大炉子，从烧蜂窝煤改成烧煤球和煤块，我们又没掌握好封火的技术，所以天天灭，天天生。"我说。

马道远不忍心让老延同志给生火便伸手拿过火钩子自己动手。

延泽民同志教他说："不要捅得太瓷实，人要实，火要虚嘛！"

我觉得老延是领导干部，给我们生火炉子，也太不像话了，忙对他说："您快走吧，在这烟雾弥漫的房子里又冷又呛的！"

延泽民同志哈哈大笑说："蛮有诗意嘛！还烟雾弥漫哩！晚上下了班，我来教你们封火！"

下班时他真的来给我们封火，一连好几天他都来我们办公室看看火封好没有。有一次他去中宣部开会，散了会叫司机拉他先回机关，在值班室拿了组联部的钥匙，专门来看火炉子封好没有。从此以后我们办公室温暖如春。

不久，有了专门管生火的服务员了，不用我们早来晚走担心火灭了。再后来木板房重新搭建变成了两层小楼，装修很漂亮，

前排左二郝力群（山西省文联主席，版画家）、左三刘知侠（山东省文联主席、《铁道游击队》作者），第二排右一李进（江苏省文联主席，《红色种子》作者），后排右一杜烽《英雄万岁》作者（1984 年 2 月）

冬天有暖气，夏天有空调，便想起了延泽民同志说的话："面包会有的！"

现在回到文联机关大楼，更是别有一番天地。现在办公地点是两座大楼，分为AB，文联机关在A，各协会在B。无论领导还是一般工作人员都有自己的办公室，电话、电脑一应俱全。吃饭不仅有宽大的厨房和餐厅，还有活动室、礼堂。离退休干部不仅有活动中心，在大楼里还有"文艺之家"。每当回到机关看到天翻地覆的变化，从内心感到高兴和激动。

四十年前的今天，中国文联恢复时，只有作协、影协、音协、美协、舞协、剧协、曲协、民协、摄协9个全国文艺家协会，现在，已经发展成为13个协会了。除此之外，34个省、市、自治区也恢复了文联，连军队，新疆生产建设兵团和铁路等9个产业也都先后恢复和成立了文联。据不完全统计已有54个团体会员。文联的发展壮大，令人欢欣鼓舞，增强了为中华民族文

前排右一（王学仲，中国书法家协会副主席，天津大学画院院长，日本某大学客座教授，著名画家）；前排右二歌唱家马玉涛；前排右三李建彤《刘志丹》作者；第二排左二李进，左三曹明；第三排力群，最后排右一刘知侠（1984年9月）

化复兴，再创辉煌的信心。

三、用平板三轮车接送外地文联主席

中国文联恢复以后，外地文艺家们只要到北京办事，总要到文联机关看看，有的文艺家来京还需要文联帮助找住处。20 世纪 80 年代初，北京没有那么多大饭店，没有几家像样的大宾馆，凡是来求助住处的，大多数介绍到东四旅馆。那年山西省著名画家、山西文联主席力群同志来京参加版画展，带了二十多幅版画，出不了车站，打电话叫文联的人去接一趟。柴鸿奎接到电话，急忙到车队，三辆车都出去办事。大街上还没有出租车，包括火车站，大多是三轮车和人力车，还不好找。在这紧急时刻，老柴到了厨房，蹬上买菜用的平板三轮，直奔火车站，把力群同志连人带画接送到东四旅馆。力群同志当年已经 62 岁了，他非常感动，因为当年老柴也是半百的年纪了，和他自己的年纪差不多，给他解决了困难。这一次艰苦的接站，在文艺界传为美谈。

四、令人尴尬却很感人的记忆

因为每年春节，中国文联和北京市总工会、总政治部联合慰问首都劳动模范和军人家属，都是在工人体育馆演出。支持文联演出的单位有全总文工团、二炮文工团、总政文工团、民族歌舞团，场地不用花钱，包括用车拉送道具和搬运工，也分文不取。由总工会支援，参加演出的演员也都是尽义务，包括关牧村、蒋大为、郭颂、陈佩斯、朱时茂、侯耀文、石富宽、姜昆、李文华、谷文月、温玉娟等，都是一个电话就都踊跃参加，没有劳务

阴历正月十五元宵节和天津市文联合办的文艺晚会，后面是高跷演员，第四届文联党组成员。前排右三起李赓、陆石、赵寻、延泽民、本文作者、陆非，左一林平，右一佟韦（1982 年 2 月）

费甚至连夜餐费也没有。他们认为为劳动英雄模范演出是自己的光荣。艺术家们虽然热情地给予帮助和支持，可是文联自己连个演出底班都没有，也都是他们带来。1985 年的春节那场演出，我实在不好意思向大家提什么要求啦！谁知蒋大为找上门来说："底班还是由我们团出。"演出当天他们团支援了四十多个人，包括装台、灯光、音响、道具、乐队、舞台、监督，连送道具的汽车都是他们团无偿提供，一直忙到深夜，连夜餐费也没有。因为机关没有这笔开支，直到现在我每当回忆起这些事，都感到内疚和尴尬，更深深为这种奉献精神而感动。

四十年过去了，现在的春节演出，已经发展到为全国人民演出了。电视台有一专场是"百花迎春"，不仅一个台播放，外地电视台也排时间播放。外地人员看完电视台播出春节晚会还不过瘾，纷纷打听中国文联举办的“百花迎春”播出的时间，都在哪个台播，认识我的人，看完这个台接着看那个台，越发的鼓舞人心。中国文联不仅发展壮大，而且在社会上的声誉和地位也不断提高。

五、文艺采风往事

近些年来，文联组织的送欢乐下基层志愿者演出队越来越红火。中国文联还成立了中国文艺志愿者协会，姜昆任第一届文艺志愿者协会主席。这是姜昆四十年来的艰苦奋斗的结果，也是他一直坚持下基层为工农兵演出的坚定信念的实现。

20 世纪 80 年代初中国文联组织文艺家深入生活时，是组联部李木山带队，由 11 个人组成，到徐州煤矿深入生活，其中有姜昆、李文华参加。这次下基层去体验矿工们的艰辛，没有演出任务。文艺家们下到矿井里一直下到掌子面。随着“留神”“低头”“小心路滑”的吆喝声，步行穿过 1000 多米长的隧道，然后顺着煤层挖掘的巷道向前走。有的地方又矮又窄，姜昆他那高大的身躯必须弯着腰，缩着肩一点一点地前蹭，他真情实意地说：“工人老大哥天天在这里面操作，不来看不知道，体会不到这种艰苦的生活，烧煤要记住挖煤人啊！我这么一想，好像有一种无形的力量就把我推了过来。”

姜昆和李文华无论走到哪儿都受到矿工们的欢迎，不说一段相声是难以离开的。他们也理解矿工们的心情，不顾自己的劳累，在条件允许的情况下尽量满足矿工们的要求。并且非常爽快地答应煤矿工会的邀请，在露天的山坡上作为剧场演出。当时在访问团中只有姜昆和李文华一对相声演员，这场演出他们二位连续表演了一个多小时，说得口干舌燥，却未曾叫苦，叫累。附近的农民、矿工家属也从十里八村赶来看他们演出，山坡上聚集着有上万人，非常壮观，秩序井然，不亚于在工人体育馆的演出。演出分文不取，矿工们和当地农民们无不深受感动。矿工们说："为了感谢艺术家们来矿看我们又为我们演出，我们一定要多出煤，出好煤，为国家多做贡献。"

在徐州深入生活的日子里，住的是招待所，设备简陋，姜昆、李文华、李木山三个人住一个房间。文艺家们白天深入生活，参加座谈会，晚上还都要写日记，记心得体会。姜昆他们还要编新段子。姜昆怕李文华太累身体吃不消，他让李文华躺在被窝儿里，他一句一句地念给李文华听，待李文华提出修改意见后，他立刻动笔修改。他们的亲密合作非常感人。

结束在徐州的活动以后，在回京火车上也遇到了困难，他们一行 11 人，只买到十张硬卧车票。他们当中数李木山和姜昆年轻，姜昆非让李木山睡卧铺，他自己去坐硬座，李木山不肯。在他们谦让的时候，一行人到了餐厅车落座，正巧列车长从餐车路过，几名列车员发现了李文华和姜昆，叫住列车长。一个男列车员说："姜昆同志，我们在电视上看到过你，在广播里也听过你的声音，就是没见过你本人，我们餐车服务员想邀请你和李文华老师给说一小段可以吗？"

列车长和其他列车员，还有来餐车用餐的乘客鼓起掌来。说话间餐车厨师穿着白大褂也都堵在厨房的门口。李文华笑眯眯地看着姜昆。姜昆说："没问题，只要大家喜欢听。不过，我得向你们借一样东西。"

"什么东西？"列车长问。

"就借这儿！"姜昆指着餐桌："贵方一块宝地。"

姜昆、李文华在火车上（1992 年）

餐厅服务员抢着回答：“没问题。”还高兴地说：“你们开会？我给你们准备饮料、茶水。”

“不是开会！是睡觉！”姜昆挺认真地说。

“你真幽默，这里怎么睡得下？”列车长疑惑地摇摇头。

姜昆一本正经地说：“是真的，我们 11 个人只买到 10 张硬卧车票。你看（指李木山）只有我和这位兄弟年轻，他身体没我好，让他睡卧铺，我呢睡在这张桌上。上半身儿睡在这张，下半身睡在那张桌，中间悬着，咱们也来个悬空车，怎样？不错吧！”他的话音刚落，周围的人哄堂大笑。有的人说：“舞台下的姜昆也是这么幽默，我第一次看到他本人，这趟车没有白坐。”

列车长从兜里掏出一张字条儿，写了几个字，交给身边的列车员吩咐道：“给他们补一张卧铺票，再给他们调到一块儿，对艺术家们在可能的范围内尽可能地照顾一下。”然后对姜昆说：“你也用不着来个悬空车了。”

每当看到现在的文艺工作志愿者下基层，接地气，为人民群众送欢笑的活动，我心中像大海的波涛，时不时地回想起在木板房里办公的往事。记得 1988 年朝鲜文艺代表团来访问的时候，就是租借对外友协的地方。许多作陪的艺术家们，如雷恪生、谷文月、王玉珍等人，来往都是自己乘车，没有文联的汽车接送。

四十年的峥嵘岁月，文联机关从木板房子里走向高楼大厦，文联的发展变化，文艺界的繁荣昌盛令人鼓舞。相信在今后的发展中，在以习近平同志为核心的党中央对文艺工作的高度重视，对广大文艺工作者的殷切期待和人民的重托，文艺家们更要努力奋斗，不断进行文艺创新，并且创作出更多的精品。在全面建设社会主义现代化强国的新征程中，听党的话，永远跟党走，努力负起繁荣兴盛新时代中国特色社会主义文艺的神圣使命，为实现中华民族伟大复兴中国梦做出新的贡献。

作者简介

舒丽珍，1932 年生于北京，满族，中华人民共和国成立前做过童工，中华人民共和国成立后做过工会工作。1978 年调至中国文联做组织联络工作。系北京市作家协会会员，中国作家协会会员，延安文艺学会会员。1958 年开始发表文学作品。出版过长篇小说《恋城火焰》《义重情长》《蚊蚁》《古城火焰》《书市墨道》第一部。散文集《艺苑趣话》《艺苑趣谈》。其中长篇小说《恋城火焰》获全国首届满族文学奖“佳作奖”，《蚊蚁》获首届通俗文学精英大赛长篇小说类“银奖”。2009 年 7 月获中国文联颁发的为新中国文艺工作 60 年荣誉证书、证章。

十一天之旅 见证改革开放累累硕果

李 一

2018 年 5 月 19 日至 29 日，我在女儿陪伴下，去南方探亲访友，在上海、常州、南京先后走访了八家亲友。我们还与朋友老少两代共八人专程去了河南信阳潢川县原团中央五七干校，现为黄湖农场。我们在那里度过了三年艰苦异常但不乏生趣的岁月。大家在此兴奋地重访住过的陋房、劳动过的田野、“小五七战士”的学校等旧址；参观了县政协在此设立的“胡耀邦旧居”（当时他为团中央第一书记），以及干校简史陈列室等；拜谒了在干校离世的几位同志的陵墓。这 11 天的所见所闻，使我充分感受到我国改革开放四十年来的巨变和成果，这里只与大家分享其中的几点。

高速铁路、公路四通八达

我们首先乘坐高铁从北京去上海。约 1500 公里的路程只花了四个半钟头，其方便性，舒适度胜于坐飞机。我不由地回想起 20 世纪 50 年代，当我被组织调来北京团中央，买的是火车票，从上海到北京，艰苦地走了一昼夜多的时间，经过南京长江时，因还未建有大桥，火车只有把一节节车箱用渡轮送到对岸。改革开放期间，我父母从上海来京探亲，记得还费了十多个小时。2007 年秋我去上海，乘坐的不再是过去的蒸汽火车，而改成了动车，时间缩短大约 8 个小时，而今日的高铁又将加速，将时间减为 4 个多小时了。

至于我国高速公路的发展，更是从无到有，遍布全国。这次上海朋友邀请我们老少两代“五七战士”坐商务面包车从上海出发，经浙江、安徽两省再到河南潢川，来回行程约 1600 公里，都是在平坦无阻的高速公路上奔驰，沿途还能欣赏美丽的田野、漂亮的农房、高楼大厦、湖光山色等风光，真是一种无穷的享受。过去河南信阳的潢川只有土路，现不但有高速公路，不久还将有高铁车站。

据悉，到 2020 年我国的高铁将有 3 万公里，高速公路将达 30 万公里。

特别值得一提的是高速公路旁众多休息站的卫生间。我起初还抱着陈旧的想法，准备排长队进入简陋肮脏的厕所，结果令人惊喜的是，各休息站都建有大型、敞亮、有专人负责打扫的卫生间。回想起二十世纪六七十年代我常陪同外国代表团去长城、兵马俑等名胜古迹参观访问，外宾总为我国古老悠久的文化奇迹赞叹不止，但一进入这些地方的卫生间就大煞风景，也使我无地可容。的确，一个国家的公厕卫生充分反映了这个民族的文化水平。这方面的见闻确实也反映了我国改革开放以来的某种成果。

老百姓生活普遍改善

我在南方走访亲友八家，深感他们现今的生活都有进一步提高，尤其是居住条件可说都已进入小康阶段，有的还买有别墅进入富裕行列。亲友们大都过着愉快舒适的养老生活。

我们在安徽行车途中去一农家小馆用餐，并与店老板聊起家常。他告诉我们改革开放以来，日子比过去好过多了，他说过去每月要交税 600 元，现不仅不交，政府每月还补贴 100 余元。小馆每年纯收入约 20 万元，他上有老下有小，日子过得还是不错的。特别令人高兴的是，我们在潢川与当年两位常在我们五七干校当农工的夫妇重逢，他们告诉我现在已离开黄湖农场，搬进了潢川县城漂亮的二层小楼养老。

随着生活的改善，人们的健康和寿命也普遍提高。我的亲友们大都迈入了耄耋之年，但都能独立生活。我在常州的舅舅已是 97 周岁高龄，但思维清淅，笔耕不辍，近年来整理大量资料，撰写了上海三个月的抗战、南京保卫战等抗日文章。

新科技引领大众生活

十一天之旅中，我看到了互联网、大数据等新科技正提高着大家的生活质量，包括我们这一代老年人的生存状态。我的亲友们现都能使用手机，并通过微信对外联系，这比以前靠写信邮寄及时方便得多，虽然年岁益长，但相互间的交流反而密切，而且还能跟随上国内外大事的变迁，大大丰富了生活内容。我南京一对跨入 90 岁的夫妇朋友，电脑上网也得心应手，几乎每天与我都有微信和邮件来往。

南京的外甥女家刚完成装修，我去探望时看到她家大门也焕然一新，显著特色是一般的门锁改成了“指纹扫描”，把全家人的指纹一一输入，不用钥匙就可打开大门，再也不用担心钥匙的丢失，更不害怕小偷的“造访”了。从南京坐高铁回京，进站时代替人工检票的是“刷脸”新技术，在检票机放上身份证，对着镜头“咔嚓”一声扫脸就快捷放行了。

记得过去最怕到火车站去排队买票，现在车站里还有无数自动购票机，排长龙现象已不复存在，我多次在车站购票也就十来分钟的事。

我坐在街头长椅休息时，最喜欢观察周围行人，看到无论男女老少，几乎人人手中拿着手机，有的还在打电话，或摄像，或低头查阅东西，真是一道世上少有的风景线，说明新科技正引领着我国人民大众的新生活。

回到北京，我在电脑上很快把数百张照片配上音乐，分门别类地制作了三个相册发送各地亲戚朋友共赏。

四十年改革开放的累累成果，在我国大地上处处可见可闻。现在，中国特色社会主义建设进入新时代，我相信在以习近平同志为核心的党中央领导下，通过全国人民脚踏实地的努力奋斗，一定会取得更新更大的成就，中华民族伟大复兴的“中国梦”必定实现。

作者简介

李一，1934 年生于常州。1951 年调干进到北京团中央。1954 年北京俄专毕业。先后去苏联、南斯拉夫工作。1959 年回团中央国际联络部，历任科处长、副部长。1982 年调入中国文联任外联部副主任、主任。1995 年退休。

改革开放使中国文联的面貌焕然一新

张青博

今年是我国实行改革开放四十周年。四十年来，我国各族人民在伟大的中国共产党坚强领导下，众志成城、砥砺奋斗，顽强拼搏，使我国发生了翻天覆地的变化，这个变化是实实在在的变化，是看得见、摸得着的，就在我们身边。

我是1984年3月从共青团中央调到中国文联国际联络部工作。当时中国文联在东城区沙滩北街2号院一个两层简易楼办公。我们是挤在这个“冬天是冰洞、夏天是蒸笼、吃饭没食堂、方便没茅房”的条件下工作着、生活着。当时社会上流传着“解散中国文联”，“取消中国文联”，甚至《人民日报》发表头版头条，要求中国文联到民政部进行登记、要求国家给中国文联“断奶”、三年内中国文联要想办法成为自收自支的社会团体。怎么办？

中国文联的广大干部职工没有灰心，没有气馁，不受干扰，跟着中国文联党组在改革开放的道路上向前冲。随后中国文联做了许多有利于发展和繁荣我国社会主义文艺的工作。如每年都组织广大文艺工作者进行采风活动，深入基层，到广大人民群众中体验生活，进行创作，回报人民。每年都要组织和开展一些“请进来”“走出去”的外事活动，推动中外民间文艺交流，加深了解，增进友谊。按照中央决定，外事活动一定要归口管理，中国文联系统的文艺外事工作由文化部管理。出国境的所有友好访问团、文艺考察团等都得经文化部批准，而且护照签证也由文化部办理。由于改革开放，中国文联系统的外事活动逐年增多。出国的项目和人员也越来越多，办护照签证成为一件大事。由于护照签证工作是一项政策性很强，要求很严很细，手续非常烦琐，时间又卡得很紧，真要办妥一项签证工作非常不容易。文化部为中国文联出国项目的顺利成行，做了大量工作。偶尔也发生过由于签证没有办妥，代表团不能按时出访，造成不良影响。为了不再发生类似情况，中国文联党组决定由我们自己办。经过申请，中宣部、文化部和外交部协商，同意由中国文联自办护照签证。三个月后我们中国文联拿到了许可证，成为一个自办单位。护照签证由我们自己办理，从此以后，中国文联系统的出国事项都很顺利，没有出现一次因护照签证时间问题影响了出访、考察。这是外交部领事工作改革的成果，也是中国文联顺应改革，不断努力争取的结果。

1990 年 8 月中国文联成功举办了首届中国国际民间艺术节。这是新中国成立以来首次在我国首都举办的唯一的大型国际民间艺术节，在国内外引起强烈的反响。来自 11 个国家 13 个民间艺术团 300 多人，冲破了以美国为首的西方资本主义国家，对我国进行政治攻击，经济制裁，取消文化交流，限制人员往来的重重阻拦，他们终于来到我国参加艺术节。这是一件了不起的大事，充分表明了，世界各国人民包括美国人民对中国是友好的，对中国人民怀有真诚的友谊，这也是我们中国文联为国家办了一件大事。

首届中国国际民间艺术节的成功举办，主要是党中央、国家领导的重视和关怀。全国人大常委会委员长万里和中央领导出席开幕式并会见各国艺术团。当时正在国外访问的李鹏总理为艺术节发来祝词。由国务委员李铁映在开幕式上宣读，中央和国家各部委的领导出席了开幕式。财政部拨了专款，为艺术节的顺利举行提供了经济保障。这充分证明党中央没有忘记中国文联，而是信任中国文联，才把这样大的重任交给我们中国文联。

中国文联从领导到广大干部职工为了完成党中央交办的首届中国国际民间艺术节任务，积极工作，日夜奋战，加班加点，毫无怨言，积极性创造性充分发挥出来。为了扩大影响，从艺术节节徽和宣传海报的设计和创作，都费了不少心血。中央电视台现场直播了艺术节开幕式盛况。在北京，在全国，电视观众都观赏到了各国艺术家表演的丰富多彩的民间艺术，打开眼界，家喻户晓。丰富活跃了我国人民的文化生活。对外宣传了我国安定团结向上的局面，对弘扬民间艺术，促进国际交流，都起到了很大作用。

首届中国国际民间艺术节的成功举办，对中国文联的前途命运和发展起到了一定的作用，扩大了中国文联在社会上的影响，提高了中国文联在社会上的地位。中共中央办公厅发文重申中国文联和全国总工会、共青团、全国妇联、中国侨联、全国残联、中国作协一样是中国七个人民团体，受中共中央书记处领导，明确了中国文联是党和政府联系广大文艺工作者的桥梁和纽带，并逐步解决和改善了中国文联干部职工的伴同条件和生活条件。2000 年中国文联从沙滩北街 2 号的“抗震棚”搬到朝阳区安苑北里 22 号的六层楼房，2012 年又搬到现在朝阳区北沙滩 1 号院 32 号楼，AB 两座，十七八层。办公室条件优越，明亮宽敞，桌椅全新，电脑每人一台。会议室、展览厅、电影厅、会议大厅都有，还有能容纳几百人的食堂餐厅。冬天是热力统一供暖，夏天是中央空调，多好啊！这与我们当年的条件大不一样，是天地之别。我没有忘记，1996 年中国文联离退休干部局刚成立时，我是首任老干部局副局长，当时老干部局没有办公室，我是挤在办公厅副主任李麟章的办公室里。其他同志分散在文联各个部室。我们经常到中国文联党组成员、书记处书记老干局局长董良翚同志的办公室开会、学习、办公。没有条件，只能这样挤着。现在的条件多好啊！可惜我没有赶上，但是我为中国文联高兴，骄傲。中国文联能有今天，是党中央的领导关怀，全国人民的关心支持，也是中国文联广大干部职工的辛勤工作，努力拼搏的结果，更是我国改革开放的一个硕果。

自党的十八大以来，以习近平同志为核心的党中央高度重视文艺工作，习近平总书记主持召开了文艺工作座谈会，出席了中国文联十大、中国作协九大开幕式，专门为文艺事业繁荣发展发表了重要讲话，并多次做出重要指示。党的十九大报告对繁荣发展社会主义文艺做出专门阐述。对事关新时代文艺工作文艺事业发展的方向性、全局性、战略性问题做出深刻而系统的回答，为做好新时代文艺工作，推进文艺文联改革发展提供了根本遵循，为广大文艺工作者投身新时代社会主义文艺事业指明了前进方向。我们中国文联的干部职工没有辜负党和人民的愿望，没有后退，继续前进。坚持认真地学习贯彻党的十九大精神，坚持以习近平新时代中国特色社会主义思想为指导，坚持联系文艺发展实际，秉承服务大众的、人民情怀与时俱进的时代精神、肩负起新时代的文化使命，要为推进社会主义文艺事业繁荣发展做出新的更大贡献。

作者简介

张青博，男，1938年生，陕西澄城人。1957年中学毕业，回乡参加农业生产。1960年到中央团校学习，毕业后留团中央国际联络部工作。后在北京外贸学院学习两年外语、新华社外校进修一年，在欧美科秘书科工作。1972年入中央联络部工青妇组，1979年调团中央工作。1984年调中国文联国际联络部工作，1996年任文联离退休干部局副局长。

初心不忘，情怀永续

——纪念改革开放四十周年之际所想到的

张　飙

有人断言，将来无论谁来书写中国20世纪的历史，都不能不赋予党的十一届三中全会以后这段时期以辉煌的文字。这是中华民族又一次复兴的历程。我很同意这个论断。

不过，在改革开放刚刚开始的时候，我没有意识到它有这样大的历史意义。我是通过一件件大大小小自己亲历的事情，感受到了人民对改革的渴望，人民对党的热爱。从感受改革开放、记录改革开放，到自觉地投身改革开放。在庆祝伟大的改革开放四十年的时候，我把自己感受深刻的几件事情写出来，共同回忆我们曾经走过的道路、重温曾经的悲欢苦乐。

改革事件之一：家国情怀

1978年春天，我从四川来到北京，参加中国青年报的通讯干事会议。在当年3月18日全国科学大会开幕式上，邓小平同志指出：科学技术是生产力，知识分子是工人阶级自己的一部分。这两句话，现在听起来太平常不过了，已经是我们整个社会的常识。可是，对于当时的我们来说，真是振聋发聩、石破天惊！

有一件事是最令我震惊的。中国青年报复刊没多久，我偶然晚上去总编室夜班，听到报社领导在和其他报社联系，询问关于四五运动发稿的情况。那时，“天安门事件”还没“平反”，发这些稿件有着很大风险。记得当时值夜班的副总编辑说，“天安门事件”不“平反”，思想解放就不彻底，为了国家的希望，再有风险也得干！

那天晚上，我深深地被震撼了。望着意气风发的总编辑，看着斗志昂扬的编辑们，看着这些自觉为国家为民族承担责任的人，我不由自主也热血沸腾。在我32岁的时候，在我刚刚成为中国共产党预备党员、誓言“为共产主义事业奋斗终身”的时候，看到了这些自觉为国家为民族承担责任的人，切身感到了家国情怀、民族道义，体会到了可以通过努力，使自己和共和国的命运紧紧相连！

改革事件之二：深圳速度

前几年深圳评了一个“改革开放的十件大事”，其中有一件叫“深圳速度”。评选的说明词中明确地说，是《中国青年报》第一个报道了深圳速度！

很荣幸，这篇稿件是我写的。深圳速度的原始意思是指1984年，深圳国贸大厦的建筑三天起一层，创造了中国建筑业的新纪录，达到了世界建筑业的一流水平。这件事正好被我碰到了。在工地上，我待了一天。到现在我还记得那些动人的事迹。三天一层楼的速度是非常不容易的，这里融进了领导者们的心血；融进了科学技术，融进了知识分子的青春；融进了工人阶级的智慧和力量。他们给我介绍了许许多多的艰苦奋斗的事迹。当天晚上，我就给报社发回了电稿，本报第二天一版刊出了这条消息。过了两三天，不知道是怎么回事，另一家中央大报也报道了国贸大厦的消息，但却说是“三天半一层楼”。于是就有读者写信问，深圳的国贸大厦到底是三天还是三天半一层楼？怎么你们两家报社说的不一样？又过了几天，新华社发了一篇通稿，确认，深圳国贸大厦是“三天一层楼”。

深圳速度在神州大地上卷起了一股经济建设的旋风，极大地鼓舞了全国人民投身社会主义建设的热情。我至今都记得当时深圳人意气风发的样子。

非常遗憾的是，当年在工地上给我介绍情况的项目经理，后来却因为经济犯罪，被判刑了。我不能理解，那个朝气蓬勃、

1984 年在深圳采访青年女工

骄傲地说“我们中国人创造了奇迹”的年轻人，怎么会是经济罪犯？

也许，这也是改革开放中必然会经历的过程？

改革事件之三：小岗村和黑虎滩村

1984 年的夏天，我受命采访农业改革。我走了许多地方，包括凤阳县的小岗村。

到小岗村我听到的第一件事，就是十八户人家摁了手印的那张纸，被中国革命博物馆作为“文物”收走了。这个“人民群众创造历史”的生动而深刻的事例，被我写在后来获得中国新闻奖一等奖的文章里了。

当年凤阳县穷，人民更穷。小岗村 18 户人家，只有 7 家有门，其余 11 家只好用高粱秆涂上牛粪当大门。没饭碗，没筷子，十几岁的女孩子没衣服，光屁股。队长严俊昌，全家 8 口人，唯一的财产是一张祖传下来的木床。还有好几家，连床也没有。

人均 4 亩多地的小岗村，在“大呼隆”的年代，人均口粮只有 100 多斤。收过秋，家家户户用土坯封上门，流向江苏、浙江、湖北、湖南、广东、福建，乞讨的足迹遍布半个中国。

小岗村是凤阳的缩影。凤阳，又是中国农村那些年“天灾人祸”的典型。那些年月，饿着肚子“批判资本主义”，每年都有上面来的工作队，随着政治气候变换花样。1976 年学小靳庄。男劳力集中学习，老婆孩子出去要饭。要回来，劳力们吃了，去搞“赛诗会”。

肚皮能逼人铤而走险，1978 年，小岗村的社员秘密开了会，决定把田地分开，包产到户。“单干”是犯“法”的，干部们也许会因此去坐牢。于是，全村人横下一条心，写下了“合同”：如果队干部因此被抓，他们的孩子由全村人供养。

改革是逼出来的。当18户农民含着眼泪在“合同”上按下鲜红的手印时，当然没有意识到，他们是在创造着新的历史。中共凤阳县委书记陈庭元得知小岗村的“包干到户”为公社不容许时，充满同情地说：“群众下了这么大的决心，让他们试试吧。”

秋天，滚滚的农业改革的热流，从小岗村，从凤阳，极为迅速地流向华夏大地。责任制，这一伟大的新事物应运而生了！

1982年初，中共中央发出了一号文件。文件高度评价了农村发生的这场“牵动亿万群众的深刻而复杂的变革”，指出“它必将给农村经济建设和社会发展带来广阔的前景”，并对责任制的推行和完善做出了具体规定。

于是在1982年，我国农业生产出现了前所未有的新局面。当年农业总产值比上年增加11%，大大超过了计划增长的4%。有史以来，我国的粮食总产量首次突破了7000亿斤大关！棉花、油料、糖料、肉类、水产都大幅度增长，一举打破了我国农业生产长期徘徊的局面。

深入人心、能取得巨大经济效益的文件，是最好的文件！

顺应历史潮流、造福万民的改革，是最好的政策！

写这篇稿件的时候，我很激动。人民要求改革，党支持改革并且从更高的高度指导改革，干群一心，党群一心，是我们的事业胜利的保障。所以，我在文中写道：“一个党，一个政府之所以有力量，不就在于相信群众，依靠群众吗？一项政策有回天的威力，不就因为它是群众中产生，又经过科学的总结，再回到群众中去吗？”

非常令我欣慰的是，在我去了小岗村14年之后，我的女儿又成了《中华儿女》杂志的记者。我对她说，你要去一趟小岗村，写写他们现在的情况，一定是很好的文章。她去了小岗村，按照我给她的名单找了一些人，自己采访了一些人。回来写了一个《父女两代记者采访小岗村》。文章很受好评，更让我感动的是，据说，小岗村的一些人还记得我，作为一个记者，14 年之后，有幸农民还记得我。

令我不太欣慰的是，小岗村的发展远不如我希望的那样快。近来有些报道，就直接以“为什么小岗村一夜解决了温饱，却三十年未过富裕坎”为题。

于是我就又想起了四川省邛崃县的黑虎滩村。

黑虎滩村的改革和发展，走了一条完全不同的路。这个村在 1980 年初，建立起黑虎滩农工商联合企业，走上了一条集体富裕的道路。1983 年，我写了黑虎滩的报道，团中央领导认为很好，派了青农部的处长韩长赋带着一个人来实地考察，总结经验。在一个星期中，我每天陪着他们，骑着自行车从县里到村里。他们

1983 年在黑虎滩（后排左起第三人是韩长赋）

觉得，这是一条中国社会主义新农村发展得很好的路子。

2015 年，已经是国家农业部长的韩长赋，又到了黑虎滩，给黑虎滩现在的发展以很高的评价，并提醒我，应该再去看看。2016 年秋天，我去了，发现那里已经是一个现代化的联合企业了。工厂、宾馆、生态园，旅游设施，一应俱全。说来让人吃惊，他们的多数产品都是网上销售的，而且，它们的销售网络，是马云派人来给他们指导的！

不知道最开始选择的“分田单干”“联合农工商”的道路，是不是和现在的境况有关系？

黑虎滩的书记让我题字，我毫不犹豫地写下了：改革融进历史，奋斗振兴中华。

人物之一：不想再过穷日子

1981 年初，采访了一个叫陈兴国的“养鸡专业户”。养鸡挣了不少钱，却不忙盖房、置家具，而是用来帮助本村的乡亲们。他把种鸡蛋像贷款一样借给乡亲们，等乡亲们把这些蛋孵出鸡、再生了蛋之后还他。这样，不少乡亲们也成了养鸡专业户。附近的村就帮着销售鸡蛋和鸡，带动了不少人致富，这是一个很典型的“共同富裕”的事例。

对于为什么不像那些农民一样，富了先盖房？他说了藏在内心深处的一件事：

“文化大革命”中，“割资本主义尾巴”割得最厉害的时候，陈兴国的家里没有米吃了。一家人偷偷地编了一些草袋子，让陈兴国去赶场（即赶集）卖了，买米回来。

陈兴国半夜溜出去，躲着巡逻的“割尾巴”的积极分子们，绕着小路到外县去赶场。他不满十岁的弟弟还非要跟着他去。到了下午两点多，才终于赶上了一个“场”，把草袋子卖了，买了一些米、盐，就往家走。弟弟看到哥哥手里还有钱，就纠缠着，要哥哥给买一根油条吃。

从半夜离家到下午，陈兴国和弟弟什么都没吃，早就饿了。可是他舍不得买油条，一根油条6分钱，可以买半斤盐了！而弟弟呢，之所以跟着出来，就是想吃根油条，他哭着闹着，一定要哥哥买。陈兴国真生气了，打了弟弟一耳光！这下弟弟不哭了，陈兴国转身就向场外走。走到村子外面时，陈兴国发现弟弟没跟上来，回去一找，发现弟弟正趴在水田边，用手在捞田里的水草吃！

陈兴国的眼泪一下子就涌了出来。他转身拉着弟弟跑回场里，给弟弟买了一根油条……

陈兴国对我说这件事的时候，我哭了。

之后，他说的一切我都理解了。他永远不会忘记自己在极穷的时候打过自己的弟弟。他不想乡亲们再过那样的日子。

我明白，我懂。因为，这就是中华大地上的改革动力。

人物之二：黎尚彬与韩三平的电影体制改革初探

1980年秋天，我在成都的家中接待了两位峨嵋电影制片厂的工作人员。一位是编辑黎尚彬，一位是青年副导演韩三平。他们俩两人合伙，个人筹款40万元之后，要自拍电影，却遇到了困难。

那天，黎尚彬坐在我家的旧藤椅上，大吹他的“宏图”。他认为，“文艺体制改革将从独立拍片突破”，他黎尚彬将“成为中国第一个独立拍片人”。而且，他说：“私人拍电影。新中国成立以来没有过嘛。现在各行各业都在说改革，我看电影事业更需要改革！如果允许我可以三年拍三部好片子！你问什么是好片子，起码要超得过《庐山恋》嘛！不但拍电影，三年还要培养三十名电影界的新秀，三年创造700万元的利润，上交300万元的税额。”

后来，我知道了他确实是筹集了经费，找好了剧本，物色了演员的。我常常为他可惜，可惜那三部好电影和那700万利税，可惜他那破灭了的私人电影公司老板梦。

但是那天在我家说话很少的韩三平，后来却到了北京，成了中国电影集团公司董事长，在电影体制改革上所做的事情远远超过了当年的设想。

或许，这就是我们常常说的，改革大潮是阻挡不了的！

人物之三：我们世世代代都应该感谢的人们

2003年10月16日，神舟五号回收之时，中国青年报的记者在飞船落地的现场给我发回6个字“船落地，人活着”。后来知道，这六个字是我国第一次载人飞船回收成功的标准。杨利伟在飞船里，摸着黑，自己打开了舱门。之后我率书法家去航天城慰问，在讲话中提到这6个字时，现场有人哭了。

后来再去航天城慰问。在现场写字的时候，忽然看到杨利伟、聂海胜、费俊龙等人走了过来，我不由自主地写下了四个字：是真英雄。

没有两弹一星，就没有中国的现在，也不会有改革开放的伟大成就。中国的科学家在极其艰苦、待遇极低的情况下，创造了奇迹，捍卫了我们民族的繁荣昌盛。

慰问航天城

1997 年，我到被誉为中国核弹之父王淦昌的家中，祝贺他 90 大寿。如果没回国，他很可能是已经获得了诺贝尔奖的大科学家。

他笑着对我说，总有人问我回来是不是后悔，诺贝尔奖也好，洋房别墅也好，都没有国家的强大好！怎么可能后悔？

1966 年，长征二号运载火箭的副总设计师梁思礼院士负责控制系统的研制工作。但工作刚起步不久，“文化大革命”开始了。梁思礼受“批判”“靠边站”，老母亲死了，但在事业面前，他仍不计个人职务名位，强忍丧母的悲痛，坚持开展科研工作，在逆境中和各种干扰下努力使研制工作不断取得进展。我在报道中看到了他的这段话：

我在美国有一个好朋友，当年我们在美国留学，我回国了，他留在了美国。他是波音公司的首席科学家，他搞的是美国的洲

为航天员写书法

际导弹“民兵”，我搞的是中国洲际导弹“东风”。他的年薪是30万美元（20世纪80年代），我的工资只有他的百分之一，他住在西雅图一个小岛上的高级别墅，回国时受到我们国家领导人接见。我住在很普通的单元房子里。有人曾问我对此有何想法，我的回答是，他干的导弹是瞄准中国的，我干的导弹是保卫我们祖国的！

两弹一星元勋、国家科技最高奖获得者、北斗系统和嫦娥登月工程总设计师孙家栋院士有一句话，我永远铭刻在心，那就是:“中国的火箭能打多高，中国人的头就能扬多高！”

他们的初心代表着中国的良心，他们的情怀拓宽着民族的胸怀。

初心不忘，情怀永续。所以，在纪念改革开放四十周年的时候，我特别想把我国的科学家、科技成就用书法的形式展现出来。我用了 100 首诗词歌颂中国科技的进步，用了 100 首诗词来歌颂科学家，仍然觉得没有充分表达对他们的感激之情。

因为，他们是中华民族的脊梁！他们的功绩将载入共和国史册。他们的名字，将被一笔一画地刻在中华民族的历史坐标上。

这个历史坐标上还会有六个大字：中国科技史诗。

作者简介

张飙，中国书法家协会顾问。中国书法家协会第四届驻会副主席、分党组书记，中国文联第六届、第七届全委委员。

曾任中国青年报副总编辑、科技日报总编辑、中国艺术报社长；高级记者。

曾举办 7 次个人书法主题展览：“张飙题赠两院院士诗词书法展”“献给祖国母亲的歌”“爱我中华、爱我西藏”“辛亥革命人物赋”“甲午 120 年祭”“张飙西藏主题书法展览”“爱国爱教护国利民张飙书 11 世班禅文语摘句书法展”。所撰并书《瞬间铸青史大爱镕赤心·唐山大地震 40 周年感言》20 米长卷，2016 年 7 月在唐山展出。

曾获“全国优秀报告文学奖”“首届郭沫若文学奖”，曾六次获中国新闻奖，并获“首届全国优秀新闻工作者”称号。

文联的四十年，我的四十年

——老照片串起的文联印记

乔仁和

我珍藏着一张照片。这张照片中有艾芜、徐迟、艾青、蹇先艾、公木、刘知侠、茹志鹃、公刘……著名作家云集之盛况，恐怕在当今现在的文艺活动中也难以望其项背。这张中国当代文坛

1978 年，以艾芜为团长，徐迟、刘剑清为副团长（包括艾青、蹇先艾、公木、茹志鹃、刘知侠、公刘等）的中国作家学习访问团在黑龙江大庆铁人王进喜同志英雄事迹陈列馆合影

群星荟萃的照片，拍摄于1978年、党的十一届三中全会召开之际，中国文联、中国作协恢复工作后组织的第一次中国作家学习访问团赴黑龙江省学习访问期间。

那时，我作为工作人员全程陪同这些知名作家学习访问。代表团所到之处，都受到了热烈欢迎，时任黑龙江省委书记杨易辰同志接见了学习访问团全体成员。作家们都很珍惜这次学习访问机会，每到一处，都仔细听取介绍，耐心询问，了解当地工农业的生产情况，为将来创作积累素材；特别是参观大庆油田时，他们更是激动万分，更为“铁人”王进喜的精神所感动。这些作家日后发表了许多反映民族精神、反映人民群众建设新生活的伟大实践、弘扬“中国精神”、传播中国价值、凝聚中国力量的优秀文艺作品，为新时期中国文艺事业的发展起到了巨大的推动作用。

“四人帮”被粉碎后，特别是党的十一届三中全会以后，文

1978年，著名作家艾青（左二）、徐迟（左三）参观大庆时留影

化发展有了相对宽松的环境，大批文艺名家又回到了自己喜爱的文艺事业和文艺岗位上，平反后的他们重新开始创作；回忆起他们精力充沛、充满干劲的状态，我至今能够感受到当时劲吹的改革春风。

从改革开放前夕调入中国文联工作，直到2008年退休，我在中国文联系统整整工作了三十年。我是学习着毛泽东《在延安文艺座谈会上的讲话》成长起来的，在工作期间亲耳聆听了邓小平同志在中国文联第四次全国代表大会上的祝词。从中国文联退休后，我学习了习近平总书记的一系列重要文艺思想，持续关注着中国文联举办的各项活动，关注着中国文联在新时代的新发展，并做些力所能及的工作。因而，我在改革开放后所经历的岁月，和中国文联密不可分。这四十年中，我收藏了很多与中国文联工作有关的照片，每每翻看，往昔历历在目，令人回味无穷——我总觉得，人生最幸福的事情，莫过于拥有美好的回忆，而我的往事总又与我在中国文联工作的日子密不可分；同时，从这些照片中，我也亲身感受到改革开放的大潮里，中国文艺事业的巨大发展和中国文联的巨大变化。

从沙滩，到北沙滩

每当我踏入位于北京朝阳区北四环外北沙滩的中国文联那宽敞明亮的办公大楼时，就会想起中国文联从1978年到现在办公地点的几次变迁。

每次路过位于五四大街沙滩的《求是》杂志社的门口，我都要停留几分钟，看看院内的变化，因为那里是十一届三中全会前后，中国文联恢复工作初期的办公地点，也是我刚到中国文联系统工作的地方，更是我后来30年的事业与梦想的原点。1978年，中宣部建议，经党中央批准，中国文联、中国作协恢复工作。当时，中国文联和中国作协暂时合署办公，由于缺少办公楼，两个单位的工作人员就都挤在原红旗杂志社、现求是杂志社的一间办公室里工作。而随着中国文联工作的开展，工作人员增多，办公条件却一时半刻无法改讲，于是大家就在院内盖起了简易房，这样的房子房顶是石棉瓦盖的，室内既没有暖气也没有空调，真是冬冷夏热，隆冬时节还得要用煤球炉子取暖——如此艰苦的办公条件，恐怕今天年轻一些的文联人都是难以想象的。

而面对这样的办公条件，大家却毫无怨言，同甘共苦，团结一致，密切协作，就在这样的办公室里、在各自的岗位上用自己的力量为中国文艺事业添砖加瓦。在这期间，郭沫若同志在中国文联第三届三次全委会上祝福浩劫后的文艺界回黄转绿，走向繁荣。1979年，中国文联第四次全国代表大会顺利召开了，邓小平同志代表党中央发表了在中国文联第四次全国代表大会的祝词。文艺界欢欣鼓舞——第四次全国文代会的召开，不仅昭示着中国文联的新生，更预示着文艺的春天从此开篇。

到了20世纪80年代末，位于北京朝阳区东三环长虹桥的中国文联办公大楼终于建成。但由于办公楼面积不足以承载所有中国文联机关和文艺家协会的工作人员入驻，中国文联党组决定让部分中国文艺家协会迁入其中办公，而中国文联机关仍在沙滩原址办公。在此期间，中国文联召开了第五次、第六次全国代表大会，更迎来了中国文艺发展的新世纪与新千年。

2000年底，中国文联机关的办公设施有了改善，中国文联机关终于从坚守了近20年的简易房搬进了位于北三环外安苑北里的新办公楼，这座六层的办公楼虽然也不大，但毕竟要比原来的条件好很多了。在这段时间里，中国文联召开了第七次、第八次全国代表大会。

转眼到了2010年，中国文联机关和各文艺家协会终于搬进了现在位于朝阳区北四环外北沙滩的办公大楼。这座办公大楼与中国文联刚恢复工作时的简易房相比，发生了翻天覆地的变化。搬到新的办公大楼之后的这些年，中国文联又召开了第九次、第十次全国代表大会，中国文联事业和中国文艺事业的大发展，更是有目共睹。

凡是在中国文联工作时间较长的老同志，很多人经历了好几次办公场所的变化，从沙滩到北沙滩，这几次“搬家”的过程，更从一个侧面反映了改革开放带给中国文联的机遇与发展：作为广大文艺工作者的温馨之家，中国文联不仅以自身的恢复、发展、壮大见证了改革开放的历史巨变，而且通过团结起来的广大文艺工作者，为发展先进文化、建设和谐文化、构建和谐社会做出了突出贡献；在重焕生机四十年间，中国文联努力履行职能，举办精彩纷呈的文艺活动，推出有血有肉的优秀作品，培养德艺双馨的文艺人才，开展丰富多彩的交流活动，满足人民群众日益增长的文化需求，有力地推动了社会主义文艺事业的发展繁荣。

中国文艺，盛景可期

今年是改革开放四十周年，也是中国文联恢复工作四十周年。四十年来，我国的文艺事业和中国文联的工作，都经历了不平凡的历程。从1949年第一次全国文代会到1979年第四次全国文代会前，中国文艺家协会只有9个（中国作家协会、中国戏剧家协会、中国美术家协会、中国音乐家协会、中国电影家协会、中国民间文艺家协会、中国舞蹈家协会、中国曲艺家协会、中国摄影家协会），而随着改革开放的脚步，人民对艺术的需求越来越丰富，艺术门类也随时代的发展而拓展，中国文联为顺应时代的发展，满足人民对文化的需求，积极进行了中国文联所属中国文艺家协会在艺术门类、服务职能、涵盖领域方面的新拓展。

我清楚地记得，1981 年 5 月，在有关领导同志的关怀和社会各界的支持下，经过中国文联的细致筹备和广大书法家的共同努力，中国书法家协会正式成立了，书法工作者和书法爱好者到处奔走相告:“有家了！终于有家了！”正如第一届中国书法家协会副主席陈叔亮先生在中国书法家协会成立之际所写的“心底花开，笔底神来，书坛好友，有家可归”，真切表达了当时众多书法家的喜悦心情。我作为工作人员，有幸参加了中国书法家协会第一次全国代表大会，见证了这一振奋人心的时刻。我在中国书法家协会工作期间，有幸接触到了很多书法家，与他们交往多

1987 年，启功（左五）、沈鹏（右五）等中国书法家协会领导与全国第三届书法篆刻展评委及工作人员合影

了，对他们的人品、艺品有了更进一步的了解，让我学到了很多东西，终身受益。每当大事来临，书法家们总能以炽热的情感来表达他们的内心世界，用自己擅长的书法艺术形式，奉献出自己的爱心，服务于党和国家大局，同党和人民同呼吸共命运，给人们带去慰藉和鼓舞。如今，中国书法家协会已成立了 37 年，全国出现了前所未有的书法热潮。

中国书法家协会成立后，1981 年，中国杂技家协会在公众对杂技艺术观赏需求提高的背景下成立。1985 年，伴随着改革开放后中国电视艺术的蓬勃发展，中国电视家协会也成立了。四十年间，改革之风劲吹，21 世纪以来，中国文艺评论家协会和中国文艺志愿者协会相继成立。而我曾经工作过的中国文联文艺学校，也更名为中国文联文艺研修院，面向全国文艺家、中青年文艺人才和文联系统举办了各类研修课程与活动，对习近平新时代中国特色社会主义思想、中国特色社会主义理论、马克思主义文

1996 年，中国文联领导与参加中国文联机关党委在中国文联文艺学校举办的专题研讨班的所属单位领导合影

艺观、国家文化、文艺发展政策、文艺思潮、文艺创作、文艺管理、文艺经营等专题的培训研究和国际研修交流项目，开展得有声有色，可谓“桃李芬芳，百花为民”。至今，中国文联共有团体会员56个，其中14个中国文艺家协会，32个省、自治区、直辖市、兵团文联，10个产业行业文联，可谓兵强马壮——这让我想起，2009年中国文联成立60周年之时曾推出一套纪念邮票、首日封及明信片，邮票中汇集了十余个文艺家协会的标志，细细观览，真是呈现了“百花齐放”之新貌；而2019年将是新中国成立70周年，也将是中国文联成立70周年，展望与共和国同行的中国文艺，盛景可期。

中国文联从20世纪90年代起向文艺家发出了“万里采风”的倡议，到现在，中国文联更把“深入生活、扎根人民”主题实践活动与“中国精神·中国梦”主题等创作工程有机结合，团

2009年，中国文联成立60周年纪念邮册

结实现中华民族伟大复兴中国梦的时代主题，团结引领了广大文艺工作者深入生活采风创作，就如同改革开放之初巴金先生曾说的，“创作要上去，作家要下去”，众多文艺家创作出了一批弘扬中国精神、凝聚中国力量、体现社会主义核心价值观的文艺精品，成为民族精神的火炬、人民奋进的号角，它们不仅记录了历史，而且成为历史的先声。

四十年前，随着改革开放大幕的开启，我国文艺事业由“严冬”进入“春天”。改革开放的四十年，是我国文学艺术取得巨大成就的四十年，是广大文艺工作者解放思想、与时俱进、开拓进取的四十年，是中华文化伟大复兴的四十年，是中国文艺事业繁荣发展的四十年。在四十年间波澜壮阔的伟大实践中，文学、戏剧、电影、音乐、美术、曲艺、舞蹈、民间文艺、摄影、书法、杂技、电视等各艺术门类都迎来了生机盎然的春天，广大文艺工作者以昂扬向上的精神状态、出色的艺术劳动，热情歌颂全国各族人民的生动实践，文艺事业发生了历史性深刻变化。

文联敬老，工作搞好

中国文联是文艺工作者的大家庭，更是曾经为中国革命事业、新中国文艺事业和中国文联工作添砖加瓦的老干部、老艺术家的温馨之家。俗话说，“家有一老，如有一宝”，他们是中国文联建设和发展的有功之臣和宝贵财富，是中国文联工作的奠基者、推动者和见证者，更是中国文联大家庭中的一宝。

作为老文联人，特别是对曾经在中国文联离退休干部局工作的文联人深知，老干部工作承载着党中央关心爱护老同志的重要任务。伴随着改革开放的进程，中国文联的发展成果惠及了广大文联老干部，而文联老干部工作的变化与发展更是被我们看在眼里、记在心上。几代中国文联人带着感情、带着责任，用心用情做好老干部工作，让老干部在政治上有荣誉感、组织上有归属感、生活上有幸福感；而中国文联离退休干部局历年来精心组织了各项活动，不仅是老干部健康幸福生活的缩影，更展现了他们乐观向上的生活态度，充分体现了历届中国文联党组领导对文联老干部的关心重视。

就拿中国文联老干部活动地点的变化来说，离退休干部局成立时，在长虹桥中国文联办公大楼只有一间 70 平方米的活动室，活动空间十分有限，满足不了老干部的需求。转眼到了 2002 年，离退休干部局在北三环双旗杆的中国文联宿舍区有了新的活动中心，占据了一座三层小楼的一楼一整层空间；2010 年，这座独立的小楼更完全属于中国文联的老干部们，同时，安定门宿舍区也配备了老干部活动室。随着老干部活动中心面积的扩大，活动内

2005 年，由中国文联离退休干部局在中国美术馆主办的“历史不会忘记——纪念中国人民抗日战争胜利 60 周年历史图片展”现场

容也越来越丰富。刚开始，老干部们组成了自娱自乐的合唱队，后来逐渐发展成了合唱团，还曾经到台湾参加交流比赛；离退休干部局开办的老年大学，设立了书法、美术专业课和摄影班、舞蹈队，每年离退休干部局还组织学习班的学员到外地采风……诸多文艺活动，充实了老干部们的晚年生活，每天到活动中心学习和交流的老干部络绎不绝。他们中的很多人亲历了老干部活动中心的变化，更表示“我们信心满满，明天会更美好”。

在中国文联党组的支持下，离退休干部局积极配合国家重大节庆和纪念日，以及不同时期的不同主题，举办了多种多样的活动，比如，离退休干部局曾于2005年在中国美术馆举办的“历史不会忘记——纪念抗日战争胜利六十周年”图片展，反响强烈。在众多的活动中，让我记忆犹新的是，2001年6月，离退休干部局举办了“红心永向党——中国文联老党员纪念建党八十

“红心永向党——中国文联老党员纪念建党八十周年座谈会”合影

（左起）第一排：程季华 戴再民 于敏 孙慎 赵寻 郭维 冯及生 罗焚

第二排：金敏捷 董良翚 刘平 权希军 甘英烈 鲁平 范乃孝 胡珍

第三排：林缦 乔仁和 徐宝玉 胡建春 许南明 刘子异 贺家宝

周年座谈会”，参加座谈会的老党员中，既有亲耳聆听过毛主席《在延安文艺座谈会上的讲话》的于敏，还有戏剧家赵寻、音乐家孙慎等各艺术门类的老党员与杰出艺术家。大家回顾了中国共产党建党八十周年的历程，更感慨改革开放带给中国文艺事业繁荣和中国文联工作发展的强大助推力，更为改革开放给国家带来的巨大变化感到由衷的喜悦。

“文联不敬老，工作搞不好”，高占祥同志曾这样说。的确，中国文联老干部事业的发展，当然离不开中国文联党组的支持。为保持中国文联老干部队伍的稳定，落实中央提出的“老有所养、老有所医、老有所学、老有所教、老有所乐、老有所为”的老干部政策，中国文联党组非常重视老干部工作，除了日常工作外，历届党组书记高占祥、李树文、胡振民、赵实、李屹同志，每年都同其他党组领导一同参加老干部局组织的春节团拜会。

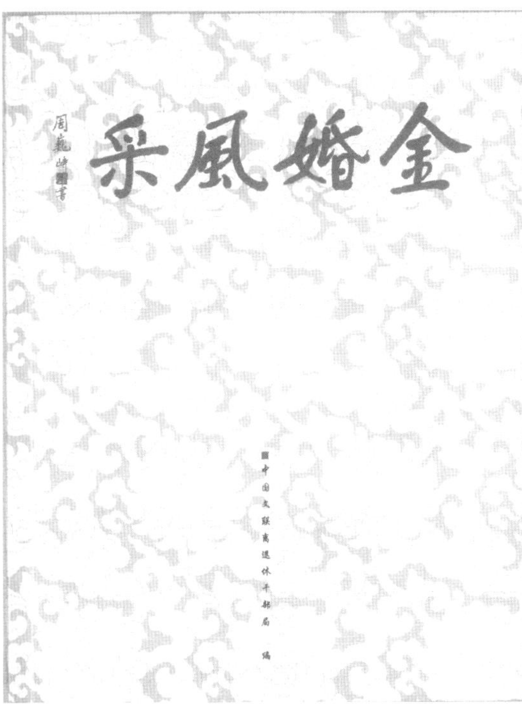

2003 年，中国文联主席周巍峙为中国文联离退休干部局举办的“重阳庆金婚”活动纪念册题写书名——《金婚风采》

当我翻开 2003 年由时任中国文联主席周巍峙同志题写书名的《金婚风采》纪念册时，中国文联为金婚老人拍摄的照片映入眼帘，思绪万千，不由得让我想起了那一年离退休干部局组织的“重阳庆金婚”活动。为了这次庆典，离退休干部局全体工作人员做了精心准备，由时任离退休干部局活动处处长、现任离退休干部局局长的曹建明同志落实此事，黄伟、陈石林、周玉林三位同志亲自到参加“重阳庆金婚”的老干部家中拍摄金婚照片。他们每到一家，都要和精心梳洗打扮的老干部们共同选择最佳的拍摄地点，拍下那弥足珍贵的瞬间。离退休干部局特别定制了镜框，并将所有照片汇集成《金婚风采》纪念册，时任党组领导分别为纪念册题词祝贺。庆典当天，会场气氛十分热烈，刘厚生、傅惠珍等一对对金婚老人手牵手登上舞台，接受所有在场同志的祝福，看到那温馨场面，金婚老人的幸福感与自豪感油然而生。他们无论在战争岁月还是和平年代，怀着对中国文艺事业的热爱，对幸福的珍惜，演绎出了一段段爱情佳话。庆典活动虽然过去了许多年，但当时参加“重阳庆金婚”活动的老同志见面时，还会津津乐道，共同回忆当时的场景——中国文联党组成员、书记处书记陈建文同志在今年春节看望中国杂协离休干部鲁寄同志时，鲁寄同志还特地拿出自己珍藏的金婚照片和《金婚风采》纪念册，激动地表示，这将成为她永久的纪念。

2003 年，刘厚生、傅惠珍同志“金婚照”

《金婚风采》里的照片，能够让我们在每一个定格的瞬间里追寻历史，在每一段生命的轨迹中感悟人生。而如今我翻看这些我珍藏的照片，也串起了我在中国文联工作四十年的点点滴滴，更从一个微小的侧面展现了中国文联事业的大发展和中国文艺事业的大繁荣。我在中国文联的四十年，是中国文联在新时期、新时代飞速发展的四十年，更是改革开放以来中国文艺充满蓬勃生机的四十年——改革开放是当代中国发展进步的必由之路，是实现中国梦的必由之路；改革开放四十年，是神州大地铸就辉煌的四十年，是一部厚重的历史画卷，是一曲高亢的世纪颂歌。我自觉十分荣幸，成为改革开放的亲历者，见证了一个腾飞的中国；我更荣幸，成为改革开放后的中国文联人，记录了中国文联发展的一个个坚实的印记。

作者简介

乔仁和，1975年告别军旅生涯即转业到人民出版社、国家出版局。1978年调入中国作家协会、中国文联工作直至退休。曾任中国书法家协会办公室主任、中国文联文艺学校副校长、中国文联办公厅副主任兼机关服务中心主任、离退休干部局局长。现为中国文联退休干部。

弹指四十载，真情颂文联

史黎晴

1978 年中国文联正式恢复工作。我们一些复转军人有幸来到了文联。司机班有段玉亭、姚震，办公室有李孟山和我，大家到了一个新的单位都非常自觉地勤奋工作。当时没有固定的办公地点，仅在红旗杂志社的五楼上给了文联三四间房子。记得陆陆续续从各地调来了十多个人，我和林绍刚、王祥云等老同志在一个办公室。除了接待来访和整理大量的文件外，我参加的第一件事就是筹备赵树理同志的追悼会。虽然在部队也做过宣传工作，但没想到在这里见到了许多真正的作家和艺术家，崇敬的心情真是难以言表。由于没有工作经验，不久就遇上了让我第一次哭鼻子的事情。

一次开会，我按着名单通知各个代表，大家都非常客气有礼貌。唯独一个京剧表演艺术家态度十分强硬，他很不客气地问：有车接送吗？我说没有。他说：你好意思让我这么大年纪的人去挤公共汽车吗？我怎么解释也不行，不给派车他就不来开会。最后我没办法，只好说：要不您打车吧？车费我给您报销。他根本不领情：要是打不着车开会迟到了你负责吗？第二天我刚上班他就又来电话催问车派了没有？一来那时文联车特少，二来所有的代表都没有车去接送，再说我只是负责通知，根本没有这个权力呀！他不依不饶的给我最后通牒：史同志，是你通知我去开会的，一切你要负责到底。到底来不来车接，你看着办吧！他气哼哼地摔掉电话，我真的懵了，第一次委屈地哭起来。还好，同事们都来安慰我，最后还是司机班长段玉亭帮我请示后特意安排车去接了那个艺术家。原来艺术家也不都是高大上啊！想想侯宝林大师，那真是平易近人没有一点儿架子！一次开会，他坐到最后面我们工作人员这里，我说您是首长咋到我们这儿来了？他风趣地说：什么手掌我是脚掌，坐这儿更自在。你们辛苦了，我来看看不行吗？他还给我们送上名片，欢迎大家到他家去做客。他的举手投足都透着风趣和幽默，那种亲和是发自内心的真诚，真不愧是艺术大师，太让人怀念了！

1979 年初，文联在文化部大门口盖了六七排简易木板房，我们从五楼搬了下来，同时文联和作协也彻底分家了。当时开会念名字，文联和作协每边也就十来个人，大家开心地站队，我被分到了文联。当时只有范慧领导我，后来才陆续调回了一些老文联的同志，如朱磊、于翔、杜继昆、佟韦、段俊如等，当时主持文联基本工作的是魏伯、金紫光、胡青坡和黎辛同志。

那时人少事多，几乎每位同志都身兼数职。我担任机要、档案、收发、信访和办公室的文秘工作，并连续四年坚持周一至周六的夜班值班工作，而且坚决不要值班费，受到了文联的表扬和鼓励。那时值夜班可不光是听电话和睡觉，还要随时巡看文联堆放在外面的物资，遇上刮风下雨更不能掉以轻心。一天晚上我听到有搬动木头的声音，立即跑出去查看，原来是朱维福满头大汗地在摆放木板。因前几天有人偷拿了几块木板，他不放心，特意把较好的木头放在下面。为了集体的财产他放弃周日的休息，特

1982 年，周扬同志在文联春节团拜会上与大家合影

意骑车赶到单位来劳动。他是出了名的“不管部部长”，板房漏雨，桌子坏了，没了办公用品，大家都会去找他。他几乎一天到晚都在忙碌，因当时年纪较大了，大家都亲切地称他为“朱老汉”。可惜他没过几年就因阑尾手术出差错去世了，文联早期的恢复工作都有朱老汉的心血，要是他能看到今天文联的辉煌该有多好啊！

还有一件事想起来也挺有意思。一天晚上快九点钟了，门卫通知我说有外宾要找文联，我把他们接进来。一个是法国的文化使者于儒柏，一个是华人白月桂。因过几天他们就要回国了，所以急切地要见茅盾先生，想促成中法两国的文化交流。了解情况后我也没多想，立即把电话打到了茅盾家，因与韦韬和小曼也比较熟了，干脆直接和他们联系商量吧。没想到十分钟后他们就把电话打了过来，并告知明早九点茅盾在文化部接见法国来宾。于儒柏和白月桂高兴地一再表示感谢，并和我聊天到了十点多钟。他们问我最近有什么好书？我说刚看了一本《第二次握手》，他

1984 年，夏衍同志在北京饭店参加文联活动

们很想要一本看看，我说明早一定给你们一人一本。因我自己有一本在家，又向弟妹要了一本，她连夜骑车给我送了过来。第二天一早，我把书送给了两位来宾。于儒柏的中文相当好，他伸着大拇指说：你的办事效率太神奇了！这以后我们成了很好的朋友。与此同时，作协的法文翻译高行健正在院子里急得团团转，我问他干吗这么着急？他说：九点钟茅盾要接见外宾，到现在我们也不知道要接见谁？外宾在哪儿呢？我听了哈哈大笑：这不，在我屋呢！晚上高行健又看到我说：你可真行！别人几个月才能办成的事，你一个电话就搞定啦！我当时真的没想那么多，只是想尽快帮助人家。这种越级的事情，文联不但没有批评我，魏伯同志还表扬我处理得很得体，并把我送的两本书和招待用的汽水都给我报销了。

打那以后，高行健和我越来越熟。有天他特别神秘地找我帮忙，大翻译有啥事用得着我呀？难不成又有外宾要来？结果不是，他居然拿着磁带要我晚上帮他整理文稿。这下我真长了见

20 世纪 80 年代初，文联机关办公室和秘书处工作人员全体合影

识，原来写小说可以不用笔，直接用录音随心所欲地讲故事，然后慢慢整理就 OK 了。就这样，高行健的第一篇中篇小说《有个鸽子叫红唇》，整整十三万字，是我一笔一画听着录音把它变成文字的。办公室的季志红声讨高行健剥削我的劳动力，他后来买了两斤巧克力就把我们办公室全打发了。哈，我们都是特别知足者，给点儿阳光就灿烂。那个年代，互相帮助是最开心的事了。

记得我们去帮周扬同志搬家，光是那些藏书就搬了好几天。周扬同志的书都寄存在文化部大楼最底层的地下室里，由于时间长了，书不见阳光，散发着一股霉味，有好多书都泡在水里，十分可惜。我这个当兵的第一次看到这么多的书，真是大开眼界。才知道学无止境，人家学者的学问可不是白来的啊！周扬同志表面不苟言笑，其实人挺随和的。他参加我们党小组的学习总是先做自我批评，态度十分诚恳，以后大家见了他也就无拘无束了。

1979 年 8 月，我去北戴河为在那里休假的文联全委服务。真正近距离地接触到老艺术家的生活风采，自己也从中学到了许多东西。比如老演员赵子岳，特别平易朴实，生活也特简单，不知道为什么他是从来不吃海鲜的。导演严寄洲，每天在凉台上观察景致，构思创作，没过两天他就能叫出我们所有工作人员的姓名，记性特好！胡絜青老人每天晨起锻炼后就书写画画，特别勤奋，没有一点儿的老态。杂技大师杨小亭更是风趣幽默，他在大家的注视下表演杂耍，谁也看不出破绽。他说：这些都是假的，但功夫却是真的！摄影家黄翔每天早上四点不到就去抓拍日出，几乎没有睡过一个好觉。以至专注拍摄总是忘掉东西，就在他回京上了火车，又把一个摄影包落在了站台上。我跑步送到车厢门口，已经不让上车了，多亏刚上车的贾克老师帮我接过了箱子，我才放下心来。

我参加文联的第一次最大活动，就是1979年10月召开的第四次文代会。这也是“文化大革命”后文艺界的空前盛会。我

1981年，中国书协成立活动中，书法家萧琼在书法创作。右二为林散之女儿邓国治，右一为上海书法家周慧珺

们各科室的人员不仅全体出动，还从各个协会及外单位借调了不少人员。后来调到文联工作的叶苾，当时就是从全总文工团借来帮忙的。秘书处把他和剧协的康小卫交由我指挥，我们团结合作创造了七天几乎不合眼的奇迹。床上的被子我和小卫几乎都没盖过，太困了就窝在沙发上打个盹，从早忙到晚，有时连吃饭都顾不上。我们小组各项任务都完成得很好，受到了林默涵、张僖和佟韦同志的表扬，并把大会的选举工作交给我负责。我记得当时的选票是粉红色折叠成书本大小，打开来是近一米左右宽长的大纸，据说是为了照顾代表们清楚地填写选票。从制作票箱，规划路线，设计选举程序，我们在大会堂摸得门儿清。负责片区选举的人都到我这儿来报到和演练。我居然看到了芭团的"洪常青"。王国华是芭团 B 角的洪常青，我看过他的演出，从形象到舞技都比刘庆棠要好很多，我问他怎么不跳了？他说年纪大了也没有更好的前途，就调到舞协工作了。他话语不多，十分守纪律，工作勤勤恳恳，我们合作得十分愉快。关键是他的英语特别好，后来派上了很多用场。

至今都让我感谢和怀念的是作协的老人柴鸿奎同志，他当时负责车辆的管理和调度。这个个子不高，说话诙谐，干活儿特麻利的人总是微笑着为大伙儿服务，人缘贼好！大家友好地给他起了个外号"柴禾棍"。不论哪个部门临时要车或紧急用车，他都会统筹兼顾，有条不紊地完成任务。大会期间我们配合得特别默契，是他们的辛勤付出才有了会议出行的各种方便。如今柴鸿奎等许多老同志已经不在世了，但他们却给我们留下了巨大的精神财富。

第四次文代会最令人难忘的场面是选举后的唱票、计票、监票和总票数的核算。那时还没有电脑和计算器，而是各个协

1984 年第二次书代会工作人员合影（左起：周志高、张道兴、张荣生、张虎、史黎晴、刘正成）

会的会计和聘请来的同志一个一个地打着算盘反复核对。满满一屋子人，只听到叭叭的算盘声响，大家别提多么认真和辛苦了！当时我就特别感动，可惜这个永远不会再出现的场景居然没有留下一张照片！真是太遗憾了！

1980 年，有两拨人到文联告状，双方争执不休，都认为自己是正宗的书法传人，争着要成立中国书法协会。一拨是擅长写飞白的，一拨是相当有功底的。他们都有自己的门路，都找了相当的关系支持他们的决定。最后争吵得不可开交，就到文联来评理，都希望能得到文联的支持。起初，我就想让他们心平气和地坐下来好好商量。因为他们说的都有一定的道理，如果都退让一步，联手合作，一起成立个协会也不错啊。结果他们互不相让，都在争功，都想当负责人，我觉得他们都太本位和自私了，而且也都不具备成立书法协会的水平和素质。我突然想到，只有文联才是最正宗最适合成立书法协会的呀！与其让他们无休止的争吵，还不如文联自己成立书法协会，这才是最名正言顺的呢！于是我立即向办公室主任佟韦做了汇报和建议，后来陆石同志又找我们开会商量，大家一致表示同意我的意见，并当场拟稿向上级做了汇报和请示。1981 年 5 月中国书法协会正式成立，后来才改名为中国书法家协会的。我参加了第一届和第二届的书代会，见证了书协的成立和发展。那时的书法家弘扬的是祖国的传统文化，根本没有名利之争，更没有铜臭味道。记得一次开会，作协的朋友找我，说河南信阳的一个小小的《报晓》刊物想让舒同主席题字。我试着问了一下舒老，没想到他老人家二话没说，当场挥笔就把字给题了。就这么简单！当年我去老山前线慰问解放军，回来告诉李铎老师有一个前线政委特别喜欢他的字，结果李老师也是当即写好了字并亲自寄给了我。这就是我们的书法前辈，我真是从心眼儿里敬佩和感激他们！

1982 年，北京开始了高温酷热，文联的木板房室内能达到三十六七度，我们只能用水管猛浇房顶来减温。那时根本没有空调，连电扇都很少。这种简易的木板房，冬天冷夏天热，我还在冬天值班时遭遇过煤气中毒呢。根据文联的实际情况，组织决定把木板房拆掉盖一座两层的简易小楼，我们于 1983 年全体搬到建国门外的无线电元件六厂去上班，大概十个月吧，一个崭新的简易楼就矗立在文化部的大门口了。虽然还是木头的薄皮房子，但对文联的同志们来说这真的是鸟枪换炮了，我也有了自己独间的档案室啦。刚搬进新楼不久，文联就来了一群人静坐示威。那天门口走廊全坐着人，大家上下班很不方便。后来才明白，这些人是当地的农民，因文联征用他们的地皮盖宿舍楼，他们来维权，争取自己的合法利益要求找全民单位的工作。连续三天，天天如此。他们和基建部门、人事部门等都吵了个遍，严重影响了文联的正常工作。后来陆石和夏义奎同志来找我，让我出面去做这些农民的工作。理由是我的点子多，办事灵活，又有亲和力，让我想办法去解决这个难题。天呐，能给我生杀大权吗？陆石同志说，只要不违背原则合理的要求文联可以考虑。

于是我硬着头皮去找那些农民，整整三十一个人把我围了好几层。开始他们很不友好，问我是干什么的？说了算不算？还说找你们管事的来才行！我只能友好地告诉他们：如果你们真想解决问题就请尊重我，先和我做朋友，我一定帮你们成功！他们领头的说：要是不成功怎么办？我说：如果不成功领导也不会派我来！他们半信半疑地看着我，最后听从了我的劝告暂时撤离了文联。后来，我把他们都请到我家去了。先让他们尽情地告状诉说，然后我帮他们分析出主意，还帮他们写申述材料，最后我们都成了好朋友。我们达成协议，他们保证不再去文联闹事，每周三可派代表去文联找我，其他人不得进文联的大门。连这期间他们的感冒药等都是我向李大夫要来给他们的。我是文联的人，首先要让文联的征地盖房顺利无误，其次我们用的是人家农民的地，也要为他们的今后生活去着想，况且国家还有四十五万给接收单位的补偿款呢。要想两全其美也很难的，有些部门互不相让，这里也牵扯到许多实际问题，个别全民指标的落实也的确有人想搞猫腻。要想秉公办事就要实事求是坚持正义，我一直在保证文联的利益下替农民说话。确实有人想让我退出，但我既然接手了此事就一定要坚持到底！这样反反复复地过了半年多的时间，农民的问题迟迟得不到解决，文联的房子也无法盖呀。最后，无奈之下，我只能和农民们上演了一场苦肉计，由他们好几人拽着我集体闯了一次党组会。这一招还真灵，党组在十分钟后给了明确的答复，文联全部接收这些农民。后来又由于文联的编制和特殊性，我们又联系了西城区的有关部门，最后三十一个农民全部安排在西单至西四沿途的全民编制的服务行业中。文联双旗杆宿舍也于1993年全部竣工并入住了。我特别感谢江晓天、陆石、夏义奎等主持正义和支持我工作的老领导们，现在他们都已过世，但相信他们在天上依然保佑和祝福着我们的文联。

还有一件事也记忆犹新，当时我在摄协帮助接待最大的港澳摄影代表团在京的参观访问及各种活动。我清楚地记得那是1986年1月6日，北京刚下了一场小雪，我们浩浩荡荡的由38辆汽车组成的车队，前往房山去参观灯节庙会。由于地面结冰特别的滑，我们的车队也放慢速度缓缓前行。当时我坐在第二辆大巴车司机旁边，车上除我俩以外全是港澳摄影团的代表。我向代表们介绍着沿途北京的风光，大家开心地观赏着洁白的雪景。到了城外的公路上，我看到前面的大巴为躲避迎面开来的一辆卡车，撞到了停在路边的卡车车尾，大巴侧滑整个车身横到了马路中央。这时我们的车已开过来，眼见就要撞上了，我焦急地提醒司机师傅：快刹车呀！他说来不及了！我本能地大喊：大家保护脑袋！说时迟，那时快，司机灵活打轮我们才没有撞上前面的大巴，却撞到路边的电线杆上，汽车九十度翻车跌进了排水沟里。后面的车撞到了我们的车尾也侧滑横到了马路中央。一场意想不到的车祸发生了，好在没有重伤。因为是钢化玻璃，我身上虽然全是碎渣，但只是手背上破了一点儿皮。其中一个港澳摄影家的家属好几个手指出血不止，也有人因行李架上掉下的器材砸伤了。车队全都停下，整个公路全部堵塞。那时没有手机，也没有通信设备。好在摄协的各级领导和工作人员全体出动，疏散交通，组织大巴上的代表分乘小车继续前行，虽然耽误了近两个小时，但整体队伍还是继续参加

1986 年 1 月 6 日，中国摄协组织港澳地区摄影家赴北京房山参加庙会活动，作者途中留影纪念

了房山的庙会。我觉得摄协处理得非常好，事后我也作为当事人为司机师傅写了证明信，首汽的几位师傅确实都表现得非常棒。虽然过去三十多年了，但看到当时的照片，依然感慨万千。这都是我们的工作经历，老了想想也是很有意思的。

我们是在文联的不断发展和壮大中慢慢变老的，虽然退休了，但时刻关注着我们奉献青春年华的工作单位。许多可敬可爱的前辈们都离开了我们，但文联的光荣传统却要一代一代的传下去哟！王光美同志参加文联的鲁迅诞辰一百周年纪念活动时，和我们朝夕相处，也是平易近人特别亲和，我们都亲切地叫她光美阿姨。开文代会时，我亲眼看到林默涵同志不让他的女儿搭乘自己的汽车，他的女儿孙小林只能坐我们的大巴去看节目，而且连票都是向我们会务组要的，我问她为什么不向默涵同志要票？小林说他父亲从来都是公私分明，文联给他的票都给了文艺界的前辈，家人是根本沾不上光的。当年魏伯同志家里来客人住不下，特意到文联的木板房里借宿几天，却要按天交纳费用，真是给我们全体工作人员做出了榜样。我在公共汽车上碰到过摄协的陈昌谦同志，车很拥挤也没人给他让座。我问他怎么不坐单位的小车？他说自家的事情不麻烦单位，坐公交车挺好的。我们的阳翰笙翰老和作协的张僖同志，把许多外宾赠送他们自己的礼物，小到工艺品大到电视机啥的，都无私地捐给了文联。这就是我们的前辈，令人怀念的文联老领导们，愿他们在天堂好好安息吧！

作者简介

史黎晴，女，1948 年 10 月出生，大专学历，1968 年 4 月入伍，1970 年 4 月入党，先后在北京空军司令部电话连任守机员，空军第六军通信营任守机班长，空军第二野战医院任护士，政治处任放映组长，宣传队任队长兼指导员。1976 年 1 月转业到北京陶然亭公园管理处任文书。1978 年 9 月调中国文联秘书处任机要员，档案管理员。

为中国文联打造一张名片

——在《中国艺术报》工作时的点滴回想

李树声

时间过得真快，转眼我们的共和国已经迎来了改革开放四十年。我们这批 20 世纪 50 年代出生的人，改革开放之初还都是年轻人，虽然历经风雨，但也算是生逢其时，在这场波澜壮阔改革大潮的推动下搏击前行，成为其中的目击者、参与者、见证者。如今与历史相对而坐，四十年对于我们的伟大祖国真是沧桑巨变，对于我们每个人值得记忆的事情也是很多的。伴随《中国艺术报》从创刊开始所走过的不寻常历程，让我留下了深刻记忆。

改革开放首先带来了文化与文艺的空前繁荣。1978 年，中国文联、中国作协及各文艺家协会相继恢复了工作。这一年，我有幸参加了第四次文代会的筹备工作，参与编撰《六十年文艺大事记》，当时带领我们工作的是丁宁、江晓天、徐非光等前辈。1979 年，我作为第四次文代会简报组人员亲历了这次具有里程碑意义的盛会。原来中国文联委托中国作协办的机关刊物《文艺报》，随着当时文学井喷式的发展和作家队伍的迅速壮大，很快由期刊改为报纸，但基本已成为中国作协的机关报。此后几年，中国书协、中国视协先后成立。到了 20 世纪 90 年代中期，科学技术的发展方兴未艾，数字电视刚刚起步，网络还处在萌芽状态，而平面媒体特别是都市报，如雨后春笋增长强劲。在这个信息化蓬勃发展的大时代，中国文联仅靠一个由文联理论研究室承办的内部刊物《文艺界通讯》，与所属的 11 个文艺家协会、各省市文联、产（行）业文联和全国广大文艺家交流，确实是远远落后于改革开放的大背景、大形势。办一张属于中国文联的报纸的呼声日益增高。

白手起家办报

创办《中国艺术报》这件事在第六次文代会前的 1995 年初开始实施。那一年的 2 月，我被通知参加《中国艺术报》的筹备工作。当时我在中国文联理论研究室任研究处副处长、副研究员，已经出过书，也发表过一些文章了。但毕竟新闻传媒是一门专业，自己是否能够适应一个新创建的媒体，只能是边干边学了。当时的中国书法家协会分党组成员、副秘书长张虎在我之先来到筹备组，很快，中国音乐家协会《词刊》杂志主编陈晓光、中国作家协会报告文学学会副会长傅溪鹏等也都来到报社。大家在无房、无钱、无车的情况下，白手起家开始了最初的工作。报社第一个社址是农展馆南里的文联招待所（后改为文联宾馆），开始办公室只有一个标间，后来通过协调，从两间变成四间、五间，最终在搬往什刹海前已变成了十间。那时的文联本身经费就比较拮据，第一笔钱，也就是报社的启动资金只给了 17 万，这样才敢招兵买马。第一次招聘，来的人还真不少，一百多号人，我们除了必需的行政人员，只招了几名应届毕业生和本系统的人。原因是本系统的人可以暂时由原单位开工资，应届毕业生工资低，报社能付得起。第一批办公家具是得知一家外企公司更换家具，我们几百元买了它所有的旧办公家具，办公桌椅、各类书柜、文件柜、保险柜等，基本上算是武装齐备了。

办报地点定了，又招到了几名新员工。当时的中国文联党组书记、副主席，《中国艺术报》的首任社长兼总编辑高占祥来到报社，召开了第一次全体会议，提出五月份试刊，七月正式出报。时间紧、任务重、人员少，许多事是我们自己亲力亲为。

对报纸报头的选择，众说不一，有人说请宣传口的领导写，有人说请文联的领导写，甚至有人以《人民日报》《光明日报》为例，说请中央领导写。我们报社几位筹备组成员共同认为，我们的报纸也只能算是一张部委级报纸，不能与《人民日报》等国家级大报相比，而且社长兼总编辑高占祥提出“我们是为全国广大文艺家办一张报纸”，因此，文艺类报纸，应当体现一定的艺术性与学术性。于是，当时主持工作的副社长兼副总编张虎首先提出集文化大家的字，副总编辑陈晓光、傅溪鹏等都十分赞成。于是前几期试刊号的刊头是张虎集鲁迅先生的字，挺漂亮，艺术家及各方面反应都很好。但事情总是一波三折，新闻出版署报刊司突然打电话来，说你们的报头用繁体字按规定是不允许的，必须马上更换简体字。在此几年前，我曾在一次黄河壶口瀑布征文评奖时做过评委，那时就认识了时任新闻出版署报刊司司长的梁衡。他虽然是一位官员，但散文写得洒脱漂亮、气势盎然，而且也没有官架子。我们找到梁衡司长，他说，集鲁迅先生的字很好，我个人也很喜欢，但确实有人提出这繁体字的问题，而且也有这方面的规定，可以给你们一些修改的时间吧。回来后几个人商量一下，刚创刊，何必违反规定呢？但马上选字、集字也来不及，于是就用了电脑上的琥珀体，看着也还算大气。可报纸出来后，很快就有艺术家提意见，说，你文艺类报纸，用琥珀体，傻不傻啊。过一段时间，张虎找来了郭沫若的简体字，我们都喜出望外，因为郭沫若是中国文联第一任主席，而且在前辈大家中简体字是很难找的。于是，我和张虎等人到了郭沫若故居，找到了时任郭沫若纪念馆馆长、郭沫若的女儿郭平英，说明来意并说我们可以按程序履行版权手续，郭平英十分热情、大力支持。她还希望在我们的报纸上，能够全面地写写郭老，我们当即与她约定，过一段时间要认真对她进行一次深度专访，于是郭沫若的集字报头沿用至今。

第一篇言论性文章就是发刊词，我们请示了文联党组，认为以当时的文联主席曹禺先生的名义发表比较好。正式出刊在即，人手又少，大家都很忙。在一次碰头会上，晓光副总编对我说，

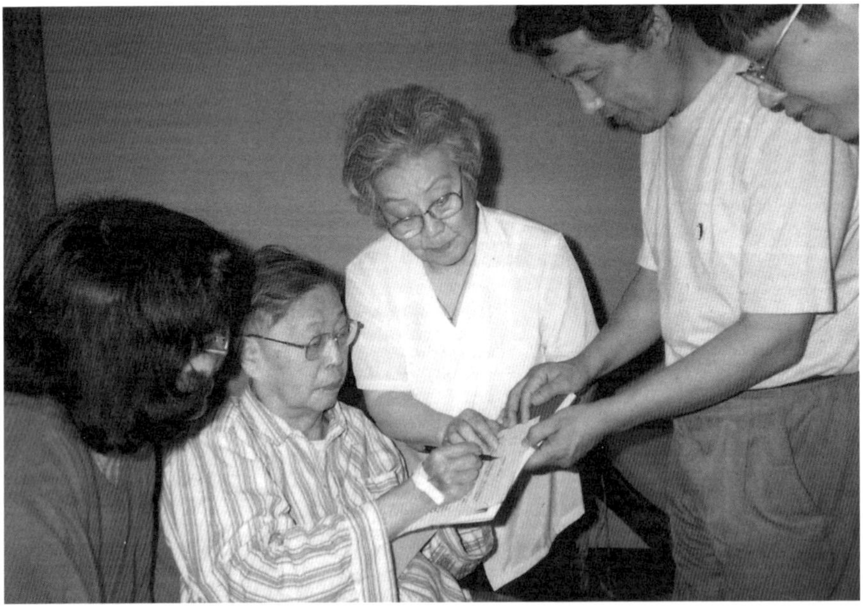

1995 年，时任中国文联主席的曹禺在《中国艺术报》的发刊词上签名

曹禺先生年事已高，现在又生病住在医院里，不可能亲自写发刊词，树声，你是研究室出来的，你先起草吧。于是，我查阅了曹禺先生的文字讲话资料和他的文风习惯，撰写了一篇发刊词，经过诸方审阅，基本定了稿。令人记忆犹新的还是我们去北京医院探望曹禺先生，请他审阅发刊词。那是春夏之交一个风和日丽的上午，张虎、我和摄影记者柴文良一同去拜望这位大家。秘书告诉我们，先生身体虚弱，最多谈话不能超过一个小时。曹禺先生和他的夫人李玉茹老师热情地接待了我们。那日，先生全无病容，显得精神矍铄，他谈笑风生并认真审阅了稿件，签上了自己的名字。他认为，中国文联确实应当有一张属于自己的报纸，它不仅是一面旗帜，一方沃土，一座桥梁，也是文联的一张名片啊，他接着说，发刊词说出了我想说的话，在人类文明史中，艺术与科学确实是最高最美的两座高峰，这两座高峰是人类创造力的体现，是人类进步和文明的里程碑。我们这张报纸就是人们攀登艺术高峰征途中的精神驿站、精神家园，非常好。柴文良不时地为先生拍照，我们感谢先生对我们工作的支持，说，您是艺术界的泰斗，思想艺术境界高，希望对我们的工作多多指导。他笑着说，“哪里是什么泰斗，是小斗。”大家一起笑起来。先生的泰斗与小斗之说至今言犹在耳，笑谈之中，先生再一次让人看到，真正有学养、有内涵的人往往都是很谦虚的，都是“腹有诗书气自华”。

报纸创办之初，还真是好风凭借力，当时文艺界的许多巨擘大家还都健在，《中国艺术报》的许多栏目“九州”“艺术星河”“中国书画家”“理论与评论”都是大家云集——王朝闻、张岱年、阮章竞、冯其庸、季羡林、冰心、萧乾、艾青、陈荒煤、周而复、林默涵、姚雪垠、张中行、李瑛、王蒙、贺敬之、谢冕等，那真是群星辉映。在纪念《中国艺术报》创刊十周年的时候，我们曾编辑了一套“文苑”丛书，真是名家荟萃、满目璀璨，至今读之仍觉字字珠玑、如沐春风。

应当说，人手少、任务重、资金不足，都没有影响《中国艺术报》这支以年轻人为主体的文艺新闻队伍的成长和奋力前行。报社第一批招来的年轻人很快就适应了采访工作，其中比较突出的就是当时的新闻部记者康伟，他不仅善于发现新闻点，而且也能写言论性的文章。记得一次去广东采访，他几天之内坐绿皮硬座火车跑了个来回，回来后马上就交了稿。在报社班子会上，将要到文联党组赴任的陈晓光与张虎、傅溪鹏我们几个人谈起了《中国艺术报》的未来，都认为康伟这个年轻人业务上好学上进，又能吃苦耐劳，是一棵好苗子。不久，陈晓光升任了中国文联党组成员，张虎担任了报社的社长兼总编，傅溪鹏、我和贺新辉担任副总编，报社又涌现出来不少优秀的年轻人，分别担任了各部门的负责人。由于上下同心努力工作，报社党支部、团支部多次被评为先进基层党、团组织，许多年轻人也相继获得了政治和业务上的诸多奖项，奖杯、奖状、奖牌很快就摆了满满一书柜。

2002 年，我们又在文联党组的支持下，为中国文联创办了官方网站——中国文联网（后改为中国文艺网）。那时的技术还不像今天这样先进，为了网络安全，我和时任总编助理兼新闻部主任的康伟、时任照排中心主任的梁薇几次与新华网洽谈合作，最终选择托管到新华网服务器。新版网站开通之际，中国文联举行了隆重的开通仪式，时任中国文联主席的周巍峙，由当时党组分管报社的李牧副主席陪同按下了开通键。我们班子商定，由康伟负责网站的业务，梁薇负责网站的技术，报社的记者也是网站的记者，一支队伍两项职能，在当时的条件下，中国文联网更新

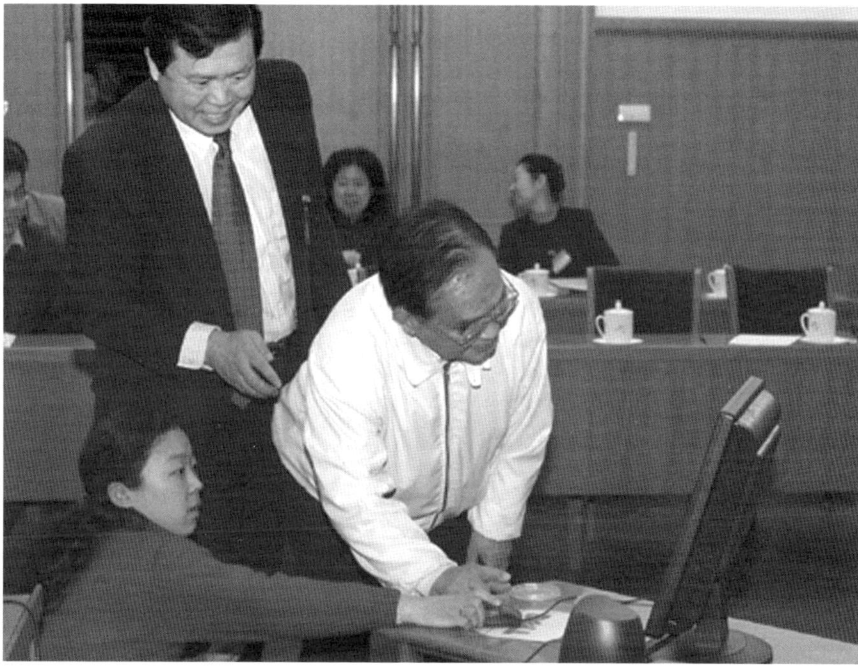

新版中国文联网在第七届三次全委会上开通

迅捷、图文并茂，产生了很好的影响。2006年底，在党组分管领导冯远副主席的协调下，我和报社副社长朱虹子与中国文联国际部谈好，共同合办公开发行的中英双语外宣刊物《艺术交流》，我们班子商定，由具有美术功底的朱虹子分管这个刊物，在大家的共同努力下，这个刊物在原来的基础上，很快有了新的起色。这样，一报一网一刊的格局形成了，虽然很忙碌，但这支年轻的文艺新闻队伍却不畏劳苦，工作起来热火朝天、生气勃勃，把这三件事做得有声有色，获得了多方面的好评。后来，我随中国文联访问团出访，在与美国洛杉矶文化局进行文化交流洽谈时，该局的市场部主任赛若女士说，我们对你们有了解，因为我们已经上了你们中国文联的网站，文联、文联，你们这个组织的名字真好，如今你们“联”到我们这里来了。当时大家都笑起来，在这

作者采访启功先生

笑声中，我油然生出一种自豪感——我们这张名片已经播撒到大洋彼岸了。

面对社会洞开一扇窗口

报纸发行之初，我们参加了多次北京市组织的图书报刊博览会，尝试过当时报刊“上摊儿”的体验，组织过多次记者站工作会、通联工作会和地方文联、行业文联组稿会，地方文联、行业文联反应尤为热烈，都高兴地说“我们终于有了属于自己的报纸！”最近，在《中国艺术报》微信公众号上看到了一则令人悲痛的消息，就是“抗联最小的女兵之一——李敏走了”。无限惋惜之中，让我想起当时组织的一系列大型采访活动。我印象比较深的是我们的三次“重走”——“重走延安路”“重走抗战路”“重走长征路”。

“重走延安路”是为了纪念毛泽东同志《在延安文艺座谈会上的讲话》发表六十周年，是比较早的一项活动。当时张虎社长带领一个小分队，我带领一个小分队。我们一行四人康伟、孟祥宁、孙玉洁，时任陕西文联副主席的肖云儒一路陪同。那天，我们到延安已是傍晚，时任延安市委书记的忽培元刚刚被来延安的中央领导同志接见，随即就接见了我们，借此机会，我们对他进行了专访。在此后，这位作家书记成了我们报社的朋友。那次我们采访了许多还健在的老艺术家。我们走进民间剪纸艺术家居住的窑洞，坐上了见到过毛主席的秧歌队员家的炕头。走访了鲁艺，参观了抗大，还去了延川、杨家岭等地，望着巍巍的宝塔山，感慨万千。回来后在大众文学学会的年会上见到了前辈诗人贺敬之，我说，真正体悟了延安，才感受到您那“几回回梦里回延安，双手搂定宝塔山”的心境和内涵。我们还受当地老乡的委

2006 年，《中国艺术报》重走延安路采访组与时任陕西省文联副主席肖云儒等人合影

托，特地将从延安带回来的小米送到张仃先生家中，张仃先生听我们讲述此次延安之行十分高兴。

“重走抗战路”是为了纪念世界反法西斯战争暨抗日战争胜利六十周年。用当时一位报社年轻人的话说，这次“重走”是他内心升华的起点。我当时与几位年轻记者去了东北，与黑龙江省委宣传部、省文联联合采访。在东北的白山黑水之间，我们拜谒了杨靖宇烈士墓，瞻仰那永远不屈的头颅。在东北烈士纪念馆，我们看到了年轻而美丽的赵一曼在日寇酷刑面前的铮铮铁骨和留给孩子的信。就在那次，我们认识了抗联女英雄李敏阿姨，在她的口中我们聆听到了抗日烈士周保中在日寇刀刀见血之中威武不屈，直到牺牲，躯体久久昂立不倒。那次，记者孟祥宁跟随李敏带领的东北抗联精神宣传队深入基层，他对李敏进行了专访，如今，为了纪念刚刚去世的抗日女英雄李敏，这篇文章又重新刊登

《中国艺术报》重走太行路采访组合影

丁肇中教授的文化情怀

● 本报记者 李 妍

独家报道

我把中国书法看得比物理更神秘

祖国的语言真美

我做的事情经济效益比较小

作者采访丁肇中教授的独家报道

在《中国艺术报》的新媒体上，它也以其独有的史料价值成为抗战文艺史上的记忆。记得当时我们为这次“重走”活动出了一期厚重的特刊，这期特刊被时任中国文联主席周巍峙看到，他说“你们不仅是通过‘重走’锻炼了队伍，还抢救了大量的抗战文艺史料”。随即，在他的协调下，这期特刊作为文化部的《文艺史料》专刊面世。当时，李敏阿姨也参加了在人民大会堂召开的中国文联组织的纪念抗战胜利六十周年座谈会，受到了周巍峙和其他领导的接见。这次活动结束时，报社党支部、团支部一起召开了“假如我在当年”的主题讨论会，年轻记者们在会上，叩问自己，叩问灵魂——假如我在当年，能不能像先烈那样为了民族大义英勇不屈？当时中国文联机关党委的负责同志参加了这次会议。后来，驻中国文联的中央巡视组负责人来到报社，我们介绍了报社年轻人的表现，他高兴地说，“我到文联后就有耳闻，你们不只是办报，也是在办学校、办党校。”确实，报社的年轻人在采访中真是在主动发扬和学习先辈们的精神，他们沉到当年抗日最基层，采访到了周保中烈士的事迹，拿到了几乎失传的抗联歌曲。当时，我为这期特刊写了一篇评论员文章《为什么我的眼里常含着泪水，因为我对这片土地爱得深沉——公元二〇〇五年“七七”祭》，表明了报社全体人员的共同心愿：我们有义务让中华民族这些气壮山河的抗战英雄和当时的抗战文艺，在历史的隧道中光亮起来、辉煌起来，因为那是中华民族永远不朽的精神钙质。

“重走长征路”是纪念红军长征胜利七十周年，我们的采访小分队深入到红军长征的腹地，采访了许多鲜为人知的红军歌曲、歌谣和普通红军战士的事迹，编发了“我与长征”“我写长征”“我演长征”等专题、专版，还为此出了60个版的纪念长征胜利七十周年特刊。一些省的文联党组书记陪同我们前往陕西、深入四川、奔赴江西、赶到贵州，我当时为特刊写了一篇评论员文章《永远的长征精神》，与大家一起探究长征这场人类历史上最悲壮的奇迹，去读懂中华民族这首感天动地的英雄史诗。

2008年对汶川地震的采访至今也已是十周年了，但仍令人记忆犹新。当时，在四川文联的大力配合下，大批稿件传了过

《中国艺术报》陕西采访组在鲁艺旧址与鲁迅艺术学校学生合影

来。2008 年 5 月 23 日的报纸发表了诗人黄亚洲的诗歌和日记《灾区的空气》，于是，都江堰亲子幼儿园的故事开始在各界流传。第二批是受中国文联党组委托派出了一行三人的小分队，记得成员是冉茂金、余宁、彭宽，当时的党组领导胡振民、杨志今亲自送行。小分队到了四川，采访到这家遭灾不能运行的幼儿园，陪同园里的小朋友一起过了灾后第一个儿童节，并代表报社表达了心意。同时，进一步报道了当地的情况，引发了各界的关注和支援。上海文联领导看到了黄亚洲的这首诗和这些报道，也对这所幼儿园进行了资助。很快，幼儿园进行了永久性的重建，当时报社驻四川记者邓风代表报社前往祝贺，该园施园长以“德被后世　文以流芳”的牌匾赠予报社。在此后不久的一次会议上，我碰到时任上海文联党组书记的陈东，她热情地对我说，谢谢你们艺术报，让我们的捐助资金用到了最应当用的地方。一年后，我们又一次去四川进行采访，满眼是舒适、安全的幼儿园活跃着欢快的孩子们，也看到了当时每一份爱心都融汇在幼儿园的诸多设施中。作为新闻媒体在那样的时刻，做这种爱心传递工作本是理所当然。报社成立二十周年之际，相关记者不仅收到了施园长的祝福，诗人黄亚洲又饱含深情叙写了此事，并以此作为对报社生日的祝福。

三位记者又经历了一些战地采访后，他们碰上了同在四川灾区的总政文化部的几位干部，部队的同志说他们准备去地震的腹地工作，坐直升机去。年轻的记者们有强烈的采访热情，提出了要跟部队一起采访。总政的同志说，两架直升机基本满载，至多只能再容一人。三人商量后由余宁跟机。上飞机前，与我相熟的总政文化部艺术局的负责人汪守德给我打电话告知此事，我当然觉得在那样的环境下，让我们的年轻人与部队的同志在一起更能找到采访点、更安全。结果第二天上午均无消息，电视却播出邱光华烈士机组的直升机不幸遇难的消息。我紧张起来，马上跟四川文联的同志通话，但一直联系不上。那天，我眼睛看着版面，心里却七上八下，压力山大。下午，三人才打电话给我，余宁告诉我，他坐的是另外一架飞机，现在已经归队了。惋惜邱光华烈士牺牲的同时，我感叹真是天佑我报社，真要是余宁坐的是遇难那架飞机，后果难以想象啊！放下电话我的眼泪扑簌簌地落下来。当时已经是新闻部主任的余宁经历了那次生与死的历练后，工作上更加努力了，不久他被评为中直工委五一劳动奖章获得者。尽管如此，至今想起这件事，还是觉得让年轻记者经历那样一场生与死的考验，我是有责任的。

为改革开放书写一部文艺史

最近在一份《中国艺术报》的头条看到，已经进入耄耋之年的牛犇老先生加入了多年来心向往之的中国共产党。习近平总书记还为此给这位资深的电影艺术家写了一封信，中国文联为此召开了座谈会，提出“做有信仰、有情怀、有担当的新时代文艺工作者”。这三点提得真好，也让人感到亲切入心。这使我想起当年牛犇老先生参加文联活动时的谈笑风生，想起了我们在当年的世博会前赴上海采访了许多新老艺术家，想起我们到牛老的入党介绍人秦怡老师家采访时的情景，时任报社地方部主任的孟祥宁为此还写了一篇关于秦怡的长篇专访《跨越世纪的美丽》被《新华文摘》转载。

《中国艺术报》创刊的时候，正是秦怡、牛犇这样的老艺术家比较活跃的年代。如谢晋、张瑞芳、孙道临、戴爱莲、常香玉、才旦卓玛等众多老艺术家，都在报纸上展示过他们的风采。是的，他们“有信仰”，“文化大革命”中虽受过诸多委屈，但始终义无反顾地坚信党的领导，任何力量都无可撼动；他们“有情怀”，无私地把自己的所知所学献给人民；他们“有担当”，强烈的使命感几乎成为他们生命的一部分。当时，他们所关注、关爱的《中国艺术报》，真可谓是“谈笑有鸿儒，往来无白丁”。在文化艺术上，应当说，报社当时是站在巨人的肩膀上。这让我想起了康伟为纪念中国文联成立五十周年撰写的那篇《五十年前的文联》的长篇报道，当时采访了吕骥、徐肖冰、罗扬等一大批五十年前参加过第一次文代会的老艺术家，这篇文章也被转载在《新华文摘》上，《新华文摘》的副主编打电话告知我，并且说，这篇文章太有史料价值了！如今，文章中采访的老艺术家多数已经驾鹤西去了，但翻看这篇文章时，会觉得他们的音容笑貌犹在眼前、他们铿锵的话语力透纸背。

当时的报纸力图为这些艺术家铺展开一方畅叙心怀的精神

参加《中国艺术报》创刊十周年座谈会的部分嘉宾与报社员工欢聚一堂

绿地。包括“笔墨是否等于零”，吴冠中和张仃两位老艺术家的论争，“相声如何走出死胡同”，“京剧为何难出新流派”的讨论，以及为启功先生讨回公道，严批书画造假的文章……篇篇都为文艺界伸张了正气。与此同时，这些艺术家的艺品、文品和人品对我们的年轻记者都是润物无声式的教诲，他们在为文之中学会了做人。大家坚持新闻的真实性和导向性，坚守新闻工作者的良心与良知。他们看到了今天的新闻就是明天的历史，今天是昨天的延续，昨天和今天是明天的基础和前提，对今天负责也是对历史负责。当时，报社大多数是20世纪七八十年代出生的年轻人，讨论起新闻、文艺的专业问题，有几位还颇有“太史简、董狐笔”的风骨和意味，观之，煞是喜人。

在重大节庆点上进行集中采访和反映一个事件，能够增强报纸的引导作用和影响力。为此，我们曾精心打造了多期特刊，如前面提到的“纪念红军长征胜利70周年”“纪念抗战胜利60周年”特刊，还有“纪念中国人民解放军建军80周年”“纪念中国文联成立60周年”“纪念新中国成立60周年”“纪念改革开放30周年”等等，为了这些特刊，报社上下度过了多少个不眠之夜。这些特刊不仅让报纸更全面地实现了新闻职能，而且，如同一位当时的老前辈赞扬的那样“把那些时代没来得及记的，通过采访补记下来，留给后人，你们不仅是在办报，也是在记录历史，书写我们的文艺史啊。”

“登高壮观天地间，大江茫茫去不还”。想起那些年，我也是与报社、与年轻人一起成长。创刊之初，为了提高报纸的影响力和知名度，我们采访了许多个艺术门类的领军人物，当时人手少，记者年轻，多数艺术家比较理解，但也有不很理解的。于是班子里的所有成员均参加采访或是专访，这在当时对于我，还真是一个极大的锻炼，锻炼了对新闻的敏感能力，锻炼了采访之后马上交稿的能力，锻炼了边审版边写稿的能力，更可贵的是走近古今中外的大家，是对一个人胸襟与境界的超拔与升华。当时自己都用了笔名，用得最多的是“李妍”。采访郭平英，让我走近郭沫若，让人看到一位首倡创建文联的首任文联主席，一位“文化大革命”中失去两个孩子的父亲，一位生活在“天上街市”的人，一位伟大而复杂的存在。采访刘炳森，让人看到这位书法大家的燕赵赤子心和永远的翰墨情，看到了他主张的“人正，才能心正、品正，书法界才能有正风正气”。采访丁肇中，他热烈而真诚地赞扬祖国语言的美，他认为中国书法比物理更神秘，让人看到这位诺贝尔物理学奖获得者的中华传统文化情怀。在各种节庆纪念日，我们也访寻古代艺术大家的艺术与心灵的轨迹。有一次我去绍兴，正值当地纪念大书家王羲之诞辰1700周年。一个人能够在1700年后让人们还记着他，纪念他，虔诚地为他召开研讨会、座谈会，古今能有多少啊。采访中如果仅仅是遥望，难以求得其中壶奥，应当是穿越1700年时空，才能看到是艺术使这位古代书法大家并未随寿而终，是艺术将他的名字定格在中华书法史的峰巅，使他得以永恒。在诸多的采访中，我深深地意识到，之所以能够做到这一点，不仅是前辈艺术家的开释，更得益于在当时《中国艺术报》这年轻的氛围中给我以新的朝气蓬勃的启迪，使我有幸在那十五年之中得以与他们一道，在改革开放的大时代，在《中国艺术报》上，字斟句酌地记录着文学艺术诸多门类行进的每一步。

作者简介

李树声，毕业于天津南开大学中文系，《中国艺术报》原总编辑，原中华全国新闻工作者协会理事。全国马克思主义文艺理论研究会理事，中国作家协会会员，大众文学学会理事；“五个一工程”奖评委，飞天奖评委，中国新闻奖及长江韬奋奖评委等。20世纪70年代末步入文坛，发表文艺理论及评论著述、论文、散文、杂文等500余万字，著有《人的颖悟与梦的追寻》《诗化的记忆——对历史与文学的思考》《前海悟道》等著述，曾获中国新闻奖报纸副刊一等奖等奖项。

21 世纪中国文化的开篇力作

——中国民间文化遗产抢救工程回眸

向云驹

中国民间文化遗产抢救工程是进入 21 世纪以后由中国民间文艺家协会发起并实施的大型民间文化工程。这个工程从 2001 年中国民间文艺家协会召开第六次全国代表大会，选举产生以冯骥才任主席的主席团后，由冯骥才主席力倡并确定的一项大型文化工程，并以之为中国民协的重要重点重大工作。工程自 2001 年开始酝酿，2002 年筹备准备并于当年 12 月获准为国家社科基金特别委托项目，2003 年 2 月正式在北京人民大会堂隆重启动实施。此后历时十年，获得一系列文化成果，产生了广泛而深远的国际国内影响。

中国民间文化遗产抢救工程是 21 世纪我国首个超大型文化工程，向外与国际上几乎同步展开的联合国教科文组织开展的人类口头和非物质文化遗产保护运动（代表作名录、国际保护公约等）相呼应，向内与国家非物质文化遗产保护工作（国家四级名录建构、代表性传承人认定、非遗立法与出台等）相合力，掀起了 21 世纪第一波文化大潮，拉开了 21 世纪文化发展的大幕，是

21世纪中国文化发展的开篇力作。

中国民间文化遗产抢救工程是中国民协自20世纪50年代初成立以来，六十年间实施的三大文化工程之一。这个工程的实施提振了全国民间文艺界的士气，极大地普及了民间文化知识，引发了全民性的民间文化自觉，空前地使各级人民政府和党政领导重新审视、认定、推崇民间文化的文化根基性、文化多样性、文化独特性。作为主席的冯骥才先生以他著名作家、文化人的身份为工程奔走呼号、为工程身体力行、为工程思想行动、为工程实践试验、为工程宣传推广、为工程呕心沥血。此一工程也使中国民间文艺家协会广为人知、无人不知，工程改变了全国民间文艺家的书斋学者的形象，使他们的学术与广大的农民、民间民俗、匠人艺人、老村老寨老房子老手艺老技艺老文化紧紧地联系在一起。工程使中国民间文艺家协会在中国文联诸全国性文艺家协会中异军突起，使中国民协振衰起颓，从弱势弱小的协会和默默无闻的协会，一跃而为声名显赫、一呼百应的协会。

中国民间文化遗产抢救工程是新世纪我国文化遗产保护理念创新的摇篮和孵化器。工程以其巨大的文化影响力促使我国一系列重要的文化政策出台，催生了一些重要的文化制度的制订和施行，形成了广泛的社会文化风尚，改变了中国文化发展的轨迹。在中国民间文化遗产抢救工程营造出的社会氛围中，国家设立了文化遗产日制度，国家重设和新增了民俗节日为国家假日的制度，国家制定和公布了《非物质文化遗产法》，国家设立了国家级非物质文化遗产名录和代表性传承人名录，国家前所未有地投入数十亿巨额资金抢救和保护非物质文化遗产，国家全面推行“我们的节日”民俗节日活动，国家在汶川地震灾后重建中对羌族文化遗产予以前所未有的关切和扶持，国家实施了一系列民间文化遗产数字化工程，国家把非物质文化遗产优秀品类纳入大、中、小学教育课程和教材，等等。中国的文化遗产保护大踏步突破传统樊篱，民间遗产、动态保护、活态传承、大遗产观、整体保护、景观保护、综合保护、传承人保护，一系列新观念、新举措，令人耳目一新，更见实效、更有成效。

中国民间文化遗产抢救工程在我国新世纪文化思想出新上做出了有益的贡献。工程在实施中不断提出新的思想和新的理念理论，不仅贡献于学界，也为全社会增添思想财富和精神遗产。我们解读了在当今时代民间文化遗产为什么容易濒危，如何挽救和保护濒危；我们思考了民间文化遗产的历史、文化、社会、思想、精神、艺术、美学、哲学的价值，用“文化的另一半”“农耕文明遗产”“精神家园”“杰出传承人”“民间创造、精英选择”等来定位定性其价值；我们研究分类，辨析理论，重建田野，记录口述，建立档案，设计普查，审慎整理，科学编纂；我们应对民间文化困境，倡议国家文化战略，呼吁全民动员文化自救，放眼全球文化碰撞，定位人文精神重建，申明文化自觉和文化先觉，呼吁文化良知良心和文化责任与担当；我们解读文化保护困境，提出保护建议和意见，施行文化行动救助民间文化……思想是我们走在时代前列的推力和动力，理论是我们超越历史、超越他者、超越自我、超越时代的精神奥秘。

中国民间文化遗产抢救工程获得了一系列震惊世人的文化成果。22卷大型丛书《中国木版年画集成》，以空前绝后的规模、文图、影像和立体的全方位的文化记录，受到中外学者的一致赞誉。民间剪纸、唐卡、泥塑、节俗、口头遗产、神像、美术图典、史诗、神话、古村落、民间故事、服饰文化、传承人口述史、传承人名录与谱系、皇会、神佛造像、雕塑、皮影、民俗志、民间工艺、民间文化代表作、民间文学经典……为我国文化宝库增添了新的内容和新的成果。民间文化的研究由于材料的新出和新貌，引发了更加深入更加学术的研究，学科建设、学术成果层出不穷。抢救工程还在施行中创造完善了田野调查、口述史、文化普查的方法论，形成了更加科学完善的学科方法，开展了民间文化遗产海外传播的调查、整理和出版，对学界和社会产生了深远的影响。

今年是改革开放四十周年，在这个伟大的时间节点回首四十年的辉煌历程和它给予我们的伟大启迪，就会发现其中有一个重要的历史现象：四十年来中国人民的勤劳、善良、聪明、坚韧被充分地激发和激活，由此创造出令全世界刮目相看的发展奇迹；在充分吸取西方科学技术、思想文化的基础上，中华文明古老的智慧焕发出勃勃生机。如果没有伟大而悠久的中华文明作支撑，我们就不可能取得今天这样伟大的经济成就。是中外文明的对话、交流、借鉴成就了今天的中国，是生生不息的古代文明和智慧在今天发挥了基因优势、实现了现代转身并得到继承弘扬才有了今天的中国，是我们顺应国际社会经济全球化、市场一体化、文化多样化的历史潮流和国内建设政治、经济、社会、文化、生态“五位一体”的文明追求才成就了今天的中国。早在中国实行改革开放之初，在一次中国历史文物精华在欧洲隆重展出的时候，被中国古老文明震惊的西方学者就在惊叹中预言：一个能创造如此辉煌文明成就的民族也一定能在未来的发展中展示出不可估量的聪明才智。

让古老而睿智的中华优秀传统文化“活”起来，或者说充分实现对中华优秀传统文化的活态传承，是四十年改革开放成就的一条重要经验，也是中国未来发展的一条必由之路。习近平总书记为此做出了精辟的论述：“让收藏在禁宫里的文物、陈列在广阔大地上的遗产、书写在古籍里的文字都活起来。”中华优秀传统文化是当代中国的文脉、血脉、根脉，是中华民族安身立命的文化基础。文脉活在文化创造中，血脉活在生命激昂中，根脉活在枝繁叶茂中。当代中国传承着有着五千年文明史的中华传统文化，而优秀传统文化体现着中华民族的文化基因，孕育了中华民族宝贵的精神品格，没有优秀传统文化强大的精神力量和穿透历史的生命力，中华文明不可能成为五千年来唯一未曾中断、延续至今的文明。

中华优秀传统文化的活态传承，首先有赖于更加广泛地树立和确立高度的文化自信。党的十八大以来，以习近平同志为核心的党中央高度重视对中华优秀传统文化的弘扬和继承、传承与发展。习近平总书记对中华优秀传统文化的弘扬和继承做出了系列的重要论述，把文化自信问题放在全新的历史高度加以强调，提出了创造性转化、创新性发展的科学方法论。中办和国办《关于实施中华优秀传统文化传承发展工程的意见》全面部署了弘扬、传承和发展中华优秀传统文化的各项工作、具体措施和战略布局。深入学习贯彻落实习近平新时代中国特色社会主义思想，在传承发展中华优秀传统文化的实践中，一是要在思想意识和理论上充分认识文化的意义、价值、作用。树立正确的文化观念和科学的文化发展观。没有全面、正确的文化观就不会有真正的文化自信，传承和发展就不会有清晰的思路和自觉的追求。二是要全面深入地学习优秀传统文化，把握住其中的精华，善于结合时代的需要和实践的需求继承、转化、创新。文化是我们与生俱来的血缘，文化的气象和气质也是一个民族的精神面貌，深深地扎根于伟大的文化传统又具有朝气蓬勃的时代面貌，这就是古老的中华文明的“活色生香”。

中华优秀传统文化的活态传承，其次有赖于建立和完善活态传承的社会机制。文化是全民创造和享有的，也是在全民的传承中得以发展和创新的。中华优秀传统文化要活起来，需要良好的社会文化氛围，也需要有效的社会传承机制的建立和形成。通过多年的努力，在建立和形成社会机制方面我们还是取得了重要的经验和众多的成果。《文物保护法》在不断修订和完善，创造了文物保护与时俱进的法律调整机制。《非物质文化遗产法》开创了对一种涉及广泛、体量庞大的重要文化遗产的抢救与保护，一开始就建立起国家法律制度和法治机制的全新实践，有力有效地推进了全民性的非物质文化遗产保护热潮持续不断。由国家设立全国性的“文化遗产和自然遗产日”开展以来，形成了年复一年、日复一日地强化全民热爱遗产、保护遗产、利用遗产、永续遗产的感情和热情。春节、清明、端午、中秋四大传统节日被纳入国家假日制度，用制度性设置保障传统节日的文化时间和文化内涵，全面提升了文化传承的质量，确保了文化的生态活性。社会主义核心价值观和价值体系建设的久久为功的实践，体现了对传统精神文明的深入人心的继承与发展。近些年来，中华优秀传统文化的传承发展在创造性转化、创新性发展方面更是涌现出百花齐放、万象更新的局面，像细胞、血肉、筋骨，使社会的传承体制和机制的科学架构更加丰满更加生动更加鲜活。文化必须活在当下，传统思想必须被今天思想，静态的文物必须走出禁宫活在日常生活里，非遗必须依托活的生活和传承人的生命才能传承，这些认识逐渐渗透进社会的各个方面和各个角落，一个伟大民族的文化复兴的序幕已经拉开。

作者简介

向云驹，土家族。高级编辑。享受国务院特殊津贴专家。现任中国文学艺术基金会副理事长兼秘书长，中国文艺评论家协会副主席，中国文联全国委员会委员。中国艺术报社原社长。长期从事中国民间文化调查与研究，著有《大国文化复兴》《非物质文化遗产若干哲学问题及其他》《文化记者的双刃剑》《解读非物质文化遗产》《世界非物质文化遗产》《人类口头和非物质遗产》《非物质文化遗产学博士课程录》《中国人文地理与生态美学》《中国少数民族原始艺术》《中国少数民族审美意识史纲》《草根遗产的田野思想》等。获中华优秀出版物奖，获中国新闻奖，获中国文联文艺评论著作奖一等奖、文章类一等奖等。

新时代，对工业文学的一点思考

赵文民

近一个时期以来由美国挑起的贸易战，从另一个侧面反映出，新中国的强大已经触及美国世界霸主地位的核心利益，我们中国坚持天下和为贵，有容乃大，我们在短短的建国 69 年取得了巨大的成就。正如习近平总书记在党的十九大报告中指出“中华民族迎来了从站起来、富起来到强起来的伟大飞跃”。实现强起来的伟大飞跃，其背后是有强大的、完整的工业体系作为支撑。回顾党的十八大以来，以习近平同志为核心的党中央，高度重视工业强国建设。短短几年时间，我国由工业大国向工业强国迈进的步伐明显提速，在一些领域已经由“跟跑”实现了“弯道超车”甚至“领跑”。

这些辉煌成就的取得，有其深刻的内在因素和外部条件。文艺工作者，应该对我国工业发展史以及随着工业发展给社会带来的深刻影响和变化，进行文学性的思考、梳理和提炼，正如习近平总书记所希望的那样“创造出丰富多样的中国故事、中国形象、中国旋律，为世界贡献特殊的声响和色彩、展现特殊的诗情和意境”。我国的工业发展史、新中国工业成长史，特别是十八大以来工业腾飞史，为工业文学的发展，提供了肥沃的土壤和广阔的空间。为繁荣我国文学艺术，为文学爱好者和专业作者的创作，开辟了一片新天地。我们现在有必要按照习近平文艺思想进行深层次的思考和研究。

研究我国文学艺术史，必须要放在中华民族繁衍生息的历史长河之中。上下五千年，我们的先人和前辈，为人类农耕文明做出了巨大贡献，中华民族达到了当时世界农耕文明的巅峰，创作出了流芳百世、声震四海的艺术瑰宝，以及自然科学和社会科学等巨大成就，形成了中国优秀传统文化，对世界各国各民族在当时、在当今都产生了无法估量的影响。但是，当商工文明出现时，我们还停留在农耕文明的巅峰而沾沾自喜，没有创新改革。1840 年第一次鸦片战争，是“商工文明”向“农耕文明”的宣战。我国工业是在西方列强“坚船利炮”的逼迫之下，在“师夷长技以制夷”的思想指导之下开启的。由于“文明代差”，近代以来中华民族滑落到亡国灭种的边缘。清末民初，曾国藩、张之洞以及孙中山等开始憧憬中国工业发展之路。民族工业在仁人志士的艰辛探索，奋力拼搏之下，在西方列强的打压之下，步履维艰地在夹缝中求生存。1949 年，工业水平与西方发达国家相比落后几百年。

新中国开创了我国工业发展的新纪元。中国共产党领导全国各族人民在一穷二白，满目疮痍的农业国基础之上开始工业化建设，用近七十年的时间追赶西方发达国家用几百年时间才能完成的工业化进程。据联合国最新统计“中国是全球唯一拥有联合国产业分类目录中所有工业门类的国家”。现在我国成为世界第二大经济体，我们的航天、航空技术世界瞩目，我们的复兴号高铁成为国家新的名片。我们的钢铁产量多年稳居世界第一。回想一下，新中国成立之初，一颗小小的铁钉被称之为“洋钉”，民众的生活必需品火柴被称之为“洋火”。而现在，宇宙有我们的卫星飞船，大洋深处有我们的深潜器，最大的轮船中国制造，最快的火车中国制造，5G标准中国方案等等，不胜枚举。用人类发展史的坐标来衡量这70年的发展，无疑是人间奇迹。其丰富的实践内容，由此打下的雄厚的物质基础，为全新的理论体系和思想体系的诞生提供了可能和必然。

随着“一带一路”战略布局的展开，我们在为有关各国提供基础建设和技术支持的同时，我们也要把七十年来我国工业建设所取得的成就，由此而产生的经验、制度、精神、人文等工业文化介绍出去。作为反映中国特色工业文化最为直接的就是工业文学，由此而产生的其他文艺作品将在不同的艺术门类，共同讲好中国工业故事。

新时代呼唤伟大的作品，波澜壮阔的工业发展史蕴藏着丰厚的底蕴，每一个大国重器的诞生都有感人至深的故事，这就需要文艺工作者去挖掘、整理、提升和颂扬。习近平总书记教导文艺工作者要“深入基层，扎根人民”。我们70年形成的门类齐全的工业体系，是我们文艺工作者必须深入的“基层”，我们的科技工作者、管理者、广大的工人群体就是我们文艺工作者要扎根的“人民”。工业题材创作，有其自身的规律和特点，我们要在国家工业化进程中发挥文化、文艺的独特优势，应该形成也必须形成犹如农耕文明时期形成的“中国优秀传统文化”那样，用“中国优秀现代文化”来归纳、梳理、总结、提升我们所取得的伟大成就的内在的动因，由此来指导、激励我们中华民族在实现伟大复兴的征程中，为人类商工文明社会发展贡献中国智慧，提供中国经验。

工业文学、工业文化，在国家工业化进程中应该引起更广泛的重视和关注。

2018年8月

作者简介

赵文民，男，1957年10月出生，中共党员。1976年12月参军入伍，历任战士、干部，多次立功受奖。1989年专业至国家人事部工作，历任主任科员、副处长、处长。2000年1月调中国文联机关服务中心任副主任，2010年4月调中国文联文艺学校任副校长，2012年任中国文联文艺研修院副院长。2015年、2016年、2017年连续3年获得中直党建课题研究论文三等奖。《中美策展人访谈录》主编等。

编后记

今年是我国改革开放四十周年。按照中国文联党组的工作部署，离退休干部局举办了“中国文联老同志庆祝改革开放四十周年”征文活动，得到老同志的积极响应。广大文联老同志是改革开放四十年来党的文艺事业和文联工作发展变化的参与者、见证者和记录者，大家以亲身经历和真切体验，撰写文章、整理资料、翻拍照片，深情回望改革开放带来的巨大变化，真情赞颂改革开放取得的辉煌成就，从中或可以回味四十年来文艺事业和文联工作发展历史的气息神韵，或可以领略广大文联老同志的精神风采。

认真学习历史，就是对历史最好的纪念；向老同志学习，就是对老同志最高的尊重。为庆祝改革开放四十周年，表现文联老同志的精神面貌，我们从大量征文来稿中遴选出40篇文章结集出版，以集中展示这次征文活动的优秀成果。

征文活动及本书的编辑出版工作，得到了文联领导的高度重视和关心，也得到了各全国文艺家协会、文联机关各部室、各直属单位的大力支持，中国文联出版社安排专门力量，做好本书的编辑出版工作，在此一并表示由衷的感谢！

编 者

2018年10月